Einsteins Versprechen

Das Buch

Der Verfasser einer bahnbrechenden Einstein-Biographie stirbt während der Arbeit am Manuskript eines rätselhaften Todes. Javier Costa bekommt den Auftrag, diese Biographie zu vollenden. Gemeinsam mit der jungen Autorin Sarah Brunet reist er auf den Spuren des Genies nach Figueras, Zürich, Novi Sad und in die USA. Sarah und Javier versuchen zu ergründen, was für ein Mensch Einstein war, was ihm widerfahren ist und warum so wenig über seine zweite Lebenshälfte bekannt ist. Mehr und mehr geraten sie in den Bann des exzentrischen Wissenschaftlers. Aus den Puzzlestücken entsteht ein Bild Einsteins, das seine verborgene Seite enthüllt: eine tragische Liebe und eine letzte große Formel.

Ein mitreißend und mit Witz erzählter Roman, der mit dem renommierten *Premio de Novela Ciudad de Torrevieja* ausgezeichnet wurde.

Die Autoren

Àlex Rovira, geboren 1969 in Barcelona, ist ein anerkannter und erfolgreicher Sachbuchautor. Seine Bücher wurden in über vierzig Sprachen übersetzt. Weitere Informationen finden Sie unter www.alexrovira.com

Francesc Miralles, geboren 1968 in Barcelona, arbeitete einige Jahre als Verleger, bevor er selbst zu schreiben begann. Weitere Informationen finden Sie unter www.francescmiralles.com

Von Francesc Miralles sind in unserem Hause bereits erschienen:

Daniel und die Sehnsucht nach dem Glück
Samuel und die Liebe zu den kleinen Dingen

Àlex Rovira
Francesc Miralles

Einsteins Versprechen

Roman

Aus dem Spanischen
von Maria Hoffmann-Dartevelle

List Taschenbuch

Besuchen Sie uns im Internet:
www.list-taschenbuch.de

MIX
Papier aus verantwortungsvollen Quellen
FSC® C083411

Ungekürzte Ausgabe im List Taschenbuch
List ist ein Verlag der Ullstein Buchverlage GmbH, Berlin.
1. Auflage November 2012
2. Auflage 2013

Titel der spanischen Originalausgabe: *La última respuesta*
(Random House Mondadori, Barcelona, 2009)
Umschlaggestaltung: bürosüd° GmbH, München,
unter Verwendung einer Vorlage von ZERO Werbeagentur, München
Titelabbildung: © Cover illustration/composition: Wil Immink Design;
Getty Images/Fox Photos; Getty Images/Bert Hardy;
F. Catalá-Roca/Archivo Fotográfico AHCOAC
Satz: LVD GmbH, Berlin
Gesetzt aus der Sabon
Papier: Munken Print von Arctic Paper Munkedals AB, Schweden
Druck und Bindearbeiten: CPI – Clausen & Bosse, Leck
Printed in Germany
ISBN 978-3-548-61142-6

Für meine Eltern Gabriel und Carmen,
und einmal mehr für meine Kinder
Laia, Pol und Mariona
À. R.

Für meine Mutter
F. M.

Erster Teil

Erde

Die Erde ist das Element des Körpers, sie ist Beständigkeit.
Sie symbolisiert unseren Platz in der Welt,
den Stoff, der uns mit Nahrung versorgt
und unser Zuhause ist.
Wohlstand ist auf der Erde möglich, wenn wir sie bestellen.

Die Erde ist unter allen Elementen
die dichteste Form von Energie.

In ihr verbinden sich Ausdauer, Mühe, Beharrlichkeit,
Sachlichkeit, Zuverlässigkeit, Beständigkeit,
Geduld, Behutsamkeit, Nüchternheit und,
Reichtum schaffend, die Gesetze von
Saat und Ernte.

Sie ist unser Zuhause und unser Schicksal:
Aus der Erde werden wir geboren,
und zur Erde kehren wir zurück.

Wir sind Sternenstaub, auf der Erde Mensch geworden.

Deshalb sind wir lebendige Erde, Splitter eines Universums,
das sich auf der Erde seiner selbst bewusst wird.

I

Fünfzig Minuten Ruhm

Wir sind alle unwissend, aber
nicht alle auf demselben Gebiet.

ALBERT EINSTEIN

Ich lag in der Badewanne und war fast eingeschlafen, als mein Handy klingelte. Den ganzen Tag über hatte ich mich mit einem Skript für eine Radiosendung herumgeschlagen; es ging um die Möglichkeit von Zeitreisen. Nachdem mir endlich eine vorläufige Fassung gelungen war, beschloss ich zur Entspannung ein heißes Bad zu nehmen.

Bis zur Abgabe des Skripts blieben mir zwar noch zwei Stunden, mir schwante aber nichts Gutes, als ich »Yvette«, den Namen der Programmdirektorin, auf dem Display sah.

Seit zwei Jahren arbeitete ich als Skriptautor für *Netzwerk*, eins der Programme des Senders mit besonders niedriger Quote. Für einen Stadteremiten wie mich war das die ideale Tätigkeit. Der Sender rief immer nur an, um in letzter Minute das Thema zu ändern. Im Fall der Zeitreisen wäre ich dafür fast dankbar gewesen, aber nun erwartete mich etwas ganz anderes.

»Was machst du heute Abend?«, fragte Yvette.

Es dauerte ein paar Sekunden, bis mir eine vernünftige Antwort einfiel. Die Koordinatorin von *Netzwerk* war eine der attraktivsten Frauen, die ich kannte, doch hätte ich mir nie im Leben irgendwelche Chancen bei ihr ausgerechnet. Sie war eine taffe Frau, die strikt Privates von Beruflichem trennte.

Da ich fest damit rechnete, dass sie mit mir essen gehen wollte, antwortete ich schließlich:

»Eigentlich nichts. Ich habe den ganzen Tag versucht herauszufinden, wie man durch die Zeit reist. Aber ich bin nur auf die Erzählung von H. G. Wells und mehrere unerträgliche Filme gestoßen. Und auf ein paar Theorien, die noch bescheuerter sind als die Filme.«

»Leg die Zeitreisen erst mal auf Eis, ich habe etwas viel Interessanteres für dich.«

›Lass uns zusammen essen gehen‹, ergänzte ich in Gedanken und sah mich bereits mit der göttlichen Yvette bei Kerzenlicht im Restaurant sitzen. Ich spürte, wie mir die Hitze in die Wangen stieg, als ich fragte:

»Was könnte es Interessanteres geben als eine Zeitreise?«

»Die fünfzehn Minuten Ruhm, die angeblich jedem Menschen zustehen. Du hast sogar besonderes Glück und Anspruch auf fünfzig Minuten Ruhm. Dreimal so viel wie der Rest der Menschheit.«

»Wovon zum Teufel sprichst du?«

»Von deinem Debüt als Talkshowteilnehmer. Einer der Gäste, die für heute Abend eingeladen waren, hatte einen Unfall, und ich finde keinen Ersatz.«

Im Handumdrehen war meine Hochstimmung verflogen. Nicht nur der romantische Abend, den meine kindliche Phantasie heraufbeschworen hatte, löste sich in Luft auf. Ich sollte auch noch in einer Hörfunksendung auftreten, ausgerechnet ich; dabei bekam ich ja schon bei einer Nachbarschaftsversammlung vor lauter Schüchternheit kaum den Mund auf. Außerdem hatte ich keine Ahnung, um welches Thema es an diesem Abend gehen sollte, da die Skripte immer Wochen im Voraus geschrieben wurden.

»Die Sendung fängt doch schon in zwei Stunden an«, wandte ich ein.

»Ich weiß. Aber bist du denn nicht auf fast jedem Gebiet Experte?«

»Überhaupt nicht, ich bin ein Meister des *copy and paste*. Aber vor 50 000 Zuhörern live an einer Diskussion teilzunehmen, das ist etwas ganz anderes.«

»40 000«, korrigierte mich Yvette, »in der letzten Medienstudie sind wir noch eine Stufe tiefer in den Keller gerutscht.«

»Immer noch genug Hörer, die meine erbärmliche Redekunst belächeln können. Gibt es denn gar keine andere Lösung?«

»Nein, nichts. Komm schon, drück dich nicht. Das ist ein Kinderspiel. Den größten Teil des Interviews bestreitet sowieso Hernán. Du brauchst nur zwei- oder dreimal im Lauf der Sendung etwas Intelligentes zum Thema beizusteuern.«

»Zum Auspolstern sozusagen«, ergänzte ich und durchforstete mein Gedächtnis nach dem Skript, das ich vergangene Woche verfasst hatte.

Aber mein Erinnerungsvermögen hatte sich offenbar im heißen Badewasser aufgelöst.

»*Einstein relativ einfach*, weißt du nicht mehr?«, fragte Yvette ungeduldig. »In der Sendung soll das Buch vorgestellt werden, und wir wollen uns die Anwesenheit des Autors im Studio zunutze machen.«

»Ein langweiliges Teil«, erwiderte ich beim Gedanken an das Buch, das mir jetzt wieder präsent war. »Ich bezweifle, dass irgendjemand nach der Lektüre mehr von

Relativität versteht. Ich habe den Eindruck, nicht mal der Autor selbst hat Einsteins Thesen wirklich begriffen. Ich übrigens auch nicht, falls du das glauben solltest.«

»Toll«, sagte Yvette, ohne überhaupt auf meine Worte einzugehen. »Also bist du unser Mann für heute Abend. Sei pünktlich, okay?«

Dann legte sie auf.

Lange Zeit lag ich wie vor den Kopf gestoßen im allmählich erkaltenden Badewasser. Als ich irgendwann das Handy vom Boden aufhob, um nach der Uhrzeit zu schauen, wurde mir bewusst, dass ich in weniger als einer Stunde aufbrechen musste, wenn ich noch rechtzeitig im Sender sein wollte.

Ich stieg aus der Wanne und hinterließ eine große Pfütze auf dem Badezimmerboden. In meiner Wohnung war das Bad der einzige Raum mit menschenwürdigen Ausmaßen. Daneben gab es noch ein Wohnzimmerchen für Gnome und eine Küche, in die man nur seitlich hineingehen konnte.

Da ich nun als Sparringspartner für eine Nervensäge herhalten musste, statt mit Yvette essen zu gehen, schlüpfte ich in die erstbesten Sachen, die ich in meinem Kleiderschrank fand. Dann druckte ich mir das Skript aus, das ich in der vergangenen Woche selbst verfasst hatte, im Wesentlichen eine Einführung für Hernán, den Programmleiter, und eine Liste mit Fragen an Juanjo Bonnín, den Studiogast.

Jetzt musste ich nur noch das verflixte *Einstein relativ einfach* finden, in das ich ein paar Haftzettel mit Kommentaren geklebt hatte. Allmählich wurde es Zeit, aber das Buch schien sich in Luft aufgelöst zu haben.

Ich hatte es schon aufgegeben und wollte gerade die Tür öffnen, um meine Wohnung zu verlassen, da sah ich das Buch auf der Flurkommode liegen. Erst jetzt fiel mir ein, dass ich es dort hingelegt hatte, um es dem Sender zurückzugeben. Zusammen mit dem Skript steckte ich es in meinen Rucksack und lief, immer zwei Stufen auf einmal nehmend, die Treppe hinunter. Mir blieben noch zehn Minuten, um rechtzeitig in den Sender zu gelangen, bevor der *Netzwerk*-Jingle ertönte, bei dem sich immer alles in mir zusammenzog.

Ich trat aufs Gaspedal meiner alten Vespa und schlängelte mich durch den Abendverkehr von Barcelona. Noch ahnte ich nicht, dass meine fünfzig Minuten Ruhm eine VIP-Freikarte ins Auge des Orkans sein würden.

2

Eine geheimnisvolle Sendung

Gott würfelt nicht nur, sondern wirft
die Würfel sogar manchmal dorthin,
wo man sie nicht sehen kann.

STEPHEN HAWKING

Der Studiogast entpuppte sich als eine Nervensäge von ungeahnten Ausmaßen. Bei jeder Frage, die Hernán ihm stellte, schweifte er vom Thema ab, und schließlich gelang es ihm sogar, uns mit seinem kompletten Lebenslauf zu bedenken. Zehn kostbare Minuten Sendezeit verbrauchte Bonnín allein damit, den Ablauf eines Aufbaustudiums an der Stanford University zu erläutern, das er als Gastprofessor mitgestaltet hatte.

Hinter der Glasscheibe schob Yvette den Tontechniker beiseite und bildete mit Zeige- und Mittelfinger eine zuklappende Schere, was hieß: ›Mach seinem Geschwafel endlich ein Ende.‹

Bis zu diesem Augenblick hatte meine Teilnahme am Gespräch sich auf die Begrüßung am Anfang der Sendung und auf eine kurze bibliographische Richtigstellung beschränkt. Nun aber, nachdem der Äquator der Sendung überschritten war, schob man mir die Rolle des Bösewichts zu. Zaghaft hob ich die Hand, was Hernán sogleich dazu nutzte, den Autor von *Einstein relativ einfach* zu unterbrechen.

»Ich glaube, Javier möchte etwas dazu sagen.«

Ich hatte nicht die leiseste Ahnung, was dieses »Etwas« sein sollte. Schon vor einer Weile war ich mit den Gedanken abgeschweift, erst Yvettes Geste hatte mich in unser Gespräch zurückgeholt, das sich unterdessen in einen Monolog des Studiogastes verwandelt hatte. Mit einer klassischen Frage zur Relativitätstheorie zog ich mich aus der Affäre:

»Es wäre schön, wenn der Herr Professor unseren Hörern erklären könnte, wie Einstein die Zeit als vierte Dimension in seine Theorie einbezogen hat. Sonst kann man sie nicht verstehen.«

Bonnín warf mir einen missbilligenden Blick zu – zweifellos fand er es wesentlich aufregender, über sich selbst zu reden – und begann mit einer Erklärung, die er vermutlich schon hundertmal vor seinen Studenten wiederholt hatte:

»Einstein hat den Raum nicht als dreidimensional, sondern als vierdimensional begriffen. Bis dahin hatte man den Raum stets wie etwas Starres, zu einem bestimmten Zeitpunkt Eingefrorenes behandelt, wodurch zahlreiche Phänomene unverständlich blieben. Klassisches Beispiel: Fände in einer zwei Millionen Lichtjahre entfernten Galaxie eine Explosion statt, bekämen wir nicht einmal nach zwei Millionen Jahren etwas davon mit, so lange braucht nämlich das Photon – wir betrachten es als das schnellste Teilchen –, bis es zur Erde gelangt. Deshalb können wir alles, was im Universum geschieht – sowohl das, was wir sehen, als auch das, was wir nicht sehen –, nur begreifen, wenn wir die vierte Dimension mit einbeziehen: die Zeit.«

»Apropos Zeit«, schaltete sich Hernán ein. »Uns bleiben nur noch ein paar Minuten bis zum Ende der

Sendung. Die Überschrift des letzten Kapitels Ihres Buches gibt einem zu denken. Sie lautet: ›Was Einstein nicht gesagt hat‹. Verzeihen Sie bitte, wenn ich jetzt etwas Offensichtliches frage, aber: Was hat Einstein nicht gesagt?«

Während der Befragte erneut abschweifte, schlug ich das letzte Kapitel des Buches auf, das ich mit einem Haftzettel markiert hatte. Zu meinem Pech hatte man den Professor genau neben mich gesetzt, so dass er lesen konnte, was ich auf den gelben Zettel geschrieben hatte: »HIRNWICHSEREI«.

Erschrocken merkte ich, wie er mich erst ungläubig, dann mit unterdrückter Wut anstarrte. Mir wurde klar, dass diese kleine persönliche Notiz mich meine Stelle als Skriptautor kosten konnte, selbst wenn ich gar nicht als solcher an der Sendung teilnahm.

Einstweilen aber bekam das Gespräch durch meine Leichtfertigkeit eine neue Richtung:

»Es wäre vermessen, in wenigen Minuten zusammenfassen zu wollen, was Einstein nicht gesagt hat. Doch ich bin mir sicher, dass der Journalist, der hier mit uns in der Runde sitzt, seine eigenen Ansichten zu diesem Punkt hat.«

Jetzt hatte er mich. Notgedrungen musste ich improvisieren, um vor den Hörern nicht als Vollidiot dazustehen. Natürlich hatte ich nicht die leiseste Ahnung, was Einstein verschwiegen hatte – zu verstehen, was er tatsächlich geschrieben hatte, war schon schwierig genug –, deshalb beschloss ich, mit einer Spekulation die Flucht nach vorne anzutreten:

»Na ja, ein Blick auf Einsteins Forschungen vermittelt bisweilen den Eindruck, dass noch irgendetwas fehlt. 1905 begann er, die Relativitätstheorie zu entwickeln, und 1921 bekam er den Nobelpreis, wenn auch nicht für die Theorie, die ihn berühmt machen sollte.«

»Logisch«, fiel mir der Professor herrisch ins Wort, »die Relativität hat ja nicht einmal das Nobelpreiskomitee verstanden. Sie hatten Angst, den Nobelpreis für eine Theorie zu verleihen, die sich möglicherweise als falsch erweisen würde. Da aber außer Zweifel stand, dass Einstein ein Genie war, gab man ihm den Nobelpreis für eine eher technische Erkenntnis, für seine Erklärung des photoelektrischen Effekts.«

»Ich wollte eigentlich nur sagen, dass er zwischen 1905 und 1921, also in relativ jungen Jahren, sehr weitreichende Entdeckungen gemacht hat; erstaunlicherweise konnte er aber in den folgenden 34 Jahren seines Lebens nicht mit allzu viel Neuem aufwarten.«

Als ich so aus dem Stegreif argumentierte, hatte ich mich auf die Chronologie des Buches gestützt, dessen Autor jetzt zutiefst entrüstet schien.

»Aha, die Bose-Einstein-Statistik und die Einheitliche Feldtheorie sind für Sie also etwas Belangloses.«

»Wie ihr Name schon sagt«, wandte ich zu meiner Verteidigung ein, »hat Einstein die Statistik, von der Sie sprechen, gemeinsam mit einem jungen indischen Physiker veröffentlicht, der die Berechnungen übernommen hat. Und die Einheitliche Feldtheorie war nichts weiter als ein Traum. Einstein ist es nie gelungen, alle bekannten physikalischen Phänomene in einer einzigen Theorie zusammenzufassen.«

Hernáns scharfer Blick sagte mir, dass ich zu weit gegangen war. Die Sendung lag schon in den letzten Zügen, da beschloss Juanjo Bonnín seinerseits, mich bloßzustellen.

»Soso«, sagte er, »dieser Herr, den zu kennen ich bisher nicht das Vergnügen hatte, behauptet also, das größte Genie der modernen Wissenschaft hätte in der zweiten Hälfte seines Lebens sinnlos Zeit vergeudet. Einstein hat demnach eine Berechnung veröffentlicht, die gar nicht seine eigene war, und erfolglos versucht, eine Theorie aufzustellen. Nicht wahr?«

»Nein, ich vermute eher, dass er in dieser Zeit andere bedeutende Entdeckungen gemacht hat«, erwiderte ich, wohl wissend, dass ich nicht mehr aus dem Schlamassel herauskam, »aber aus irgendeinem Grund hat er sie nicht veröffentlicht.«

»Und aus welchem Grund sollte er diese Entdeckungen zurückgehalten haben?«, fragte Bonnín bissig. »Schließlich stand Einstein liebend gern im Mittelpunkt der Aufmerksamkeit.«

»Richtig. Aber er wusste auch, dass seine Formel $E = mc^2$ die Atombombe möglich gemacht hatte. Vielleicht genügte das als Grund dafür, weitere Entdeckungen, für die die Menschheit noch nicht reif war, zu verschweigen. Vielleicht hat er deshalb eine letzte Erkenntnis mit ins Grab genommen.«

Hinter der Glasscheibe machte Yvette abermals das Scherenzeichen – diesmal allerdings meinte sie mich –, denn es fehlten nur noch wenige Sekunden bis zum Zeitzeichen. Der Verfasser von *Einstein relativ einfach* sprang von seinem Stuhl auf, empört über das soeben Geschehene: Ein völlig unbedeutender Journalist hatte das Ende der Sendung, also den Höhepunkt, der rechtmäßig dem Autor zugestanden hätte, an sich gerissen.

Hernán rannte hinter dem Professor her, der bereits entschlossenen Schrittes das Studio verließ, nicht ohne mir vorher ein drohendes »Wir sprechen uns noch!« zuzurufen.

Das ganze Experiment war auf die denkbar schlechteste Art zu Ende gegangen. Zum Glück war es nicht meine Idee gewesen, an der Sendung teilzunehmen. Doch das war nur ein kleiner Trost. Der Schuss war nach hinten losgegangen, und ich würde eindeutig die Zeche zahlen müssen.

Es wehte ein für den Monat Mai viel zu kalter Wind, als ich das Hängeschloss meiner Vespa öffnete. Gerade wollte ich mich auf den Sattel schwingen, da öffnete sich die Eingangstür des Rundfunkgebäudes und der Portier rief mich zu sich. Er hielt etwas in der Hand.

Mit dem mulmigen Gefühl, dass meine Probleme noch nicht ausgestanden waren, ging ich zu ihm und stellte mich auf den nächsten Vorwurf ein. Aber er sagte nur: »Das hier hat ein Hörer während der Sendung für Sie abgegeben«, und händigte mir einen Briefumschlag aus.

Überrascht nahm ich den dünnen Umschlag, auf dem tatsächlich mein Name stand.

»Hat er irgendetwas dazu gesagt?«, fragte ich.

»Ich habe ihn gar nicht gesehen. Der Brief lag an der Rezeption, als ich von der Toilette kam«, erwiderte der Portier und kehrte ins Gebäude zurück, um ein Telefongespräch entgegenzunehmen.

»Ein Hörer«, dachte ich und drehte den Zündschlüssel meines Motorrollers, um mir den Umschlag im Scheinwerferlicht ansehen zu können. Ich hielt ihn voll ins Licht und las noch einmal meinen in altertümlicher Schrift geschriebenen Namen. Als ich den Brief öffnen wollte, entdeckte ich auf der Rückseite eine Formel, die mich peinlich berührte:

$$E = ac^2$$

Der Absender der Nachricht war offenbar ein Mensch mit äußerst dürftigen Physikkenntnissen; denn er hatte das *m* für Masse mit einem *a* verwechselt. Außerdem wunderte mich, dass der Unbekannte noch Zeit gehabt hatte, diesen Unsinn beim Sender vorbeizubringen, denn ich hatte mich doch erst in der letzten Viertelstunde der Sendung geäußert.

Neugierig öffnete ich den Umschlag im Scheinwerferlicht der Vespa, deren laufender Motor vermutlich die gesamte Nachbarschaft störte.

Darin lag eine alte Postkarte. Das Farbfoto war eine Ansicht von Cadaqués, was mir unter den gegebenen Umständen noch merkwürdiger erschien. Ich drehte die Karte um und entdeckte auf der Rückseite eine Adresse, ein Datum und eine Uhrzeit, in der gleichen makellosen Schrift wie mein Name auf dem Umschlag. Und darunter prangte ein einziger Satz, auf den keine Unterschrift folgte:

IN DER TAT, ES GIBT EINE LETZTE ERKENNTNIS.

3

Der Sommer des Genies

Es heißt, die Zeit verändere die Dinge,
aber in Wirklichkeit kannst nur du selbst sie verändern.

ANDY WARHOL

Am Samstag blieb ich bis mittags im Bett liegen, nachdem ich die halbe Nacht damit verbracht hatte, mir die frühen Filme von Jim Jarmusch anzuschauen; ich wollte vergessen, was im *Netzwerk* passiert war. Die orkanartigen Winde schienen den über der Stadt liegenden Smogschleier weggeblasen zu haben, denn zum ersten Mal seit Wochen strahlte die Sonne an einem wolkenlosen Himmel.

Während ich mit der Kaffeetasse in der Hand den Wohnzimmertisch von Büchern und Papieren befreite, fiel mir wieder der Umschlag in die Hände, den jemand tags zuvor beim Sender abgegeben hatte. Abermals blickte ich kopfschüttelnd auf das $E = ac^2$, bevor ich die Ansichtskarte von Cadaqués herauszog und noch einmal die Adresse und den Termin betrachtete, die über dem rätselhaften Satz standen. Ich wurde also am morgigen Sonntag um halb zwei in dem Küstenort erwartet. Lud mich vielleicht irgendein Hörer, der die Sendung verfolgt hatte, zum Mittagessen in sein Sommerhaus ein?

Ratlos steckte ich die Postkarte wieder in den Umschlag und wollte ihn gerade wegwerfen, als ein Zettel herausflatterte, den ich noch gar nicht bemerkt hatte. Ich hob ihn auf. Es war ein Busticket für den nächsten Tag:

SARFA/Abfahrt (Barcelona): 10:30
– Ankunft (Cadaqués): 13:15
SARFA/Abfahrt (Cadaqués): 17:00
– Ankunft (Barcelona): 19:45

Der Fremde lud mich also nicht nur in sein Haus ein, er spendierte mir auch noch eine Fahrkarte – immerhin zum Preis von 42,30 Euro hin und zurück. Ein erstaunlicher Akt des Vertrauens. Wie kam dieser Mensch nur auf die Idee, dass ich einen ganzen Sonntag verplempern würde, um einen Unbekannten zu besuchen?

Aus der Zeit, die zwischen Ankunft und Abfahrt des Busses lag, schloss ich, dass man mich zum Mittagessen mit dem üblichen anschließenden Beisammensein erwartete. Aber wer?

Ich legte Busticket und Postkarte in ein Kästchen. Dann steckte ich eine blaue Vivalto-Kapsel in meine Nespresso-Kaffeemaschine, um mir einen doppelten Espresso zu machen, beträufelte ein paar Scheiben Toast mit Öl und streute ein wenig Salz darüber.

Dieses bescheidene Frühstück trug ich zu dem freigeräumten Wohnzimmertisch, auf dem nur noch der Laptop stand, in dem ich morgens immer Online-Zeitungen las. An diesem Samstagmittag aber interessierte mich vor allem der rätselhafte Brief. Aus Neugier gab ich bei Google die Begriffe »Einstein« und »Cadaqués« ein. Ich klickte auf den dritten Treffer in der Liste und las einen Artikel mit der Überschrift DER ALTE GLAMOUR VON CADAQUÉS:

> Dieses kleine Fischerdorf an der Costa Brava war in den zwanziger Jahren des vergangenen Jahrhunderts

ein beliebtes Reiseziel berühmter Künstler und Intellektueller. Die ältesten Bewohner des Ortes erinnern sich noch heute an Besuche von Picasso, García Lorca, Luis Buñuel, Walt Disney und vielen anderen, zu einer Zeit, da Cadaqués für Glamour und eine gewisse exzentrische Atmosphäre stand. Ganze drei Stunden dauerte damals die Fahrt von der »nahe gelegenen« Stadt Figueras bis in den Küstenort, über eine Landstraße, auf der Straßenräuber ihr Unwesen trieben. Zu den zahlreichen Prominenten, die nach Cadaqués kamen, gehörte auch Albert Einstein, der hier Urlaub machte, um Geige zu spielen. Einmal soll er sogar auf einem öffentlichen Platz ein Konzert gegeben haben.

Ich malte mir die Szene aus, die ich dem Vater der Relativitätstheorie durchaus zutraute, und musste lächeln: Einstein mit seiner wilden Mähne sitzt fiedelnd auf dem Platz, inmitten einer Menge Schaulustiger, von denen viele eine Baskenmütze tragen.

Bei dieser Vorstellung packte mich regelrecht Lust, in den Bus zu steigen und nach Cadaqués zu fahren, wo ich seit meiner Kindheit nicht mehr gewesen war. Doch die Liste der in der kommenden Woche zu verfassenden Skripte, die mich auf meinem Schreibtisch erwartete, brachte mich wieder zur Vernunft. Ich konnte diese Einladung auf keinen Fall annehmen.

Zwei Sekunden bevor die Türen sich schlossen, stieg ich in den orangefarbenen Bus. Warum und wozu fragte ich mich erst wieder, als das knallige Gefährt über die Ausfahrt der *Estación del Norte* rollte. In nur 24 Stunden hatte sich meine Meinung um 180 Grad gedreht. Auch wenn ich die Einladung nach wie vor absurd fand, hatte ich mich aus lauter Neugier entschlossen, fast sechs Stunden Hin- und Rückfahrt in Kauf zu nehmen.

Allerdings gab es noch einen zusätzlichen Anreiz, der mich in meiner Entscheidung bestärkt hatte. Meine Schwester hatte gedroht, am selben Sonntag mit ihren drei Kindern bei mir aufzukreuzen. Da war mir der Ausflug als Ausrede gerade recht gekommen. Selbst eine Begegnung mit dem obskuren Absender der Postkarte war mir lieber als die Gewaltattacken dreier Wilder in meiner Wohnung.

Seit meiner Scheidung waren diese Verwandtschaftsbesuche die einzige Unterbrechung in meiner Einsamkeit.

Ich ahnte nicht, dass ich beim Einsteigen in den Bus einer Fahrt in eine Welt zugestimmt hatte, in der man nur dann mit beiden Beinen auf der Erde blieb, wenn man rannte.

Nach einer endlosen Fahrt mit zahlreichen Stopps in ausgestorbenen Dörfern passierte der Bus eine Art Mondlandschaft, die von Kurven durchschnitten war. Ich bereute schon, mich auf dieses Spiel eingelassen zu haben, das eine so lange, beschwerliche Reise einfach nicht rechtfertigte.

Unglücklicher- oder glücklicherweise trafen wir mit einer halben Stunde Verspätung in Cadaqués ein, so dass ich nicht mehr rechtzeitig am angegebenen Ort sein konnte. Da ich nun frei über meine Zeit verfügte, wanderte ich erst einmal eine halbe Stunde durch die Gassen mit ihren kleinen Kunstgalerien. Die salzige Meeresluft machte mich hungrig, dennoch schlenderte ich weiter durch eine Szenerie, die nichts mehr mit meinen Kindheitserinnerungen gemein hatte.

Nur den dicken Turm mit der von Dalí entworfenen, bedrohlich wirkenden Freiheitsstatue, die in jeder Hand eine Fackel hält, erkannte ich wieder. Zu Füßen des Monuments fragte ich einen alten Mann nach der Calle de la postal. Sie lag nicht weit entfernt.

Ich kam mir plötzlich lächerlich vor, als ich die Nummer 29 suchte. Warum zum Teufel hielt ich hier an einem Sonntagnachmittag nach einem verrückten Radiohörer Ausschau?

Den Satz auf der Postkarte – »In der Tat, es gibt eine letzte Erkenntnis.« – im Kopf, stand ich schließlich vor der richtigen Haustür. Sie gehörte zu einem in rationalistischem Stil erbauten und mit Efeu überwucherten Haus, einer Art großem, weißem Würfel. Rechts neben der Tür, unterhalb einer Aluminiumtaste, stand der Name des Bewohners: Yoshimura.

Ich schaute auf die Uhr: Es war fast drei Uhr, also über eine Stunde später als auf der Einladung angegeben. Ich warf alle Vernunft über Bord und klingelte. Das eigentlich Unsinnige war ja gewesen, hierherzufahren. Jetzt war ich in Cadaqués und konnte einfach nicht wieder kehrtmachen, ohne herauszufinden, was zum Kuckuck dieser Mensch, der in dem efeuberankten Haus wohnte, von mir wollte.

4

Die geheime Tochter

Was weiß ein Fisch von dem Wasser,
in dem er sein ganzes Leben lang schwimmt?

ALBERT EINSTEIN

Ein alter, mürrisch dreinblickender Japaner öffnete mir die Tür. Er trug einen schlichten Kittel, und er musterte mich mit einem forschenden Blick, der keinen Zweifel daran ließ, dass ich nicht erwartet worden war.

Schon beschlich mich die Furcht, dass ich einem üblen Scherz aufgesessen war, als der Mann namens Yoshimura sich vorstellte und erklärte:

»Sie sind heute Nachmittag schon der vierte Unbekannte, der vor meiner Tür steht. Kommen noch mehr? Dann setze ich nämlich noch einmal Wasser auf. Ihre Kollegen sitzen schon beim Tee.«

Den letzten Satz hatte er mit sanftem Lächeln hinzugefügt, als fände er die ganze Situation im Grunde amüsant.

»Kollegen? Was meinen Sie damit?«, fragte ich verwirrt und zeigte ihm die Postkarte. »Ich habe nur dies hier …«

»Ich weiß«, unterbrach er mich. »Alle, die in meinem Haus sind, haben mir so eine Postkarte gezeigt. Ist das eine Wette … oder steckt irgendein Fernsehsender dahinter?«

Die ganze Sache schien noch merkwürdiger zu sein, als ich angenommen hatte. Ich beschloss deshalb, mich von dem alten Mann zu verabschieden und das Weite zu suchen. Aber der Gastgeber bat mich bereits mit ausgestreckter Hand herein.

»Bitte trinken Sie eine Tasse Tee mit uns. Ich habe zwar nichts mit dieser Versammlung zu tun, aber irgendeinen Grund dafür, dass Sie und die anderen hier sind, muss es ja geben.«

Dann ging er ins Haus zurück, überzeugt, dass ich ihm folgen würde. Hinter mir fiel leise die Tür ins Schloss. Wir betraten einen hellen Raum, eine Kombination aus Wohnzimmer und Bibliothek. Durch eine große Fensterfront blickte man auf einen im Zen-Stil angelegten Innengarten, den ein großer, von einem Meer aus Kieswellen umgebener Felsbrocken beherrschte.

Ich war derart beeindruckt von dem ausgefallenen Haus, das so gar nicht in dieses traditionelle Küstendorf passte, dass es eine Weile dauerte, bis ich mich den Anwesenden zuwandte, die um einen großen Teakholztisch saßen und sich leise unterhielten.

»Ich liebe Architektur«, sagte Yoshimura, als er mein Interesse für das Haus bemerkte, »allerdings scheint irgendjemand auch meine Leidenschaft für Einstein entdeckt zu haben. Möchten Sie sich nicht zu den anderen setzen?«

Verwirrt steuerte ich wie ein Roboter auf den Tisch zu, an dem zwei unsympathisch aussehende Männer und eine elegante Frau um die dreißig saßen. Während ich mich auf einen freien Stuhl setzte, fragte ich mich, ob wohl einer von ihnen das merkwürdige Treffen eingefädelt hatte.

Nachdem mein Gastgeber mich vorgestellt hatte, entschuldigte er sich und sagte, er gehe noch einmal Wasser aufsetzen. Mit gemischten Gefühlen stellte ich mich kurz vor. Gleichzeitig fragte ich mich, wie der bittere Tee wohl meinem leeren Magen bekommen würde.

Der Erste, der mir die Hand reichte, war ein Doktor der Physik von der Universität Krakau. Er war um die fünfzig und trug eine Brille mit dicken Gläsern, die seine ohnehin vorstehenden Augen gespenstisch vergrößerten.

»Meinen Namen können Sie nicht aussprechen«, sagte er in korrektem Spanisch, während er sich über den rötlichen Bart strich, »nennen Sie mich deshalb einfach beim Vornamen: Pawel.«

Als Zweiter stellte sich ein gewisser Jensen vor, ein kleiner, magerer Däne von schwer schätzbarem Alter. Seine kindlichen Züge standen in auffälligem Gegensatz zu seinem faltenzerfurchten Gesicht und einer beginnenden Glatze.

»Ich lebe zwar in Alicante, bin aber der Herausgeber von *Mysterie*«, erklärte er mit stark skandinavischem Akzent, »einer Zeitschrift für wissenschaftliche Spekulation, die in meinem Land über 30 000 Abonnenten hat. Die Titelgeschichte unserer letzten Ausgabe haben wir Einsteins sieben Rätseln gewidmet.«

Unter Pawels geringschätzigem Blick, vermutlich hielt er Jensen für einen Scharlatan, verkniff ich mir die Frage, die mir auf der Zunge lag: Welche sieben Rätsel?

Als Yoshimura mit heißem Tee und Gebäck ins Wohnzimmer zurückkehrte, war die Dreißigjährige an der Reihe. Ihr schwarzer Rollkragenpullover unterstrich ihre schlanke Figur. Sie hatte ein blasses, von halblangem braunem Haar eingerahmtes Gesicht und strahlend blaue Augen.

»Mein Name ist Sarah Brunet. Ich bin Französin, arbeite aber seit vier Jahren an der Universität Complutense in Madrid, wo ich zurzeit meine Doktorarbeit über Einsteins erste Frau Mileva Marić abschließe.«

»Arme Mileva«, schaltete sich Jensen ein, »so viele Jahre hat sie die Drecksarbeit für Einstein gemacht, um dann am Ende wie eine Zigarettenkippe weggeworfen zu werden. Ohne ihre mathematischen Berechnungen hätte man Albert nicht einmal ein Promotionsstipendium verliehen.«

»Was Sie da behaupten, ist vollkommen aus der Luft gegriffen«, bemerkte Pawel energisch. »Es ist keineswegs erwiesen, dass Mileva entscheidend an seinen Berechnungen mitgewirkt hat. Sie hat es doch nicht einmal geschafft, am Zürcher Polytechnikum, an dem sie Einstein kennengelernt hatte, einen Abschluss zu machen.«

Die Französin warf beiden einen kalten Blick zu, bevor sie mit ruhiger, fester Stimme entgegnete:

»Sie hat ihr Studium deshalb nicht abgeschlossen, weil der gute Albert sie geschwängert hatte. Damals war es ein Skandal, als unverheiratete Frau ein Kind zu bekommen. Deswegen hat sie die Hochschule verlassen, hat aber auf eigene Faust weiterstudiert.«

»Und was wurde aus dem Kind?«, fragte ich.

»Es war eine Tochter«, erklärte sie. »Das Mädchen kam 1902 zur Welt, ein Jahr bevor das Paar heiratete. Sie nannten es Lieserl, eine Verkleinerungsform von Elisa. Geboren wurde die Kleine in der serbischen Heimatstadt ihrer Mutter, während Einstein in Bern beim Patentamt arbeitete. Sie soll ein Jahr später an Scharlach gestorben sein.«

»Es mag für Ihre Doktorarbeit von Nutzen sein, zu erfahren, dass es noch eine zweite Version der Fakten gibt«, warf Jensen mit triumphierender Miene ein. »Laut jüngsten Quellen ist dieses Lieserl nicht ein Jahr nach der Geburt gestorben, sondern wurde von einer engen Freundin Milevas, einer gewissen Helene Savić, adoptiert.«

»Diese Hypothese ist mir bekannt«, erwiderte die Französin, ohne sich aus der Ruhe bringen zu lassen, »danach soll das Mädchen Zorka Savić geheißen haben, und man glaubt, dass sie bis 1990 gelebt hat.«

Der promovierte Physiker schien nun endgültig die Geduld zu verlieren:

»Wen zum Teufel interessiert dieses Altweibergeschwätz? Wir sprechen hier vom Vater der Relativitätstheorie und – auch wenn er sie nicht für sich beansprucht hat – der Quantenphysik.«

»Lieserls Geschichte ist in diesem Zusammenhang sehr wohl von Interesse«, widersprach Jensen, »weil sie voller Rätsel steckt. War Ihnen klar, dass Einsteins Biographen bis 1986 nichts von Lieserls Existenz wussten?«

»Genau«, erwiderte Sarah, »Einstein hat die Geburt dieser Tochter sein Leben lang verheimlicht. Die Sache kam erst ans Licht, als seine legale Enkelin ein Bündel Briefe von Albert und Mileva fand.«

Es schien den Verleger von *Mysterie* zu beflügeln, dass seine Hypothese untermauert wurde. Pawels vorwurfsvolle Blicke ignorierend, erklärte er mit lauter Stimme:

»Ich würde es sogar wagen, noch weiter zu gehen und hier an diesem Tisch eine Frage zu stellen: Was wäre, wenn Einsteins älteste Tochter gar nicht in den neunziger Jahren gestorben wäre? Wenn sie noch lebte und die Trägerin eines Geheimnisses wäre, das ihr Vater nie enthüllt hat? Wir dürfen nicht vergessen, dass Einstein Mileva, von der er bereits geschieden war, das mit seinem Nobelpreis verbundene Preisgeld in vollem Umfang überlassen hat. Darüber hinaus wäre denkbar, dass Alberts Tochter Lieserl in den Tagen vor dem Tod ihres Vaters eine Entschädigung anderer Art von ihm erhalten hat. Zum Beispiel eine letzte Erkenntnis.«

Meine eigenen Worte aus dem Munde dieses Spekulierers zu vernehmen, der obendrein den Blick nicht von den Brüsten der Französin wandte, war mir geradezu peinlich. Höchstwahrscheinlich hatte er sich die Sendung angehört.

»Selbst wenn dieses Lieserl, das Sie so sehr interessiert, noch lebte«, erwiderte Pawel zynisch, »und irgendein wissenschaftliches Geheimnis ihres Vaters besäße, was in meinen Augen pure Einbildung ist, weiß ich nicht, ob sie mit 108 Jahren noch in der Verfassung wäre, es zu enthüllen. Um über Physik zu reden, muss man einen klaren Kopf haben, meine Herrschaften.«

Diese Spitze richtete sich nicht nur gegen den Verleger, sondern auch gegen Sarah Brunet und mich, obwohl ich es bisher noch gar nicht gewagt hatte, den Mund aufzumachen.

»Bei der japanischen Teezeremonie«, schaltete sich Yoshimura in versöhnlichem Ton ein, während er erneut die Tassen füllte, »ist Streiten untersagt. Wussten Sie das? Man darf sich dabei nur über Themen unterhalten, die die Teilnehmer harmonisch stimmen, zum Beispiel über Kunstwerke oder über die Schönheit der Welt in den verschiedenen Jahreszeiten.«

Bei dieser Bemerkung lächelte Sarah unverhohlen. Offenbar war auch sie erleichtert über das Ende der Auseinandersetzung. Ich betrachtete sie aus den Augenwinkeln, und mir ging durch den Kopf, dass in diesem

Wohnzimmer sie das beste Beispiel für die Schönheit der Welt war.

»Und da Sie sich wieder beruhigt haben«, sagte der Japaner, der die gusseiserne Teekanne auf dem Tisch abstellte, »werde ich Ihnen jetzt eine hübsche Geschichte erzählen.«

5

Die goldene Meeresmuschel

Jeder Garten ist ein Buch Gottes, aus dem das Wunder ersehen werden kann, das Gott täglich tut.

MARTIN LUTHER

Yoshimura hatte uns in den Zen-Garten hinausgebeten, in den man durch einen Raum gelangte, der neben dem Wohnzimmer lag. Der große, geschliffene Felsbrocken erinnerte mich an den Panzer einer sonderbaren Schildkröte, die ihren Kopf in einem Meer aus Kies verbarg. Im Kies zeichnete sich die Form einer von Runde zu Runde breiter werdenden Spirale ab.

Der Gastgeber blickte in den blauen Himmel, dann zeigte er auf die Kiesspirale.

»Sie entspricht dem goldenen Schnitt. Das bedeutet, dass jede Spiralwindung 1,618 mal größer ist als die vorherige. Diese Zahl ist die sogenannte Goldene Zahl.«

»Und wozu dient sie?«, fragte Sarah interessiert, die sich bückte, um ein Kieselsteinchen an seinen Platz zu legen.

Bevor er antwortete, ließ der Physiker seinen Blick einen kurzen Moment auf dem runden Hintern der Französin ruhen.

»In der Algebra wird die Goldene Zahl seit Jahrtausenden verwendet«, erklärte er. »Die Ägypter entdeckten sie, als sie geometrische Messungen in der Natur vornahmen, wo vieles diese Proportion hat. Zum Beispiel basieren die Windungen der Meeresmuscheln oder das Gerippe mancher Blätter in ihrer Struktur auf dem goldenen Schnitt. Das heißt: Wenn eine Spirale an der Basis zehn Millimeter groß ist, misst sie bei der nächsten Windung 16,18 Millimeter, und so weiter. Die Griechen haben diese Zahl beim Entwerfen von Bauwerken oder Statuen sehr ernst genommen.«

»Bravo«, gratulierte ihm der Japaner. »Ich glaube, besser hätte ich es auch nicht erklären können.«

»Das ist ja auch wesentlich einfacher als Quantenphysik«, erwiderte Pawel, zufrieden, dass er die Hauptrolle spielte. »Auf jeden Fall muss es Sie eine Menge Arbeit gekostet haben, diese Kiesmuschel zu formen.«

»Ehrlich gesagt, überhaupt keine«, antwortete der Alte und legte bescheiden die Hände ineinander. »Dieser Garten war bereits gestaltet, als ich das Haus gekauft habe. Ich musste ihn nur von den Blättern befreien, die im Lauf der Jahre von den Bäumen gefallen waren. Sie hatten die um den Felsen laufende Spirale vollständig verdeckt. Stellen Sie sich vor, wie überrascht ich war, als sie zum Vorschein kam.«

»Es wundert mich, dass jemand aus Cadaqués einen Zen-Garten angelegt hat«, schaltete ich mich ein. »Außer Dalís exzentrischen Konstruktionen in seinem Haus in Port Lligat findet man in dieser Gegend doch nur sehr traditionelle Architektur.«

»Genau darauf kommen wir jetzt«, erwiderte der Japaner. »Sie nehmen mir die Worte aus dem Mund. Ich will Ihnen eine hübsche Geschichte erzählen. Wissen Sie, wer dieses Haus im Jahr 1927 bauen ließ? Ich gebe Ihnen einen Hinweis: Es war dieselbe Person, die auch diesen Garten mit eigenen Händen geschaffen hat. Und diese Hände waren wiederum dieselben, die …«

»… wahrscheinlich auf irgendeinem Platz hier in der Nähe Geige gespielt haben«, beendete ich seinen Satz.

»Albert Einstein!«, rief Jensen. »Herr Yoshimura, ich muss Sie unbedingt um Erlaubnis bitten, dass meine Jungs eine Reportage über dieses Haus und den Garten machen dürfen. Wenn Einstein ihn eigenhändig angelegt hat, birgt er zweifellos irgendetwas Geheimnisvolles.«

»1,618«, sagte Pawel, »das ist das ganze Geheimnis, das Sie hier finden werden. Eine Schlüsselzahl, die im alten Griechenland jedes Kind kannte.«

»Moment mal«, warf Sarah ein, und ihre Augen leuchteten blau auf, »das Erstaunliche ist doch, dass wir uns hier in einem Haus Einsteins befinden, von dem seine Biographen nichts wussten …«

»Bis jetzt nichts wussten«, unterbrach sie der Japaner. »Ich bin gerade dabei, eine Biographie abzuschließen, in der auch dieser Teil seines Lebens vorkommen wird. Viel wissen wir nicht über Einsteins Besuche in Cadaqués. Angeblich ließ er sich hier ein Haus bauen, um sich von Zeit zu Zeit in diesem Nest am Mittelmeer verkriechen zu können. Der Erbauer war ein Freund von ihm und hat sich auch um den Besitz gekümmert, der übrigens auf seinen Namen eingetragen war, damit das Geheimnis gewahrt blieb. Nach Einsteins Tod hat der Sohn dieses Erbauers das Haus geerbt und fünfzehn Jahre später, als an der Costa Brava der Tourismus boomte, zum Verkauf angeboten. Glücklicherweise konnte ich es erwerben, bevor irgendein Spekulant es abriss, um auf dem Grundstück einen Wohnblock mit Ferienwohnungen hochzuziehen.«

»Und wie haben Sie von diesem Haus erfahren?«,

fragte Sarah. »Wenn es nicht einmal auf Einsteins Namen eingetragen war, war es doch bestimmt nicht einfach, es zu finden.«

Yoshimura lächelte verlegen.

»Wir Japaner«, antwortete er, »sind sehr hartnäckig, wenn wir uns einmal etwas in den Kopf gesetzt haben. Seit meinem Examen in Wissenschaftsgeschichte sitze ich an der Biographie Albert Einsteins, an der endgültigen Biographie. Außerdem habe ich das Glück, aus einer wohlhabenden Familie zu stammen. Sie hat mich im Übrigen bei meinen Forschungen, denen ich bereits mein halbes Leben gewidmet habe, stets unterstützt. Als ein Immobilienmakler aus Tokio mich darüber informierte, was für ein Juwel in Cadaqués zum Verkauf stehe, habe ich keinen Moment gezögert, es zu kaufen. Und dann bin ich hierhergezogen, um meine Arbeit fortzusetzen. Ende dieses Jahres will ich sie abschließen.«

»Sie sind mein Held«, verkündete Jensen überschwänglich. »Neben der Fotoreportage über das Haus und den goldenen Garten würde ich gerne in *Mysterie*, falls Sie damit einverstanden sind, ein ausführliches Interview mit Ihnen zu Ihren Forschungen über das Genie bringen.«

»Ich weiß nicht, ob mein Verlag das erlaubt«, antwortete der Japaner und bat uns mit einer Geste ins Wohnzimmer zurück. »Seit zwei Jahren zahlt er mir ein monatliches Honorar, das an die Bedingung geknüpft ist, dass nichts von dem, was meine Forschung an Enthüllungen hervorbringt, ans Licht kommt.«

»Enthüllungen!«, rief Jensen begeistert.

»Aber ich kann Ihnen einige Einzelheiten aus Einsteins Leben verraten, die kein Geheimnis sind, wenn auch die breite Öffentlichkeit nichts davon weiß. Zum

Beispiel bewahre ich im Obergeschoss seine Geige auf. Die will ich Ihnen gerne zeigen. Möchten Sie mich begleiten?«

Während wir gemeinsam die Treppe hinaufstiegen, beharrte der Däne auf seinem Wunsch, am nächsten Tag »seine Jungs« für eine Fotoreportage mitzubringen, aber der Japaner sagte:

»Ich fürchte, Sie werden damit ein paar Wochen warten müssen. Ich fliege nämlich morgen nach Princeton. Sie wissen ja, dass Einstein in den letzten Jahrzehnten seines Lebens dort gearbeitet hat.«

»Zwischen 1935 und 1955«, präzisierte Sarah.

»Genau«, fuhr der Japaner fort, »und anscheinend wurde soeben in dem Büro, in dem er damals gearbeitet hat, ein von ihm geheim gehaltenes Dokument entdeckt.«

»Noch eine Enthüllung ...«, sagte Jensen, wobei er sich sichtlich bemühte, seine Begeisterung über diese Neuigkeit zu verbergen.

»Vielleicht ist es ja gar nichts Großartiges. Der Direktor des Instituts hat mir allerdings versichert, ich sei der Erste, dem er es zeigen wolle. Sollte es von Interesse sein, werde ich es auf jeden Fall in die Endfassung meines Buches aufnehmen.«

»Aber dann ist es doch keine Neuigkeit mehr!«

»Berichten Sie einstweilen über die goldene Spirale und Einsteins Geige. Ich glaube, Sie schenken ihr nicht die gebührende Aufmerksamkeit.«

Ein wenig beschämt richteten wir den Blick auf eine schlichte Vitrine, in der eine Geige lag. Ihr stark verzogenes Holz machte den Eindruck, als sei das Instrument in den Jahren, in denen es nicht benutzt wurde, zeitweise Wind und Wetter ausgesetzt gewesen. Hinter der Geige und dem Bogen lehnte eine vergilbte Partitur: *Der Hexentanz* von Paganini.

»Meines Wissens hat er außer Mozart auch dieses Stück sehr gern gespielt«, erklärte Yoshimura, der angesichts des allgemeinen Schweigens recht zufrieden wirkte. »Geige und Partitur sind alles, was von Einsteins Aufenthalt in diesem Haus geblieben ist. Und natürlich der Garten.«

Während wir uns an den Wänden alte Fotografien von Cadaqués ansahen, schien das Tageslicht schlagartig abzunehmen.

»Solange die Enthüllungen nicht an die Öffentlichkeit dringen«, traute ich mich schließlich zu sagen, »bleibt das bislang größte Rätsel, wer die Postkarten verschickt und uns hierherbestellt hat.«

Alle, auch der Gastgeber, sahen einander schweigend an. Falls einer aus unserem Kreis hinter dem Unterfangen steckte, war nun klar, dass er sich aus irgendeinem Grund nicht zu erkennen geben wollte.

6

Großvatermord

Wir können die Zeit nicht totschlagen,
ohne die Ewigkeit zu verletzen.

H. D. THOREAU

Der Montag nach jenem merkwürdigen Treffen begann ausgesprochen schlecht. Als Erstes stellte ich fest, dass ich mein kleines Moleskine, das jede Menge Notizen aus den vergangenen Jahren enthielt, in Yoshimuras Haus vergessen hatte. Ich hatte es aus der Jackentasche gezogen, um die Busfahrkarte herauszunehmen, die ich ins Geheimfach des Notizbuchs geschoben hatte, und es nicht wieder eingesteckt.

Siedend heiß fiel mir ein, dass ich das Notizbuch auf dem Teewagen hatte liegenlassen, als wir in den Garten hinausgegangen waren. Wahrscheinlich würde ich es frühestens in zwei Wochen abholen können, und der Gedanke, dass ein Fremder, selbst wenn er Japaner war, in meinen schriftlichen Notizen über Leben und Bücher herumschnüffelte, gefiel mir gar nicht.

Doch das Schlimmste sollte erst noch kommen.

Am späten Vormittag kam eine E-Mail von Yvette. Sie teilte mir mit, ich müsse mir meine Arbeit künftig mit einem festangestellten Skriptautor teilen. Das bedeutete, dass meine Einkünfte um die Hälfte schrumpfen würden.

Allein die Miete für meine Wohnung und die 600 Euro Unterhaltszahlung an meine Exfrau, die sich auf Lanzarote niedergelassen hatte, waren dann höher als mein Monatseinkommen. Wovon sollte ich leben? Falls ich keine neue Einnahmequelle fand, steckte ich ganz schön in der Patsche.

Während ich mich bedrückt an die Arbeit machte, um das Skript für die anstehende Montagabendsendung mit dem Titel *Paralleluniversen* fertigzustellen, fragte ich mich, ob die Strafe, die ich soeben verpasst bekommen hatte, wohl mit meinem Debüt als Talkshowteilnehmer bei *Netzwerk* zusammenhing. Möglicherweise hatte sich Juanjo Bonnín bei der Direktion des Senders über mich beschwert, und die hatte beschlossen, mich – zumindest teilweise – kaltzustellen.

Wütend und niedergeschlagen begann ich meine Notizen zu ordnen. Bis zu diesem Vormittag hatte ich nie so recht begriffen, warum die Leute sich so brennend für das Thema Paralleluniversen interessierten. Immer, wenn in der Sendung die Rede von Quantenmechanik war, trafen kurz darauf Mails von Hörern ein, die Fragen zu diesen Universen stellten.

Jetzt aber verstand ich plötzlich, dass, wenn das eigene Universum nichts mehr hergibt, nur noch die Hoffnung bleibt, in einem anderen so zu leben, wie man es sich wünscht.

Passierte mir vielleicht gerade dasselbe? War mein Entschluss, nach Cadaqués zu fahren, nur der Beweis dafür gewesen, dass wir alle von Zeit zu Zeit das Bedürfnis haben, in ein Paralleluniversum zu entfliehen, um unser aus dem Ruder gelaufenes Leben wieder auf Kurs zu bringen?

Erneut las ich einen Artikel über Everetts Theorie der multiplen Universen, fand diese aber zu kompliziert, um sie einem breiten Publikum näherzubringen. Nicht einmal ich als Wissenschaftsjournalist war mir sicher, ob ich sie wirklich verstanden hatte.

Einen Ausweg aus der Verwirrung bot mir die in Science-Fiction-Romanen und -Filmen gängige Beschreibung von Paralleluniversen. Wenn dort jemand in die Vergangenheit reiste und irgendwann wieder in die Gegenwart zurückkehren wollte, landete er in der Regel nicht in seiner ursprünglichen Welt. Er musste, nachdem er die Gesetze der Zeit durchbrochen hatte, in einem Paralleluniversum weiterleben, das dem, welches er bisher gekannt hatte, zwar stark ähnelte, aber nicht mit ihm identisch war.

Mit dieser Lösung umgingen Autoren und Filmemacher das sogenannte »Zeitreisen-Paradoxon«. Es beruht darauf, dass man – nach dem Prinzip von Ursache und Wirkung –, ginge man in die Vergangenheit zurück und brächte den eigenen Großvater um, gar nicht geboren werden und deshalb auch nicht mehr in seine Ausgangszeit zurückkehren könnte. Es würde sich also folgendes Problem stellen – und genau hier lag das Paradoxon –: Wenn man gar nicht erst geboren worden war, wie zum Teufel konnte man dann in die Vergangenheit reisen, um den eigenen Großvater umzubringen?

Vollkommen absurd.

Paralleluniversen waren ein geeignetes Hilfsmittel zur Umgehung dieses Problems, zumindest im Film: Dort entschwindet der Zeitreisende in die Vergangenheit und bringt den Großvater um die Ecke. Um danach weiterleben zu können, wechselt der Zeitverbrecher in eine Parallelwelt, in der er selbst zwar existiert, wo es aber keinen Großvater geben muss.

Nach all diesen Grübeleien gelang es mir schließlich, zumindest die theoretische Einleitung für die Sendung zu verfassen. Danach war ich plötzlich todmüde. Als hätte mir ein Quantensauger die letzten Energie-Elektronen entzogen, schleppte ich mich zum Bett und schlief vor Erschöpfung sofort ein.

Während ich in die durch keinerlei Netz gesicherte Leere des Unbewussten stürzte, erwachten in mir alle möglichen Parallelszenen wieder zum Leben: die Goldene Zahl, Sarah Brunets Hintern ... und schließlich der Satz »In der Tat, es gibt eine letzte Erkenntnis.«

Abblende.

Als ich aufwachte, war es bereits nach acht, und in der Wohnung war es dämmrig – ich hasste das.

Als sich meine Augen allmählich an das trübe Licht gewöhnten, war mir, als hätte sich etwas Wichtiges verändert. Nicht, dass ich ein Paralleluniversum oder etwas Ähnliches betreten hätte, nein, es schien sich etwas Wesentliches verändert zu haben, während ich mich vor der Welt des Alltags versteckt hatte.

Intuitiv schaltete ich den Fernseher ein, und zwar genau in dem Moment, als die Abendnachrichten begannen. Zunächst wurden Bilder von Streiks und Demonstrationen vor dem Arbeitsministerium gezeigt. Während von einem europäischen Symposium über sogenannte *Bad Banks* die Rede war und davon, was mit ihnen zu geschehen habe, ging ich in die Küche und erhitzte Öl in der Pfanne, um mir zwei Spiegeleier zu braten.

Als die Freiheitsstatue von Cadaqués mit den beiden Fackeln auf dem Bildschirm erschien, wusste ich, dass eine Schreckensmeldung folgen würde. Ich stellte den

Fernseher lauter, und genau in diesem Moment berichtete die Lokalreporterin:

»Der Mord an dem 62-jährigen Professor Yoshimura hat unter den 2600 Einwohnern des Küstenortes, in dem das Opfer sehr beliebt war, für Entsetzen gesorgt. Das Verbrechen wurde im Morgengrauen im Haus des Professors verübt, wo das Reinigungspersonal ihn wenig später tot auffand. Die Polizei hat noch keine offizielle Verlautbarung zu der Tat abgegeben, Augenzeugen zufolge aber haben gestern Nachmittag vier Fremde das Haus von Professor Yoshimura verlassen. Die Ermittler werden alles daransetzen, die Verdächtigen anhand der Beschreibungen aus der Nachbarschaft zu identifizieren.«

Ich schaltete den Fernseher aus und spürte, wie mir der kalte Schweiß ausbrach und den Rücken hinunterlief.

Einen Moment lang überlegte ich, ob ich mich bei der Polizei melden und sie über die Geschehnisse informieren sollte, aber einem langen Verhör fühlte ich mich schlicht nicht gewachsen. Sogar mir kam das, was ich zu berichten hatte, absurd vor. Dass ausgerechnet mein Moleskine auf dem Teewagen des Japaners liegen geblieben war, machte die ganze Sache natürlich nicht einfacher. Ein persönliches Notizbuch zurückzulassen passte hervorragend zu einem Mörder, der vom Tatort flüchtet. Ich versuchte, mich daran zu erinnern, ob ich auf irgendeiner Seite des Büchleins meine Kontaktdaten notiert hatte oder die einer Person, über die man mich ausfindig machen konnte. Aber alles war wie weggeblasen.

Schaudernd versuchte ich, mir vorzustellen, was da vor wenigen Stunden geschehen sein mochte. Es gab nur zwei Möglichkeiten: Entweder war einer der drei anderen der Mörder, die schöne Französin inbegriffen, oder eine vierte Person hatte uns an der Nase herumgeführt, um ein paar Verdächtige ins Spiel zu bringen, bevor sie die Tat verübte.

Blöderweise war ich auch noch der Einzige, der mit dem Bus hin- und zurückgefahren und von einigen Ortsansässigen gesehen worden war. Die anderen waren unauffällig in ihren eigenen Autos abgereist.

Vorübergehend lenkte mich der Geruch nach verbranntem Öl ab, aber inzwischen war sonnenklar: Wie ich es auch drehte und wendete, ich steckte bis zum Hals in der Scheiße.

7

Das Angebot

Die Angst vor dem Tod ist von allen Ängsten
die am wenigsten gerechtfertigte, denn für
jemanden, der tot ist, besteht keine Unfallgefahr.

ALBERT EINSTEIN

Nachts lag ich wach und rechnete damit, dass es jeden Moment klingeln und die Polizei vor der Tür stehen würde, um mich zu verhören. Würden sie mir meine hanebüchene Geschichte abnehmen?

Zwar hatte ich ein Alibi, den Portier vom Radiosender, der mir den Umschlag gegeben hatte. Aber meine Erklärung, eine anonyme Postkarte mit einer Zeitangabe und einer Adresse habe mich veranlasst, zu Yoshimura zu fahren, würde den Verdacht gegen mich vermutlich nur noch erhärten. Nein, das brachte absolut nichts.

Ich goss mir ein großes Glas Bushmills ein, Whiskey aus der ältesten Brennerei der Welt, um über eine Lösung für das unverhofft aufgetauchte, verheerende Problem nachzudenken.

Als Zeugen für meine Busfahrt kamen der Fahrer und die Mitreisenden in Frage, falls sie mich überhaupt bemerkt hatten. Außerdem noch einige Bewohner von Cadaqués, vor allem der Alte, bei dem ich mich nach der Straße des Japaners erkundigt hatte. Der Alte hatte mich bestimmt schon auf dem Kieker. Nachdem er von dem Verbrechen erfahren hatte, war er vermutlich sofort zur Polizei gerannt, um eine Personenbeschreibung abzugeben.

Nach einem zweiten großen Schluck Bushmills war ich in der idealen Verfassung, um wieder ins Bett zu kriechen und der Dinge zu harren, die da kommen würden. Die Flasche ließ ich in Reichweite stehen, um mein Unglück weiter betäuben zu können. Zur Ablenkung griff ich zu *Blankets*, dem autobiographischen Comicroman von Craig Thompson. Der Roman handelt von zwei Brüdern, die sich ein Bett teilen müssen, und davon, wie sich einer der beiden zum ersten Mal verliebt. Auf über 500 Seiten erzählt der Autor in Bildern eine leidvolle, deprimierende Geschichte.

Während ich mit den beiden Helden im tiefsten Amerika durch eisige Wälder streifte, horchte ich angespannt aufs Telefon und die Türklingel. Um ein Uhr morgens las ich den letzten Satz. Darin hieß es, der Himmel sei die Hoffnung und das Paradies eine Erinnerung. Dann schloss ich die Augen und wünschte mir, ich würde mich in Luft auflösen.

Das Klingeln des Telefons dröhnte in meinem Schädel wie Feueralarm. Außer meiner Schwester und den Angestellten von Handygesellschaften rief mich niemand unter dieser Nummer an. Ich musste also annehmen, dass die Polizei mich aufgespürt hatte und mich das erste telefonische Verhör erwartete.

Doch als ich abnahm, hörte ich nur, wie am anderen Ende jemand einhängte. Erleichtert atmete ich auf, obwohl es dafür gar keinen Grund gab. Jemand hatte sich soeben vergewissert, dass ich zu Hause war, ich musste also damit rechnen, in Kürze Besuch zu bekommen. Ich schielte auf den Wecker: halb acht.

Statt wieder ins Bett zu kriechen, beschloss ich, unter

die Dusche zu gehen, um angesichts der bevorstehenden Ereignisse frisch und munter zu sein. Während der heiße Wasserstrahl meine Gedanken aus ihrer Starre löste, begann ich, mich auf meine Verteidigung einzustellen. Zunächst einmal gab es keinen Grund, warum ich überhaupt über Yoshimuras Tod informiert sein sollte. Ich könnte ja einer dieser radikalen Medienskeptiker sein – war es eine Zeitlang auch gewesen –, die einen Fernseher nur einschalten, um Dokumentar- oder Independentfilme auf DVD abzuspielen.

Ich würde also erst einmal überrascht auf den Mord reagieren und dann zugeben, dass ich in der Tat zu dem Treffen im Haus des Japaners gefahren war. Als Nächstes würde ich alle, die dort zusammengekommen waren, detailliert beschreiben. Auf diese Weise konnte ich vielleicht den Tatverdacht von mir abwälzen.

Während ich mir die warme Haut mit dem Handtuch abrubbelte, kam ich mir plötzlich wie Aladin beim Reiben der Wunderlampe vor; denn soeben war mir etwas eingefallen, was ich bisher übersehen hatte: Die drei Verdächtigen hatten sich mit Vor- und Nachnamen vorgestellt; als Journalist sollte ich sie zunächst im Internet überprüfen. Todsicher hatte der Mörder nicht seine wahre Identität preisgegeben.

Von meiner Idee beschwingt, schaltete ich den Rechner ein, um zuerst nach der Zeitschrift *Mysterie* und ihrem durchgeknallten Verleger zu suchen. Aber noch bevor ich irgendetwas eingegeben hatte, traf eine E-Mail ein, die mir den Atem verschlug:

Von: Princeton Quantic Institute
Für: Javier Costa
Betreff: Angebot zur Zusammenarbeit

Sehr geehrter Herr Costa,

zunächst möchte ich Ihnen mein herzliches Beileid zum schmerzlichen Verlust Ihres Mentors, Professor Yoshimura, aussprechen. Uns ist bewusst, dass Sie beide eng miteinander verbunden waren, sowohl beruflich als auch persönlich. Wir entnehmen dies der Nachricht, die der Professor unserem Institut hat zukommen lassen und in der er für den Fall, dass er persönlich nicht in der Lage sein sollte, die abschließende Bearbeitung seines Werkes vorzunehmen – dieser Fall ist ja nun bedauerlicherweise eingetreten –, diese Aufgabe an Sie delegiert hat.

Das Vertrauen, das Professor Yoshimura Ihnen entgegenbrachte, hat uns veranlasst, uns umgehend mit Ihnen in Verbindung zu setzen, da wir der festen Überzeugung sind, dass wir unserem gemeinsamen Freund mit der Vollendung der *Endgültigen Biographie Einsteins* am ehesten eine Hommage erweisen. Schließlich hat er dieser Arbeit sein Leben gewidmet.

Als Koordinator des Buches, dessen Publikation von einem Ein-Personen-Verlag finanziert wird, ist es meine Aufgabe, Sie über die Bedingungen des Vertrags in Kenntnis zu setzen, der Sie bei Ihren Forschungen im Zusammenhang mit der Fertigstellung des Werkes absichern wird. Dem angehängten Dokument können Sie entnehmen, dass immer noch einige Lücken zu füllen sind.

Der Mäzen dieses Projekts hat für Ihre Tätigkeit

eine zusätzliche Summe von 75 000 Dollar bereitgestellt, die Ihnen folgendermaßen zugehen wird: 25 000 bei Unterzeichnung des angehängten Vertrages, 25 000 bei Abgabe des fertigen Manuskripts und weitere 25 000 bei dessen Veröffentlichung. Auf eine Beteiligung an den Einnahmen aus den Buchverkäufen haben Sie keinerlei Anspruch, da das Werk nicht in Buchhandlungen vertrieben werden soll. Jedoch wird Ihr Name in der am Ende des Werkes abgedruckten Mitarbeiterliste den ihm gebührenden Platz bekommen.

Wir hoffen, baldmöglichst Ihre Zustimmung zu erhalten, um die letzte Etappe eines Projekts in Angriff nehmen zu können, das unser Wissen über Einstein und seinen Nachlass in einem neuen Licht erscheinen lassen wird.

Mit freundlichen Grüßen

Raymond L. Müller
Publikationsleiter des PQI

8

Der Depperte

Die Dinge schon im Keim zu erkennen
ist die Aufgabe des Genies.

LAOTSE

Das Angebot war so spektakulär, dass ich vorübergehend meine Angst vor der Polizei vergaß. Noch bevor ich mich mit allem Fraglichen und Widersinnigen dieser Mail befasste, öffnete ich zunächst einmal das angehängte PDF mit dem Vertrag. Während ich ihn las, druckte ich die 380 Seiten der Biographie aus, die Yoshimuras Tod bedeutet hatten.

Dieser Raymond hatte seine Nachricht zwar in fließendem Spanisch geschrieben, der Vertrag aber war in verworrenem Juristenenglisch verfasst. Auf den sieben kleingedruckten Seiten wies man den Vertragspartner auf jede erdenkliche Weise darauf hin, dass er ein Dienstleistender sei und keinerlei Rechte am Text habe. Überdies wurde eine lange Serie von Sanktionen aufgeführt, für den Fall, dass der Inhalt des Manuskripts vor seiner Veröffentlichung Dritten zugänglich gemacht werde, dazu gehörte die Rückzahlung der erhaltenen Vorschüsse.

Da ich mich sowieso aufs Arbeiten eingestellt hatte, sagte ich mir, dass es für jemanden wie mich, der es gewohnt war, Texte umzuschreiben, nicht schwer sein konnte, die »Lücken zu füllen«, die der Autor der Biographie hinterlassen hatte. 25 000 Dollar waren ja schon mal ein hübsches Startkapital, auch wenn ich einen Teil davon in Rechercherreisen würde stecken müssen. Aber vielleicht war ein Ortswechsel angesichts meiner heiklen Lage genau das Richtige.

Bevor ich mir nähere Gedanken über eine Angelegenheit machte, die ein krasser Irrtum zu sein schien – man hielt mich für den treuen Jünger einer Person, die ich vor 24 Stunden noch gar nicht gekannt hatte –, setzte ich meine elektronische Signatur unter sämtliche Seiten des Dokuments und gab auf der letzten Seite noch meine Bankverbindung an.

Als ich das ausgefüllte PDF an seinen Absender zurücksandte, kam ich mir vor wie ein Kind, das bei einem Spiel mitmacht. Wenn ich geahnt hätte, auf was für einem Spielfeld ich mich bewegte, hätte ich niemals auf »Senden« geklickt. Aber nun war es geschehen.

Den Vormittag über schlenderte ich durchs Stadtzentrum und hoffte insgeheim, mein Leben würde zu der langweiligen Normalität zurückkehren, in der es bis vor kurzem dahingedümpelt war. Doch irgendetwas sagte mir, dass dies nicht mehr möglich war. Ich hatte den Weg der Vernunft verlassen – weil ich erstens der unheilvollen Einladung gefolgt war und zweitens diesen Knebelvertrag unterschrieben hatte –, und tatsächlich hatte ich nun das Gefühl, ein Paralleluniversum betreten zu haben, dessen Regeln ich nicht kannte.

Eine ganze Weile wanderte ich durch La Central del Raval, die Buchhandlung, in der ich von Zeit zu Zeit nach Neuheiten Ausschau hielt. Schließlich kaufte ich mir dort eine dicke Einstein-Biographie von Walter Isaacson und schob sie in die Tasche, in der ich bereits

Yoshimuras unvollständiges Manuskript mit mir herumtrug.

Das Gesetz der Schwerkraft machte sich an meiner Schulter bemerkbar, als ich die Abteilung für Comics und Jazz durchquerte und in das kleine Café der Buchhandlung ging. Um diese Zeit waren nur ein paar Tische von Studenten der nahen Historischen Fakultät belegt.

Der Duft nach frischem Kaffee entspannte mich, ich setzte mich, um meine Gedanken ein wenig zu ordnen. Während ich darauf wartete, dass man mir einen »Mönchstee« brachte, wurde mir klar, dass dieser obskure Verleger von Yoshimuras Buch gar nichts von der Entdeckung in Einsteins Büro geschrieben hatte. Da das Quantic Institute aber ebenfalls in Princeton lag und sich um die Herausgabe des Buches kümmerte, war anzunehmen, dass sie dort über den Fund Bescheid wussten.

Ich überlegte, ob es ratsam wäre, den Verleger in einer Mail danach zu fragen. Vielleicht hatte der Institutsdirektor aber einzig und allein Yoshimura über diese Entdeckung im ehemaligen Büro des Genies informiert, und der musste entscheiden, ob er sie in die Biographie aufnahm oder nicht. Vielleicht stand seine Ermordung auch in direktem Zusammenhang mit dieser Enthüllung. In der ganzen Geschichte wimmelte es nur so von offenen Fragen; aber dass die per Postkarte versandten Einladungen nach Cadaqués etwas damit zu tun hatten, stand für mich nun endgültig fest.

Bisher war ich allerdings immer noch nicht dazu gekommen, zu überprüfen, ob die Namen der Geladenen wirklich ihre richtigen Namen waren, um meinen Verdacht eingrenzen zu können.

Am meisten verwirrte mich jedoch in diesem ganzen

Durcheinander die Tatsache, dass der Verleger sich an mich als vermeintlichen Freund und engen Mitarbeiter Yoshimuras gewandt hatte. Wie war es zu diesem Irrtum gekommen? Und woher hatte er meine E-Mail-Adresse?

Während der Kellner mir den Tee servierte, fiel mir ein, dass wir alle am Ende unserer Zusammenkunft in Cadaqués dem Gastgeber unsere Visitenkarten gegeben hatten, dieser sich aber entschuldigt hatte, dass er selbst keine dahabe. Wir Gäste hatten untereinander keine Visitenkarten ausgetauscht, so als hätte keiner dem anderen getraut.

Anhand der bisherigen Ereignisse konnte ich mir in etwa ausmalen, was sich abgespielt hatte. Aus irgendeinem Grund hatte der Japaner sich nach dem Treffen bedroht gefühlt. Einem angstgesteuerten Impuls folgend, hatte er sich unter seinen Gästen einen ausgesucht, um ihn seinem Verleger als Nachfolger für den Fall vorzuschlagen, dass ihm noch in derselben Nacht etwas zustoßen sollte. Vielleicht hatte Yoshimura seine E-Mail sogar nur Minuten vor seinem Tod abgeschickt.

Zwar war diese Erklärung reichlich an den Haaren herbeigezogen, aber mir fiel nichts Besseres ein.

Um mich von den vielen Fragen abzulenken, die sich in meinem Kopf überschlugen, beschloss ich, einige Seiten in Isaacsons Buch zu lesen – Yoshimuras Text war auf Englisch geschrieben –, das in einem verständlichen, auf ein breites Publikum abgestimmten Stil verfasst war.

Der erste Teil des Werkes handelte von der Kindheit des Genies in Ulm und München, wo Albert sich mit dem Sprechen so schwergetan hatte, dass das Hausmädchen der Familie ihn »den Depperten« nannte.

Alberts Vater, der mit einer Bettfedernhandlung pleitegegangen war, eröffnete in der bayrischen Hauptstadt gemeinsam mit seinem Bruder einen kleinen Betrieb zur Gas- und Wasserinstallation. 1881, als Alberts Schwester Maja geboren wurde, erklärten die Eltern ihrem Sohn, er habe nun ein wundervolles Spielzeug, mit dem er sich »in Zukunft amüsieren« könne. Der kleine Albert schaute das Baby nur verwundert an und fragte: »Und wo sind die Räder?«

Angeblich war Einstein in seiner frühen Kindheit so schüchtern und einzelgängerisch – er wollte immer alleine spielen –, dass seine Gouvernante ihn einen Langweiler nannte. Er verbrachte die Zeit damit, schwierige Puzzles zusammenzufügen oder riesige Kartenhäuser zu bauen, von denen einige bis zu vierzehn Etagen umfassten.

Bevor ich das Buch schloss, las ich noch einen Abschnitt über Einsteins Leidenschaft für das Geigenspiel. Die Mutter hatte ihn angehalten, das Instrument zu erlernen, von dem Albert sich sein Leben lang nicht mehr trennen sollte. Er liebte es, Stücke von Mozart zu spielen, und manchmal, wenn er mit seiner Geige unterwegs war und irgendwo jemanden in einem Haus Klavier spielen hörte, packte er das Instrument aus, um den Unbekannten an Ort und Stelle zu begleiten.

Das spontane Musizieren passte gut zu dem, was ich über seine Aufenthalte in Cadaqués gehört hatte.

Später, zu der Zeit, als der junge Einstein in Berlin die »spezielle Relativitätstheorie« entwickelte, griff er jedes Mal, wenn er eine Denkblockade hatte, zur Geige. Ungeachtet der Tageszeit, ging er in die Küche, um Melodien zu improvisieren, bis er plötzlich aufhörte und rief: »Ich hab's!«

9

Die unsichtbare Magie des Magneten

Lass deine Träume wie einen Drachen
in den Himmel steigen, du weißt nie,
was sie dir zurückbringen werden:
ein neues Leben, einen neuen Freund,
eine neue Liebe, ein neues Land.

ANAÏS NIN

Die 25 000 Dollar lagen, in Euro gewechselt, auf meinem Konto. Während ich auf dem Bildschirm ungläubig meinen Finanzstatus betrachtete, machte ich mir klar, dass zwischen meiner blinden Einwilligung in den Vertrag und dem Eingang des Geldes nur drei Stunden verstrichen waren. Es kam von einem Konto bei meiner eigenen Bank, dessen Inhaber die Initialen PQI hatte.

Die einzig vernünftige Erklärung hierfür schien mir, dass das Institut für Quantenphysik in Princeton eine Person ihres Vertrauens in Barcelona hatte und dass diese Person auf einen Anruf hin die Überweisung vorgenommen hatte. Die Schnelligkeit der Transaktion erinnerte mich wieder an den Umschlag, der ja auch nur eine Viertelstunde nachdem ich mich in die Radio-Diskussion eingeschaltet hatte, beim Sender eingetroffen war. Steckte womöglich ein und dieselbe Person dahinter?

Überdies fragte ich mich, ob der Anruf, den ich morgens um halb acht erhalten hatte, nicht auch von jemandem vom PQI gekommen war. Ich fühlte mich überwacht, und jetzt war ich auch noch vertraglich dazu verpflichtet,

Recherchen mit unvorhersehbaren Folgen anzustellen. Wenn ich an Yoshimuras Ende dachte, konnte ich nicht vorsichtig genug sein.

Aber ich hatte nun mal den Vertrag unterzeichnet, und das Geld lag auf meinem Konto. Es gab also keinen Weg zurück. Jetzt musste ich konsequent meine neue Aufgabe angehen.

Glücklicherweise war ich noch immer nicht mit dem in Cadaqués verübten Verbrechen in Verbindung gebracht worden. Und wie ein katalanisches Sprichwort sagt: »Wer alle Tage sich bemüht, kommt übers Jahr ans Ziel.« Früher oder später würden sie mich finden, keine Frage, aber ich konnte ja mein Handy in Barcelona lassen und mich auf Einsteins Spuren begeben, dann würde es noch eine Weile dauern, bis sie mich zu fassen bekamen. Und bis dahin hatten sie ja vielleicht den Mörder erwischt.

Doch es bestand auch die Möglichkeit, dass der Mörder mich erwischte.

Statt die anderen Gäste Yoshimuras im Internet zu recherchieren, erledigte ich den restlichen Montag über Verwaltungskram. Denn bei meiner Abreise am nächsten Morgen wollte ich alles sauber und ordentlich hinterlassen.

Beim Überfliegen von Yoshimuras Manuskript hatte ich einige größere Leerstellen entdeckt, an denen der Professor vermutlich noch fehlende Informationen zu Einsteins Studium an der ETH, der Eidgenössischen Technischen Hochschule von Zürich, einfügen wollte. Am nächsten Tag gab es um 19:38 eine direkte Zugverbindung in die Schweizer Stadt. Dort würde ich dann am Mittwochmorgen um 10:07 eintreffen.

Trotz der Annehmlichkeiten, die der Talgo bot, stand mir eine lange, ermüdende Bahnfahrt bevor. Nach Zürich hätte ich auch einen billigen Flug buchen können, aber irgendetwas sagte mir, dass es besser war, mit dem Zug zu fahren. Einerseits wusste ich aus Erfahrung, dass bis zur Schweizer Grenze, wo mich vermutlich niemand suchen würde, die Pässe nur lax kontrolliert wurden. Außerdem gefiel mir der Gedanke, bei meinem Einstieg in den »Aktionsjournalismus« – nach der jahrelangen Tätigkeit als Schreiberling, der immer nur anderen zu Glanz und Gloria verhalf – nichts zu überstürzen.

Ich hatte genug Geld für die nächsten Monate, den Auftrag für ein aufregendes Forschungsthema und konnte während der Arbeit am Text nach Lust und Laune reisen. Mein Englisch war zwar nicht besonders gut, aber vor dem Abgabetermin, laut Vertrag der 23. August, konnte ich ja noch einen muttersprachlichen Korrektor engagieren.

Ich schaute auf den Kalender: 23. Mai. Drei Monate würden genügen, um das Manuskript zu vervollständigen. Wenn alles erledigt war und ich die beiden restlichen Zahlungen erhalten hatte, würde ich mir anderthalb Jahre freinehmen können.

Von dieser Aussicht berauscht, ignorierte ich meinen Überlebensinstinkt und schrieb eine Mail an Yvette, in der ich sie von meiner Kündigung als *Netzwerk*-Autor unterrichtete. Dann las ich mir meine Begründung mehrmals durch, bevor ich die Mail abschickte.

Bitte versteht meine Kündigung nicht als wütende Reaktion darauf, dass meine Einkünfte gerade um die Hälfte geschrumpft sind, obwohl ich mich damit natürlich nur schwer hätte »durchschlagen« können.

Ich wäre gern bis zum Ende des aktuellen Programms geblieben, aber ein unerwartetes Arbeitsangebot aus dem Ausland hat mich zu einer umgehenden Entscheidung gezwungen. Ich reise morgen ab. Allerdings bin ich sicher, dass der festangestellte Skriptautor und seine Mitarbeiter meine Kündigung mehr als wettmachen werden.

Liebe Grüße (auch an Hernán) und danke für alles,
Javier

Bis zum Abend war noch immer kein Anruf auf meinem Handy eingegangen, und auch in meiner Mailbox lag keine Antwort, obwohl ich wusste, dass meine Mail gelesen worden war. Im Grunde war es mir so lieber – ich konnte ja nichts erklären –, trotzdem tat es mir weh, dass meine Kündigung mit gleichgültigem Schweigen quittiert wurde.

Da ich die Reise größtenteils dazu nutzen wollte, das Manuskript zu lesen, beschloss ich, Isaacsons Biographie mit ins Bett zu nehmen. Ich schlug das Buch dort auf, wo ich am Morgen die Lektüre unterbrochen hatte: beim Einstieg des kleinen Einstein in die Welt der Wissenschaft.

Albert war fasziniert von dem Kompass, den sein Vater ihm geschenkt hatte. Für das Kind hatte es den Anschein, dass Magnetismus in der Natur eine seltsame Zauberkraft war, die es verdiente, ergründet zu werden. Er war gerade einmal zwölf Jahre alt und beschäftigte sich schon mit der Lösung arithmetischer Probleme, die weit über seinem Wissensstand lagen. Sein Onkel, der Geschäftspartner seines Vaters, erklärte ihm Gleichungen so: »Algebra ist eine lustige Wissenschaft«, sagte er, »wenn man das gesuchte Tier nicht erjagen kann, so gibt man ihm vorläufig den Namen ›x‹ und jagt so lange, bis es zur Strecke gebracht ist.«

Ein Medizinstudent, den die Einsteins einmal pro Woche zum Abendessen einluden, unterstützte Albert bei seinen autodidaktischen Studien. Er lieh ihm kleine populärwissenschaftliche Bücher, die der junge Forscher verschlang. Mit sechzehn Jahren verfasste er seine erste physikalische Schrift unter dem Titel »Über die Untersuchung des Ätherzustandes im magnetischen Felde«. Damals glaubte man, das Universum enthalte eine unsichtbare Substanz, den Äther, der Licht und Magnetstrahlen transportiere.

Diese Schrift schickte Albert einem reichen Onkel, der in Brüssel lebte, in der Hoffnung, dieser könne sich für ihn verwenden und ihm einen Studienplatz am Zürcher Polytechnikum verschaffen, obwohl ihm noch zwei Jahre bis zum Mindesteintrittsalter von achtzehn Jahren fehlten. Einem anderen Verwandten gelang es schließlich, den Direktor des Polytechnikums zu überreden. Er ließ das »Wunderkind« die Aufnahmeprüfung machen.

So bestieg Einstein im Oktober 1895 den Zug nach Zürich, ohne zu ahnen, dass diese Reise die Wissenschaft in eine neue Richtung lenken sollte.

Das schrille Klingeln des Telefons riss mich aus meiner Lektüre. Als ich den Hörer abnahm – wer anrief, wurde auch diesmal, genau wie am Morgen, nicht angezeigt –, erwachten wieder meine sämtlichen Befürchtungen, doch am anderen Ende erklang eine überraschend anmutige Stimme und sagte nur zwei Worte:

»Cabaret Voltaire.«

»Wie bitte?«

Dann wurde aufgelegt.

10

Melancholische Züge

> Nichts wahrhaft Wertvolles erwächst aus Ehrgeiz
> oder bloßem Pflichtgefühl, sondern vielmehr
> aus Liebe und Treue zu Menschen und Dingen.
>
> ALBERT EINSTEIN

Züge verbinden sich für mich unweigerlich mit Melancholie. Nicht nur weil ich Diana, die Frau, mit der ich zwei Jahre verheiratet war, in einem Zug kennengelernt habe. Immer setzt schon in den Bahnhöfen die unerklärliche Traurigkeit ein, die Gleise bei mir auslösen.

Sants, der Hauptbahnhof von Barcelona, hat zwar nichts Romantisches, doch von dem Augenblick an, als ich mich der schweigenden, kofferziehenden Menge anschloss, hatte ich das Gefühl, dass mich das Glück verlassen hatte. Eine Katastrophe, verbunden mit einer unverhofften Chance – falls man es so nennen konnte –, sollte mich nun in die Schweiz bringen, sicher die falsche Zuflucht vor all den Problemen, die auf mich eindrangen.

Solange ich auf Reisen war, würde ich nichts zu befürchten haben. Zumindest bildete ich mir das ein.

Mit einer diskreten Geste gab die Zugbegleiterin des Talgo mir zu verstehen, dass mein Abteil mehrere Waggons weiter vorne lag. Ich lief schneller, rannte fast, obwohl der Zug erst in zwanzig Minuten abfuhr. Vielleicht war es die Angst, erkannt und verhaftet zu werden, die mich dazu brachte, mich in diesem Aluminiumgefährt zu verkriechen.

Mein Platz befand sich in einer für vier Fahrgäste eingerichteten Zelle. Ich machte es mir auf meinem Sitz bequem, der sich nachts in ein Bett verwandeln würde, und wünschte mir, der Zug würde nur zur Hälfte besetzt sein und ich müsste diesen winzigen Raum mit niemandem teilen.

Pünktlich auf die Minute fuhren wir los, und mein Wunsch ging in Erfüllung. Zumindest vorerst. Das Gesicht an die Scheibe gedrückt, schaute ich fasziniert auf die verschiedenen Tunnel voller Gleise, die sich in alle Richtungen gabelten. Sie erschienen mir wie eine Allegorie der endlosen Wege des Daseins. Eines aber wusste ich mit meinen 41 Jahren: Keiner von ihnen führte ins Nirgendwo.

Während die lange Reihe der Waggons sich aus den Eingeweiden Barcelonas herausschlängelte, beobachtete ich, wie die Sonne langsam hinter den billigen Betonbauten verschwand. Nach meinen philosophischen Betrachtungen gab ich mich der Erinnerung an jene Liebesgeschichte hin, die so schlecht zu Ende gegangen war.

An dieser Stelle konnte ich meinen Lebensfilm mit großer Ehrlichkeit betrachten.

Vier Jahre zuvor hatte alles begonnen, in einem Nachtzug, der von Sankt Petersburg nach Moskau fuhr. Schon damals hatte ich die Angewohnheit, allein zu reisen, und nach drei Tagen in der Hauptstadt des Nordens wollte ich mir nun anschauen, wie es in der russischen Megalopolis zuging.

Sankt Petersburg war mir wie eine heruntergekommene Kaiserstadt erschienen, eine Stadt mit nur wenigen Kneipen und noch weniger lächelnden Gesichtern. Wie benommen war ich durch die Eremitage gewandert und hatte mir vom Parkett des Mariinsky Theaters aus ein sterbenslangweiliges Ballett angeschaut. Auch damals befand ich mich nicht gerade in einer besonders guten Lebensphase, und nicht einmal die schwindelerregend hohen Stöckelschuhe der Russinnen vermochten mich aus meiner Schwermut zu reißen.

Ich hatte es vorgezogen, im Winter zu reisen, statt während der weißen Sommernächte, wenn die Sonne nie untergeht.

Ein betrunkener Maler hatte mir versichert, Moskau würde meine Stimmung heben, denn die Stadt sei ein einziges, nicht enden wollendes Fest. So beschloss ich, da ich inzwischen genug von Sankt Petersburg gesehen hatte und mir nur noch drei Tage bis zum Rückflug blieben, in den »Roten Pfeil« zu steigen, einen Zug, der um Mitternacht startet und am frühen Morgen in der Hauptstadt ankommt.

Vielleicht hatte ich schon mehr russische Schönheiten gesehen, als ich verkraften konnte, jedenfalls fiel mir die zierliche junge Frau mit dem dunklen Haar auf, die in meinem Abteil schlief. Ich setzte mich ihr gegenüber, ohne zu ahnen, dass diese Philologin von den Kanarischen Inseln – so stellte sie sich später vor – für kurze Zeit meine Ehefrau sein sollte.

Unsere Romanze war ebenso heftig wie flüchtig – eine zum Scheitern verurteilte Beziehung.

Nachdem ich die schlafende junge Frau zwei Stunden lang im Mondschein betrachtet hatte, fielen auch mir die Augen zu. Genau in diesem Moment sagte sie:

»Bitte schlaf nicht.«

In einem Zug am anderen Ende der Welt meine Sprache zu hören verwirrte mich einigermaßen, denn ich hatte die dunkelhaarige Fremde für eine Georgierin oder Armenierin gehalten.

»Warum soll ich denn nicht schlafen?«, fragte ich überrascht und ein wenig irritiert. »Und woher weißt du, dass ich Spanisch spreche?«

Diana musterte mich amüsiert, bevor sie antwortete.

»Dein Mantel verrät dich«, sagte sie. »Mein Bruder hat genau den gleichen. Hier kriegst du solche Mäntel in keinem einzigen Laden, das kannst du mir glauben. Die sind nichts für die russische Kälte.«

Mir gefiel der weiche kanarische Akzent der Frau, die mir erzählte, dass sie seit einem Jahr im Moskauer Instituto Cervantes arbeite. Sie war übers Wochenende nach Sankt Petersburg gefahren, um eine Arbeitskollegin zu besuchen, die dorthin gezogen war.

Plötzlich fiel mir wieder ein, dass sie noch gar nicht auf meine erste Frage geantwortet hatte.

»Warum darf ich eigentlich nicht schlafen?«, fragte ich noch einmal.

»Wenn du einschläfst, mache ich kein Auge zu, dabei bin ich todmüde. Einer von uns beiden muss wach bleiben, verstehst du? Dieser Zug ist berüchtigt für seine nächtlichen Diebstähle. Eh man sich's versieht, ist alles futsch.«

»Das kann ich mir kaum vorstellen. Auf jeden Fall wäre es ein bisschen ungerecht, wenn ich die ganze Nacht wach bleiben müsste, damit du schlafen kannst, findest du nicht?«

»Das Leben ist ungerecht«, sagte sie und blickte aus dem rollenden Zug hinaus in die weite, gefrorene Landschaft. »Ist ja auch gut so. Sonst hätten wir nichts, worüber wir uns beklagen könnten.«

Verdutzt betrachtete ich diese weise Mitreisende. Ich schätzte sie auf knapp dreißig. Offenbar beherrschte sie die Kunst, sich über Fremde lustig zu machen. Oder zumindest über harmlose Mitmenschen wie mich. Ich beschloss, zum Gegenangriff überzugehen:

»Was kriege ich, wenn ich bis Moskau wach bleibe?«

»Das Privileg, zu sehen, wie ich schlafe. Mein Vater hat immer gesagt, ich sähe mit geschlossenen Augen wie ein Engel aus.«

»Mag sein, aber dieses Abteil ist so dunkel, dass ich dein Gesicht nur erahnen kann. Von dem Engel werde ich also nicht viel zu sehen kriegen.«

»Dann komm doch näher«, sagte sie leise. Und schloss wieder die Augen.

Näher kommen konnte ich nur, indem ich mich neben sie setzte. Und das tat ich denn auch, bereit, auf ihr Spielchen einzugehen. Als hätte sie die ganze Zeit nur darauf gewartet, ließ Diana sich in meinen Schoß fallen und schlang die Arme um meine Knie.

Überrascht von dieser Vertraulichkeit, blickte ich in ihr Gesicht, das jetzt leuchtend im Mondlicht lag. Wie das Gesicht eines Engels.

Lange betrachtete ich sie und überlegte, ob ich es wagen konnte, ihr Haar zu streicheln, das in Wellen über meine Beine fiel. Irgendwann atmete sie so tief und regelmäßig, dass ich nicht mehr fürchtete, sie dadurch zu wecken. Als meine Finger dann durch ihre Locken glitten, sagte sie:

»Wurde auch Zeit.«

11

Die Beständigkeit des Lichts

Mit seinen fünf Sinnen ausgestattet, erforscht
der Mensch die Welt, die ihn umgibt,
und nennt dieses Abenteuer Wissenschaft.

Edwin P. Hubble

Als ich in einem von Tageslicht durchfluteten Waggon wach wurde, fiel mir wieder ein, dass ich mit der Erinnerung an Diana, wie sie auf meinem Schoß lag, eingeschlafen war. Der Tag begann unverhofft mit einem Schuss Wehmut.

Doch eine Person, der Länge nach vor mir ausgestreckt, half mir, die Gedanken an meine Exfrau abzuschütteln. Während ich in einer unbequemen sitzenden Position geschlafen hatte, hatte ein Mitreisender sein Bett aufgeklappt und sich hingelegt, und da lag er jetzt und schnarchte unbekümmert. Der Mann war kräftig gebaut und um die fünfzig. Offenbar ein Handelsreisender, wie ich aus seiner konventionellen Frisur und seinem weißen Baumwollhemd schloss, einer dieser Geschäftsleute, die kreuz und quer durch Mitteleuropa reisen, um Aufträge zu ergattern.

Völlige Einsamkeit. Genau das strahlte dieser Mann aus, der da leicht zitternd auf seiner Pritsche lag.

Der Talgo hielt an einem Eisenbahnknoten nahe der französisch-schweizerischen Grenze, wo verschiedene Polizeibeamte zustiegen. Einige Minuten lang dachte ich wieder besorgt an Yoshimura und mein am Tatort zurückgelassenes Notizbuch.

Als der schweizerische Grenzbeamte »Passkontrolle!« rief und wir ihm unsere Pässe reichten, war ich mir sicher, dass meine Reise hier enden würde. Doch nachdem er mit Hilfe einer Taschenlampe die einzelnen Seiten meines Passes studiert hatte, gab er ihn mir mit einem höflichen »Gute Reise« zurück.

Als sich hinter ihm die Abteiltür geschlossen hatte, legte der vermeintliche Handelsreisende sich wieder hin und versuchte, von irritierenden Schmatzlauten begleitet, abermals einzuschlafen. Erleichtert dachte ich daran, dass ich in wenigen Stunden in Zürich sein würde, wo niemand mich kannte oder suchte.

Wenigstens glaubte ich das.

Bevor ich mich erneut in die Lektüre des Manuskripts vertiefte, brachte mich das sanfte Schaukeln des Zuges auf das Beispiel des fahrenden Zuges, das Einstein in seinen Vorträgen vor einem Laienpublikum zur Erklärung der schwierigen Relativitätstheorie heranzuziehen pflegte.

Nach den von Newton Ende des 17. Jahrhunderts aufgestellten Gesetzen der Bewegung, kann man die Geschwindigkeit von zwei oder mehreren Körpern nach den Regeln der Arithmetik addieren. Wenn ein Zug also mit 25 Stundenkilometern fährt und ein Kind einen Ball ebenfalls mit 25 Stundenkilometern in Fahrtrichtung aus dem Wagenfenster wirft, erreicht dieser Ball eine Fluggeschwindigkeit von fünfzig Stundenkilometern. Das heißt: Geschwindigkeiten addieren sich.

Nur auf das Licht lässt sich diese Grundregel nicht anwenden. Dessen Geschwindigkeit – fast 300 000 Kilometer pro Sekunde – bleibt immer gleich, so dass ein Lichtstrahl im Innern einer mit tausend Kilometern in der Sekunde fliegenden Rakete nicht 301 000 Kilometer pro Sekunde zurücklegt, sondern sich mit der gleichen Geschwindigkeit bewegt wie auf festem Boden.

Von der konstanten Lichtgeschwindigkeit ausgehend, entdeckte Einstein eine Reihe merkwürdiger, miteinander zusammenhängender Phänomene. Zum Beispiel, dass sich die Länge eines Gegenstandes mit zunehmender Geschwindigkeit verkürzt, während sich die Masse dieses Gegenstandes bei Lichtgeschwindigkeit unendlich vergrößert.

Zwar hatte ich zu diesem Thema ein Skript für *Netzwerk* geschrieben, aber ganz verstanden hatte ich die Sache nicht. Was bedeutete es, unendliche Masse zu haben? Ich fragte mich, ob Licht nicht das Ergebnis von sich zu schnell fortbewegenden und schließlich auflösenden Körpern war. Etwas in dieser Art musste es sein. Dass die Masse einer gewissen Energiemenge entspricht und umgekehrt, also das berühmte $E = mc^2$, hatte immerhin die Atombombe möglich gemacht.

Besonders kniffelig war die Vorstellung, dass die Zeit umso langsamer vergeht, je schneller man sich bewegt. Mit anderen Worten: Zeit ist etwas Relatives, wie Einstein es in seiner 1905 veröffentlichten Theorie demonstriert hat.

Als ich erneut bei der berühmten Formel $E = mc^2$ angelangt war, dachte ich wieder daran, wie das Karussell der Ereignisse, die mich aus meinem Alltagstrott gerissen hatten, in Gang gekommen war. Im Grunde hatte alles mit einem Bluff begonnen, als ich nämlich im Radio behauptet hatte, Einstein hätte die zweite Hälfte seines Lebens damit verbracht, eine geheime Theorie zu entwickeln, die er nicht zu veröffentlichen wagte. Eine so wichtige Entdeckung, dass sie vermutlich die Fundamente all dessen, was wir sind und glauben, erschüttert hätte.

Während unser Zug durch die äußeren Stadtbezirke von Zürich rollte, in denen zwischen der Limmat und den grünen Berghängen kleine Wolkenkratzer aufragten, musste ich über meine eigene Hochstapelei lachen.

Ich dachte an die Serie unvorhersehbarer Folgen, die ich mit meiner Behauptung angestoßen hatte. Erst war da der Briefumschlag mit der Postkarte und dem Busticket gewesen. Dann das merkwürdige Treffen in Cadaqués. Yoshimuras Tod. Der Vertrag über 25 000 Dollar. Was würde als Nächstes passieren?

Im Hotel Adler, einem großen, alten Haus, das in der Rosengasse lag und für seine traditionelle Küche berühmt war, richtete ich mein Hauptquartier ein.

Nachdem ich meinen Koffer ausgepackt und mein Notebook angeschlossen hatte, ging ich unter die Dusche, wo ich mein weiteres Vorgehen planen wollte. Obwohl 25 000 Dollar ziemlich viel Geld waren, hatte ich nicht vor, sie für Schweizer Hotels und Fondues auszugeben. Ich musste bescheiden bleiben, damit die Fertigstellung von Yoshimuras Biographie in einem finanziell vernünftigen Rahmen blieb.

Falls anschließend noch genug übrig war, um bis zum Jahresende meine Bedürfnisse zu decken, könnte ich mich vielleicht in dieser Zeit neu erfinden.

Nach dem Duschen zog ich mir etwas Frisches an und setzte mich guter Dinge an den Computer. Die erste gravierende Lücke im Manuskript betraf die Zeit, in der Einstein in Zürich das Polytechnikum besucht hatte. Um diese Lücke zu füllen, würde ich wahrscheinlich – falls sie noch existierten – die Archive der Hochschule durchstöbern müssen.

Bevor ich mich dieser lästigen Aufgabe zuwandte – Dokumentation hat mich immer ermüdet –, beschloss ich, einer Sache auf den Grund zu gehen, die mir seit der Nachricht von dem Mord keine Ruhe ließ. Zwar stocherte ich nicht gern in dieser Geschichte herum, die schon in die Ferne zu rücken begann, doch ich wollte einfach wissen, wer gelogen hatte.

Als Erstes gab ich bei Google Yoshimuras Namen in Verbindung mit »Einstein« ein, um zu sehen, ob ich auf irgendetwas Auffälliges stieß. Die Suche ergab 17 100 Treffer, die sich auf die unterschiedlichsten Kandidaten bezogen. Anscheinend war der Name Yoshimura in Japan so verbreitet wie García oder López in Spanien. Unzählige Yoshimuras hatten irgendetwas mit einem Artikel, einem Kurs oder irgendwelchen Forschungen über Einstein zu tun.

So kam ich also nicht weiter.

Die Suche nach dem Doktor der Physik aus Krakau musste ich abbrechen, bevor ich sie überhaupt begonnen hatte. Denn mir fiel wieder ein, dass er uns nur seinen Vornamen genannt hatte: Pawel. Der würde mir nicht weiterhelfen.

Einfacher war es mit Jensen, dem Dänen, dem Herausgeber der Zeitschrift *Mysterie*. Ich brauchte nur die Website der Zeitschrift zu suchen und mir die Namen der Redakteure anzusehen. Und tatsächlich stieß ich auf einen gewissen »Klaus Jensen, Hrsg.«. Aber genügte das, um ihn von der Liste der Verdächtigen zu streichen?

Flüchtig sah ich mir einige Reportagen an, die man über die Website aufrufen konnte. Obwohl ich kein Dänisch kann, schloss ich aus den eingefügten Bildern und den skurrilen Schriften, dass es sich wohl um ziemlichen Schrott handelte.

Eine Person blieb noch zu überprüfen, die Französin mit ihrem runden Hintern, aber das durchs Fenster meines Hotelzimmers fallende Licht sagte mir, dass ich schleunigst in die Stadt musste. Abends würde ich noch genug Zeit haben, mich als Hobbydetektiv zu betätigen.

Ich stöhnte ein wenig bei dem Gedanken an die viele Arbeit, die vor mir lag, und begann, im Internet nach dem berühmten Polytechnikum zu suchen, der Hochschule, an der das Genie im zweiten Anlauf aufgenommen worden war.

Hätte ich jedoch den Namen Sarah Brunet rechtzeitig überprüft, wäre alles, was in Kürze geschehen sollte, vollkommen anders verlaufen.

12

Das Polytechnikum

Die Universität ist ein Ort, an dem Steine
geschliffen werden und Diamanten ihren Glanz verlieren.

Robert G. Ingersoll

Eidgenössische Technische Hochschule, so nennt sich heute die Universität, in der Einstein sich mit siebzehn Jahren immatrikulierte. Sie liegt in der Rämistrasse und hat sich seit damals beträchtlich vergrößert.

Zu Einsteins Zeit gab es dort 841 Studenten und einige Professoren, inzwischen sind es 20 000 geworden – Studenten, Wissenschaftler und Angestellte. Die 370 Lehrkräfte in den insgesamt sechzehn Lehrbereichen sind stolz, in einer Institution zu unterrichten, die in den vergangenen anderthalb Jahrhunderten ganze 21 Nobelpreisträger hervorgebracht hat.

All dies führte Yoshimura in seinem Manuskript in aller Breite aus, bevor er zum biographischen Teil über den Vater der Relativitätstheorie überging.

Offenbar war das Institut, das sich 1911 noch Polytechnikum Zürich nannte, erst kürzlich in einen größeren Gebäudekomplex umgezogen, und zwar dank des Begründers der Elektrotechnik und Großunternehmers Werner von Siemens, der paradoxerweise dazu beigetragen hatte, dass Alberts Vater und sein Onkel mit ihrer gemeinsamen Fabrik für Elektrogeräte bankrottgingen.

Einstein verbrachte vier Jahre an der Hochschule und absolvierte sein Studium mit Bravour, auch wenn der Mathematikprofessor ihn einmal einen »faulen Hund« nannte. Heinrich Weber, Starprofessor der Physik, erkannte zwar das Talent des jungen Albert, warf ihm jedoch seine Aufsässigkeit vor. »Sie sind ein äußerst intelligenter junger Mann«, sagte er einmal, »aber Sie haben einen großen Fehler: Sie hören auf niemanden.«

In Gedanken übersetzte ich den Abschnitt, der den Romanzen des Studenten gewidmet war, einem zerstreuten jungen Mann, dem es sogar passieren konnte, dass er auf Reisen seinen Koffer irgendwo stehenließ, und die Hausgehilfinnen murmelten deshalb: »Dieser Junge wird es nie zu etwas bringen.« Immerhin sah Albert gut aus, zumindest wirkte er auf Frauen anziehend. Leider verweilte Yoshimura nicht lange bei der bisher für mich interessantesten Episode:

> Die Tochter seines Zimmerwirts, der für Albert zugleich eine Art Vaterfigur war, erlag seinem Charme und ließ sich auf eine Romanze mit ihm ein, die nicht lange dauern sollte. Doch je mehr das junge Genie sich von Marie Winteler, so ihr Name, abwandte, umso glühendere Liebesbriefe schrieb sie ihm. Sie gestand ihm darin unter anderem: »Ich finde keine Worte, um die Glückseligkeit zu beschreiben, die ich empfinde, seitdem deine vergötterte Seele sich mit der meinen verschlungen hat.« Albert, an die nüchterne Strenge der Wissenschaft gewöhnt, war von einer so süßlichen Liebe bald gelangweilt. Er brach Marie das Herz, die eine nervöse Depression erlitt und eine ganze Weile brauchte, um sich von ihrer enttäuschten Liebe zu erholen. Jahre später heiratete sie dann einen Schweizer, den Direktor einer Uhrenfabrik.

Es dauerte nicht lange, bis Albert sein Liebesleben wieder im Griff hatte. Nach Marie lernte er eine serbische Studentin kennen, die einzige Frau an der Fakultät des Polytechnikums, wo Albert studierte: Mileva Marić. Sie entsprach zwar nicht unbedingt dem damaligen Schönheitsideal, war aber hochintelligent.

Nachdem ich mehrere Stunden die Archive des einstigen Zürcher Polytechnikums durchforstet hatte, schwirrte mir der Kopf. Ich hatte eine aufwendige Anmeldeprozedur hinter mich bringen müssen, um an die Karteikarten von Einsteins Kommilitonen während seines vierjährigen Studiums dort zu gelangen.

Bei der ersten Lücke, die Yoshimura nicht hatte füllen können – vermutlich weil er das Zürcher Archiv nicht aufgesucht hatte –, waren einige Fragen angemerkt, die ich bei meinen Recherchen beantworten sollte:

[Wer studierte mit A. E.? Welche Laufbahn schlugen seine Kommilitonen ein, nachdem sie das Polytechnikum verlassen hatten? War unter ihnen jemand, der sich im Bereich der theoretischen Physik besonders hervortat?]

Die Fragen waren einfach, aber sie zu beantworten und die verdammte Lücke zu schließen würde mich den ganzen Tag kosten. Ich begann damit, die Namen all derer in meinem Notebook aufzuschreiben, die gemeinsam mit Albert in den einzelnen Registern der verschiedenen Studienfächer erschienen. Nachdem ich Mileva, Einsteins erste Ehefrau, ausfindig gemacht hatte, verdarb ich mir die Augen bei dem mühseligen Versuch, auch die übrigen

Namen zu entziffern, die mit Feder auf linierte Karteikärtchen geschrieben worden waren.

Als Nächstes kopierte ich die herausgeschriebenen Namen in das Google-Fenster, eine nicht sonderlich anspruchsvolle Tätigkeit. Zudem mit enttäuschendem Ergebnis; denn ich fand lediglich heraus, dass drei Kommilitonen Dozenten am Polytechnikum geworden waren.

Anschließend speicherte ich die in deutscher Sprache verfassten Informationen über ein Dutzend Kandidaten, die in Verbindung mit anderen Schweizer Bildungseinrichtungen auftauchten.

Um herauszubekommen, ob einer von ihnen sich irgendwann einen Namen auf dem Feld der theoretischen Physik gemacht hatte, brauchte ich ein Wörterbuch Deutsch-Spanisch, da ich erst einmal entschlüsseln musste, was über diese siebzehn Personen gesagt wurde. Das Wichtigste aber war erledigt, ich hatte mir die Namen von Alberts Kommilitonen notiert. Im Hotel würde ich mit den entsprechenden Nachforschungen beginnen oder sie eventuell bis zum Ende meiner Reise aufschieben.

Sollte irgendein anderes Genie Einstein bei der Entwicklung seiner Theorien geholfen haben, so war dieser Mensch vermutlich schon vor einem halben Jahrhundert gestorben. Folglich war es auch eher unwahrscheinlich, dass ich einen direkten Nachkommen fand, der mir Fakten aus erster Hand liefern konnte.

Mir schwante, dass die Vervollständigung von Yoshimuras Werk eine lästige Sucherei werden würde. Aber im Augenblick drohte mir vor allem eines: tödliche Langeweile.

Die Aussicht auf die endlosen Arbeitsstunden, die mir in den nächsten Tagen bevorstanden, ließ mich gähnen. Obwohl ich an einem der Schreibtische des Archivs auf einem unbequemen Stuhl saß, schloss ich für kurze Zeit die Augen. Da hörte ich es.

Als hätte ich mit dem Schließen der Augen eine verborgene Triebfeder meines auditiven Gedächtnisses aktiviert, erklang in meinem Kopf wieder die überraschend anmutige Stimme aus dem Hörer meines Telefons. Bevor die Unbekannte aufgelegt hatte, hatte sie nur »Cabaret Voltaire« gesagt.

Als ich diese beiden Worte in die Suchmaschine eingab, lief mir ein Schauer der Erregung über den Rücken. Die Worte bezeichneten einen Ort, der sich ausgerechnet in Zürich befand oder einst dort befunden hatte.

Einer der Google-Treffer lieferte folgende Information:

> Das 1916 von Hugo Ball gegründete Cabaret Voltaire war ein Zürcher Club, in dem sich provokativ agierende Künstler trafen. Er lag im ersten Stock eines Theaters mit »seriösem« Programm und gilt heute als Geburtsort der Dada-Bewegung. In der Folgezeit suchten auch Angehörige des sich aus dem Dadaismus entwickelnden Surrealismus das Cabaret Voltaire auf.
>
> Nach seinem Niedergang, von dem der Club sich fast das gesamte 20. Jahrhundert nicht wieder erholt hat, wurden seine Räumlichkeiten im Jahr 2002 von den Neodadaisten unter der Leitung von Mark Divo »besetzt«. Im Zuge einer Art Wiederauferstehung der einstigen Dada-Bewegung erlebte das Cabaret Voltaire drei Monate lang eine zweite goldene Ära mit täglichen Performances, Filmvorführungen und Dichterlesungen, ein Experiment, an dem Tausende von Zürchern sich beteiligten. Im März desselben Jahres,

als das Gebäude zu einem Dada-Museum umgestaltet werden sollte, verjagte die Polizei die »Hausbesetzer«.

Als ich die Website schloss, hatte ich das Gefühl, diese Spur würde mich eher weiterbringen als die langweilige Kommilitonenliste.

13

Cabaret Voltaire

Wenn man nicht gegen den Verstand verstößt,
kann man überhaupt zu nichts kommen.

ALBERT EINSTEIN

Da ich es satthatte, im Leben irgendwelcher Studenten vom Anfang des vergangenen Jahrhunderts herumzuwühlen, von denen vermutlich die meisten Ingenieure geworden waren, beschloss ich, die riesige ETH zu verlassen, um das Cabaret Voltaire oder das, was von ihm übrig geblieben war, aufzusuchen.

Dass die Frau am Telefon mich extra auf diesen Ort hingewiesen hatte, musste einen handfesten Grund haben. Vielleicht erwartete sie mich dort sogar persönlich, oder im Dada-Museum gab es irgendetwas, was ich sehen sollte.

Auf der Suche nach der Spiegelgasse, in der sich das Cabaret befindet, ließ mich der Gedanke nicht los, dass die Frau am Telefon möglicherweise dieselbe Person war, die auch die Cadaqués-Postkarten verschickt hatte. Vielleicht brachte ich deshalb die ungewöhnlich melodiöse Stimme irgendwie mit dem Schriftbild auf dem Umschlag in Verbindung.

Wer war diese Person, und was erwartete sie von mir? Die Antwort darauf würde mir vielleicht der alte Club liefern.

Es fiel mir nicht schwer, die rosafarbene Fassade mit dem kleingeschriebenen Namen »cabaret voltaire« zu finden. Die Tür war offen.

Vorsichtig, obwohl das Haus in einer der belebtesten Gassen Zürichs lag, schaute ich hinein. Fast den ganzen Boden des Erdgeschosses bedeckte ein Gemälde, über das ein sonderbares Metallgerät mit abrupten, unberechenbaren Bewegungen wanderte.

Neugierig betrat ich das Gebäude, um mir genauer anzuschauen, was ich da vor mir hatte. Hinter mir schloss sich mit sanftem Ächzen die Eingangstür.

Bevor ich weiterging, blickte ich mich um. Niemand war zu sehen außer einem Kaugummi kauenden jungen Mädchen mit blauen Haaren, das hinter einer Theke saß, an der T-Shirts und Poster verkauft wurden.

Ich näherte mich dem kleinen Apparat, einer Art rollendem Roboter, der nicht höher als zehn Zentimeter und mit einer dünnen Farbpistole ausgerüstet war. Während er in scheinbar willkürlichen Bewegungen über das Gemälde fuhr, verspritzte er schwarze Farbe und schuf auf diese Weise eine abstrakte Komposition. Sie erinnerte mich an Bilder von Jackson Pollock, die ich einmal im New Yorker MoMA gesehen hatte.

Über die eigenartige Kunst-Performance hatte ich beinahe vergessen, warum ich zum Cabaret Voltaire gekommen war. Ich beschloss also, mich an das einzige Wesen zu wenden, das sich – neben dem malenden Roboter – im Museum befand.

Die Souvenir-Verkäuferin, ein junges Mädchen, das vermutlich noch keine achtzehn war, schien nicht gerade begeistert über mein Kommen. Riesige Kopfhörer der Marke Oboe, aus denen voll aufgedrehter Hiphop nach außen drang, saßen auf ihren Ohren.

Ich stand eine ganze Weile vor ihr, bis sie endlich die Kopfhörer abnahm und mich frech anschaute.

»Was willst du?«, fragte sie auf Englisch.

»Ich interessiere mich nicht für Souvenirs. Ich will dich nur ein, zwei Sachen fragen.«

»Am besten nur eine«, murrte sie. »Wegen dir musste ich schon das Stück unterbrechen.«

Während sie auf meine Frage wartete, zog sie sich die Zöpfe glatt.

»Vor ein paar Tagen«, begann ich, »hat mich eine Frau angerufen. Der Stimme nach war sie schon etwas älter. Sie hat mir diesen Ort hier genannt, deshalb nehme ich an, dass es jemand ist, der hier arbeitet ... oder der zumindest regelmäßig ins Cabaret Voltaire kommt.«

Das junge Mädchen produzierte eine Kaugummiblase, die so blau war wie ihre Haare, und ließ sie auf den Lippen zerplatzen, bevor sie reagierte:

»Und was bitte schön ist die Frage?«

Diese Göre hatte man offenbar eingestellt, um die Kundschaft zu provozieren, doch ich war fest entschlossen, meinem eigenen Drehbuch zu folgen.

»Meine Frage ist, ob es in diesem Museum, dieser Galerie oder was auch immer das hier sein soll, eine Frau gibt, wie ich sie beschrieben habe.«

»Nee.«

Daraufhin setzte sie ihre Kopfhörer wieder auf und stellte die Musik noch lauter als vorher.

Ich musste mich gehörig zusammenreißen, um ihr nicht eine runterzuhauen, und blickte auf den malenden Roboter, der seine Aktivitäten inzwischen intensiviert hatte. Die Programmierung schien in eine entscheidende Phase eingetreten zu sein, der kleine Apparat wurde schneller, rollte hektisch vor und zurück, verspritzte eine Ladung schwarzer Tinte und machte ruckartig kehrt.

Verwirrt wollte ich das Cabaret Voltaire verlassen, als ich eine Treppe entdeckte, die zum oberen Stockwerk führte. Ich folgte ihr und stieß auf eine winzige Bar, nichts weiter als zwei Sessel, eine Kaffeemaschine und ein Automat für Dosenbier.

Von plötzlichem Durst gepackt, beschloss ich, mir ein Bier zu ziehen und es in einem Zug auszutrinken, bevor ich das Museum verließ.

Für fünf Schweizer Franken bekam ich ein eiskaltes Heineken. Mit dem Bier in der Hand setzte ich mich in einen der Sessel und betrachtete von oben das deprimierende Panorama im Erdgeschoss: den malenden Roboter, der in alle Richtungen über den Boden flitzte, und das fast genauso roboterhafte junge Mädchen mit den blauen Zöpfen.

Scheiß drauf, dachte ich, während ich einen kräftigen Schluck aus der Dose nahm.

Zwischen den beiden Getränkeautomaten hing ein riesiges Poster mit dem Dadaistischen Manifest von Tristan Tzara:

Die Magie eines Wortes – DADA –,
das die Journalisten vor die Tür
einer unvorhergesehenen Welt gestellt hat,
besitzt für uns keinerlei Bedeutung.
Um ein Manifest zu veröffentlichen, muss man A, B, C wollen und gegen 1, 2, 3 wettern, sich rühren und die Flügel spitzen, um kleine und große a, b, c zu erobern und zu verbreiten, muss unterzeichnen, schreien, fluchen, Prosa in absoluter, unwiderlegbarer Klarheit zusammenstellen, ihr Nonplusultra beweisen und behaupten, das Neue gleiche dem Le-

ben wie die jüngste Erscheinung einer Kokotte der Essenz Gottes.

Der Text – absolute Hirnwichserei – setzte sich mit Unsinn dieser Art über weitere circa hundert Zeilen fort, aber ich hatte aufgehört zu lesen. Im Museum war plötzlich Stille eingetreten, da der Motor des Roboters nicht mehr lief. Entweder waren die Batterien alle, oder seine Arbeit war beendet.

Ich leerte die Dose in einem Zug und blickte hinunter auf das Gemälde. Was ich dort sah, traf mich wie eine visuelle Bombe.

Freitag

Mittag Bern

Rosengarten

Drei der vier Wörter standen auf Spanisch da, und damit gab es für mich keinen Zweifel, dass die Botschaft mir galt.

Ich flog förmlich die Treppe hinunter und baute mich vor den vier Wörtern auf, die scharf aus dem Meer schwarzen Gekleckses hervorstachen. Dann ging ich energisch auf das blauhaarige Mädchen zu, das nach wie vor teilnahmslos hinter dem Tresen saß.

»Wer hat den programmiert?«, fragte ich laut.

Die Göre nahm die Kopfhörer ab und runzelte nur fragend die Stirn.

»Den malenden Roboter«, hakte ich nach. »Wer hat ihn programmiert?«

Spöttisch sah sie mich an:

»Der liebe Gott.«

14

Der Rosengarten

Es gibt nur ein Glück im Leben –
lieben und geliebt zu werden.

George Sand

In der Nacht wälzte ich mich in meinem Bett herum und versuchte zu begreifen, was das alles zu bedeuten hatte. An der Matratze des Hotel Adler war nichts auszusetzen, aber die Botschaft aus dem Cabaret Voltaire hatte mich zutiefst verstört.

Als in der helvetischen Stadt die Sonne aufging, hatte ich immer noch kein Auge zugetan. Trotzdem sprang ich aus dem Bett, um mich so schnell wie möglich auf den Weg zum Bahnhof zu machen. Ich hatte keine Ahnung, was genau dieser Rosengarten in Bern war, aber eins stand fest: Jemand erwartete mich dort um die Mittagszeit.

Hoffentlich war das die letzte Botschaft, dachte ich, als ich die Hoteltreppe hinunterlief. Allmählich wurde es Zeit, dass der Mensch, der den Köder ausgeworfen hatte, sich zu erkennen gab.

In den Minuten bis zur Abfahrt des Zuges kaufte ich mir am Bahnhof einen kleinen Bern-Führer, um mich über besagten Rosengarten zu informieren.

Als ich dann im Zug saß, blätterte ich in aller Ruhe das Büchlein durch. Obwohl nur eine kurze Fahrt vor mir lag, hatte ich genug Zeit, mir ein Bild von der kleinen Hauptstadt zu machen, deren Name, wie ich erfuhr, auf das Wort »Bären« zurückging. Offenbar hatten jahrhundertelang Bären in der Stadt gelebt, deshalb hält man dort auch bis heute drei Exemplare in einem Graben in der Stadtmitte.

Ich übersprang den historischen Teil, bis ich zu den Sehenswürdigkeiten der Stadt kam, zu denen der berühmte Zeitglockenturm mit seinem vierminütigen Figurenspiel zählt, das immer pünktlich zur vollen Stunde einsetzt.

Unter den Museen wurden besonders das Kunstmuseum und das Einstein Museum hervorgehoben. Ab hier las ich weiter, genau in dem Moment, als der Zug sich in Bewegung setzte, um meinem nächsten Ziel entgegenzurollen.

> Das im Jahr 2007 eingeweihte Einstein Museum liegt am Helvetiaplatz 5 und stellt auf einer Fläche von 1200 Quadratmetern Gegenstände aus dem persönlichen Besitz des Wissenschaftlers aus, der Anfang des 20. Jahrhunderts in Bern lebte und im Patentamt der Stadt arbeitete. Neben den Exponaten bietet das Museum auch Filmdokumente, führt Experimente vor und lädt den Besucher zu einer faszinierenden virtuellen Reise durch den Kosmos ein, bei der die revolutionären Theorien Einsteins erklärt werden. Neben dem Museum kann auch das Haus in der Kramgasse 49 besichtigt werden, wo Einstein in seiner Berner Zeit wohnte.

Zweifellos war das Museum ein Muss für mich, zumal der eine oder andere Gegenstand blinde Flecken in Einsteins Biographie aufhellen würde, deren Lektüre ich an der Stelle unterbrochen hatte, als der Wissenschaftler Mileva kennenlernte.

Bevor ich mich wieder Yoshimuras umfangreicher Biographie zuwandte, entdeckte ich in meinem Bern-Führer einen Textkasten, in dem vom Rosengarten die Rede war. Er wurde beschrieben als ein auf einem kleinen Hügel gelegener Park, in dem über 220 verschiedene Rosenarten wachsen. Im typisch blumigen Reiseführer-Stil wurde dem Leser prophezeit, »mit etwas Glück« werde er »auf dem Weg hinauf zum Park Spechte antreffen«.

Während der Zug durch ein Tal mit idyllischen Postkartendörfern fuhr, stellte ich mir vor, ich sei ein Tourist auf Vergnügungsreise. Ich hätte einer dieser nonkonformistischen Männer sein können, die alleine reisen, um vollkommene ästhetische Erfahrungen zu machen, den Abend dann aber an irgendeiner Theke beenden.

Ich schlug das Manuskript bei dem Kapitel auf, das Mileva Marić gewidmet war.

Einsteins erste Ehefrau war 1875 in Titel geboren, einer Stadt in der serbischen Provinz Vojvodina, in der eine größere ungarische Minderheit lebte.

Mileva, die sich schon früh als mathematisches Genie erwies, wurde mit fünfzehn Jahren ins königlich-serbische Gymnasium von Šabac aufgenommen, wo sie am Physikunterricht teilnahm, der ansonsten den Jungen vorbehalten war. Nachdem sie an der Universität von Zürich ein Semester Medizin studiert hatte, schrieb sie sich am Eidgenössischen Polytechnikum als erste Frau im Fach Mathematik ein. Beim Studium lernte sie Einstein kennen.

Sie war damals 21, dreieinhalb Jahre älter als Albert, und hinkte wegen einer angeborenen Hüftluxation.

Die erste Begegnung zwischen beiden fand 1896, während ihres ersten Studienjahres, statt, verlieben aber sollten sie sich erst ein Jahr später. Mileva erschrak offenbar so sehr über ihre Gefühle für den jungen Deutschen, dass sie das Polytechnikum für ein Jahr verließ und als Gasthörerin die Universität Heidelberg besuchte. Doch die Korrespondenz zwischen beiden sollte ihre Gefühle füreinander noch vertiefen.

1898 absolvierte Einstein seine Abschlussprüfungen. Er war Jahrgangsbester, dicht gefolgt von seinem Freund Marcel Grossmann, der ihm ein paar Jahre später eine Anstellung im Patentamt von Bern vermittelte. Nach Abschluss seiner Doktorarbeit legte Albert Einstein die Promotionsprüfung ab und machte seine Beziehung zu Mileva öffentlich, obwohl seine Familie strikt dagegen war.

Ein Jahr später war Mileva schwanger. Lieserl kam zur Welt, doch das unverheiratete Paar hielt die Geburt geheim und gab das Kind zur Adoption frei. Die Folge dieses »Unfalls« war, dass Mileva das Polytechnikum ohne Abschluss verlassen musste.

1903 heirateten Albert und Mileva. Inzwischen arbeitete Albert als technischer Experte dritter Klasse im Berner Patentamt. Die Arbeit war nicht sonderlich anspruchsvoll, so dass ihm genügend Zeit blieb, jene Werke zu verfassen, die ihn weltberühmt machen sollten.

Um kurz vor elf traf ich in Bern ein, wo an diesem Freitag nicht viel los war. Nachdem ich mich nach dem Rosengarten erkundigt hatte, bog ich in eine Straße ein, die offenbar die Hauptachse der Altstadt war.

Doch ich blieb bei keinem der alten Gasthäuser stehen, denn es zog mich geradewegs zum Ort der Verabredung, ich wollte den, der sein Spielchen mit mir trieb, endlich am Kragen packen.

Auch auf den Bärengraben, in dem ein einzelnes Tier schweigend umherlief, achtete ich nicht weiter.

Genau an diesem Graben begann der Aufstieg zu dem Hügel, auf dem der Rosengarten lag. Im Grunde bezweifelte ich stark, dass mich dort wirklich irgendjemand erwartete, eher wohl der nächste Hinweis, der mich wieder an einen neuen Ort führen würde. Und so weiter und so fort, bis zur Erschöpfung.

Resigniert stieg ich den Hang hinauf und merkte erst kurz vor dem Eingang des Rosengartens, dass mir jemand entgegenblickte. Eine schlanke Frau beobachtete mich, die Arme über einem luftigen roten Kleid verschränkt.

Das Sonnenlicht, das auf die Rosen fiel, blendete so, dass ich erst wenige Meter vor der Dame in Rot erkannte, mit wem ich es zu tun hatte. Vor mir stand keine andere als Sarah Brunet.

15

Das Wiedersehen

Information ist Macht.

Journalistische Maxime

»Was zum Teufel tun Sie hier?«, begrüßte sie mich aufgebracht. »Verfolgen Sie mich etwa?«

Einen Moment wollte ich erwidern, dass ja wohl eher ich verfolgt und hin und her gescheucht würde, aber Sarah Brunet war viel zu wütend für ein vernünftiges Gespräch.

»Eine ältere Dame hat mich aufgefordert, zum Cabaret Voltaire in Zürich zu kommen«, sagte ich abweisend. »Und dort bekam ich die Anweisung, hier in den Rosengarten zu kommen. Jetzt sehe ich ein, dass es sich gelohnt hat, früh aufzustehen. Und Sie? Wer oder was hat Sie hierhergeführt?«

»Das geht Sie gar nichts an. Aber wir können diese unselige Begegnung ganz friedlich beenden. Gehen Sie bitte einfach weiter, als hätten Sie mich nicht gesehen. Ich bin verabredet.«

Ich wollte mich gerade beleidigt abwenden und Sarah Brunet inmitten von Dornen stehenlassen, als ein kleiner Mann in Anzug und Krawatte auf mich zukam. Obwohl sein Haar vollkommen weiß und er sehr klein war, wirkte er athletisch. Er drückte mir fest die Hand, vielleicht um seine Kraft zu demonstrieren, und stellte sich vor.

»Ich bin Jakob Suter«, sagte er in Lehrbuch-Spanisch. »Und wo sind die beiden anderen?«

Bevor er mich angesprochen hatte, hatte er die Französin mit einer leichten Handbewegung begrüßt.

»Wen meinen Sie denn?«, erwiderte diese irritiert. »In der Touristeninformation wurde mir ein Fremdenführer für mich allein zugesagt. Ich habe keine 140 Schweizer Franken hingeblättert, um an einer Gruppenführung teilzunehmen.«

Der Mann, der Jakob Suter hieß, zog eine kleine Pfeife aus der Jackentasche und zündete sie geduldig an, bevor er lächelnd antwortete.

»Mir wurde gesagt, es seien vier«, sagte er. »Wussten Sie, dass ich hier in Bern in puncto Einstein die größte Autorität bin? Sie haben Glück. Ich kenne jeden Winkel der Stadt, in dem dieser verrückte Wuschelkopf sich aufgehalten hat.«

Da Sarah immer noch zu grollen schien, fand ich, es sei nun an der Zeit, dass ich das Wort ergriff:

»Wissen Sie, ob die anderen auch Spanisch sprechen?«

»Natürlich. Sonst hätte man Sie nicht zusammen in eine Gruppe gesteckt. Übrigens, wo bleiben die Herren nur? Ich bin beauftragt, an dieser Stelle drei Herren und eine Dame abzuholen.«

Sarah und ich tauschten den ersten verschwörerischen Blick seit unserem unerwarteten Wiedersehen aus. Wir wussten beide genau, wer die zwei Herren waren, die noch fehlten: Pawel und Jensen. Derselbe Unbekannte, der uns in Cadaqués zusammengebracht hatte, nahm uns jetzt mit auf eine Privatführung durch Einsteins Bern.

Immerhin würde mir der Fremdenführer, falls er wirklich Einstein-Experte war, beim Füllen der Lücken, die Yoshimuras Manuskript im Bern-Kapitel aufwies, sehr nützlich sein können. Dass die hübsche Französin mit von der Partie war, fand ich merkwürdig, aber keineswegs unangenehm.

Anscheinend war sie nicht dieser Meinung, denn als der Führer losmarschierte und uns aufforderte, ihm zu folgen, sagte sie mir ins Ohr:

»Ich weigere mich, dieses Theater mitzumachen. Das ist doch lächerlich! Und wenn ich den Vorschuss zurückzahlen muss, ist mir das schnuppe. Schließlich mache ich das alles ja nicht wegen des Geldes.«

Ich wollte meinen Ohren nicht trauen. Dieser Auftrag schien mit jedem Schritt absurder und rätselhafter zu werden. Ich kam sofort zur Sache.

»Ich erlaube mir jetzt einfach mal, dich zu duzen. Entschuldige, wenn ich dir diese Frage stelle, Sarah, aber ich muss irgendwie aus diesem Labyrinth herausfinden. Hast du etwa den Auftrag erhalten, eine Einstein-Biographie zu vervollständigen? Ist ihr Autor ein gewisser – er möge in Frieden ruhen – Yoshimura?«

Statt zu antworten, presste die Französin abweisend die Lippen zusammen. Mir wurde klar, dass sie es mir nicht leichtmachen würde.

Als wir den Bärengraben erreicht hatten, gab uns Jakob Suter mit gehobener Hand zu verstehen, dass wir stehen bleiben sollten. Ich fürchtete schon eine langweilige Erklärung zum Wahrzeichen der Stadt Bern, aber er wollte uns etwas anderes sagen.

»Warten Sie hier bitte fünf Minuten auf mich«, bat er. »Ich gehe kurz zum Tourismusbüro und sehe nach, ob die verlorengegangenen Herren vielleicht dort auf uns warten. Da sie bezahlt haben, kann ich sie nicht einfach zurücklassen. Zwei sind zwei und vier sind vier.«

Dann hob er noch einmal die Hand zum Zeichen, dass

wir auf ihn warten sollten. Eiligen Schritts entfernte er sich Richtung Hauptstrasse.

Die Französin sah mich genervt an. Wenn Jensen und Pawel erst einmal da waren, würde die Atmosphäre unerträglich werden. Um die Stimmung etwas zu lockern, zeigte ich auf ein kleines Café ganz in der Nähe.

»Ich bin todmüde. Trinkst du einen Kaffee mit mir, bis der Stadtführer zurückkommt?«

Sarah setzte eine eisige Miene auf, als wäre mein Vorschlag etwas Unzumutbares. Schließlich zuckte sie resigniert die Schultern und willigte ein.

Ich bestellte einen Espresso, in den ich reichlich Zucker kippte, damit mir das Blut wieder ins Gehirn strömte. Ich fühlte mich plötzlich erschöpft. Sarah bestellte nichts, sondern beschränkte sich darauf, mich mit ihren blauen Augen zu mustern, als sei ich übergeschnappt.

Ich versuchte ein letztes Mal, das Eis zu brechen, und zwar mit einer Fabel, die ich schon einmal erfolgreich in ein Skript für *Netzwerk* eingebaut hatte.

»Ich erzähl dir mal eine Geschichte, die genau zu dieser Situation passt«, sagte ich. »Willst du sie hören?«

»Du erzählst sie ja sowieso, also fang schon an.«

»Ein junges Paar duscht gerade, als es plötzlich an der Haustür klingelt. Nachdem sie eine Weile diskutiert haben, wer von beiden aufmacht, verlässt die Frau schließlich genervt die Dusche. Sie wickelt sich in ein Handtuch und geht tropfend zur Tür. Als sie öffnet, steht der Nachbar aus dem sechsten Stock vor ihr und sagt: Ich gebe dir tausend Euro, wenn du das Handtuch fallen lässt und mir deinen nackten Körper zeigst.«

Sarah sah jetzt nicht mehr so undurchdringlich aus

und musterte mich neugierig. Sie schien sich zu fragen, welche Art von Idiot sie da vor sich hatte.

»Bei diesem merkwürdigen und zugleich verlockenden Angebot erstarrt die Frau«, fuhr ich fort. »Komm schon, du kriegst tausend Euro und brauchst dafür nur das Handtuch fallen zu lassen, drängt der Nachbar und hält ihr zwei nagelneue 500-Euro-Scheine hin. Sie zögert noch und fragt ihn: Nur das Handtuch? Mehr nicht? Und der Nachbar antwortet: Mehr nicht. Du lässt das Handtuch fallen und kriegst dafür tausend Euro ... Schließlich willigt die Frau ein, weil sie dem Angebot, mal eben ganz locker tausend Euro zu verdienen, nicht widerstehen kann. Langsam löst sie das Handtuch vom Körper, lässt es zu Boden gleiten und steht nun splitternackt vor dem Nachbarn, der sie hemmungslos betrachtet. Dann gibt er ihr wie versprochen die tausend Euro und geht. Die Frau, völlig verdattert über das, was soeben passiert ist, wickelt sich wieder in das Handtuch und kehrt zurück unter die Dusche, zu ihrem Freund. Der fragt, wer denn an der Tür gewesen sei. Es war ... der Nachbar aus dem sechsten Stock, antwortet sie und tut so, als sei nichts gewesen. Toll!, ruft ihr Freund. Hat er dir die tausend Euro zurückgegeben, die ich ihm geliehen hatte?«

Die Französin ließ sich zu einem verächtlichen Lächeln herab. Bevor ich die Moral von der Geschichte nachschob, bewunderte ich verstohlen ihre Silhouette unter dem roten Kleid und wünschte mir, ich sei der Nachbar aus dem sechsten Stock und sie die Frau aus der Dusche.

»Diese Fabel zeigt, wie gefährlich es sein kann, nicht alle Informationen mit seinen Partnern auszutauschen. Deswegen glaube ich, wir sollten zusammen ...«

Im selben Augenblick schnitt mir ein von der Straße

kommender Schrei das Wort ab. Kurz darauf hörte man zwei hysterische Stimmen etwas wie »Hilfe! Hilfe!« rufen.

Ich rannte aus dem Café, um nachzusehen, was los war, ohne darauf zu achten, ob meine hübsche Begleiterin mir folgte. Ein Dutzend Passanten beugte sich über die Mauer der Bärengrube, aus der böses Knurren heraufdrang.

Noch bevor ich begriff, was los war, beugte auch ich mich über die Mauer und sah es: Unten im Graben lag der blutüberströmte Körper von Jakob Suter. Sein Kopf war mit einem gezielten Prankenhieb vom Rumpf abgetrennt worden.

16

Flucht vor dem Bären

Die Welt ist viel zu gefährlich, um darin zu leben –
nicht wegen der Menschen, die Böses tun,
sondern wegen der Menschen, die daneben-
stehen und sie gewähren lassen.

ALBERT EINSTEIN

Während die Polizei den Bereich um den Graben nach allen Seiten absperrte, versuchten die ersten Ü-Wagen des Fernsehens, Bilder des »unglücklichen Unfalls« zu erhaschen.

So wurde der Vorfall zumindest im Radio genannt, wie uns der indisch aussehende Taxifahrer kurz erklärte. Wir waren unterwegs zum Hotel Marthahaus, in dem Sarah wohnte. Ich hatte lediglich einen Koffer und einen Sack voller unbeantworteter Fragen dabei. Wir waren uns auf jeden Fall einig, dass es das Beste sei, für ein paar Stunden von der Bildfläche zu verschwinden.

»Glaubst du wirklich, er ist bei dem Versuch, einen Bären zu füttern, in die Grube gefallen?«, fragte ich die Französin, die den Fahrer nicht aus den Augen ließ.

»Ich nehme an, er wurde eher hinuntergestoßen, als gerade kein Tourist vorbeikam«, antwortete sie todernst und strich über ihren wohlgeformten Knien das rote Kleid glatt. »Obwohl die Mauer eigentlich zu hoch ist, um jemanden einfach so hinunterzustoßen. Dafür brauchte es …«

»… mehrere *Herren*. Diese Herren haben Jakob Suter

in den Bärengraben geworfen. Jetzt wissen wir also, warum sie nicht im Rosengarten erschienen sind. Sie hatten Wichtigeres zu tun.«

»Denkst du etwa an Jensen und Pawel?«

Da unsere Lage immer komplizierter wurde, war ich sehr erleichtert, dass Sarah nun bereit war, mit mir zu reden, obwohl sie mir nach wie vor nicht verraten hatte, welche Rolle sie in diesem tödlichen Spiel einnahm.

»Verdächtig sind beide, da sie am Tag von Yoshimuras Mord bei ihm im Haus waren. Allerdings warst du auch dort«, fügte ich hinzu, »dadurch bist du genauso verdächtig wie Jensen und Pawel.«

»Nicht, was den Tod des Fremdenführers betrifft. Da saß ich gerade mit dir im Café.«

»Das beweist gar nichts. In den meisten Mordfällen werden Dritte mit der Tat beauftragt«, erwiderte ich. »Zu jemandem wie dir würde es auch gar nicht passen, sich selbst die Hände schmutzig zu machen, um einen armen Mann den Bären vorzuwerfen.«

»Und besonders schlau wäre es auch nicht«, ergänzte sie mit ironischem Lächeln, »ich habe ihm immerhin 140 Schweizer Franken dafür bezahlt, dass er mir Einsteins Bern zeigt. Jetzt muss ich allein klarkommen.«

»Du bist ja nicht allein, wir können doch ...«

An diesem Punkt wurde Sarah wieder genauso abweisend wie bei unserer Begegnung im Rosengarten.

»... wir können in getrennten Zimmern warten, bis der Sturm sich gelegt hat. Danach geht am besten jeder seiner Wege.«

»Du könntest mir wenigstens erzählen, wer dich zum Rosengarten bestellt hat.«

Die Französin antwortete mit beredtem Schweigen.

Das Taxi hielt nun am Eingang des Marthahauses, das mehr nach einer besseren Pension als nach einem Hotel aussah. Während Sarah mich die Fahrt bezahlen ließ, fiel mir wieder ein, dass sie in Yoshimuras Haus gesagt hatte, sie sei gerade dabei, eine Doktorarbeit über Mileva Marić abzuschließen.

Das mochte eine Reise in die Schweiz begründen, wo Einsteins erste Ehefrau während ihrer Studienzeit gelebt hatte, aber Sarahs Anwesenheit im Haus des Japaners und unsere mittägliche Begegnung im Rosengarten wiesen darauf hin, dass jemand außerhalb des Spielfeldes die Fäden zog. Die Partie hatte bereits begonnen, auch wenn wir die Regeln nicht kannten.

Im Foyer des Hotels angekommen, nahm Sarah ihren Schlüssel entgegen und stieg die Treppe zu ihrem Zimmer hinauf. Bei jedem Schritt nach oben spannte sich die straff sitzende rote Seide über ihren Hüften.

Sarah schien zu spüren, dass ich sie vom Fuß der Treppe aus fasziniert beobachtete, denn sie drehte sich noch einmal zu mir um und sagte von oben:

»Vielleicht können wir später ›Informationen austauschen‹, damit mir nicht die Sache mit der Dusche und dem Handtuch passiert.«

Dann verabschiedete sie sich mit einem Lächeln und verschwand.

Ich hatte einen saftigen Preis für ein Einzelzimmer im obersten Stock des Marthahauses bezahlt. Während sich der Abend über Bern senkte, lag ich auf dem Bett und schaute Fernsehen. Ich war einfach zu müde, um vernünftig über das Geschehene nachzudenken.

Eine englischsprachige Sendung zum Thema Überlebenskunst erregte meine Aufmerksamkeit; dort wurde nämlich gerade erklärt, was man tun müsse, wenn man in der freien Natur plötzlich einem Bären gegenüberstand. Was aber zu tun war, falls man in einen Bärengraben gestoßen wurde, wurde mit keinem Wort erwähnt.

Der einschlägige Experte riet, sich dem Tier gegenüber weder übermäßig zutraulich zu verhalten noch Panik zu zeigen, da der Bär beide Verhaltensweisen als Bedrohung empfinde. Auch losrennen solle man nicht, denn dann würde das Tier, das doppelt so schnell laufen könne wie der Mensch, Jagd auf einen machen. Ebenso wenig dürfe man losschreien. Am ratsamsten sei es, eine unbeteiligte Haltung einzunehmen – leicht gesagt angesichts eines Tieres von einer halben Tonne Gewicht – und es zu vermeiden, dem Bären direkt in die Augen zu sehen.

Okay, dachte ich, und sich der Gnade Gottes anzuvertrauen.

Falls der Bär sich vor einem auf die Hinterbeine aufrichtete, solle man das nicht als Zeichen von Aggressivität auffassen, fuhr der Experte fort. Es sei bloß die übliche Haltung, mit der Bären sehen, hören und wittern wollten, was um sie herum geschieht.

Auf einem Felsen sitzend, zeigte der Mann mit einem Stock auf eine große Spur im Schlamm und erklärte, wie unvorhersehbar die Reaktionen eines Bären seien. Jede menschliche Geste, selbst eine freundliche, könne von dem Tier als Bedrohung interpretiert werden.

Zuletzt erinnerte er daran, dass es sich bei Bären um äußerst starke Tiere handele, die fähig seien, einem Rind das Rückgrat zu brechen oder einem Menschen mit einem Prankenhieb den Kopf abzureißen.

Als wieder das Schreckensbild vor mir auftauchte, das

sich mir zwei Stunden zuvor im Bärengraben geboten hatte, schaltete ich den Fernseher aus. Unmittelbar nach dem Erlebten war ich nicht besonders aufgeregt gewesen, obwohl der Anblick von Suters zerfetztem Leib mich schwer beeindruckt hatte. Jetzt aber, als ich das Ganze plötzlich wieder vor Augen hatte, drehte sich mir der Magen um. Ich stand auf und rannte ins Bad, um mich zu übergeben.

In kalten Schweiß gebadet, kroch ich unter die Bettdecke. Als ich die Augen schloss, tauchte das Bild des gutgekleideten Fremdenführers mit der Pfeife in der Hand und dem lächelnden Gesicht auf. Der Bär hatte beides mit einem Prankenhieb zerschmettert.

Yoshimura. Jakob Suter. Vielleicht war ich der Nächste.

17

Gebrauchte Briefmarken

Jeder Brief ist eine in einen Umschlag
gesteckte Erwartung.

Shana Alexander

Ich erwachte von einem zweimaligen sachten Klopfen an meiner Tür. Es dauerte eine Weile, bis ich begriff, wo ich mich befand. Ich war bei Tageslicht eingeschlafen, und als ich im Dunkeln die Augen öffnete, wusste ich nicht mehr, ob ich in Zürich, in Bern oder im Bärengraben war.

»Bist du da?«

Ich erkannte Sarahs sanfte, höfliche Stimme. Im Zimmer hing noch immer der säuerliche Geruch nach Erbrochenem. Da die Vorstellung, sie könnte es riechen, mir peinlich war, rief ich rasch:

»Ich bin nackt. Ich komme gleich an die Tür.«

»Ich warte unten auf dich. Ich will dir nämlich etwas zeigen.«

Nach einer blitzschnellen Erfrischungsdusche schlüpfte ich in meine letzte Garnitur sauberer Wäsche. Sollte ich länger als einen Tag in derselben Stadt bleiben können, würde ich meine Sachen zum Waschen geben.

Fünf Minuten später stand ich in der Hotelhalle, wo Sarah mich in einem kurzen, weißen Kleid und mit einem dünnen braunen Umschlag in der Hand erwartete. Als sie ihn mir wortlos überreichte, fiel mir auf, dass er genauso aussah wie jener Umschlag, in dem die verhängnisvolle Postkarte am Anfang dieses ganzen Wahnsinns gesteckt hatte.

»Den Brief hat mir der Page gerade aufs Zimmer gebracht. Er sagte, ein Bote hätte ihn abgegeben. Und das Sonderbare daran ist, dass wir beide als Empfänger draufstehen.«

Ich hielt den Umschlag unter eine Stehlampe, um mir die ältliche Handschrift, die ich bereits kannte, genauer anzuschauen. In der Tat, der mysteriöse Absender hatte in die oberste Zeile meinen vollständigen Namen und gleich darunter »Sarah Brunet« geschrieben.

Eine eigenartige Genugtuung erfasste mich, als ich unsere beiden Namen so dicht zusammenstehen sah, obwohl mich das eigentlich eher hätte beunruhigen müssen. Denn offenbar wusste derjenige, der bei diesem seltsamen Spiel die Fäden in der Hand hielt, stets, wo ich mich gerade befand und mit wem ich zusammen war. Falls es dieselbe Person war, die Yoshimura und den Fremdenführer um die Ecke gebracht hatte, brauchte er nur noch den richtigen Moment abzupassen, um mich ins Jenseits zu befördern.

»Willst du nicht sehen, was drin ist?«, fragte Sarah.

Verstohlen blickte ich sie an, denn ihr plötzlicher Eifer, ›Informationen auszutauschen‹, machte mich misstrauisch.

Eher enttäuschend war, was ich im Umschlag entdeckte: zwanzig gebrauchte Briefmarken im Wert von jeweils 50 italienischen Lire. Alle trugen die gleiche Abbildung eines Renaissance-Gemäldes von Eva im Paradies und einen Poststempel aus Florenz.

Falls wir damit auf irgendeine zu verfolgende Spur hingewiesen werden sollten, konnte das eigentlich nur die Stadt der Medici sein.

»War Einstein auch in Florenz?«, fragte ich.

»Soweit ich weiß, ja. 1895 hatte seine Familie sich aus geschäftlichen Gründen in Mailand niedergelassen. Albert unternahm damals lange Wanderungen durch ganz Norditalien.«

Ich gab ihr den Umschlag mit den Briefmarken zurück.

»Bedeutet das, wir müssen jetzt nach Florenz aufbrechen?«, fragte ich.

»Wir müssen ...?«, wiederholte die Französin fragend.

»Jeder auf eigene Faust natürlich«, fügte ich ironisch hinzu.

»Ich wüsste allerdings nicht, dass es dort irgendein Haus gibt, in dem Einstein gelebt hat, oder irgendeinen Ort, der für seine Biographie von besonderem Interesse wäre.«

»Daraus schließe ich, dass du genau wie ich an Yoshimuras Manuskript arbeitest. Ist der Verleger etwa so misstrauisch, dass er zweimal für denselben Auftrag bezahlt? Er scheint Angst zu haben, dass einer von uns beiden der Aufgabe nicht gewachsen ist ... Wenn er nicht sogar uns vieren, die wir in Cadaqués waren, denselben Auftrag erteilt hat.«

Die Französin sah mich so eindringlich mit ihren blauen Augen an, dass ich daraus folgerte, mit meiner Vermutung nicht falschzuliegen.

»Vielleicht hat er ja auch Angst, irgendjemand könnte die Verfasser umlegen«, verkündete sie zu meiner Überraschung, »und will, dass wenigstens einer von ihnen bis zum Schluss am Leben bleibt.«

Also gehörte auch sie zum Kreis der Auserwählten. Und wegen der Sache mit dem Schluss musste ich an meinen verhängnisvollen Beitrag am Ende der Radiosendung denken und an die knappe Botschaft auf der Postkarte: »In der Tat, es gibt eine letzte Erkenntnis.«

»Solange wir noch am Leben sind«, schloss ich, »müssen wir uns irgendwas zwischen die Kiemen schieben. Darf ich dich zum Abendessen einladen?«

Die Albertus-Pfanne dampfte einladend und versprach schwerverdauliche Genüsse. Zwei über eine Fleisch-Kartoffel-Mischung geschlagene Spiegeleier warteten auf den Angriff meiner Gabel.

Meine Tischgenossin hatte sich einen großen Salat bestellt, aus dem sie gerade die Tomaten aussortierte. Eine Flasche Tessiner Merlot rundete das unverhoffte Festmahl ab. Im Kerzenschein des Restaurants schien die Tragödie im Bärengraben so weit entfernt wie ein in Raum und Zeit verglühender Stern.

Beim zweiten Glas Wein beschloss ich, mich ein wenig nach dem Leben meiner attraktiven Freundin zu erkundigen, wobei in diesem Moment der Einstein-Auftrag das Letzte war, was mich interessierte.

»Wie kam es eigentlich zu deinem Interesse für Mileva? Sie war gewiss eine faszinierende Persönlichkeit, aber ihr eine ganze Doktorarbeit zu widmen erscheint mir übertrieben. Gibt sie wirklich so viel her?«

»O ja, und noch viel mehr«, antwortete Sarah unbeirrt. »Albert war nicht Anfang und Ende ihrer Welt. Sie stand mit vielen anderen Schlüsselfiguren der damaligen Zeit in Verbindung und war sogar mit Nikola Tesla höchstpersönlich befreundet.«

Während Sarah sich ein drittes Glas Wein eingoss – ich hatte nicht erwartet, dass sie trank wie ein Bierkutscher –, versuchte ich, besagten Tesla in meinen Erinnerungsarchiven aufzustöbern. Irgendwie kam es mir so vor, als hätte ich in meinen Anfangszeiten beim Radio einmal etwas über ihn geschrieben. Er war ein Erfinder und Zeitgenosse von Edison oder so.

Obwohl ich erst drei Tage zuvor abgereist war, schien Barcelona schon Lichtjahre von mir entfernt. Zum ersten Mal seit langer Zeit hatte ich das Gefühl, kommen und gehen zu können, wie und wohin ich wollte. Zwar schien das Spiel, auf das ich mich eingelassen hatte, seine Teilnehmer zu verschlingen, aber hier und jetzt interessierte mich nur Sarah Brunet.

Als sie eine zweite Flasche Wein beim Kellner bestellte, ahnte ich, dass an diesem Abend möglicherweise noch etwas zwischen uns passierte.

Mit jedem geleerten Glas wurde ihr Mundwerk loser, als tauche unter der Hülle der Förmlichkeit ihr wahres Wesen auf. Aber das war mir egal. Im Gegenteil, der betrunkene Glanz der blauen Augen in ihrem blassen Gesicht machte sie noch unwiderstehlicher.

Es war übertrieben, eine zweite Flasche Merlot zu leeren, dachte ich, als ich Sarah in Schlangenlinien von der Toilette zurückkehren sah. Sie hielt mir den Arm hin und sagte:

»Gehen wir ins Hotel zurück?«

18

Der Mann, der das 20. Jahrhundert erfand

Die Zukunft, für die ich so hart
gearbeitet habe, gehört mir.

Nikola Tesla

Auf dem kurzen Weg zum Hotel gab es nichts als Gelächter und Getorkel. Wenn Sarah nicht gerade über die Pflastersteine stolperte, musste ich sie an mich ziehen, um zu verhindern, dass sie mit irgendeinem nächtlichen Passanten zusammenstieß. Sie kam mir vor wie jemand, der zum ersten Mal im Leben betrunken war.

Als wir am Marthahaus ankamen, drehte sich auch mir der Kopf, als hätte die Alpenluft mich vollkommen benebelt. So viel reiner Sauerstoff konnte für einen eingefleischten Städter wie mich nicht gut sein.

Im Hotel wurde gerade der Aufzug repariert, aber mir war klar, dass die Französin es nicht schaffen würde, die Treppe hinaufzugehen, ohne sich dabei den Schädel einzuschlagen. Also hob ich sie, ohne erst um Erlaubnis zu fragen, wie ein Kavalier alter Schule auf die Arme. Ihrem Gekicher nach zu urteilen, machte es ihr nichts aus.

Für jemanden in meinem Zustand war der Aufstieg ins nächste Stockwerk mit einigen technischen Problemen verbunden, schließlich aber schaffte ich es bis zu ihrer Tür, ohne dass wir gemeinsam zu Boden gingen.

Als habe sie die Tatsache, ihrem Nest plötzlich so nah zu sein, wieder belebt, sprang sie mit erstaunlich großer

Balance von meinen Armen. Wir betraten das Zimmer, und ich schaltete das Licht ein. Überrascht sah ich ein halbes Dutzend über den Boden verstreute Kleidungsstücke. Ich ging in Habachtstellung. Womöglich war ja jemand in unserer Abwesenheit in ihr Zimmer eingedrungen.

»Was ist denn mit dir los?«, fragte sie, als sie mich starr dastehen sah.

»Da liegen Klamotten auf dem Boden.«

»Sehr schlaue Bemerkung! Na und? Die habe ich dort liegen lassen.«

Sie setzte sich aufs Doppelbett und schleuderte ihre Schuhe mit geschicktem Schwung der Beine weg.

Ich schwankte noch, ob ich sanft über sie herfallen und sie küssen oder mich neben sie setzen und darauf warten sollte, dass sie die Initiative ergriff. Schließlich tat ich Letzteres. Unterdessen zog Sarah die Schublade ihres Nachttischchens auf und holte zwei zusammengeheftete Zeitschriftenseiten daraus hervor.

»Hier, ich will, dass du diesen Artikel liest«, sagte sie. »Er handelt von Tesla.«

»Um drei Uhr morgens und mit einem Liter Wein intus ist mir dieser Tesla, wie du sicher verstehen wirst, schnurzpiepegal.«

Sie sah mich streng an, als sei ich ein widerspenstiges Kind, das zurechtgewiesen werden müsse. Dann faltete sie den Artikel zweimal zusammen und schob ihn mir in die Hosentasche.

»Tesla – nix da!«, rief ich mit gespielter Entrüstung.

Sarah lachte laut auf. Dann legte sie mir die Hand auf die Schulter und flüsterte mir ins Ohr:

»Willst du mit mir schlafen?«

Ich erstarrte. Doch noch bevor ich irgendetwas sagen konnte, beantwortete sie ihre Frage selbst:

»Lieber ein andermal. Ich bin nämlich todmüde. Jetzt schwirr ab.«

Nach dieser Demütigung ließ ich mich in meinem Zimmer aufs Bett fallen, mein Selbstwertgefühl war unter null.

Schwindel und Erregung waren abgeklungen, der Alkohol hatte mich in einen halbwachen Schwebezustand versetzt. Und da ich genau wusste, dass ich nicht einschlafen konnte, sosehr ich mich auch hin und her wälzte, warf ich einen Blick auf das frühmorgendliche Fernsehprogramm. Aber es liefen nur deprimierende Teleshoppingprogramme oder Filme, die bereits angefangen hatten und auf die mich einzulassen mir zu anstrengend war.

Schließlich hob ich den englischen Artikel vom Boden auf, den Sarah mir mitgegeben hatte und den ich um ein Haar in hundert Schnipsel zerrissen hätte.

Er fasste in einfachen Worten den Lebensweg von Nikola Tesla zusammen, einem Serben, der in einer Gewitternacht bei Blitz und Donner geboren worden war, einer angesichts der Leidenschaft seines Lebens wahrhaft prophetischen Atmosphäre.

In einer Welt, die noch von Kerzen erleuchtet war, erfand der unermüdliche Ingenieur einen Stromtransformator, der schon damals so aussah wie heutige Modelle. Im Lauf seines Lebens meldete er etliche weitere Erfindungen zum Patent an, darunter auch – ein ganzes Jahrhundert vor der heute gängigen Technologie – ein System drahtloser Stromübertragung.

Neben der Erfindung des Funksprechgeräts, durch das später Marconi berühmt werden sollte, führte er mit Edison den sogenannten »Stromkrieg«, in dem er sich bemühte, die Überlegenheit von Wechselstrom gegenüber dem von Edison verteidigten Gleichstrom zu beweisen. Außerdem erforschte Tesla den Magnetismus. Im Internationalen Einheitensystem wurde deshalb später die Maßeinheit für die magnetische Flussdichte ihm zu Ehren »Tesla« genannt.

Nachdem er die erste Wasserkraftanlage entwickelt hatte, genau zu der Zeit, als Einstein seinen Abschluss am Zürcher Polytechnikum machte, nahm Tesla zunehmend ausgefallenere Projekte in Angriff. Er ging nach Colorado Springs, um mit Erdwellen und Schwingungen aus der Umgebung zu experimentieren. Er behauptete dann, mit seinem Funkgerät empfange er Lebenszeichen vom Mars, dessen Bewohner früher einmal auf der Erde gelebt hätten. Außerdem plante er, ebenso verrückt, die Wüste Sahara mit Strom zu beleuchten, damit die Bewohner anderer Planeten die Erde betrachten könnten.

Am Ende seines Lebens widmete er sich der Entwicklung einer Waffe namens »Todesstrahl«. Dabei handelte es sich um einen elektromagnetischen Impuls, der seinem Erfinder zufolge in der Lage war, eine angreifende Luftflotte aus 10 000 Flugzeugen auf eine Entfernung von 400 Kilometern vom Himmel zu holen. Dieser Impuls ähnelte den »Teilchenstrahlen«, einer Waffe, die während des Kalten Krieges in der Theorie entwickelt wurde. Teslas Archive wurden von der US-amerikanischen Regierung beschlagnahmt, und man nimmt heute an, dass mehr als eines seiner Projekte niemals bekannt wurde.

Als ich den Artikel zu Ende gelesen hatte, war mir

klar, warum sein Autor sich darin so ausführlich über die phantasievollste und spekulativste Seite von Teslas Erfindungen ausließ. Der Name sagte alles: Klaus Jensen.

Obwohl die populärwissenschaftliche Reportage auf der Online-Version einer US-amerikanischen Publikation beruhte, beunruhigte mich die Tatsache, dass Sarah ausgerechnet diesen Text für mich ausgedruckt hatte. Ich hatte den Verdacht, dass das Haus in Cadaqués womöglich nicht der erste Ort gewesen war, an dem sich die Französin und der Verleger von *Mysterie* getroffen hatten.

Welche Rolle Jensen in dieser ganzen Geschichte spielte, war mir noch vollkommen schleierhaft.

19

Das Bilderrätsel

Probleme kann man niemals mit derselben
Denkweise lösen, durch die sie entstanden sind.

Albert Einstein

Es war schon fast zwölf, als ich mit brummendem Schädel zum Frühstück hinunterging. Die kapriziöse Chemie des Alkohols hatte mich um sechs Uhr morgens geweckt. Nachdem ich Jensens fragwürdigen Artikel gelesen hatte, der in einer amerikanischen Low-Budget-Zeitschrift erschienen war, hatte es eine ganze Weile gedauert, bis ich eingeschlafen war. Jetzt war der Kater da.

Der Frühstücksraum des Marthahauses war an jenem Samstagmittag ziemlich belebt. An einem der Fenstertische saß Sarah, frisch wie eine Rose, und las *L'Express,* eine französischsprachige Schweizer Tageszeitung.

Sie begrüßte mich nur kurz, ohne die Lektüre zu unterbrechen; ich deutete das zunächst als Zeichen der Scham darüber, dass sie in der vergangenen Nacht über die Stränge geschlagen hatte. Doch als sie schließlich den Blick hob und die Zeitschrift auf den Tisch fallen ließ, konnte ich auf ihren Wangen keine Spur von Röte erkennen.

Diese Frau verwirrte mich. Ihre verführerisch kühle Eleganz passte nicht zu den chaotisch über den Boden verstreuten Sachen in ihrem Zimmer und auch nicht zu den Exzessen der vergangenen Nacht. Gab es vielleicht eine konservative Tages-Sarah und eine völlig andersgeartete Nacht-Sarah?

Ich wünschte mir, dass dem so wäre und unser Abenteuer noch ein paar Nächte anhielt. Das hätte unter anderem den Vorteil, dass wir dann noch am Leben wären.

»Hast du das über Tesla gelesen?«

»Ja«, sagte ich und hob die Kaffeetasse an den Mund. »Aber ich habe so meine Zweifel, wie klug der Verfasser ist.«

»Alles, was er sagt, stimmt«, entgegnete sie ernst. »Auch wenn Jensen einige aufschlussreiche Informationen bewusst zurückgehalten hat.«

»Was meinst du damit?«

»Im Zusammenhang mit Tesla taucht manchmal eine provokante These auf, die Jensen jedoch nicht erwähnt. Ich vermute, er will nicht, dass noch jemand anders in diese Richtung Nachforschungen anstellt. Deshalb wollte ich, dass du den Artikel liest. Am wichtigsten ist nämlich das, was er nicht berichtet.«

»Warum drückst du dich nicht klarer aus? Ich habe einen mörderischen Kater und bin viel zu angeschlagen, um zu erraten, was der verrückte Däne in seinem Artikel nicht gesagt hat.«

Sarah schlug sanft mit dem rätselhaften Umschlag auf die weiße Tischdecke, so dass die in Vor-Euro-Zeiten in Florenz abgestempelten Briefmarken herausfielen. Während sie ihre Behauptung näher erklärte, war ich damit beschäftigt, die zwanzig 50-Lire-Marken in einer Reihe nebeneinanderzulegen. Eine hübsche Prozession von Evas.

»Jensen hat die Formel $E = mc^2$ nicht erwähnt und auch nicht, in welchem Zusammenhang sie mit Einsteins erster Frau steht.«

»Jetzt verstehe ich gar nichts mehr. Warum sollte in

einem Artikel über Tesla die Rede von der Energieformel sein?«

»Weil man annimmt, dass Mileva Marić die berühmteste Formel aller Zeiten entwickelt hat und dass sie die Formel ihrem Mann überlassen hat, um ihm zu Ruhm zu verhelfen.«

»Blödsinn!«, versetzte ich und übernahm Pawels kompromisslose Haltung. »Wie hätte denn eine Frau, die nicht einmal einen Hochschulabschluss hatte, die Atombombenformel entwickeln können?«

»Natürlich mit Hilfe ihres Freundes Nikola Tesla. Niemand wusste damals mehr über Energie und ihr Verhalten. Es wäre also nicht verwunderlich, wenn er Mileva sein Wissen zur Verfügung gestellt hätte und sie, die Mathematikerin, zu dem Schluss gekommen wäre, dass Energie gleich Masse mal Lichtgeschwindigkeit zum Quadrat ist. Tesla hatte de facto bereits Experimente mit Elektromagnetismus durchgeführt, bevor Einstein Arbeiten zu dem Thema schrieb. Deshalb behaupten manche Leute, die Relativitätstheorie sei das Ergebnis von Nikolas und Milevas Zusammenarbeit.«

Ich war zu angeschlagen, um mich auf eine Diskussion einzulassen, ein Teil meines Gehirns schlief noch. Außerdem wollte ich Sarah mitten in unserer Annäherungsphase nicht gern widersprechen.

»Gut möglich, dass Einstein sich viele Ideen bei anderen Wissenschaftlern geliehen hat«, sagte ich. »Höchstwahrscheinlich haben ihn gerade seine Fähigkeiten zur Synthese zu einem außergewöhnlichen Ideenverbreiter gemacht. Deshalb werden wohl einige Theorien anderer Wissenschaftler für gewöhnlich mit ihm in Verbindung gebracht, zum Beispiel, dass Raum und Zeit sich zusammenziehen können. Dabei war diese Theorie bereits von dem holländischen Nobelpreisträger Lorentz entwickelt worden.«

Nachdem ich mit meinem Wissen angegeben hatte – an dieses Detail konnte ich mich nämlich wegen eines erst kürzlich verfassten Skripts noch erinnern –, schwiegen wir erneut. Sarahs zartes Parfüm berauschte mich. Ich hatte Lust, ihr mit den Fingern durchs Haar zu fahren und ihren Hals zu küssen, aber ich wusste, dass ich bei Tageslicht zurückgewiesen werden würde.

Um mich von dieser Frau abzulenken, die mich mit Zentripetalkraft anzog, richtete ich den Blick wieder auf die zwanzig Eva-Briefmarken. Zusammen addierten sie sich zu 1000 Lire, umgerechnet also ungefähr 60 Cent. Was war wohl mit den einzelnen Marken verschickt worden?

Plötzlich ging mir ein Licht auf, und ich verstand die Botschaft hinter dem Ganzen. Es war schlicht ein Bilderrätsel. Um ein Haar hätte ich »Heureka!« oder irgendeinen ähnlich anachronistischen Freudenruf von mir gegeben. Stattdessen sagte ich leise, damit nur Sarah von meiner Entdeckung erfuhr:

»Ich glaube, ich habe den Namen der Person herausgefunden, die uns diesen Umschlag geschickt hat. Es ist dieselbe Person, die auch das Treffen in Cadaqués organisiert hat. Mit diesem Bilderrätsel weist sie uns erneut den Weg zu ihrem Geheimnis.«

Die Französin unterbrach wieder ihre Lektüre, um mich, ohne etwas zu sagen, fragend mit ihren blauen Augen anzusehen.

»Das findest du auch selbst raus«, erwiderte ich. »Zähl zuerst die Werte aller Briefmarken zusammen.«

Sie brauchte nur wenige Sekunden, um »mil« zu antworten, spanisch für »tausend«.

»Und welche biblische Person ist auf den Marken zu sehen?«

»Eva.«

»Jetzt brauchst du nur noch beide Wörter zusammenzuziehen.«

»Mileva ...«

»Damit hast du den Absender der Briefe«, sagte ich triumphierend.

»Moment mal ... Die Schlussfolgerung ist brillant, aber sie ergibt keinen Sinn. Wie kann jemand, der 1948 gestorben ist, der Absender sein?«

Ich holte tief Luft, um nicht vor lauter Aufregung mit allem gleichzeitig herauszuplatzen. Denn jetzt kam der gewagteste Teil meiner These:

»Wir wissen ja, dass Mileva eine Tochter hatte, mehr noch, eine heimliche Tochter.«

»Stimmt: Lieserl, die, wenn sie noch leben würde, 108 Jahre alt wäre. Hat jedenfalls Pawel gesagt.«

»Dann nehmen wir mal an, dass die nicht anerkannte Tochter des Genies von diesem ein großartiges Geheimnis geerbt und dieses Erbe an ihre eigene Tochter weitergegeben hat. Damals war es durchaus üblich, dass man Kindern den Namen des Großvaters beziehungsweise der Großmutter gab. Lieserls Tochter hieße folglich ...«

Baff über diese Entdeckung, legte sich Sarah die Hand auf die Brust.

»Mileva.«

Zweiter Teil

Luft

Die Luft ist das Element, das Geist, Inspiration
und Phantasie symbolisiert.

Luft ist die Energie des Denkens und Erwägens, der Sprache,
der Kommunikation und der Intelligenz.

Nach dem Feuer ist die Luft das Element mit der
zweitniedrigsten Dichte.

Ihrer geringen Stofflichkeit wegen ist sie das führende
Element in der Welt der Vorstellungen.
Sie ist das Element von Philosophen, Forschern und Genies,
von Menschen, die in einer Welt von Abstraktionen leben.

Die Luft schenkt uns Leben, und durch sie wird
das Wort weitergegeben, das die Begriffe birgt.
Sie füllt eine nur scheinbare Leere, die voller Ideen, Worte
und Sehnsüchte steckt.

Sie enthält die Erinnerung an das Leben in der Vergangenheit
und das Streben nach einem Leben in der Zukunft.

20

Ein Zug nach Budapest

Nichts ist geheimnisvoller als das,
was wir klar erkennen.

ROBERT FROST

Wir hatten beschlossen, noch am selben Abend mit dem Zug nach Serbien zu fahren. Falls meine – von Sarah geteilte – Schlussfolgerung zutraf, war es durchaus denkbar, dass Lieserls Tochter, die Hüterin von Einsteins Geheimnis, immer noch in der Heimat ihrer Mutter lebte.

In dem Balkanland angekommen, brauchten wir nur in zwei Städten unser Netz auszuwerfen: in der serbischen Hauptstadt Belgrad und in Novi Sad, der Heimatstadt von Mileva Marić, der Großmutter der von uns gesuchten Person, die ja auf der Suche nach uns zu sein schien.

Bevor wir aufbrachen, nutzte ich meinen letzten Tag in Bern dazu, um für die abschließende Arbeit am Manuskript einige Orte aufzusuchen, die etwas mit Einstein zu tun hatten. Das Patentamt, Einsteins erster Arbeitsplatz, war zu seiner Zeit in einem Gebäude in der Genfergasse untergebracht gewesen, bevor es 1907 in ein inzwischen abgerissenes Postgebäude umzog.

Von der Welt, in der Albert seine ersten wirklich bedeutenden Theorien entwickelt hatte, war nur das Café Bollwerk übriggeblieben sowie die Wohnung in der Kramgasse 49, in der er mit Mileva gelebt hatte.

Dort verbrachte ich den Nachmittag, machte ein paar Fotos und notierte mir Details, die in Yoshimuras Biographie fehlten. Dann traf ich mich mit Sarah Brunet, die ihre eigenen Nachforschungen angestellt hatte.

Als wir im Bahnhof zu unserem Zug nach Budapest gingen – von dort wollten wir nach Serbien weiterreisen –, flüsterte sie mir geheimnisvoll ins Ohr:

»Ich weiß schon, wo man uns in Belgrad erwarten wird.«

»Wirklich?«, entgegnete ich skeptisch.

»Tja, es war nicht schwer rauszufinden. Ich glaube, die Jagd ist zu Ende.«

Sie zog ein iPhone aus der Tasche und rief die letzte eingegangene Nachricht auf. Ich blieb stehen, um mir vor einer Geräuschkulisse aus Lautsprecheransagen und dröhnend ein- und abfahrenden Zügen die SMS durchzulesen.

Sie war um 12:24 ohne Angabe einer Absendernummer eingegangen und genauso knapp wie die Postkarte, der Telefonanruf und die Botschaft des malenden Roboters im Cabaret Voltaire:

Belgrad. Hotel Royal. Cafeteria. Montag. 21:30

»Was sagst du dazu?«, fragte Sarah und sah mich mit ihren blauen Augen erwartungsvoll an.

»Mir scheint, die ältere Dame lädt uns zum Abendessen ein. Also müssen wir dieses Hotel mit dem albernen Namen finden.«

Sarah hakte sich bei mir unter, um mich Richtung Gleis 2 zu dirigieren, wo unser Zug in zehn Minuten abfahren sollte.

»Kein Problem«, sagte sie, während wir den Reisenden auswichen, die uns mit Koffern und Zeitungen entgegenkamen. »Es liegt im Zentrum von Belgrad, in der Kralja Petra Nummer 56. Falls das Treffen sich in die Länge zieht, können wir auch dort übernachten. Ich habe schon die Zimmerreservierung gemacht.«

»Also du verlierst ja keine Zeit«, stellte ich fest und fragte mich, ob sie ein oder zwei Zimmer gebucht hatte.

Im Zug machte der Kontrolleur uns darauf aufmerksam, dass wir zweimal umsteigen mussten, um den Anschluss an den »Wiener Walzer« zu bekommen, den Nachtexpress, der Wien mit der ungarischen Hauptstadt verband.

Eine Dreiviertelstunde später stiegen wir in der kleinen Stadt Olten wieder aus. Wir mussten uns beeilen, um den Intercity nach Zürich zu erwischen, wo wir nach einer knappen halben Stunde eintrafen. Auch hier blieb uns nur wenig Zeit bis zur Abfahrt des Schnellzugs, mit dem wir am nächsten Tag um 11:34 in Budapest ankommen würden. Dort mussten wir einen serbischen Zug nehmen, der uns an unser Ziel brächte.

In dem modernen Schnellzug der Österreichischen Bundesbahnen ÖBB empfing uns ein dienstbeflissener Bahnangestellter an der Wagentür und begleitete uns durch die blauen Waggons bis zu einem modern ausgestatteten, aber winzigen Abteil, das wir ganz für uns allein hatten. Darin gab es zwei Liegen, einen Klapptisch und ein kleines Bad.

Angesichts meiner Überlegungen, was wohl im Hotel Royal geschehen würde, erschien mir die bevorstehende Nacht mit Sarah in dieser Raumkapsel als gutes Omen. Doch die Französin versetzte meinen Erwartungen einen Dämpfer.

»Würde es dir etwas ausmachen, ins Bad zu gehen, während ich mich umziehe?«, fragte sie, nachdem sie die Abteiltür verriegelt hatte.

»Überhaupt nicht«, antwortete ich zähneknirschend.

Als ich mich auf den Klodeckel setzte, sah ich mein Gesicht im Spiegel und erschrak. Mein abgespanntes Aussehen widersprach dem Relativitätsgesetz. Hatte Einstein nicht behauptet, für Reisende vergehe die Zeit langsamer? Ich dagegen wirkte um Jahre gealtert.

Mit einem leichten Ruck setzte sich der Zug in Bewegung.

Ich wollte meine Enttäuschung verdrängen, weil sich nicht unbedingt eine romantische Nacht anzukündigen schien, und malte mir in der hermetischen Stille des Bades aus, wie wohl unser gemeinsamer Abend verlaufen würde. Wir konnten ja mit einer im Bordrestaurant erstandenen Flasche Champagner eine Pyjamaparty veranstalten.

Während das zunehmende Ruckeln erkennen ließ, dass der Zug an Fahrt gewann, schlug ich mir den Gedanken wieder aus dem Kopf. Langsam wurde es mir in dem winzigen Bad zu eng.

Ein Blick auf die Uhr sagte mir, dass ich inzwischen über zehn Minuten in dieser nach Desinfektionsmittel riechenden Kapsel saß. Leicht genervt erhob ich mich und rief, das Gesicht nah an der Tür:

»Brauchst du noch lange?«

Stille.

Eins von beiden: Entweder war dieses winzige Bad schallisoliert wie ein Aufnahmestudio oder …

Ich spürte, wie sich die Räder des »Wiener Walzers« unter meinen Füßen immer schneller drehten und mir kam plötzlich ein Verdacht. Ich stieß die Tür auf, meine Befürchtung bestätigte sich: Sarah Brunet war verschwunden.

21

Lorelei

Die Bewegung der Himmelskörper kann man vorhersehen,
aber nicht den Irrsinn der Menschen.

Isaac Newton

Mit einem Tritt gegen die Badezimmertür, der die gesamte Kabine erzittern ließ, machte ich meiner Enttäuschung Luft. Aus unerfindlichen Gründen hatte die Französin beschlossen, mich wie ein Gepäckstück im Zug nach Budapest abzugeben, und war wenige Sekunden vor der Abfahrt wieder ausgestiegen.

Ein Coup wie aus dem Lehrbuch.

Eigentlich hätte ich mir ja so etwas denken können, als sie mich bat, ins Bad zu gehen. Denn normalerweise ist es eher umgekehrt: Ins Bad – mag es auch noch so winzig sein – geht derjenige, der sich umziehen will. Ich Trottel war voll in die Falle getappt.

Ich sah mich rasch im Abteil nach ihrem roten Koffer um, doch da stand nur mein verkratzter Samsonite. In meiner Wut hätte ich dem am liebsten auch einen Fußtritt verpasst, doch schließlich verließ ich das Abteil und ging zur Bar. Ich brauchte einen Whiskey – oder zwei –, um über das Geschehene nachzudenken und mir zu überlegen, wie es nun weiterging.

Der Speisewagen lag am Ende des Zugs. Obwohl es schon elf Uhr abends war, saßen an allen Tischen ältere Paare, die sich bei einer gemeinsamen Abendmahlzeit flüsternd unterhielten, nur an einem Tisch hockte eine einsame Gestalt vor ihrer Dosis Alkohol.

Ich ging geradewegs zur Bar, um meinen Frust zu ertränken. Dort empfing mich ein Kellner, bleich wie ein Vampir, mit einem monotonen »Bitte schön …«.

Ich bestellte einen doppelten Whiskey, und kurz darauf stand ein Glas mit dem Logo der ÖBB vor mir, in das der tranige Barmann zwei Fläschchen Chivas kippte. Dann gab er mir zu verstehen, dass ich nicht an der Bar bleiben könne, weil ich die Speisenausgabe blockierte.

Deprimiert darüber, den Drink allein in meiner einsamen Kapsel hinunterkippen zu müssen, zahlte ich und lief mit dem Glas in der Hand durch den Speisewagen. Als ich gerade die Wagentür aufdrücken wollte, ließ ein schriller Pfiff mich erstarren.

Da wagte es tatsächlich jemand, mir wie einem Hund hinterherzupfeifen. Wütend drehte ich mich um. Am liebsten hätte ich dem frechen Kerl meinen Whiskey ins Gesicht geschüttet. Aber es war ein junges Mädchen, das ziemlich ausgeflippt aussah.

Und das Schlimmste war: Ich kannte das Mädchen.

»Was zum Teufel machst du denn hier?«, fauchte es mich in ziemlich gutem Englisch an.

Entgeistert starrte ich das Mädchen mit den blauen Zöpfen an. Es trug ein Joy-Division-T-Shirt und grinste mir frech ins Gesicht.

Unter normalen Umständen hätte ich mich nicht zu einer Antwort herabgelassen, aber in diesem Nachtzug fühlte ich mich derart verloren, dass mir jede Alternative zum Alleinsein willkommen war.

»Ist der frei?«, fragte ich und zeigte auf den Platz auf der anderen Seite ihres Tischs.

Sie ließ eine blaue Kaugummiblase platzen und sagte verächtlich:

»Sieht man doch, dass er nicht frei ist. Er ist an den Tisch montiert, ist also nicht frei.«

»Sehr witzig!«

»Aber falls du dich an meinen Tisch setzen möchtest, bin ich bereit zu verhandeln. Was trinkst du denn da?«

»Einen doppelten Whiskey.«

»Okay, genauso einen will ich auch.«

Bevor ich etwas erwiderte, nahm ich sie genauer in Augenschein. Sie sah zwar aus wie eine überdrehte Minderjährige, konnte aber auch eine spillerige Studentin sein, die gern die Ausgeflippte spielte.

»Wie alt bist du eigentlich?«

»Alt genug, um zu tun, was mir Spaß macht.«

Als ich schon wieder aufstand, um sie mit ihren dummen Sprüchen allein zu lassen, beschloss das Mädchen mit den blauen Haaren, seinen pampigen Ton ein wenig herunterzufahren.

»Mensch, sei doch nicht so empfindlich! Jetzt also ganz förmlich: Spendierst du mir so einen Drink?«

Aufseufzend gab ich ihr mein Glas und ging wieder an die Bar. Ich wollte gerade noch einmal das Gleiche bei dem Kellner mit der Leichenmiene bestellen, als der Zug hielt. Kurz darauf betraten zwei Grenzpolizisten den Waggon und begannen mit der Passkontrolle.

Ich wäre am liebsten im Erdboden versunken, als ich die Kleine so mit dem Whiskeyglas in der Hand vor mir sitzen sah. Einer der Polizisten ging schnurstracks auf sie zu und bat sie um ihren Pass. Jetzt gibt's einen Riesenskandal, und sie schmeißen mich wegen Verführung Minderjähriger aus dem Zug, dachte ich.

Der Beamte inspizierte das Dokument und blickte mehrmals auf dessen Besitzerin, die an ihrem Glas nippte. Offenbar war sie volljährig, denn er gab ihr den Pass ohne weitere Fragen zurück.

Nachdem ich selbst mich ausgewiesen hatte – zu meiner Erleichterung schien ich noch nicht auf den Fahndungslisten von Interpol zu stehen –, setzte ich mich zu der schrägen Person, die plötzlich guter Laune zu sein schien.

»Ich heiße Lorelei. Für meine Freunde Lore. Und du?«

»Javier.«

»Prost«, entgegnete sie spöttisch und stieß mit mir an.

»Und was hast du in Budapest verloren?«, fragte ich sie, nachdem mich ein zweiter Schluck ein wenig entspannt hatte. »Morgen ist doch Montag, arbeitest du da nicht im Museum?«

Sie nippte wieder an dem Whiskeyglas und schüttelte den Kopf. Ich rechnete damit, dass sie mich dasselbe fragen und sich nach dem Zweck meiner Reise erkundigen würde, aber sie sah mich einfach nur kaugummikauend an. Ich versuchte es erneut:

»Erzähl doch mal. Was machst du in Budapest?«

»Geschäfte.«

»Was für Geschäfte?«

»Verdammt, was geht dich das an?«

Verstohlen blickte ich zu einem älteren Paar, das vorwurfsvoll zu uns herüberschaute. Ich hatte das Gefühl, dass es Zeit war, diese absurde Unterhaltung zu beenden und mich zu verziehen. Deshalb verabschiedete ich mich kurz und knapp und machte mich auf den Weg in meine Koje.

Als ich an der Abteiltür angelangt war, hörte ich leise, hastige Schritte hinter mir. Ich drehte mich um. Vor mir stand das Mädchen mit den blauen Zöpfen und schaute mich mit sonderbar starrem Blick an.

Eine unerklärliche Panik erfasste mich. Diese Lorelei hatte etwas zutiefst Beunruhigendes an sich.

»Hey, du kannst mich doch nicht behandeln wie einen Putzlappen. Du bist hier im Zug mein einziger Freund. Trinken wir noch einen Whiskey?«

»Auf keinen Fall. Geh endlich schlafen.«

»Ich bin nicht müde.«

»Das ist nicht mein Problem«, erwiderte ich genervt.

»Doch! Wenn du mich einfach abhängst, schreie ich sofort los und weck den ganzen Waggon. Und dann sage ich, du hättest mich begrabscht und mir Knete angeboten, um mich ins Bett zu kriegen.«

»Ich gehe auf keinen Fall zurück in die Bar«, entgegnete ich stur.

»Na gut, dann zeig mir dein Abteil. Mach die verdammte Tür auf, oder ich kreische auf der Stelle los.«

Lorelei musste meine Bestürzung bemerkt haben, denn sie fügte etwas leiser und in gespielt sanftem Ton hinzu:

»Nur ganz kurz, dann haue ich ab, versprochen. Ich will dir nur einen Vorschlag machen, Mann. Du musst ihn ja nicht akzeptieren, aber lass mich die Sache wenigstens erzählen. Und du entscheidest. Danach gehe ich, todsicher, okay?«

Da ich ihr absolut zutraute, dass sie ihre Drohung wahr machen würde, schloss ich eilig die Tür auf. Als wir im Abteil standen, verriegelte sie von innen, schaltete das Licht ein und sah mich mit einem Blick an, der alles andere als beruhigend war.

»Jetzt hör mir mal zu …«, begann sie. »Ich stecke voll in der Patsche, und du musst mir da raushelfen.«

Eine Stimme aus der unteren Koje ließ mir das Blut in den Adern gefrieren:

»Javier? Mann … Bist du verrückt geworden?«

Unbegreiflicherweise lag Sarah in ihrem Bett. Entgeistert schaute sie mich an und zog sich rasch die Decke bis unters Kinn. Dann sah sie stumm zu dem Mädchen mit den blauen Haaren, das sie hasserfüllt anblickte.

»Das wirst du mir teuer bezahlen«, sagte Lorelei und verließ das Abteil, die Tür lautstark hinter sich zuschlagend.

22

Kraftdemonstration

Zwei Dinge sind unendlich, das Universum
und die menschliche Dummheit, aber beim Universum
bin ich mir noch nicht ganz sicher.

Albert Einstein

Es dauerte eine Weile, bis ich Sarah den Verlauf der Ereignisse bis zu dem Punkt erklärt hatte, an dem die Verrückte aus dem Cabaret Voltaire mit ins Abteil gekommen war.

»Ich dachte, du hättest mich im Zug sitzenlassen«, sagte ich. »Warum bist du denn aus dem Abteil verschwunden und hast mich im Bad schmoren lassen?«

»Genau in dem Moment, als du ins Bad gegangen bist, hat mich jemand auf dem Handy angerufen, aber ich hatte kein Netz. Deshalb bin ich raus, um zwischen zwei Waggons zu telefonieren.«

»Davon habe ich aber nichts gehört«, erwiderte ich argwöhnisch.

»Ich hatte das Handy ja auch leise gestellt, es hat nur in meiner Tasche vibriert, deshalb hast du nichts mitgekriegt.«

»Aber ich habe auch nicht gehört, dass du drangegangen bist ...«

Ihr nervöser Blick, und wie sie ihre Decke noch etwas höher zog, verriet mir, dass ich sie ertappt hatte. Sie sagte mir nicht die Wahrheit oder zumindest nicht die ganze. Gleich darauf lenkte sie geschickt vom Thema ab.

»Könntest du bitte das Licht ausmachen? Mich stört, wenn du mich anguckst, während ich nackt unter der Bettdecke liege.«

Ich hätte sie gern gefragt, warum sie nackt war, denn eben hatte sie mich doch noch gebeten, im Bad zu verschwinden, um sich »umziehen« zu können. Aber ich ging lieber auf ihre Bitte ein. Ich machte das Licht aus und schwang mich auf meinen oberen Schlafplatz ... Angezogen auf dem Bett liegend, nahm ich mein Verhör wieder auf.

»Ich habe nicht gehört, dass du ans Handy gegangen bist. Woher wusstest du also, dass du kein Netz hattest?«

Es folgte angespanntes Schweigen. In der Dunkelheit hörte ich Sarahs hastigen Atem.

»Du hast recht, das war auch nicht der Grund«, antwortete sie. »Als das Handy vibrierte, bin ich leise nach draußen gegangen, damit du mich nicht reden hörtest. Ich dachte, es würde nur eine Minute dauern, aber das Gespräch hat sich in die Länge gezogen, und als ich zurückkam, warst du nicht mehr da.«

Ich hätte sie gern gefragt, mit wem sie denn telefoniert hatte, aber da ich das zu direkt fand, versuchte ich, sie anders in die Enge zu treiben.

»Als ich aus dem Bad kam, war im Abteil nichts mehr von dir zu sehen. Nicht einmal dein Koffer.«

»Den hatte ich unters Bett geschoben. Der Zug stand ja noch im Bahnhof, und es kommt sehr oft vor, dass man unmittelbar vor der Anfahrt des Zuges beklaut wird. Sogar in der Schweiz.«

Das klang plausibel. Trotzdem war mir klar, dass ich bohren konnte, so viel ich wollte, und doch nicht herauskriegen würde, was sie während ihres Verschwindens gemacht hatte. Ich traute ihr nicht über den Weg. Die Frau, die mich seit anderthalb Tagen begleitete, wurde mir immer unbegreiflicher. Und faszinierte mich immer mehr.

»Ich habe auf dich gewartet«, sagte sie plötzlich und riss mich aus meinen Grübeleien. Das klang so gut, dass ich meine Spekulationen über ihr Verschwinden und den Handy-Anruf vergaß. Vom Whiskey ermutigt, erwiderte ich:

»Jetzt bin ich ja wieder da, du darfst dir aussuchen, ob du mich in dein Bett einlädst oder in meins raufkommst. Das Leben ist zu kurz, um auf getrennten Liegen zu schlafen.«

»Dafür ist es jetzt zu spät«, unterbrach sie mich. »Wenigstens für mich, ich hab's nämlich satt, auf dich zu warten. Und daran bist du schuld, weil du die Zeit mit dieser blöden Göre verplempert hast. Ein andermal. Gute Nacht.«

Ihre Antwort verletzte und beschämte mich zutiefst. Plötzlich sah ich mich als das, was ich war: ein umherdriftender Satellit, der sich vom Gravitationsfeld jedes x-beliebigen Planeten oder Planetoiden anziehen lässt. Bereits in Barcelona hatte ich mich so verhalten, und seitdem Sarah mir wieder über den Weg gelaufen war, gab ich ihr erneut in allem nach.

Während wir Richtung Budapest fuhren, nahm ich mir vor, mich von nun an nur noch auf meinen Auftrag zu konzentrieren. Sobald ich wüsste, wer hier die Fäden zog und warum, würde ich alles, was für das Buch interessant war, notieren und meine Rechercheireise so rasch wie möglich beenden.

Einsteins Biographie vervollständigen und in meine

triste Bude zurückkehren – so sah die Marschroute aus. Doch meine Pläne passten einfach nicht zu der Ahnung, die mich verfolgte, seitdem ich den Zug bestiegen hatte – ein Gefühl von Fatalität, das sich mit jedem Kilometer steigerte, den der »Wiener Walzer« hinter sich ließ.

Ich ahnte, dass der fröhliche Teil der Geschichte vorbei war und mich in Serbien etwas anderes als Sekt und gute Laune erwartete. Bisher hatte ich zusammen mit einer hinreißenden Frau ein verrücktes Abenteuer erlebt. Nicht einmal der Tod zweier Männer hatte einen Schatten auf das spannende Spiel geworfen, bei dem die Puzzleteile von Einsteins Leben zusammengesucht werden mussten.

Jetzt aber zeichnete sich der Beginn von etwas vollkommen anderem ab.

Während mir all dies durch den Kopf ging, hörte ich Schritte auf dem Gang, die sich unserer Tür näherten und anhielten.

Lore.

Die irrationale Panik – Lore war schließlich nur ein Kind –, die mich gepackt hatte, als sie mir im Gang gefolgt war, flammte wieder auf. Abgesehen von ihrem ausgefallenen Äußeren, wirkte diese Person unheimlich, aber ich hätte absolut nicht sagen können, warum.

Ich lag im Dunkeln da und wartete darauf, dass sie der Tür einen Fußtritt verpasste oder wieder irgendeine Drohung ausstieß, doch Lore blieb einfach nur stehen.

Lange.

Dann trommelte sie mit ihren dünnen Fingern gegen die Tür und ging.

Angespannt blieb ich liegen und lauschte, bis ich mir sicher war, dass das Mädchen nicht wiederkommen würde. Dann holte ich tief Luft. Vom Ruckeln des Zuges und dem doppelten Whiskey war mir übel, der Magen rebellierte bedrohlich.

Als sich die ersten Würgekrämpfe meldeten, sprang ich aus dem Bett. Sarah schien fest zu schlafen.

Im Bad hielt ich mein Gesicht eine Weile unter kaltes Wasser. Als ich erneut in den Spiegel schaute, schien die Welt mitten in einem ohrenbetäubenden Kreischen plötzlich ins Schleudern zu geraten.

Erst als ich mit dem Kopf gegen den Spiegel knallte, der sofort zersprang, begriff ich, dass jemand die Notbremse gezogen haben musste. Vielleicht brannte es in einem der Wagen, und ich war zu schwach, um den Zug zu verlassen.

Das war das Letzte, was ich dachte, während ich spürte, wie ich Blut verlor und zugleich das Bewusstsein.

Als ich wieder zu mir kam, fiel frühes Morgenlicht ins Abteil. Ich lag ausgestreckt auf dem Bett. Der Zug schien seine Fahrt wieder aufgenommen zu haben.

Die zurückliegende Nacht wäre mir wohl wie ein Alptraum erschienen, wäre mein Kopf nicht von spitzen Pfeilen durchbohrt worden und hätte nicht ein Parfüm in der Luft gelegen, das Schmerzen und Verwirrung verdrängte.

Sarah war ganz nah bei mir. Sie beugte sich mit strahlendem Gesicht über mich, während irgendetwas heftig in meinem Nacken brannte.

»Das ist nur Desinfektionsmittel«, flüsterte sie mir ins Ohr und drückte abermals sanft auf meine Wunde. »Du hättest dich böse verletzen können, aber zum Glück hast du nur ein paar oberflächliche Schnittwunden.«

Ich schloss die Augen und kam mir vor wie Indiana Jones, der von der Schönen vom Dienst verarztet wird.

Mit einem zarten Kuss auf die Stirn beendete meine Krankenpflegerin die Behandlung.

»Hat es im Zug gebrannt?«, konnte ich gerade noch murmeln, bevor ich in die Abgründe des Schlafs zurückzusinken begann.

Sarahs Stimme kam diesmal von der Etage unter mir. Offenbar war sie ins Bett zurückgekrochen.

»Nein, da hat nur irgendein Verrückter die Notbremse gezogen. Ich nehme an, er ist aus dem Zug gesprungen, bevor der Kontrolleur in allen Abteilen nachschauen konnte. Wir haben eine ganze Stunde gestanden.«

Ich seufzte. Wer dahintersteckte, konnte ich mir nur zu gut vorstellen. Und irgendetwas sagte mir, dass es nicht ihre letzte Schandtat sein würde, sondern dass all dies nur ein Vorgeplänkel war, eine Kraftdemonstration vor dem eigentlichen Angriff.

23

Serbien

Wenn wir in der Lage sind, uns endloses Glück vorzustellen,
müssten wir auch fähig sein, uns die Endlosigkeit
des Raumes vorzustellen, denn das ist viel einfacher.

Mileva Marić

Bei unserer Ankunft in Budapest fiel feiner Nieselregen, der der Stadt ein trübes, nicht gerade vielversprechendes Aussehen verlieh.

Als ich die Augen zum zweiten Mal öffnete, saß Sarah bereits mit einem Kaffee in der Hand am Abteilfenster. Sie trug einen dünnen, auberginefarbenen Pullover über einem schwarzen Minirock und dazu Schuhe mit hohen Absätzen. Ich löste den Blick von ihren Beinen, weil ich mich an das erinnerte, was ich mir in der Nacht unmittelbar vor dem Sabotageakt vorgenommen hatte.

Plötzlich erinnerte ich mich auch wieder an den zerbrochenen Spiegel. Einem Aberglauben zufolge erwarteten mich – neben den Narben am Kopf – sieben Unglücksjahre. Das war also einstweilen die Alternative zu dem Ende, das der Japaner und der Berner Fremdenführer genommen hatten.

Die Französin, die nichts von meinen finsteren Gedanken ahnte, kämmte sich mit den Fingern das seidige braune Haar und sagte:

»Heute ist der große Tag.«

Am Bahnhof Budapest-Keleti erfuhren wir, dass an diesem Tag kein Zug mehr nach Belgrad ging. Ein finsterer Schalterbeamter teilte uns mit, wir müssten auf den »Pannonia Express« warten und der fahre erst am nächsten Morgen um sechs Uhr.

»Unmöglich«, sagte Sarah. »Wir müssen heute Abend da sein.«

Der Mann zuckte mit den Schultern und meinte nach einem langen Blick auf den Busen der Französin:

»Dann Minibus.«

Eine Stunde später saßen wir in einem Kleinbus, eingeklemmt zwischen zehn anderen Fahrgästen, die mit Prodianttüten, Flaschen und Gepäckstücken aller Art unterwegs waren.

Wir teilten uns die hinterste Reihe, in die wir uns wie mit dem Schuhlöffel gequetscht hatten, mit einem dicken älteren Mann, der mit scheußlich offenstehendem Mund neben uns schlief. Ich saß auf dem Mittelsitz, Sarah am linken Fenster. Die Koffer hatten wir vor uns gestellt, so dass wir die Knie hochziehen mussten, um überhaupt in dieser Enge sitzen zu können. Vor uns lag eine fast achtstündige Fahrt.

Mit dem Glamour war es vorbei.

Während der Minibus sich durch Budapester Randbezirke aus der Stadt kämpfte, die um diese Zeit mit Lastwagen vollgestopft war, las ich den Teil von Yoshimuras Biographie, der Lieserl – anderen Quellen zufolge wurde sie auch Zorka genannt – gewidmet war, der unehelichen Tochter von Einstein und Mileva Marić. Die Informationen waren vage und eindeutig nicht ausreichend, wie der Autor selbst in einer Fragenliste gestand, die zu beantworten jetzt meine Aufgabe war.

[Aus welchem Grund wollte Einstein seine eigene Tochter nicht anerkennen?

Was ist aus Lieserl geworden? Wusste sie, wer ihr leiblicher Vater war?

Hat es nie irgendeinen Kontakt zwischen den beiden gegeben?]

Falls uns im Hotel Royal wie vermutet Lieserls Tochter erwartete, würden diese Fragen sich vielleicht rasch beantworten lassen. Das gab mir neuen Auftrieb und entschädigte für die Strapazen der Reise sowie die Tortur, neben einer Frau zu sitzen, die mir mehr gefiel, als ich zuzugeben bereit war.

Obwohl sie bei unserem Marathon eindeutige Vorteile hatte, schien Sarah sich nicht für den Text zu interessieren, den ich mit Bleistift unterstrich. Ihr heller Blick lag auf den ersten Feldern, die sich am Rande der ungarischen Hauptstadt erstreckten.

Ich setzte meine Lektüre fort:

Durch die Vermittlung seines Freundes Marcel Grossmann wusste Einstein, dass er bald die ersehnte Stelle im Berner Patentamt antreten konnte. In der Zwischenzeit musste er sich sein Geld als Privatlehrer eines Kindes einer vermögenden britischen Familie verdienen. Er war dadurch gezwungen, in einem Dorf zu wohnen, fern von seiner Welt und Milevas Umarmung.

Allmählich ließ die Schwangerschaft der serbischen Studentin sich nicht mehr verbergen, und es standen drastische Entscheidungen an, damit das junge Glück des Paares nicht zerbrach. Wäre bekanntgeworden, dass Mileva ein uneheliches Kind erwartete, hätte Einstein keinerlei Chancen gehabt, die Stelle zu bekommen, die er sich wünschte, ganz zu schweigen von dem Skandal, den die Nachricht in seiner Familie ausgelöst hätte.

Da Mileva aus demselben Grund ihr Studium abbrechen musste, wurde beschlossen, dass die werdende Mutter sich so lange in ihre Heimatstadt Novi Sad, damals im ungarischen Teil des Kaiserreichs gelegen, zurückziehen sollte, bis Albert die Stelle bekam und sie heiraten konnten. Doch die notwendigen amtlichen Schritte zogen sich in die Länge, und Lieserl kam zur Welt. Ihr Vater aber ließ sich nicht dazu herab, nach Novi Sad zu reisen, um sie kennenzulernen.

Die Fortsetzung der Geschichte war noch unerklärlicher. Weder zeigte Albert Interesse, seine Tochter zu sehen, noch hatte Mileva Bedenken, das Kind einer Freundin zur Adoption zu übergeben, einer gewissen Helene Kaufler Savić. Es war nicht klar, ob Mileva später noch viel Kontakt zu ihr unterhielt.

Als Mileva und Albert ein Jahr später heirateten, war das Problem mit der Tochter bereits Schnee von gestern. Das Paar bekam noch zwei weitere, eheliche Kinder, Hans und Eduard, Letzterer erkrankte an Schizophrenie. Für das abgeschobene Lieserl schien sich niemand mehr zu interessieren.

Nachdem wir die Grenze passiert hatten, holperte der Kleinbus über schlechte Straßen an den endlosen Feldern Serbiens entlang. Noch immer fühlte ich mich schwach, nun wurde mir auch noch schlecht, so dass ich aufhören musste zu lesen. Unverhofft warf Sarah mir einen mitfühlenden Blick zu, wie ich es noch nicht bei ihr erlebt hatte.

Ich sah den Glanz ihrer tiefblauen Augen und sagte mir, dass ich eigentlich nichts über sie wusste. Seit unserer Begegnung im Rosengarten hatten wir jeden Tag gemeinsam verbracht. Aber genau wie Lieserl war Sarah für mich immer noch ein großes Rätsel.

Ich beschloss, ihr eine gezielte Frage zu stellen:

»Wie bist du eigentlich darauf gekommen, eine Doktorarbeit über Mileva Marić zu schreiben?«

Die Französin kniff mit zwei Fingern ihre volle, schön geformte Unterlippe zusammen.

»Ich nehme an, weil mir Verliererinnen gefallen«, antwortete sie.

»Du wirkst aber nicht gerade wie eine Verliererin. Du siehst aus wie ein Mädchen aus gutem Hause, das alles, was es macht, mit Bestnote abschließt, oder irre ich mich?«

Sie lächelte nur, ohne etwas zu sagen.

»Ich verstehe nur nicht, warum du Zeit und Energie an diese Nachforschungen verschwendest, die dir für deine Doktorarbeit doch nichts bringen. Für mich ist dieser Auftrag eine Verschnaufpause, aber in deinem Fall ...«

»Ich habe nichts Besseres vor«, unterbrach sie mich.

Die Antwort verwirrte mich. Wieso war ein zwischen osteuropäischen Kartoffelfeldern dahinholpernder Kleinbus das Beste, was eine Intellektuelle aus der Oberschicht vorhaben konnte?

»Ich habe das Gefühl, ich weiß nichts von dir«, fügte ich hinzu.

»Ist auch besser.«

Während sie erneut auf die endlosen Felder sah, nahm sie meine Hand. Ich hielt mich vorsichtig daran fest wie ein Schiffbrüchiger an seinem Rettungsring.

24

Hotel Royal

Wenn du eine neue Aufgabe beginnst,
erwarte immer das Unerwartete.

HELEN THOMAS

Belgrad war viel schöner als angenommen. Obwohl dieser späte Maitag schon in der Abenddämmerung verblasste, beeindruckten mich die breiten Alleen und Grünanlagen, durch die wir fuhren, bis unser Kleinbus, dessen letzte Fahrgäste wir waren, endlich sein Ziel erreichte.

Die Größe der Gebäude und Promenaden ließ erkennen, dass die Stadt einst als Hauptstadt eines mächtigen Landes angelegt worden war, Jugoslawien, ein Land, das die fünftstärkste Armee der Welt besessen hatte.

Nachdem wir uns vom Fahrer verabschiedet hatten, liefen wir durch eine Fußgängerzone, die laut Stadtplan auf die Kralja Petra stieß. Mich überraschten die vielen Buchhandlungen und das rege Treiben, das an jenem Montagabend in Kneipen und Restaurants herrschte. Eine kosmopolitische, auffallend jugendliche Atmosphäre vermittelte den Eindruck, die Stadt erfinde sich nach zwei Jahrzehnten politischer und kriegerischer Auseinandersetzungen gerade neu.

Während wir unsere Koffer durch die Menschenmenge zogen, entdeckten wir auf der Uhr eines Gebäudes, dass es schon neun war. Wir würden zehn Minuten zu spät zu unserer Verabredung kommen, wie es die Regeln der Höflichkeit verlangten.

»Ich muss zugeben, dass ich nervös bin«, sagte Sarah, als sie mir das Schild zeigte, auf dem in kyrillischer Schrift der Name der Straße stand, in der das Hotel lag. »In Kürze lernen wir jemanden kennen, der bisher für alle Einstein-Forscher unerreichbar war.«

»Ich hoffe, dieser Jemand erklärt uns, warum er Katz und Maus mit uns spielt und uns hierherbestellt hat«, murrte ich. »Ich würde das Geheimnis um Lieserl gern abhaken, um in die USA reisen zu können. Vielleicht finden wir in Einsteins Büro in Princeton das, was wir brauchen, um die Lücken des Puzzles zu schließen.«

Die erste Person Plural hatte ich mit Absicht benutzt, in der Hoffnung, Sarah würde mich begleiten. Sie lächelte aber nur, während wir auf das Hotel im Baustil der siebziger Jahre zugingen. Neben dem Eingang fiel mir eine Snackbar voller rauchender Männer auf.

Die Hotellobby erinnerte an Filme von vor vierzig Jahren. Überall Aluminium, samtbezogene Sessel und wie Serpentinen geschwungene Treppen.

Während Sarah der Frau am Empfang die Buchungsnummer vorlegte, warf ich einen Blick auf die Gäste in der Cafeteria, dem Ort unserer Verabredung. Eine bäuerlich wirkende Familie nahm mehrere Tische ein, während auf den übrigen Plätzen Männer mit Schnurrbärten saßen und sich, vermutlich weil sie Feierabend hatten, mit einem Bier in der Hand unterhielten.

Keiner der Anwesenden entsprach in Alter und Aussehen unserer Vorstellung von Einsteins Enkelin.

»Sie ist nicht erschienen«, sagte ich zu meiner Begleiterin, als diese vom Einchecken zurückkam. »Gibst du mir meinen Zimmerschlüssel? Ich bin todmüde.«

»Ich habe nur einen Schlüssel für uns beide. Aber erst

mal sollten wir uns vergewissern, ob die Person, die uns hierherbestellt hat, wirklich nicht da ist. Nach ihrer SMS sind wir zur richtigen Zeit am richtigen Ort.«

»Sieh selbst nach«, sagte ich und überließ ihr die Initiative.

Während Sarah zwischen den Tischen umherwanderte, lief mir bei dem Gedanken, dass wir im selben Zimmer schlafen würden, ein Kribbeln über die Wirbelsäule. Ich schaute ihr bis zur Theke der Cafeteria nach und warf mir gleichzeitig vor, mich so wenig an meine Vorsätze der vergangenen Nacht zu halten.

»Wahrscheinlich ist sie noch nicht da«, meinte Sarah. »Bestellen wir uns einen Cocktail?«

»Ich bezweifle ja, dass irgendjemand kommt«, stellte ich mutlos fest, bevor ich beim Kellner einen Wodka Tonic bestellte.

Sarah nahm das Gleiche, und wenig später prosteten wir einander an einer Bar mit psychedelischem Design zu.

Ich ließ meinen Blick nochmals über die Gäste der Cafeteria wandern, ohne etwas Neues zu entdecken.

Aber mir fiel eine Treppe auf, die von der Cafeteria in einen kleineren Raum hinunterzuführen schien. Eine Kette versperrte den Treppenabgang, unten aber erkannte ich für Sekunden eine einsame Silhouette im Schein einer im Halbdunkel aufleuchtenden Zigarette.

»Da ist sie«, sagte ich zu der Französin und zeigte auf den abgesperrten Raum.

Ohne jemanden um Erlaubnis zu bitten, nahmen wir unsere Gläser, um ins Untergeschoss zu gehen. An der Treppe hängten wir die Kette ab und wieder vor, dann stiegen wir feierlich und zugleich vorsichtig die Stufen hinunter.

Die Person, die da im Halbdunkel saß, rauchte immer noch. Als wir näher kamen, ließ sie das Feuerzeug aufleuchten, damit wir sie besser erkennen konnten. Sarah stieß einen erstickten Schrei aus.

Es war Jensen.

Lachend breitete der Verleger von *Mysterie* in einer theatralischen Geste die kurzen Arme aus. Am liebsten wäre ich ihm an die Gurgel gegangen. Ich beschloss, diesen üblen Scherz unverzüglich aufzuklären.

»Hast *du* die SMS geschrieben?«

»Wer sonst?«, erwiderte er fröhlich. »Es war ziemlich mühsam, die Leute von der Universidad Complutense dazu zu überreden, die Nummer ihrer Doktorandin herauszurücken.«

Die Angesprochene war so wütend, dass ihre Unterlippe zitterte. Also übernahm ich es, das Verhör fortzusetzen:

»Und was hast du zu der Postkarte, dem Anruf und der Botschaft im Cabaret Voltaire zu sagen? Steckst du da auch dahinter?«

»Darüber weiß ich genauso viel wie ihr. Oder vielleicht ein bisschen mehr, sonst wäre ich ja nicht schon hier. Ich wusste, dass ihr dieselbe Spur verfolgt wie ich, mir aber nicht das Exklusivrecht klauen würdet, und da habe ich beschlossen, meine Freunde an dem großen Knüller teilhaben zu lassen.«

»Darf man erfahren, wovon du sprichst?«, fragte Sarah mit unterdrückter Wut.

Der Däne verschlang sie mit Blicken, bevor er antwortete:

»Natürlich von Einsteins letzter Erkenntnis. Meine Jungs haben viel und hervorragend gearbeitet. Deswegen und dank gut investierter Mittel werden wir heute Abend erfahren, was Albert in der zweiten Hälfte seines Lebens ausgetüftelt und versteckt hat. Um halb elf werde ich es auf meinem Zimmer bekanntgeben. Ihr seid zu der Feier eingeladen.«

»Da ist doch was faul«, wandte Sarah ein. »Wenn es wirklich um eine Entdeckung geht, warum willst du sie dann mit uns teilen?«

Zufrieden wand der Däne seinen kleinen Körper, bevor er antwortete:

»Weil ich von jetzt an Botschafter brauche. Aber vergesst nicht, ich habe die Exklusivrechte, und die Nachricht wird ausschließlich in Verbindung mit meinem Namen verbreitet werden.«

Er drückte die Zigarette in seinem Glas aus und schnalzte mit den Fingern, um diese erste Begegnung für beendet zu erklären. An der Anspannung im Gesicht dieses alten Kindes sah man, dass er sich hier und jetzt wie der mächtigste Mann auf Erden fühlte.

In einer Stunde würden wir wissen, ob er Grund dazu hatte.

25

Einsteins Chauffeur

Du hast nicht wirklich etwas verstanden,
solange du nicht in der Lage bist,
es deiner Großmutter zu erklären.

ALBERT EINSTEIN

Vor lauter Verwirrung über Jensens Wiederauftauchen hatte ich völlig vergessen, dass ich mit Sarah Brunet in einem Zimmer schlafen würde. Ganz selbstverständlich öffnete sie die Tür.

Der Raum war im gleichen Stil gehalten wie die Hotellobby, hatte ein kleines Bad mit Dusche, und vom Fenster aus blickte man auf den Abendverkehr, der durch die überfüllte Kralja Petra strömte.

Es gab nur ein Doppelbett.

Die Französin schien meine Verlegenheit sehr zu amüsieren, denn sie bemerkte spöttisch:

»Es war kein anderes Zimmer mehr frei, aber wir können uns zusätzlich ein Kinderbett bringen lassen, wenn dir das lieber ist.«

Dann zwinkerte sie mir zu und ging unter die Dusche.

Ich wusste nicht, was ich denken sollte, und schaute auf ihren Koffer, der geöffnet auf dem Bett stand. Obendrauf lag ein kurzes, blaues Kleid, das bald den Körper seiner Besitzerin bedecken würde.

Ich versuchte, mich abzulenken, und machte es mir auf dem Bett bequem, um zu lesen wie ein gelangweilter Ehemann, für den die eigene Gattin das Talent der Unsichtbarkeit entwickelt hat. Während hinter der Wand das warme Wasser rauschte, wandte ich mich einem Kapitel in der Mitte des Manuskripts zu, da die Jugend des Genies mich nicht mehr übermäßig interessierte.

Im einleitenden Teil zu Einsteins amerikanischer Phase hatte Yoshimura ein paar originelle Anekdoten zusammengetragen. So erzählte man sich zum Beispiel, bei seiner Ankunft in Princeton sei Albert mit seiner Wuschelmähne für einen Elektriker gehalten und gebeten worden, die Kabelverbindung einer Lampenfassung zu reparieren. Immer zu Scherzen aufgelegt, gab Albert seine Identität erst preis, als er die Reparatur ausgeführt hatte, die Mitarbeiter des Instituts brachte das natürlich in große Verlegenheit.

Der Japaner zitierte einen Journalisten namens Wallias, der Folgendes über das besondere Verhältnis zwischen dem Genie und seinem Chauffeur in den USA berichtete:

> Als Einstein noch nicht so berühmt war und seine Theorien sich erst in der Welt zu verbreiten begannen, wurde er immer häufiger zu Vorträgen eingeladen. In der Öffentlichkeit war er noch unbekannt, nur wenige wussten, wie er aussah.
>
> Auf einer seiner Reisen durch die USA sagte sein Chauffeur zu ihm, er habe ihn im zurückliegenden Jahr so häufig sprechen hören, dass er all seine Theorien auswendig kenne. Da kam dem Vater der Relativitätstheorie ein witziger Einfall. Er schlug seinem Fahrer vor, in der Kleinstadt, zu der sie unterwegs waren, seine Rolle zu übernehmen: Er solle sich als Einstein ausgeben und den Vortrag an seiner statt halten, da er ihn ja aus dem Effeff kenne.

Gesagt, getan. Alles lief wie am Schnürchen, niemand bemerkte den Rollentausch, und das Publikum glaubte, es hätte ein großes Genie vor sich. Der echte Einstein im Publikum amüsierte sich köstlich.

Bis zu dem Augenblick, als jemand im Saal eine Frage stellte, auf die der Referent keine Antwort wusste. Der falsche Einstein, nicht auf den Mund gefallen, erwiderte: »Diese Frage ist so leicht, dass sogar mein Chauffeur sie beantworten könnte ... Und das tut er jetzt.«

Die Anekdote war gut, wenn auch vermutlich durch häufiges Erzählen etwas verzerrt. Angesichts der vielen Geschichten, die über Albert Einstein kursierten, sagte ich mir, er wäre wahrscheinlich durch irgendetwas anderes berühmt geworden, wenn er nicht die Relativität entdeckt hätte.

In diesem Moment öffnete sich die Badezimmertür, und meine Aufmerksamkeit wurde auf Sarah gelenkt, die, nur in ein Badetuch gehüllt, ins Zimmer trat. Dass ich da war, schien ihr nichts auszumachen. Doch als sie das Badetuch ablegen wollte, sah sie mich verschmitzt an und sagte:

»Willst du nicht auch unter die Dusche? Es wäre unhöflich, verschwitzt von der langen Reise zu Jensens Feier zu gehen.«

»Ich habe nur darauf gewartet, dass du rauskommst«, sagte ich zu meiner Verteidigung.

Ihr Lächeln, als ich aufstand und zum Bad ging, zeigte mir deutlich, wie sehr ihr dieses Spielchen gefiel. Vermutlich versuchte sie, das Verlangen zu steigern, bis die Grenze überschritten war.

Ich hatte fest vor, nicht in die Falle zu tappen. Während ich mir vorsichtig den verletzten Kopf einseifte, dachte ich, dass wir in diesem ganzen Durcheinander nur deshalb noch am Leben waren, weil es dem, der unsere Ortswechsel kontrollierte, ins Konzept passte. Wer dieser Jemand war und in welchem Moment er sich zu erkennen geben würde, erschien mir allerdings von Mal zu Mal rätselhafter.

Als ich durch den Duschvorhang Sarah ins Bad kommen sah, ohne dass sie an die Tür geklopft hatte, hörte ich auf zu grübeln. Sie verhielt sich so, als sei ich unsichtbar, was meine Selbstachtung nicht gerade steigerte. Sie hatte ihr entzückendes Kleid angezogen, das sich wie eine zweite Haut an ihren Körper schmiegte, und kämmte sich vor dem Spiegel, während ich mich, so wie ich auf die Welt gekommen war, verbrühte, weil die Wassertemperatur sich nicht vernünftig regulieren ließ.

Erst als sie sich fertig gekämmt hatte, warf sie einen verstohlenen Blick Richtung Duschvorhang. Dann lächelte sie sanft, bevor sie ein Schminktäschchen aus ihrem Kulturbeutel holte, um sich die Wimpern zu tuschen.

Irritiert streckte ich den Arm hinterm Vorhang hervor und angelte nach meinem Handtuch, damit ich das Bad verlassen konnte, um mir halbwegs frische Wäsche aus dem Koffer zu holen.

All meine Sinne waren jetzt auf das konzentriert, was uns auf der Dachterrasse des Hotels erwartete. In fünfzehn Minuten würden wir einem Ereignis beiwohnen, das einige nie vergessen würden, an das sich andere dagegen unmöglich erinnern könnten, da sie bald mehr verloren hätten als nur ihr Gedächtnis.

26

Das Wunderjahr

Deine Bestrebungen sind deine Möglichkeiten.

SAMUEL JOHNSON

Jensens Suite lag im obersten Stockwerk des Hotel Royal und war durch eine Treppe, die vom geräumigen Salon aus nach oben führte, mit der Dachterrasse verbunden. Ein Kellner in altmodischer Uniform servierte einem Dutzend Gästen, die in kleinen Grüppchen plaudernd zusammenstanden, Getränke und Häppchen. So gierig, wie sie sich aufs Essen stürzten, konnten es nur Journalisten sein, die man in letzter Minute zu dem Festakt eingeladen hatte.

Ich fragte mich, ob der Anlass dies wert war.

»Das Ganze scheint ernster zu sein, als ich dachte«, flüsterte mir Sarah ins Ohr. »Und sieh dir mal Jensen an ...«

Gerade durchquerte der Gastgeber den Salon, begrüßte hier und da Gäste und steuerte mit triumphierendem Lächeln auf uns zu. In seinem makellosen weißen Anzug mit weinroter Fliege wirkte er wie aus einer anderen Zeit.

»Ich freue mich, dass ihr zur Feier erschienen seid«, sagte er, nachdem er mir die Hand geschüttelt und meine Begleiterin geküsst hatte. »Dieser Montagabend wird in die Geschichte der Wissenschaft eingehen.«

Ich sah Jensen ungläubig an, bevor ich mich vorbeugte, um ihm leise eine Frage zu stellen:

»Wird Mileva kommen?«

»Eine Mileva könnte durchaus kommen«, antwortete er, den Blick auf die anderen Gäste gerichtet, »der Name ist in Belgrad ziemlich verbreitet. Auch einige Medienvertreter werden noch eintreffen.«

»Gibst du eine Pressekonferenz?«

»Na ja, ich habe ein paar Lokaljournalisten und die wichtigsten Belgrader Korrespondenten eingeladen. Sie werden an diesem historischen Abend unsere Botschafter sein. Auch ihr, liebe Freunde, werdet ab morgen die Neuigkeit verbreiten können.«

Er sprach wie ein Messias, hatte aber nicht auf meine Frage geantwortet. Immer noch wusste man nicht, ob Einsteins Enkelin ausfindig gemacht worden war und wir in irgendeiner Form mit ihr in Kontakt treten konnten.

Als hätte er meine Gedanken gelesen, legte Jensen mit einstudierter Feierlichkeit seinen Arm um meine und Sarahs Taille, bevor er geheimnisvoll verkündete:

»Um Mitternacht wird eine Weltsensation bekanntgegeben. Von da an wird nichts mehr sein wie vorher.«

»Kommt Pawel auch?«, fragte ich spontan.

Der Gastgeber sah mich missmutig an, so als verderbe ihm die Erwähnung des polnischen Physikers das Fest.

»Er ist nicht eingeladen. Ein mechanischer Geist wie seiner würde die Reichweite dessen, was wir in Kürze erfahren, nicht begreifen. Mehr noch, er wäre fähig, eine Kampagne anzuzetteln, um uns in Verruf zu bringen.«

Sarah warf mir einen maliziösen Blick zu. Offenbar fand sie es komisch, dass der Verleger von *Mysterie* auch uns mit diesem Plural in die Gruppe der Eingeweihten einschloss.

»Während der große Augenblick näher rückt, wollen

wir aus gegebenem Anlass den Dokumentarfilm *Einsteins Frau* vorführen, den unsere gelehrte Dame«, sagte er und zwinkerte der Französin zu, »sicher schon kennt. Bitte nehmt Platz.«

Entschlossenen Schrittes ging er uns bis zum einen Ende des Salons voraus, wo ein Beamer und eine Leinwand bereitstanden. Zwei Reihen mit Klappstühlen vervollständigten die Installation.

Etwas lustlos setzte ich mich auf einen Platz am Rand der zweiten Reihe, Sarah blieb hinter mir stehen. Als die Vorführung begann, kam ein halbes Dutzend Zuschauer, die Gläser in der Hand, widerstrebend näher.

Der Film war auf Englisch und begann mit einem Bericht über die »Akademie Olympia«, einen Freundeskreis, den Einstein in Bern ins Leben gerufen hatte, um über Philosophie und Physik zu diskutieren. Obwohl ich in Yoshimuras Manuskript bereits etwas über diesen Gesprächszirkel gelesen hatte, überraschte mich nun, was ich über seine Entstehung erfuhr.

Angeblich hatte Albert im Jahr 1901, während er noch auf die Stelle im Patentamt wartete, eine Anzeige aufgegeben, in der er sich als Privatlehrer für Mathematik und Physik bewarb. Ein Philosophiestudent namens Maurice Solivine meldete sich bei ihm und bat ihn, Unterricht bei ihm nehmen zu dürfen. Doch da der angehende Philosoph anscheinend kein Geld hatte, kam es nicht dazu. Stattdessen freundeten sich die beiden an. Bald schloss sich ihnen der Mathematiker Conrad Habicht an, und zu dritt gründeten sie eine Art Gesprächskreis, in dem über Texte von Karl Pearson, philosophische Essays von David Hume und sogar über den *Don Quijote* diskutiert wurde. Als Habicht und Solivine 1904 beziehungsweise

1905 Bern verließen, löste sich die »Akademie Olympia« auf.

Anschließend befasste sich der Dokumentarfilm mit den Ereignissen des Jahres 1905, Einsteins sogenanntem »Wunderjahr«, in dem er in der Zeitschrift *Annalen der Physik* drei Artikel veröffentlichte, die die Wissenschaft revolutionierten. Jeder dieser drei Artikel eröffnete mit einer neuen Theorie – der Theorie der Brown'schen Bewegung, der Photonentheorie und der Relativitätstheorie – einen eigenen Zweig der Physik.

Was in jahrhundertelanger Forschung nicht hatte geklärt werden können, schien für einen namenlosen Beamten aus dem Patentamt ein Kinderspiel gewesen zu sein.

Der polemisch angehauchte Dokumentarfilm stellte die Behauptung auf, Mileva sei aktiv an der Abfassung der drei Artikel beteiligt gewesen, da alle mit »Einstein-Mariti« unterzeichnet sind, Mariti ist die ungarische Form von Marić. Die meisten Einstein-Experten aber halten diese Tatsache nicht für beweiskräftig, denn bis heute ist es in der Schweiz üblich, dass der Ehemann den Namen seiner Frau an den eigenen anhängt.

Von der Reportage und drei Gläsern Wein, die ich mir genehmigt hatte, musste ich fürchterlich gähnen. Erst da fiel mir auf, dass ich der einzige Zuschauer war, der noch vor der Leinwand saß. Stimmengewirr holte mich in die Feier zurück.

Während *Einsteins Frau* gelaufen war, hatte sich die Suite des Dänen nach und nach mit Gästen gefüllt, die hinter dem Kellner herliefen, um einen Drink zu ergattern. Nach Sarah Ausschau haltend, sah ich, dass einige ältere Männer und Frauen sich zu der Gruppe Belgrader Journalisten gesellt hatten und zwei griesgrämig dreinschauende, jüngere Männer – wohl Skandinavier – mit Kamera und Stativ durch den Raum wanderten.

Ich nahm an, dass es sich um Jensens »Jungs« handelte, die dazu verdonnert worden waren, das Mutterschiff zu verlassen, um die Ruhmesstunde ihres Chefs festzuhalten. In einer unverständlichen Sprache riefen die beiden dem Gastgeber von der Treppe aus etwas zu.

Daraufhin faltete der Mann im weißen Anzug die Hände und richtete sich mit lauter Stimme an die etwa zwanzig Gäste:

»Es ist fast Mitternacht. Lassen Sie uns nun gemeinsam auf die Terrasse gehen, um der Enthüllung beizuwohnen.«

Der Alkohol und ein sich anbahnender Flirt hier und dort hatten der Zusammenkunft eine lockere Note verliehen, die den Absichten des Gastgebers nicht so recht entsprach. Doch auf seinen Appell hin begaben sich die Anwesenden brav hintereinander die Treppe hinauf.

Ich reihte mich in die Schlange ein und hoffte, Sarah auf der Terrasse wiederzutreffen, aber auch dort war sie nicht. Meine einzige Erklärung war, dass die Veranstaltung sie ermüdet hatte und sie auf unser Zimmer gegangen war, ohne mir Bescheid zu sagen.

Nicht gerade begeistert über ihr abermaliges Verschwinden setzte ich mich auf einen der Stühle, die im Halbkreis vor einem Podium standen. Leinwand und Beamer waren rasch von den emsigen Skandinaviern nach oben gebracht worden.

Während ich mich mit Geduld wappnete, blickte ich zum Firmament über Belgrad. In Kürze sollten die Sterne Zeugen eines Schauspiels mit unverhofftem Ausgang werden.

27

Die neue Formel

> Gut und Böse sind zwei Möglichkeiten der Wissenschaft.
> Das Schicksal der Menschheit wird davon abhängen,
> ob die Raketen der Zukunft ein astronomisches Teleskop
> oder eine Wasserstoffbombe transportieren.
>
> Sir Bernard Lovell

Nicht nur Sarah hatte sich in Luft aufgelöst, im letzten Teil dieser Veranstaltung gab es noch etwas, das nicht nach Plan lief. Das sah man eindeutig an der verkniffenen Miene, mit der Jensen das Podium bestieg. Sogleich kam mir der Verdacht, dass Einsteins Enkelin in dieser sternenhellen Nacht nicht erscheinen würde.

Müde blickte der Däne auf die etwa zwanzig Personen, die vor dem Podium Platz genommen hatten, hinter dem eine einzelne Formel auf der Leinwand prangte:

$$E = mc^2$$

»Als er behauptete, Energie sei Masse mal Lichtgeschwindigkeit im Quadrat«, begann Jensen mit lauter Stimme, »entwickelte Einstein die berühmteste Formel aller Zeiten. Es war eine geniale Entdeckung: Materie und Energie sind nur verschiedene Formen ein und derselben Sache. Stark vereinfacht bedeutet dies, dass Materie sich in Energie und Energie sich in Materie verwandeln kann.«

Ein jähes, lautes Husten brachte Jensen kurzzeitig aus dem Konzept. Ärgerlich blickte er zu einem der Jungs, der sich etwas abseits von den übrigen Zuschauern hingesetzt hatte, und fuhr mit seiner Ansprache fort:

»Ein Kilo Wasser enthält 111 Gramm Wasserstoff. Das mag sich wenig anhören, doch könnten wir diese Wasserstoffatome in Energie verwandeln, würden wir eine Katastrophe verursachen, denn wir würden die Masse mit den drei Billionen Metern multiplizieren, die das Licht pro Sekunde zurücklegt, und das Ganze wiederum im Quadrat.«

Mittels einer Fernbedienung projizierte Jensen die nächste Graphik auf die Leinwand. Über einer liegend dargestellten 1-Liter-Flasche Wasser war folgende Berechnung zu lesen:

$$E = mc^2 = 0{,}111 \times 300\,000\,000 \times 300\,000\,000 = 10\,000\,000\,000\,000\,000 \text{ Joule}$$

»Mit nur einem Liter Wasser würde man eine Explosion von zehn Billiarden Joule auslösen. Das reicht, um diese ganze Provinz auszulöschen. Zum Glück ist es nicht so leicht, Materie in Energie umzuwandeln. Dafür muss die Materie durch die gleiche Menge Antimaterie vollständig zerstört werden. Diese Antimaterie finden wir in radioaktiven Mineralien; aber das ist ein anderes Paar Schuhe.«

Als Jensen an diesem Punkt angelangt war, wagte ich eine Zwischenfrage:

»Was ist denn nun die Enthüllung?«

Einige Journalisten warfen mir einen dankbaren Blick zu. Vermutlich waren sie nicht begeistert gewesen, dass sie den Umtrunk in der Suite unterbrechen mussten, um einer Unterrichtsstunde in Elementarphysik beizuwohnen. Wenn es nichts Besonderes zu berichten gab, wollten sie lieber weiterfeiern.

»Der Schatten, das ist die Enthüllung.«

Er sagte das in düsterem Ton. Sein Gesicht war im Mondschein noch blasser als vorher. Erwartungsvolles Schweigen machte sich breit.

»Es war viel von Einsteins Artikeln aus dem Jahr 1905 und von der Verleihung des Nobelpreises im Jahr 1921 die Rede. Das ist Albert Einsteins Sonnenseite. Aber wie Sie wissen, hat jede Medaille auch ihre Kehrseite, und darauf will ich hinaus. Da Einstein bis 1955 aktiv geforscht hat, stellt sich die Frage: Womit hat er sich die restlichen 34 Jahre beschäftigt? Und das ist die Schattenseite. Wir alle wissen, dass er der Welt nicht nur die Nuklearenergie erschloss, sondern auch Roosevelt einen Brief schrieb, in dem er ihm empfahl, die Atombombe noch vor Deutschland und Japan zu entwickeln. Dieser Brief, den er im Nachhinein als den großen Fehler seines Lebens angesehen hat, veranlasste ihn dazu, seine abschließenden Forschungen unter vollständiger Geheimhaltung durchzuführen. So machte Einstein am Ende seines Lebens eine weitere grundlegende Entdeckung, wollte sie aber so lange geheim halten, bis die Menschheit dafür bereit wäre.«

An dieser Stelle hob einer der Journalisten, die gut Englisch sprachen, die Hand, um etwas anzumerken.

»Herr Jensen, ob Einstein Forschungen betrieben hat, die nicht ans Licht kamen, werden wir nie erfahren. Aus welchem Grund sind wir denn hier zusammengekommen?«

Beinahe hätte ein Würgegeräusch, das aus der Suite

des Dänen drang, wo jemand sich zu übergeben schien, den Höhepunkt der Fachsimpelei verdorben, doch der Gastgeber war vollständig von dem in Anspruch genommen, was er zu sagen hatte:

»Weil der richtige Moment gekommen ist. Jetzt, wo die Menschheit ihn am nötigsten braucht. Ich kann Ihnen hier und heute eröffnen, dass Einstein seine letzte Erkenntnis wenige Tage vor seinem Tod einer Serbin vermacht hat, nämlich seiner Tochter. Diese Frau war Lieserl Einstein – um sie wieder bei ihrem richtigen Namen zu nennen –, und Lieserl hinterließ das Geheimnis bei ihrem Tod wiederum ihrer Tochter, die sie im Gedenken an ihre leibliche Mutter Mileva genannt hatte.«

Diese Erklärung, die mir die Röte ins Gesicht trieb – meine Schlussfolgerungen mit diesem Typen teilen zu müssen gefiel mir gar nicht –, löste unter den serbischen Journalisten ein deutlich vernehmbares Gemurmel aus. Eine energische Frau mit altmodischer Brille auf der Nase meldete sich mit schriller Stimme zu Wort:

»Wenn dem so ist ... könnten Sie uns dann auch sagen, wo Einsteins Enkelin Mileva lebt und wann sie ihr Erbe öffentlich machen wird?«

Ich schrieb es dem besonderen Augenblick zu, dass Jensen, bevor er antwortete, merkwürdig schwankte, als habe er die Orientierung verloren.

»Vorerst kann ich nur sagen«, erwiderte er, »dass sie uns persönlich einen Auszug aus den letzten Forschungsergebnissen ihres Großvaters überreicht hat. Faktisch genau die Schlussfolgerung. Die Formel, die Sie gleich sehen werden, hat Albert Einstein eigenhändig niedergeschrieben, was uns drei verschiedene Graphologen bestätigt haben.«

Im nächsten Augenblick stand Folgendes auf der Leinwand:

$$E = ac^2$$

»Jetzt werden Sie sich genau wie ich fragen, was dieses a zu bedeuten hat, das hier das m für Masse ersetzt.« Jensen musste sich zweimal räuspern und sah aus, als sei ihm schwindelig. »Ich kann nur sagen, dass wir in wenigen Tagen alles über diese Formel erfahren und eine Originalschrift mit Einsteins eigenen Kommentaren bekommen werden. Mehr noch, höchstwahrscheinlich wird Frau Mileva an meiner Seite sein, um mich zu unterstützen, wenn ich das letzte Ergebnis bekanntgebe. Bis es so weit ist, kann ich Ihnen jetzt schon sagen, dass dieses a eine noch größere Kraft birgt als die Wasserstoffbombe. Etwas, was zur Zerstörung ...«

Jensen war außerstande, den Satz zu beenden. Seine Beine gaben plötzlich nach, und wie vom Blitz getroffen, brach er zusammen.

Eine Minute später war er tot.

28

Die Enzyklopädie der Toten

> Ich bin nicht sicher, mit welchen Waffen der dritte Weltkrieg ausgetragen wird, aber im vierten Weltkrieg werden sie mit Stöcken und Steinen kämpfen.
>
> Albert Einstein

In dem Durcheinander, das auf Jensens Tod folgte, konnte ich nur vermuten, dass man ihn während des Empfangs vor seiner Enthüllung vergiftet hatte. Und nicht nur ihn: Die Mitarbeiter von *Mysterie* lagen bewusstlos in der Suite.

Während in der Ferne die Sirenen von Krankenwagen und Polizei ertönten, lief ich die Treppe zu unserem Zimmer hinunter, um Sarah von dem Vorfall zu berichten. Wie die Dinge lagen, hatte sich jemand bei der Feier eingeschlichen und Gift in die Getränke der drei Dänen gemischt. Sie waren die Einzigen gewesen, die Zugang zu den geheimen Dokumenten gehabt hatten, von denen das wichtigste ja erst noch eintreffen sollte, und die den möglichen Aufenthaltsort Milevas kannten.

Es gab also jemanden, dem nicht daran gelegen war, dass Einsteins letztes Forschungsergebnis ans Licht kam, und der zu allem bereit war, um dessen Verbreitung zu verhindern.

Als ich unser Zimmer betrat und die Tür hinter mir schloss, waren bereits die Stiefel der Polizisten auf der Treppe zu hören. Erneut wurde ich durch die Umstände auf die Folter gespannt. Vor der Feier mit dem tragischen Ausgang waren die Französin und ich gemeinsam mit Jensen in einem separaten Bereich der Hotelbar gesehen worden. Mit Sicherheit würde der ermittelnde Kommissar uns Fragen zu diesem Treffen im kleinen Kreis stellen wollen.

Sarah war nicht im Zimmer, also klopfte ich an die Badezimmertür.

Nichts.

Als ich zum noch unbenutzten Doppelbett zurückkehrte, stellte ich fest, dass auch ihr Koffer nicht mehr da war. Sie war wieder verschwunden, hatte diesmal jedoch einen Zettel am Kopfende des Bettes hinterlassen:

Lieber Javier,

es tut mir leid, dass ich einfach gegangen bin, aber mir blieb nichts anderes übrig. Während Du Dir den Dokumentarfilm angeschaut hast, ist jemand aufgetaucht, der nicht zu dem Treffen eingeladen war. Ich weiß nicht, was anschließend passiert ist, aber ich habe gehört, dass Mileva in Gefahr ist, und muss sie umgehend warnen. Auch wir beide müssen aus der Schusslinie verschwinden.

Bitte vernichte diese Nachricht, wenn Du sie gelesen hast, und fahr unverzüglich in die Stadt, in der Lieserl gelebt hat. Du weißt schon.

Mach Dir keine Sorgen, ich werde Dich finden.

Herzlich

Sarah

Unter dem Zettel entdeckte ich meinen Pass, ich schloss daraus, dass Sarah sich bereits um die Begleichung der Hotelrechnung gekümmert hatte.

Ohne allzu große Hoffnung, ungeschoren davonzukommen, klappte ich meinen Koffer zu und verließ hastig das Zimmer. Aus dem Stockwerk über mir war lautes Stimmengewirr zu hören, deshalb lief ich die Treppe hinunter, bevor die Polizei begann, das gesamte Hotel nach Verdächtigen zu durchkämmen.

In der Lobby wurde gerade einer der Dänen auf einer Trage hinaustransportiert, ich nutzte die Gelegenheit und schlüpfte, seine Hand haltend, neben ihm aus der Halle. Der Mann sah mehr tot als lebendig aus.

Barsch forderte der Sanitäter mich auf, aus dem Weg zu gehen. Draußen kamen mir die vielen Neugierigen, die am Eingang des Hotel Royal zusammengeströmt waren, gerade recht, um mich unbemerkt mit meinem Rollkoffer aus dem Staub zu machen. Obwohl ich fürchtete, jeden Moment zum Stehenbleiben aufgefordert zu werden, wusste ich, dass die Polizei noch gar nicht die Identität aller Teilnehmer der Veranstaltung überprüft haben konnte.

Ein weiterer Grund für mich, so schnell wie möglich aus Belgrad zu verschwinden, war der Mörder selbst, der nicht weit sein konnte. Und die Tatsache, dass ich womöglich sein nächstes Opfer sein sollte.

Mitten in der Nacht lief ich durch ein Belgrad, das nun nicht mehr so friedlich dalag wie bei meiner Ankunft. Ich zog meinen Koffer durch eine Straße mit zerstörten Ministeriumsgebäuden, Zeugen der Bombardierungen von 1999, als die NATO die Stadt bestraft hatte, um dem Krieg im Kosovo ein Ende zu bereiten. Der Beton wies immer noch Einschläge von Bombenangriffen auf, sichtbare Narben eines uralten Konflikts.

Mit der Frage beschäftigt, ob die Zerstörungen als

Anklage oder wegen fehlender Mittel unverändert belassen worden waren, setzte ich mich auf eine Bank mit Blick auf die Save, auf der zahlreiche flache Boote mit Bars und Restaurants im Freien lagen. Es war zwei Uhr morgens, und die vereinzelt an Deck funkelnden Lichter zeigten, dass dort immer noch Gäste den verfrühten Sommer genossen.

Ich versuchte, nicht an den Mörder zu denken, der die Dänen liquidiert hatte. Zunächst musste ich mir überlegen, wie ich nach Novi Sad kam, Lieserls Stadt, wo mich die Französin, wie sie versprochen hatte, treffen wollte.

Die einfachste Lösung wäre der Zug gewesen, aber das bedeutete, bis zum Morgengrauen zu warten. Ich konnte mich auch erkundigen, ob ein Kleinbus auf der Strecke fuhr, war im Moment jedoch nicht scharf darauf, mich in der Stadt als Ausländer zu erkennen zu geben.

Eine Reihe schwacher Lichter am Fuß der Landungsbrücke brachte mich auf den Gedanken, dass womöglich ein Taxi die beste Lösung wäre, um bei Nacht und Nebel aus der Stadt zu verschwinden.

Ich zählte das Geld in meinem Portemonnaie: Ich besaß kaum serbische Dinar, aber vielleicht würde ein 100-Euro-Schein genügen, um den Taxifahrer zu überreden, mich zu dieser nächtlichen Stunde in die Hauptstadt der Vojvodina zu fahren.

Also machte ich mich erneut auf den Weg, und während ich die melancholische Flussbrücke überquerte, kamen mir die Romane in den Sinn, die ich als Student gelesen hatte, zur Zeit des Milan-Kundera-Booms. Der hatte mich damals dazu gebracht, mich näher mit osteuropäischer Literatur zu befassen.

Aus dem ehemaligen Jugoslawien hatte ich *Die Brücke*

über die Drina gelesen, einen klassischen Roman, der von der Geschichte des Balkans handelt, außerdem die beunruhigende *Enzyklopädie der Toten*, eine Sammlung von Erzählungen eines gewissen Danilo Kiš. Besonders beeindruckt hatte mich die Titelerzählung. In Schweden geht eine Frau in die Bibliothek einer mysteriösen Organisation, die es sich zur Aufgabe gemacht hat, mit Ausnahme der Berühmtheiten Angaben über alle Menschen zu sammeln, die jemals auf der Erde gelebt haben. In dieser gigantischen Enzyklopädie stößt sie auf ihren kürzlich verstorbenen Vater. Sie entdeckt die Straßen, in denen er gewohnt hat, seine Geliebten, die Kneipen, in denen er sich betrunken hat, seine Reisen …

Ich weiß nicht, warum diese Erzählung mich so tief berührt hatte. Vielleicht weil sie mir bewusst gemacht hatte, dass aus einer bestimmten Perspektive jedes Leben wie eine Ansammlung unbedeutender Zufälle erscheint.

In Gedanken versunken, kam ich auf der Höhe des ersten Taxis in der Fahrzeugschlange an. Ein massiger Schatten saß rauchend in der Einsamkeit des Wageninneren. Behutsam klopfte ich mit einer Münze an die Fensterscheibe, und zwei Augen funkelten mich an. Sie gehörten einem bärtigen Mann von Anfang fünfzig.

»*Gde idemo?*«, knurrte er.

Ganz offensichtlich hielt er mich für einen Einheimischen, was mir sehr recht war, und fragte mich nach meinem Ziel.

»Novi Sad«, sagte ich, ohne preiszugeben, dass ich Ausländer war.

Der Taxifahrer reagierte mit einem langgezogenen Pfiff. Dann öffnete er mir die Tür und sagte:

»*Hajde!*«

29

Provinzmädchen

Gott ist denen näher, die ein gebrochenes Herz haben.

JÜDISCHES SPRICHWORT

Der Fahrer hieß Dimitri und sprach einigermaßen gut Englisch. Jedenfalls gut genug, um 100 Euro für die 80 Kilometer lange Strecke zu akzeptieren, unter der Bedingung, dass ich ihm noch einmal 100 für die Rückreise gab.

Glücklich, an einem Montag eine Nachtfahrt über die Provinzgrenzen hinaus ergattert zu haben, wurde er gesprächig, als wir die letzten Vororte von Belgrad hinter uns gelassen hatten.

»Was führt Sie hierher, mein Freund?«

»Eine Frau«, sagte ich, was ja nicht gelogen war. »Sie hatte sich in Belgrad mit mir verabredet, aber dann ist sie ungeduldig geworden, und jetzt ist sie in Novi Sad bei ihrer Mutter.«

Dimitri schnalzte mit der Zunge und schüttelte den Kopf.

»Schwiegermütter …«

Dann erzählte er sich selbst etwas auf Serbisch und lachte über seinen eigenen Witz, während er das alte Taxi durch die sternenhelle Nacht steuerte, vorbei an den ersten Feldern vor der Stadt. Von seinem Monolog verstand ich nur »Vojvodina«, die autonome Provinz, in die wir fuhren.

»Alle Provinzmädchen sind gleich«, sagte er. »Sie wollen immer zu ihrer Mutter zurück. Die aus der Vojvodina ganz besonders.«

»Kennen Sie Novi Sad?«

»*Igen*, das heißt ja auf Ungarisch. Das wird dort ziemlich viel gesprochen. Aber auch Slowakisch, Rumänisch, Russisch … Was weiß ich! Es gibt so viele verschiedene Menschen in Novi Sad. Manchmal wird dort auch Serbisch gesprochen oder zumindest gesungen. Mögen Sie Đorđe Balašević?«

Jetzt hatte er mich erwischt. Falls der Taxifahrer annahm, ich hätte eine einheimische Freundin, ging er sicher davon aus, dass ich auch die lokalen Stars kannte.

Als ich nicht antwortete, zündete er sich mit der einen Hand eine Zigarette an und holte mit der anderen ein paar CDs aus dem Handschuhfach. Er warf einen flüchtigen Blick darauf und wählte schließlich eine aus, auf der ein Mann mit leutseligem Gesicht und gestutztem Bart zu sehen war. Wie die traditionellen ungarischen Geigenspieler trug der Mann ein goldenes Armband.

»Das ist Balašević, ein Liedermacher aus der Vojvodina«, sagte er, als er die Scheibe ins CD-Fach schob. »Zu seiner Zeit war er der berühmteste Sänger in ganz Jugoslawien. Und ist es heute noch.«

Dann begannen Gitarrenakkorde den Wagen mit praller Nostalgie zu füllen. Balašević sang mit tiefer, weicher Stimme eine wunderschöne Weise, von deren Text ich kein einziges Wort verstand.

Rekli su mi da je dosla iz provincije, strpavsi u kofer snove i ambicije.

»*Provincijalka*«, sagte Dimitri und riss mich aus meinem Wachtraum, »bedeutet Mädchen aus der Provinz. Wollen Sie wissen, worum es geht?«

Ich nickte stumm. Der Taxifahrer drückte seine Zigarette in dem randvollen Aschenbecher aus – der ganze Wagen stank nach Qualm –, bevor er mit der Übersetzung begann:

»Man hat mir gesagt, sie käme aus der Provinz, den Koffer voller Träume und Ehrgeiz …«

An dieser Stelle brach er ab, als hätte der Text ungewollt etwas in ihm ausgelöst. Er schaltete den CD-Player aus und fuhr schweigend weiter.

Endlose Felder erstreckten sich im Mondlicht, und auch ich geriet in die Fänge der Melancholie. Plötzlich tauchte in meiner Erinnerung Dianas Ankunft in Barcelona auf, das mir in diesem Augenblick wie ein Ort am anderen Ende der Galaxie erschien.

Nach unserer Moskauer Romanze hatte sie einen Monat in ihrem Dorf auf Lanzarote verbracht – auch sie war ein Provinzmädchen –, bevor wir ein Paar wurden.

Das Wiedersehen war sehr emotional gewesen. Nach einer endlosen Umarmung am Flughafen saßen wir mit ineinander versunkenen Blicken im Taxi, fuhren durchs nächtliche Barcelona und konnten nicht fassen, was geschehen war. Als ich ihre Hand ergriff, war das Universum ein längst nicht mehr so kalter und trostloser Ort.

Still saßen wir da und schauten uns an, verbunden durch den geheimnisvollen Ätherstrom der Verliebtheit.

In meiner Wohnung angekommen, ließ sie ihren Koffer im Flur stehen, und ich trug sie zum Doppelbett, dessen Laken ich gerade nach einmonatiger Benutzung gewaschen hatte. Der Raum lag im Kerzenschein – Diana liebte so etwas –, und als Hintergrundmusik lief die Platte *Five leaves left* von Nick Drake. Seit Wochen hörte ich immer wieder diesen Pionier der alternativen Folkmusik, sein Lied »Way to blue« war für mich geradezu eine Hymne auf die Einsamkeit geworden.

Deshalb kam mir die Frage, die sie beim Ausziehen stellte, »Kannst du vielleicht diese nervige Musik ausmachen?«, wie ein böses Omen vor.

»Magst du Nick Drake nicht?«, fragte ich und suchte verstimmt nach der Fernbedienung.

Im BH auf dem Bett liegend, starrte Diana an die Decke und antwortete: »Ich finde ihn deprimierend. Diese Art von Musik holt das Schlimmste aus mir heraus.«

Danach schliefen wir miteinander, aber in meinem Innersten wusste ich, dass der dünne Faden, der uns verbunden hatte, soeben zerrissen war. Vielleicht hatten wir gar nicht so viel gemeinsam, wie wir dachten, sagte ich mir, als ich sie auf dem Höhepunkt der Lust umschlang.

Als ich am nächsten Morgen zu den Klängen eines Salsa-Senders erwachte, fand ich meine Befürchtungen bestätigt. Musik, die auf Rhythmus und Wortwiederholungen basiert, habe ich immer gehasst. Ich mag traurige Melodien, finstere Typen, die beschreiben, wie sie mit dem Selbstmord kokettieren, oder schmachtende Mädchen, die mit weit geöffneten Augen in den Himmel schauen und nach Antworten suchen.

Das Leben ist für mich nie ein Ort zum Tanzen gewesen.

Hätte ich damals jemandem von diesen Unstimmigkeiten erzählt, hätte er mich für schrullig oder gar verrückt gehalten, aber insgeheim wusste ich, dass wir gerade dabei waren, das erste Kapitel unserer Trennung mit einer Tonspur zu unterlegen.

Ein unvorhergesehenes Manöver von Dimitri katapultierte mich aus meinen Gedanken. Plötzlich hatte er das

Lenkrad herumgerissen und die Landstraße verlassen, er bremste jetzt abrupt auf freiem Feld. Der Geruch nach verbranntem Gummi vermischte sich mit dem Duft nach frischem, vom Wind zerzaustem Gras.

Auf der Stelle packte mich die Angst, in eine Falle geraten zu sein. Im Geiste sah ich bereits, wie der Taxifahrer eine Pistole zückte und Geld und Kreditkarten von mir verlangte. Oder noch Schlimmeres mit mir anstellte.

»Wir werden verfolgt«, sagte er ernst. »Eine ganze Weile schon.«

Ich schaute zurück und erkannte zwei verschwommene Scheinwerfer, die sich langsam entfernten, bis sie aus unserem Blickfeld verschwunden waren.

30

Das Rätsel von Licht und Spiegel

> Eine neue wissenschaftliche Wahrheit pflegt sich nicht in der Weise durchzusetzen, dass ihre Gegner überzeugt werden und sich als belehrt erklären, sondern vielmehr dadurch, dass ihre Gegner allmählich aussterben und dass die heranwachsende Generation von vornherein mit der Wahrheit vertraut gemacht ist.
>
> Max Planck

»Wo soll ich Sie rauslassen?«

Das Taxi hatte das Zentrum von Novi Sad erreicht, das sauber und adrett aussah wie eine österreichische Stadt. Es war kurz nach vier Uhr morgens, doch einige Arbeiter warteten schon darauf, vom Bus in die Fabrik ihrer verlorenen Zeit gebracht zu werden.

Seitdem ich wusste, dass man uns verfolgte, war ich auf der Hut. Daher überlegte ich erst ein paar Sekunden, bevor ich antwortete:

»Fahren Sie mich zu einem billigen Hotel. Ich will meine Freundin nicht so früh wecken.«

Der Fahrer nickte.

»Hotel Duga«, sagte er. »Davon habe ich gehört.«

Ob Gutes oder Schlechtes, darüber ließ er sich nicht näher aus, aber ich ging auf seinen Vorschlag ein. Mir war jeder Ort recht, um mich ein paar Stunden aufs Ohr zu hauen, bevor ich durch die Stadt laufen würde, in der Hoffnung, von Sarah gefunden zu werden. Falls sie nicht schon wieder das Land verlassen hatte.

Während wir langsam über die Cyrill-und-Method-Straße fuhren, in der das Hotel lag, überkam mich plötzlich ein Verdacht: Und wenn nun Sarah die Dänen von *Mysterie* vergiftet hatte? Sie war genau im richtigen Moment gegangen, als die Gäste ihren Cocktail tranken, und dann spurlos verschwunden. Hinterlassen hatte sie nur eine Nachricht, die mich nach Novi Sad gebracht hatte.

Nachdem ich Dimitri bezahlt und meinen Koffer ausgeladen hatte, überlegte ich, dass meine Vermutung durchaus zutreffen könnte, auch wenn der Tod des Fremdenführers in Bern nicht ins Bild passte, denn während der Tat waren wir zusammen gewesen. Aber es gab ja noch den Mord an Yoshimura, und in diesen Mord war Sarah möglicherweise verwickelt.

Am Eingang des Hotels versuchte ich mich mit dem Gedanken zu beruhigen, dass noch viel zu viel ungeklärt war, um zu einer stimmigen Hypothese zu gelangen, erst recht um vier Uhr in der Frühe. Sollte die Französin aber tatsächlich Jensen und seine Leute umgebracht haben, war es wohl das Beste, sie würde für immer untertauchen.

In dieser wirren Verfassung ging ich zur Rezeption, die in einem weiß gekachelten, einem Bad ähnelnden Raum untergebracht war.

Ein müder Portier mit riesigem Doppelkinn bot mir für umgerechnet 45 Euro eine Unterkunft an. Ich nahm sie und erledigte die Anmeldeformalitäten. Dann verkroch ich mich um fünf Uhr morgens in einem Zimmer, das wie eine Studentenbude aussah. Zwei schmale Betten standen darin, getrennt durch ein Tischchen mit einem Hocker auf jeder Seite. Hier hatten sicher schon unzählige Kartenrunden stattgefunden.

Ich schloss die Tür ab und legte mich ins Bett, war

aber von den vielen Fragen zu aufgewühlt, um einschlafen zu können. Meine Stimmung besserte sich nicht gerade dadurch, dass plötzlich der Strom ausfiel, als ich mir die Zusammenfassung des Japaners von Einsteins erstem Artikel durchlas, in der ich eine auf dessen Theorie bezogene Lücke zu füllen hatte:

> Die große Neuheit in diesem Artikel war die These, dass das Licht sich in Paketen fortbewegt, also quantisiert ist. Einstein nannte diese Pakete Quanten, später sollten sie in Photonen umgetauft werden. Dank des Fortschritts, den seine Theorie darstellte, wurden Erfindungen wie der Fernseher oder die photoelektrische Zelle möglich. Letztere ist nichts anderes als ein Gerät, das Lichtenergie (Photonen) in elektrische Energie (Elektronen) umwandelt, nach einem Prinzip, das auch Solarzellen zugrunde liegt.

Genau an dieser Stelle ging das Nachttischlämpchen aus, ich befand mich im Dunklen. Schlaflos lag ich da und dachte über das nach, was in einer Fußnote des Kapitels verlangt wurde: Ich sollte »das Rätsel von Licht und Spiegel« verdeutlichen.

Es handelte sich hierbei um eines der klassischen Themen populärwissenschaftlicher Schriften über Einstein. Der Physiker hatte die Frage aufgeworfen, was geschähe, wenn wir uns mit Lichtgeschwindigkeit fortbewegen und dabei versuchen würden, uns im Spiegel zu betrachten. Bedachte man, dass nichts schneller ist als Licht, würde der Spiegel uns unser Bild überhaupt zurückwerfen?

Den von mir zusammengetragenen Antworten zufolge war bereits die Frage irrig. Denn nichts, was Masse besitzt, kann sich so schnell bewegen wie Licht. Folglich musste man die Situation eines Astronauten zugrunde legen, der mit einer Geschwindigkeit knapp unter der des Lichts fliegt; auf diese Weise hatten dann die Photonen genug Zeit, um mit 300 000 Kilometern pro Sekunde den Spiegel zu erreichen und dem Astronauten sein Bild zurückzuwerfen.

Wann ich schließlich eingeschlafen war, wusste ich nicht mehr. Nach der Helligkeit zu schließen, die von den Zimmerwänden reflektiert wurde, stand die Sonne schon sehr hoch.

Die Augen fielen mir erneut zu, und ich war schon wieder im Begriff, in die Katakomben des Schlafs zurückzukehren, in denen man keinerlei Verantwortung für seine eigenen Probleme hat, da spürte ich einen leichten Druck auf dem Magen. Ich wollte mit der Hand wegschieben, was mich da störte, und stieß an einen kleinen, eckigen Gegenstand.

Bevor er zu Boden rutschen konnte, hielt ich ihn fest und richtete mich auf.

Was ich sah, verschlug mir den Atem.

Eine ganze Weile starrte ich auf das kleine Moleskine, bevor ich mich traute, es zu öffnen. Es war das Notizbuch, das ich in Cadaqués vergessen hatte. Wie um Himmels willen war es hierhergelangt?

Ich blickte mich im Zimmer um. Alles war genauso wie in der vergangenen Nacht. Alles bis auf das Büchlein, das auf meinem Bauch aufgetaucht war.

Ich zog das Gummi von dem schwarzen Einband und entdeckte schwarz auf weiß, was ich bereits wusste: Die Schrift auf den Seiten war meine eigene.

31

Fünf Fragen

Die einzige Quelle des Wissens ist Erfahrung.

ALBERT EINSTEIN

Die Antwort auf das Moleskine-Rätsel befand sich hinter der Tür meines Zimmers. Und trug Vor- und Nachnamen: Sarah Brunet.

Eine Viertelstunde lag ich bestürzt im Bett, bis ich schließlich aufstand und meinen Koffer packte, um rasch aus dem Hotel zu verschwinden. Ich war nicht erpicht darauf, an einem Ort zu bleiben, an dem Teile meiner Vergangenheit konkret Gestalt annahmen, dazu noch solche, die Zeugen eines Verbrechens gewesen waren.

Als ich die Tür öffnete, stieß ich mit einem Gespenst aus Fleisch und Blut zusammen. Die in Belgrad Verschwundene hatte mich wie versprochen wiedergefunden, und zwar mit quantischer Geschwindigkeit.

Sie trug ein elegantes, cremefarbenes Jackett und wirkte sehr entspannt.

»Wohin willst du mit dem Koffer?«, fragte sie spöttisch lächelnd.

»Weit weg von hier.«

»Gefällt dir das Hotel nicht?«

»Mir gefällt nicht, was hier vor sich geht.« Ich stellte den Koffer ab, bevor ich mit meinem Verhör begann. »Warum hast du Jensens Suite verlassen, ohne mir Bescheid zu sagen? Wer ist der Eindringling, den du auf dem

Fest erkannt hast? Warum hast du nichts unternommen, um zu verhindern, dass …?«

»Zu viele Fragen auf einmal«, unterbrach sie mich. »Darf ich dich zum Mittagessen einladen? Ich kenne ein gutes Restaurant, in dem du wieder zu Kräften kommen wirst. An deiner Stelle würde ich den Koffer erst einmal hierlassen; vielleicht müssen wir noch eine Nacht in Novi Sad bleiben.«

Dann reichte sie mir den Arm zum Zeichen, dass ich sie zum Aufzug begleiten sollte. Obwohl ich aus mehr als einem Grund fuchsteufelswild war, ging ich darauf ein.

»Wo bist du denn abgestiegen?«, fragte ich sie, während der Aufzug nach unten fuhr.

»Auch hier im Hotel. Ich habe das Zimmer gleich neben deinem genommen, für den Fall, dass wir noch mal fliehen müssen.«

Ich hätte sie gern gefragt, wo sie denn die vergangene Nacht verbracht hatte, und eigentlich auch, ob etwa sie mein Taxi auf der Fahrt nach Novi Sad verfolgt hatte, aber ich sparte mir all meine brennenden Fragen für den Nachtisch auf. Eines hatte sie richtig erkannt: Ich starb fast vor Hunger.

Das Bierlokal Gusan lag in einem der ältesten Häuser Novi Sads. Ursprünglich als Gefängnis gebaut, hatten sich dort lange Kunst- und Fotoateliers und schließlich das erste Kino der Stadt befunden, das Korzo. Gegenwärtig war es eine gutbesuchte Kneipe, in der man Grillfleisch essen konnte und das Bier in Strömen floss.

Als der leergeputzte Teller und mein dritter Krug Bier vor mir standen, begann ich mit dem Verhör meiner anmutigen, wie für einen Empfang gekleideten Begleiterin. Bevor ich loslegte, warnte sie mich allerdings lächelnd:

»Heute gestatte ich dir erst mal nur fünf Fragen. Also überleg sie dir gut. Wir haben zu arbeiten.«

Ich holte tief Luft und begann:

»Das ist jetzt keine Frage, sondern eine Vermutung, aber ich hoffe, du sagst mir, ob ich recht habe. Aus den Vorkommnissen von heute Morgen schließe ich, dass du das Notizbuch, das ich bei dem Japaner vergessen hatte, aus seinem Haus mitgenommen und die ganze Zeit bei dir gehabt hast. Und nachdem du in meinen persönlichen Aufzeichnungen herumgeschnüffelt hast, wolltest du es mir heute zurückgeben, während ich noch schlief, um mir einen ordentlichen Schrecken einzujagen. Stimmt's oder hab ich recht?«

»Du hast recht«, antwortete sie und strich sich mit ihren langen Fingern über den Pony. »Zweite Frage …«

»Warum hast du mein Moleskine so lange behalten?«

»Ich weiß immer gern, mit wem ich zusammenarbeite. Dieses Notizbuch ist ein getreuer Spiegel deiner Person. Jetzt habe ich das Gefühl, dass ich dir trauen kann, Javier. Wir ziehen diese Sache gemeinsam bis zum Ende durch.«

In diesem Moment stellte ein Kellner zwei Gläschen *Rakija* vor uns auf den Tisch, den Schnaps aus der Region. Er war herrlich kalt. Ich vergaß kurz, was während Jensens Veranstaltung passiert war, und sagte nach dem ersten Schluck:

»Das Problem ist, ich weiß nicht, ob ich *dir* trauen kann. Ich weiß nicht, wer du bist, für wen du arbeitest und was du von mir erwartest.«

»Das sind drei Fragen«, erwiderte sie und setzte das

Glas an ihre vollen Lippen, »genau die drei, die dir noch bleiben.«

»Dann stelle ich eben nur eine davon. Für wen arbeitest du?«

»Für mich selbst. In dieser Sache bin ich keine Gehaltsempfängerin wie du. Obwohl das Princeton Quantic Institute mir ein Angebot gemacht hat, habe ich den Vertrag nie unterschrieben. Mich interessiert weder Yoshimuras noch sonst eine Biographie. Ich habe meine eigenen Gründe, warum ich bis zum Schluss an der Sache dranbleiben will.«

Es reizte mich, sie nach diesen Gründen zu fragen, aber andere Unklarheiten praktischer Natur beschäftigten mich mehr.

»Woher wusstest du, dass ich im Hotel Duga abgestiegen bin? Bist du mir bis hierher gefolgt? Hast du in dem Wagen gesessen, der nachts an der Landstraße kehrtgemacht hat?«

»Ich werde all diese Fragen als eine einzige berechnen«, antwortete Sarah, nachdem sie ihr Glas *Rakija* bis zur Hälfte geleert hatte. »Das ist nämlich schon die vierte. Ich bin dir keinen Augenblick lang gefolgt. Aber es war sehr einfach, dich zu finden, weil es auch in Novi Sad nicht viele Hotels gibt. Eine Stunde Herumtelefonieren hat genügt, um dich aufzuspüren. Deinen Zimmerschlüssel habe ich bekommen, weil ich mich als deine Frau ausgegeben habe.«

»Und am Empfang hat man dich nicht gefragt, warum du das Zimmer neben deinem Ehemann nimmst?«

»Das wäre jetzt deine fünfte Frage.«

»Ist mir völlig egal. Ich erwarte sowieso nichts Großartiges mehr von dieser Befragung.«

»Komm schon, sei nicht so stur, frag mich was Vernünftiges.«

Dann nahm sie ihr Glas, stieß es gegen meins und trank es in einem Zug leer. Sie schien inzwischen in der gleichen Stimmung zu sein wie an jenem bereits fernen Abend in Bern. Und wieder stellte ich fest, dass ich nicht wusste, mit wem ich mich zusammengetan hatte. Nicht gerade beruhigend.

»Die fünfte Frage ist eine Arbeitsfrage«, kündigte ich an. »Was zum Teufel machen wir hier in Novi Sad? Außer im Gusan zu essen und zu trinken, meine ich.«

Sarahs Augen leuchteten begeistert auf und sie streichelte mir zärtlich die Hand.

»Wir sind mit einer Stiefschwester von Lieserl verabredet«, sagte sie. »Einer Hundertjährigen mit labiler Gesundheit, aber ich habe erreicht, dass sie uns heute Abend empfängt. Ihr Sohn wird auch dabei sein, er spricht Englisch, so dass wir keinen Übersetzer brauchen.«

»Und Mileva …?«

»Genau darum geht es: Ich hoffe, dass ihre Tante uns zu ihr führt.«

32

Die Relativität des Erfolgs

> Ein Experte ist jemand, der auf einem
> bestimmten Gebiet alle Fehler gemacht hat,
> die man nur machen kann.
>
> Niels Bohr

Bis zu unserer Verabredung mit Tea Kaufler, Lieserls hundertjähriger Stiefschwester, blieben uns noch vier Stunden. Bei meiner kurzen Befragung hatte ich allerdings nur herausbekommen, dass Sarah ihrem Sohn eine finanzielle Entschädigung für die Unannehmlichkeiten wegen unseres Besuchs geboten hatte, der um halb neun im Haus der alten Dame stattfinden sollte.

Nach dem Verlassen des Restaurants ging meine Partnerin in diesem absurden Abenteuer erneut auf Distanz. Es war, als würde sie im Geiste den Überfall vorbereiten, der an diesem Abend stattfinden sollte.

Von Schlafmangel und Schnaps übermüdet, war mir die Lust vergangen, mich mit den Launen anderer herumzuschlagen. Deshalb beschloss ich, den Nachmittag auf meine Weise im Zentrum von Novi Sad zu verbringen. In der englischen Abteilung einer Buchhandlung erstand ich eine Taschenbuchausgabe von *Eine kurze Geschichte von fast allem*, einem bekannten populärwissenschaftlichen Essay eines englischen Reisejournalisten.

Ich las mir noch einmal das Kapitel »Einsteins Universum« durch, das ein paar Anekdoten enthielt, die ich in anderen Büchern noch nicht gefunden hatte. Besonders witzig war zweifellos jene Anekdote, die sich auf die Anfänge von Einsteins Weltruhm bezog. Es ging dabei um ein Missverständnis zwei Jahre vor der Verleihung des Nobelpreises.

Offenbar begann alles damit, dass die *New York Times* beschlossen hatte, eine Reportage über Einstein zu veröffentlichen. Sie schickte einen Auslandskorrespondenten names Henry Crouch los, der normalerweise für Golf zuständig war. Der Mann hatte nicht die leiseste Ahnung von Wissenschaft und warf alles durcheinander. Einer der bekanntesten Irrtümer in seinem Artikel war die Behauptung, Einstein habe einen Verleger gefunden, der den nötigen Mut besitze, ein Buch zu veröffentlichen, das »nur zwölf Menschen auf der ganzen Welt« verstünden. Obgleich sowohl das Buch als auch der Verleger sowie der Kreis der zwölf Genies erfunden waren, begeisterte die Geschichte die Leserschaft. Schwieriges wirkt immer anziehend.

Die Publikumsphantasie tat das Übrige und reduzierte die zwölf Auserwählten auf drei – Einstein inbegriffen –, von denen einer der britische Astronom Arthur Eddington war. Als man ihn fragte, ob das stimme, grübelte er eine Weile, bevor er antwortete: »Ich überlege, wer der Dritte sein könnte.«

Ein blauer Blitz lenkte mich von meiner Lektüre ab. Als hätte eine Sicherheitskamera am äußeren Rand der Pupille ein Alarmsignal registriert, veranlasste die Intensität der künstlichen Farbe mich unwillkürlich, aufzublicken.

Da sah ich sie.

Eilig ging sie vorbei und verlor sich in der Menge der

Passanten, doch ihre steifen blauen Zöpfe ließen keinen Irrtum zu. Lorelei war da und beobachtete genauestens jede meiner Bewegungen. Ich hatte keine Ahnung, wer sie schickte, noch welche Rolle sie in dieser ganzen Intrige spielte, doch für mich stand jetzt fest, dass sie in dem Auto gewesen war, das mich auf der nächtlichen Landstraße verfolgt hatte.

Ich ließ den Rechnungsbetrag auf der Ladentheke liegen, verließ die Buchhandlung und rannte, den entgegenkommenden Fußgängern ausweichend, hinter ihr her.

Meine junge Verfolgerin legte einen Schritt zu, so als hätte sie Augen am Hinterkopf. Ich sah, wie sie sich mit ihren in grünen Leggings und Springerstiefeln steckenden Beinen in Trab setzte und wie sie mit den Händen jeden beiseiteschob, der ihr in den Weg kam.

Um ein Haar hätte ich selbst einen alten Mann umgerannt, der auf Serbisch hinter mir herschimpfte, während Lore bereits die Schnellstraße erreicht hatte und ein Taxi anhielt. Sie sprang hinein, und ich sah gerade noch, wie der Wagen mit seiner Insassin, die das Gesicht an die Scheibe drückte, losfuhr.

Bevor sie vom Verkehr verschluckt wurde, bildete sie mit drei Fingern eine Pistole und hob diese zweimal, den Blick fest auf mich gerichtet. »Peng, peng, ich töte dich ...«, sollte diese Geste bedeuten, »und im richtigen Moment mit einer echten Pistole.«

Die erneute Begegnung mit Lorelei bewies, dass sie definitiv zum feindlichen Lager gehörte. Dieses Mädchen, das ich bisher bloß für einen exzentrischen Teeny gehalten hatte, der mir zweimal über den Weg gelaufen war, verfolgte uns ganz zweifellos.

Obwohl ich nicht wusste, in wessen Auftrag sie agierte und was sie vorhatte, war mir klar, dass sie vor nichts zurückschreckte. Schließlich hatte sie es gewagt, einen fahrenden Zug anzuhalten.

Wenige Stunden vor der abendlichen Verabredung ging ich in ein Internetcafé. Ich wollte versuchen, etwas über das kleine Monster mit den blauen Zöpfen herauszubekommen. Höchstwahrscheinlich hatte sie mir nicht ihren richtigen Namen genannt, trotzdem gab ich einfach mal »Lorelei« + »Zürich« + »Cabaret Voltaire« in die Suchmaschine ein.

Das Ergebnis war genauso exzentrisch wie Lorelei. Aus irgendeinem Grund dirigierte mich der Google-Algorithmus zu einem Club namens Part Time Punks in Los Angeles. Im linken Bereich der Homepage standen die Lieder, die seit der Entstehung des Clubs dort gespielt worden waren. Ich musste in die Abgründe der endlosen Liste hinab, um zum 13. Januar des Vorjahres zu gelangen. An jenem Abend hatte dort eine Gruppe aus Virginia namens Lorelei gespielt. Der Titel des Liedes, »Inside the Crime Lab«, »Im Labor des Verbrechens«, klang nicht gerade beruhigend.

Wie auch immer, dies alles brachte mich einer Aufklärung kein Stück näher; es enthüllte mir allerhöchstens die Absichten derjenigen, die sich einen solchen Beinamen zugelegt hatte.

33

Der Abend bei Tea

Ich habe keine Angst davor, Dinge nicht
zu wissen, in einem geheimnisvollen Universum
ohne Zweck verloren zu sein – so ist die Wirklichkeit.

Richard Feynman

Das Haus von Lieserls Stiefschwester lag am Stadtrand Novi Sads, am Ende einer einsamen Baumgruppe, die einen ausgetrockneten Teich säumte.

Anscheinend war Tea die jüngste leibliche Tochter von Helene Kaufler Savić, die sich um die Tochter ihrer Freundin Mileva vor deren Heirat mit Einstein gekümmert hatte. Alles Weitere war ein Rätsel, das ich hoffte, an diesem Abend lösen zu können.

Ein weißhaariger älterer Mann mit stolzem Gesichtsausdruck öffnete uns die Tür. Er stellte sich als Milos vor und reichte uns eine derbe Bauernhand. Dann sagte er in einigermaßen verständlichem Englisch:

»Meine Mutter erwartet Sie im Wohnzimmer. Regen Sie sie bitte nicht zu sehr auf, sie ist heute nicht in bester Verfassung.«

Bevor wir den Eingangsbereich durchquerten, übergab Sarah ihm einen Umschlag. Der Mann faltete ihn zusammen und steckte ihn kommentarlos in die Jackentasche.

Tea Kauflers kleines Haus war eine bunte Ansammlung verstaubter, ressentimentbeladener Erinnerungen. In der Diele hingen an der tapezierten Wand ein Porträt Marschall Titos sowie mehrere Fotos eines Partisanen mit dickem Schnurrbart, vermutlich eines Verwandten der Hausbewohnerin.

Milos führte uns in ein spärlich beleuchtetes Wohnzimmer, an einer Wand befand sich ein Poster mit der Aufschrift *Visit Yugoslavia*. Auf dem Bild stießen zwei fröhlich aussehende junge Mädchen vor der im Hintergrund aufragenden Zitadelle von Dubrovnik – im heutigen Kroatien gelegen – miteinander an.

Der Raum roch muffig und nach Katzenurin.

Sichtlich gerührt, ergriff Sarah meinen Arm, als wir auf den Schaukelstuhl zugingen, in dem eine Greisin mit kurzgeschnittenem Haar und einer dünnen Decke auf den Knien zu schlafen schien.

»Sie ist blind«, flüsterte mir ihr Sohn ins Ohr, »aber sie weiß genau, dass Sie hier sind.«

Er verließ den Raum und kam eine Minute später mit einem Tablett zurück, auf dem vier Gläser *Rakija* standen. Eines davon reichte er der Alten, die ihr Glas mit bemerkenswerter Sicherheit ergriff. Sie setzte es an den Mund und atmete kräftig durch die Nase ein, als genieße sie den Duft der Pflaumen, aus denen der Schnaps gemacht war.

Dann murmelte sie mit brüchiger Stimme:

»*Kako* …«

Das war nicht die Stimme, die »Cabaret Voltaire« gesagt hatte, und diese Hände hatten höchstwahrscheinlich auch nichts mit dem Versand der Postkarten zu tun gehabt. Dennoch war Tea Kaufler im Augenblick alles, was wir hatten, um mit unserem Puzzle weiterzukommen.

Mit sanfter Stimme sagte Milos seiner Mutter etwas ins Ohr, woraufhin diese brummelte und ein paarmal nickte. Er schaute zu uns herüber und machte uns Zeichen, dass wir mit dem Interview beginnen könnten.

Ich überließ Sarah die Initiative. Die Französin begrüßte die Greisin und dankte ihr für ihre Gastfreundschaft. Dann begann sie mit sittsam im Schoß gefalteten Händen das Gespräch:

»Grund unseres Besuchs ist, dass wir eine Biographie von Einstein vervollständigen wollen und gerne einige familiäre Zusammenhänge klären möchten.«

Milos übersetzte die Frage. Als der Name des Physikers fiel, schien die Greisin böse zu werden, denn was sie von sich gab, klang nach serbischen Flüchen.

»Meine Mutter schätzt Einstein nicht besonders«, erklärte der Sohn. »Sie verzeiht ihm nicht, dass er sich nie dazu herabgelassen hat, seine Tochter kennenzulernen.«

»Haben Sie sie denn kennengelernt?«, fragte ich ihn.

»Ich erinnere mich nur sehr vage an sie. Meine Mutter sagt, sie sei eine sehr hübsche Frau gewesen. Nach dem Ende des Zweiten Weltkriegs ist sie in die Vereinigten Staaten gegangen und nie mehr zurückgekehrt.«

Sarah ergriff wieder das Wort:

»Ich nehme an, die beiden Stiefschwestern standen damals per Telegramm oder Telefon in Verbindung. Könnten Sie Ihre Mutter fragen, ob Lieserl in Amerika ihren Vater kennengelernt hat?«

Geräuschvoll ihren Schnaps schlürfend, hörte die Greisin sich die Frage an. Als sie begriff, worum es ging, schüttelte sie den Kopf und rief: *»Nema, nema, nema.«*

Dann folgte eine lange Tirade, auf die ihr Sohn mit zustimmendem Gemurmel antwortete. Geräuschvoll holte Milos Luft, bevor er sich wieder an uns wandte:

»Lieserl hatte keinerlei Interesse daran, den Vater kennenzulernen, der sie verlassen hatte. Besonders wegen der Art und Weise, wie er mit Mileva umgegangen war, mit der sie lose in Verbindung stand. Nach Boston ging Lieserl aus Liebe zu einem amerikanischen Soldaten, den sie in einem Flüchtlingslager in Triest kennengelernt hatte, als sie dort als Krankenschwester arbeitete.«

Sarah stand die Enttäuschung ins Gesicht geschrieben. Diese Version der Fakten passte nicht zu der von uns sorgfältig ausgetüftelten These. Dennoch hakte sie nach:

»Könnten Sie Ihre Mutter fragen, ob Lieserl in den USA eine Tochter bekommen hat? Vielleicht ein Mädchen namens Mileva?«

Milos gab die Frage an die Alte weiter, die leise auflachte, gleich darauf aber in ärgerlichem Ton drei oder vier Sätze sagte. Es war deutlich zu spüren, dass die Unterhaltung sie zu ermüden begann.

Der Mann wandte sich wieder an Sarah.

»Meine Mutter weiß nur, dass sie von dem Soldaten ein Kind bekommen hat«, erklärte er, »einen Jungen namens David. Dann trennte Lieserl sich von dem Mann, und meine Mutter verlor den Kontakt zu ihr. Die letzte Nachricht war, dass sie in New York eine Stelle als Krankenschwester angenommen hatte.«

Obwohl es ratsam gewesen wäre, es dabei bewenden zu lassen, bat Sarah Milos, seiner Mutter noch eine letzte Frage stellen zu dürfen. Sie wollte wissen, ob Einstein vor seinem Tod versucht habe, seine Tochter irgendwie zu entschädigen, so wie er nach dem Erhalt des Nobelpreises Mileva entschädigt hatte.

Tea Kaufler hörte sich die Frage missmutig an und schloss mit den Worten:

»Einsteins letztes Geschenk an Lieserl, die er wie ein

lästiges Insekt behandelt hatte, bestand darin, Mileva im Stich zu lassen und mit seiner Cousine ins Bett zu gehen.«

Der Hausherr übersetzte und bat uns gleich darauf zu gehen. Vor der Tür wartete bereits ein bestelltes Taxi.

Auf der Rückbank des Wagens schauten Sarah und ich uns an. Wir steckten in einer Sackgasse. Während der Taxifahrer uns ins Zentrum von Novi Sad zurückbrachte, seufzte sie:

»Und was nun?«

34

Botschaften aus Amerika

Wenn wir über unser Leben und Streben nachdenken,
so bemerken wir bald, dass fast all unser
Tun und Wünschen an die Existenz
anderer Menschen gebunden ist.

ALBERT EINSTEIN

Wir waren in einem traditionellen serbischen Restaurant eingekehrt, dem Ognjiste, einem Lokal mit rustikalem Mobiliar und Holzbalken, die wie Baumstämme aussahen. Unser Interview mit Tea ließ sich sowohl positiv als auch negativ deuten.

Lieserl hatte also – und das war das Positive – an der Ostküste der Vereinigten Staaten gelebt, war folglich nicht die vermeintliche Zorka Savić, die bis Ende der neunziger Jahre in Serbien geblieben war. Dass sie ihr Glück in Amerika gesucht hatte, mochte es Einstein erleichtert haben, sich mit ihr in Verbindung zu setzen, um ihr seine letzte Erkenntnis zukommen zu lassen. Und die mögliche Existenz eines in den USA lebenden Kindes stellte eine weitere wertvolle Informationsquelle dar.

Das Negative war, dass Lieserl nichts mit ihrem Vater zu tun haben wollte. Verstehen konnte man es zwar, doch es ließ die Wahrscheinlichkeit schrumpfen, dass sie die Hüterin des Geheimnisses war. Sollte Albert sie trotzdem in seinem Testament bedacht haben, so hätte sie dieses Erbe, selbst wenn beide sich nicht gekannt hätten, mit Sicherheit erreicht. Dann blieb aber noch die Frage, was sie damit gemacht hatte.

Nachdem ich mit Messer und Gabel einen riesigen Berg Grillfleisch – das berühmte serbische *Čevapčići* – in Angriff genommen hatte und bereits die zweite Flasche ungarischer Tokajer vor uns stand, tischte ich folgende Frage auf:

»Wir wissen jetzt, dass in Serbien kein direkter Nachkomme von Lieserl lebt, dazu passen aber Jensens Enthüllung über die Formel und das Attentat nicht. Vielleicht mussten die drei Dänen wegen einer Formel ins Gras beißen, von der niemand weiß, woher sie kommt.«

»Aber Mileva ist ja mit ihrem Heimatland in Verbindung geblieben«, gab Sarah, das Glas in der Hand, zu bedenken. »Es ist also nicht auszuschließen, dass zum Beispiel eine Kladde ihres Mannes in irgendeinem Karton mit Familienpapieren in Belgrad oder Novi Sad vergessen wurde. Schließlich hat sie ihm bei mathematischen Berechnungen geholfen. Vielleicht ist die Kladde beim Leeren von einem dieser Kartons in die Hände eines Sammlers geraten, der das Dokument dann später verkauft hat.«

»Das wäre eine gute Erklärung, aber Jensen hat am Ende seines Vortrags angekündigt, in ein paar Tagen würde er gemeinsam mit Mileva, der vermeintlichen Enkelin Einsteins, alles, was mit dieser letzten Formel zu tun hat, publik machen.«

»Das könnte das Mordmotiv gewesen sein«, spekulierte die Französin. »Jensen und seine Leute haben offenbar Kontakt mit einer Person aufgenommen, die vielleicht unsere Mileva ist. Aber irgendjemand will nicht, dass sie an die Öffentlichkeit geht. Die große Frage ist, warum.«

Ich goss mir ein weiteres Glas Weißwein ein, als könne dieses seltsam trockene ungarische Getränk – Tokajerweine sind ja normalerweise süß – irgendeinen der Zweifel beseitigen, die sich im Verlauf unserer Nachforschungen stetig mehrten.

»Bevor er starb«, sagte ich, »hat Jensen versichert, diese ominöse Formel $E = ac^2$ besitze größere Kraft als die Atombombe. Schon allein deshalb könnte jemand daran interessiert sein, ihre technische Anwendbarkeit zu erforschen, ohne sie mit dem Rest der Menschheit zu teilen.«

»Da hast du recht. Auf jeden Fall haben wir zwei Hinweise, dass die Mileva, die wir suchen, sich nicht in Serbien aufhält. Erstens spricht alles, was wir soeben aus Tea Kauflers Mund erfahren haben, dafür. Zweitens die Tatsache, dass diese Mileva angeblich zwei Tage benötigt, um nach Belgrad zu kommen. Das spricht für einen Interkontinentalflug.«

»So lange würde es jedenfalls dauern, um aus den USA hierherzureisen, die Zeitverschiebung mitgerechnet und dass man bis Belgrad ein paarmal den Flieger wechseln muss. Das würde bedeuten: Falls es in dieser ganzen Geschichte eine wichtige Person gibt, müssen wir über den Großen Teich, um sie zu finden.«

Sarah, die meine Schlussfolgerung offenbar als Vorschlag auffasste, nahm meine Hand und hob sie an ihre Lippen. Der flüchtige Kuss löste Herzrasen bei mir aus.

Rasch begann ich wieder zu sprechen, um meine Nervosität zu verbergen:

»Und wann, meinst du, sollten wir nach Amerika aufbrechen?«

Bevor sie antwortete, sah sie mich fest mit ihren blauen Augen an.

»Gleich morgen.«

Die Studentenbude im Hotel Duga schien nicht gerade der geeignete Ort für eine romantische Nacht, doch der Wein und die Aussicht, das alte Europa hinter uns zu lassen, berauschten uns.

Hand in Hand gingen wir zu Fuß zum Hotel zurück. Sarah in ihrem enganliegenden Kostüm sah aus wie eine Managerin, die in den Osten gekommen war, um irgendein zwielichtiges Geschäft abzuwickeln. Und in gewisser Weise stimmte das ja.

Es war nach Mitternacht, die Straßen der Hauptstadt der Vojvodina hatten sich geleert. Nur unsere schwankenden Schritte durchbrachen die Stille einer vielleicht zu vollkommenen Stadt.

Als wir im Hotel ankamen, war der Portier mit dem Doppelkinn nicht da, so dass wir uns unsere Schlüssel selbst hinterm Tresen holen mussten. Dann stiegen wir in den Aufzug, um eine kurze Fahrt über zwei Stockwerke anzutreten.

Obwohl Sarah weniger betrunken wirkte als in Bern, veränderte sie sich total. Hinter der kühlen, unnahbaren Frau kam wieder die Königin der Frivolität zum Vorschein. Noch bevor wir das zweite Stockwerk erreicht hatten, drückte sie auf den Halteknopf. Schlagartig blieb die Kabine stehen und vibrierte einige Sekunden lang so heftig, als würde sie gleich auseinanderbrechen.

»Hast du Angst?«, fragte Sarah mit herausforderndem Blick, ihre Nase berührte leicht die meine.

»Ich würde die Nacht nicht gern im Aufzug verbringen«, entgegnete ich und dachte an meine Klaustrophobie. »Nicht einmal mit einer so reizenden Person wie dir.«

Dann drückte ich erneut auf den Knopf zum zweiten Stock. Die kapriziöse Sarah schien enttäuscht zu sein, als sie merkte, dass der Aufzug sich wieder in Bewegung setzte.

»Du bist langweilig«, murrte sie wie ein Kind.

Als wir den Aufzug verließen, schloss sie die Augen und sagte:

»Nimm mich mit in dein Zimmer.«

Ich wusste nicht, ob ihre Worte wirklich bedeuteten, was ich mir darunter vorstellte, aber ich war entschlossen, mich nicht erneut lächerlich zu machen. Wie ein Vater, der seine Tochter auf den rechten Weg zurückführt, nahm ich Sarah bei der Hand und schloss die Tür auf.

Was sich mir darbot, als ich das Licht einschaltete, war schlimmer als ein steckengebliebener Aufzug: Der gesamte Inhalt meines Koffers lag über den Boden verstreut. Sogar die Matratzen waren aus dem Rahmen gezerrt worden.

Manuskript und Laptop waren verschwunden.

35

Der Überfall

Große Gefahren haben ihre Schönheit und fördern
die Brüderlichkeit zwischen Fremden.

VICTOR HUGO

»Sieht aus, als hätten wir Besuch bekommen«, sagte ich und versuchte, das Ausmaß der Katastrophe abzuschätzen.

Der Anblick brachte Sarah wieder zur Vernunft. Sie lehnte sich an die Wand, um das Chaos zu betrachten.

Die Person, die in mein Zimmer eingebrochen war und Laptop und Manuskript hatte mitgehen lassen, hatte den Raum bis auf den letzten Zentimeter Teppichboden nach etwas abgesucht, was sie nicht gefunden hatte.

Ich packte meine dreckige Wäsche wieder in den Koffer, klappte ihn zu und setzte mich drauf. Die Französin ließ sich auf einem der Betten nieder und schaute mich mitleidig an.

»Deine Arbeit ist futsch, hab ich recht?«

»Das wäre das zweite Mal in weniger als zwei Wochen«, erwiderte ich und zog einen USB-Stick aus der Hosentasche. »Ein Glück, dass ich alles hier drauf habe. Auch eine Kopie des Manuskripts.«

»Aber du hast keinen Computer mehr.«

»Ich kann mir morgen einen neuen kaufen. Allerdings, fürchte ich, haben sie hier alle eine kyrillische Tastatur.«

Wir sahen uns an und lächelten. Und dann ging das Lächeln in einen dieser albernen Lachanfälle über, die einen packen, wenn man nicht mehr weiterweiß und alles schiefzugehen scheint.

»Kauf ihn dir doch in New York«, sagte Sarah. »Da sind wir ja demnächst.«

Mitten in unserer entspannten Unterhaltung, eigentlich zu entspannt für das, was gerade vorgefallen war, fiel mir auf, dass wir etwas sehr Wichtiges nicht überprüft hatten.

»Und dein Zimmer?«

»Da ist alles in Ordnung«, antwortete sie. »In meinem Zimmer wurde nicht eingebrochen. Wahrscheinlich hat der Dieb nicht einmal geahnt, dass ich in diesem Hotel abgestiegen bin.«

»Woher willst du das wissen?«, fragte ich misstrauisch.

»Komm mit, dann siehst du's.«

Der Weinrausch war bohrenden Kopfschmerzen gewichen, als ich Sarah bis zur Nachbartür folgte. Bevor sie den Schlüssel ins Schloss steckte, zeigte sie mir das Display ihres Handys.

»Guck mal, was passiert, wenn ich den Alarm nicht ausschalte.«

Sie drehte den Schlüssel im Schloss herum, und als die Tür sich öffnete, begann das Handy zu vibrieren und gab ein durchdringendes Signal von sich. Mit einem Tastendruck stellte die Französin den Alarm ab, bevor sie im Zimmer Licht machte.

Genau wie von ihr prophezeit, war alles an seinem Platz. Bis auf ein paar auf dem Boden liegende Kleidungsstücke, aber das gehörte ja zum Stil der Bewohnerin.

Die Sicherheitsvorrichtung war ein kleiner Sender, der am Türknauf hing. Wahrscheinlich, dachte ich, löste er bei der kleinsten Bewegung automatisch den Alarm in Sarahs Handy aus.

»Du bist eine vorsichtige Frau. Und was machen wir jetzt?«

»Den Portier aushorchen. Es wäre gut, zu wissen, wer hinter uns her ist.«

»Ich glaube, ich weiß es, aber lass uns gehen.«

Der Mann mit dem riesigen Doppelkinn saß wieder an seinem Platz, allerdings mit einem Verband, der seine Stirn verdeckte, so dass es aussah, als fehle ihm der halbe Kopf. Wütend blickte er uns entgegen, während er den Telefonhörer ans Ohr hielt und *»Policija«* flüsterte.

Dann sagte er noch zwei Sätze, aus denen ich den Hotelnamen heraushörte, und legte auf.

Allmählich wurde es brenzlig. Ich war heilfroh, dass wir unsere Koffer gleich mit heruntergebracht hatten.

»In mein Zimmer ist jemand eingebrochen«, sagte ich mit aller Vorsicht.

»Und in meinen Kopf ist ein Baseballschläger eingebrochen, falls Sie das tröstet«, fauchte er mit blutunterlaufenen Augen. »Ihre kleine Freundin hat eine sehr spezielle Art, ihren Willen durchzusetzen.«

»Meine kleine Freundin? Von wem reden Sie da?«

Ich wusste genau, wer hinter dem Ganzen steckte, wollte aber auf keinen Fall mit dieser Spinnerin in Verbindung gebracht werden.

»Als sie hörte, dass Sie nicht da sind, meinte sie, sie wolle in Ihrem Zimmer auf Sie warten. Ich habe ihr klargemacht, dass das nicht geht. Wer nicht bei uns angemeldet ist, kann sich nicht im Hotel aufhalten und schon gar nicht im Zimmer eines Gastes. Daraufhin hat sie, noch bevor wir weiter darüber sprechen konnten, einen Baseballschläger aus der Tasche gezogen und mir einen übergebraten. Als ich wieder zu mir kam, musste ich ins Krankenhaus, um genäht zu werden.«

In diesem Augenblick hielt vor dem Hotel ein Polizeiauto, aus dem zwei blau uniformierte Beamten stiegen. Es dauerte nur zehn Sekunden, bis sie an der Rezeption waren, aber Sarah gelang es, in Windeseile etwas mit dem Portier auszuhandeln.

»Wie viel wollen Sie dafür, dass Sie uns aus der Sache raushalten?«, wisperte sie ihm zu.

»Was?«, fragte er erschrocken.

Die Französin holte zwei 500-Euro-Scheine aus der Handtasche und schob sie blitzschnell in die Jackentasche des Mannes. Die Beamten standen bereits grüßend in der Eingangshalle, da beschwor sie ihn noch rasch in eindringlichem Ton:

»Wir hatten nichts damit zu tun, klar? Sagen Sie ihnen, dass die Angreiferin es nicht bis hinauf in die Zimmer geschafft hat.«

Der Portier schaute erst Sarah, dann die Beamten an. Er schob eine Hand in die Tasche, um zu überprüfen, ob die Scheine wirklich da waren. Mit rot anlaufendem Gesicht brüllte er auf Serbisch los und zeigte auf seinen Kopfverband.

Einer der beiden Polizisten musterte uns interessiert, als er den Verletzten befragte, der etwas wie »*Goste su*« sagte.

Offenbar hatte er sich an die Abmachung gehalten, denn der Polizist grüßte militärisch und kümmerte sich nicht weiter um uns.

Während die Beamten das Protokoll aufnahmen, verließen wir das Hotel. Zweifellos würde der Portier eine ausführliche Beschreibung der Angreiferin mit den blauen Haaren abgeben, die in diesem Augenblick sicher schon ihren nächsten Schachzug vorbereitete.

Genau wie wir.

Am ratsamsten war es jetzt, so schnell wie möglich das Land zu verlassen, bevor alles noch komplizierter wurde. Mit dem Sinken des Alkoholpegels war Sarah blass geworden. Sie hatte eindeutig Mühe, die Augen offenzuhalten.

»Suchen wir uns ein anderes Hotel?«, fragte ich.

»Lieber nicht«, flüsterte sie. »In Novi Sad sind wir jetzt nicht mehr sicher.«

»Also wohin dann?«

»Nach Amerika.«

Dritter Teil

Wasser

Das Wasser ist das Element der Gefühle
und des Unbewussten.

Es symbolisiert Liebe, positive Empfindungen, Freundschaft,
Vergebung, Mitleid, Großzügigkeit, Hingabe,
Offenherzigkeit, Freude, sogar Glauben.

Mit Wasser verbindet man auch Leidenschaft, Schmerz
und freudige Gefühle, Ängste und Sehnsüchte, Hoffnungen
und Enttäuschungen, den Bereich des Esoterischen und
alles zur Welt der Seele Gehörende.

Wasser ist das wichtigste Element bei Ritualen der
Reinigung und der Fruchtbarkeit.

Es ist das Element des Herzens.
Blut ist flüssig, und Tränen bestehen aus Wasser.
Tränenwasser gibt es in einer immer anderen Verbindung,
ob wir uns nun freuen oder traurig sind.

36

Das geheime Leben des Genies

Wenn man liebt, täuscht man zunächst sich selbst.
Schließlich täuscht man andere.
Das nennen die Leute Romantik.

Oscar Wilde

Um 6:45 startete in Belgrad eine Maschine nach New York mit Zwischenlandung in München. So wie die Dinge lagen, schien es am ratsamsten, bis Nikola Tesla, dem Flughafen der Hauptstadt, ein Taxi zu nehmen.

Offenbar war es mein Schicksal, im Morgengrauen Serbien zu durchqueren, dachte ich auf der Fahrt in dem alten Mercedes. Die weiten Felder, an denen ich auf dem Hinweg vorbeigekommen war, erschienen mir jetzt nicht mehr ganz so trostlos, vielleicht weil Sarah auf meinem Schoß schlief.

Obwohl eine ähnliche Szene – damals im »Roten Pfeil« – ein tragisches Ende genommen hatte, klopfte mein Herz vor Glück, während ich den tiefen Atemzügen der Französin lauschte.

Die beginnende Liebe zu einem Menschen zu spüren, der im Morgengrauen auf deinem Schoß schläft, während du von nirgendwo nach nirgendwo fährst – das war für mich eine gute Definition von Glück.

Als die Boeing 735 durch die ersten Wolken flog, griff Sarah nach meiner Hand und schenkte mir ein Lächeln, das ich nicht zu deuten wusste. Es schien arglose Freude auszudrücken, wie bei einem Kind, das von einer langen, anstrengenden Reise heimkommt.

Ich selbst hatte allerdings nicht das Gefühl, in einen sicheren Hafen zurückzukehren. Im Gegenteil, je länger dieses Abenteuer dauerte, umso verunsicherter fühlte ich mich, nicht nur was den Auftrag betraf, sondern auch mein Leben insgesamt.

Sarah holte mich mit samtweicher Stimme aus meinen Gedanken.

»Ich fand es nicht gut, dass Tea so hart über Albert gesprochen hat.«

»Warum?«, erwiderte ich überrascht. »Hat er Mileva denn deiner Meinung nach anständig behandelt?«

»Absolut nicht, aber ich finde es nicht richtig, ihn auf der Grundlage einer Lebensphase zu verurteilen, die bestimmt sehr schwierig war.«

»Ich hätte Lust, mir in Yoshimuras Manuskript noch einmal die Sache mit der Cousine vorzunehmen, aber ich muss mir erst einen Laptop besorgen, um in die Datei zu kommen.«

»Diesen ganzen Klatsch kann ich dir auch erzählen«, sagte sie, eine Tasse Tee in der Hand. »Immerhin sitze ich schon seit einigen Jahren an einer Doktorarbeit über Mileva Marić. Allerdings habe ich gemerkt, dass es da vieles gibt, was in keinem Buch zu finden ist.«

»Lücken, würde der Verleger der Einstein-Biographie sagen.«

»Also, bei mir klafft da noch ein ganzer Abgrund, was das Verständnis von Milevas Rolle bei Alberts Forschung angeht. Über ihr persönliches Leben ist vieles bekannt, vor allem seitdem bei Christie's 430 Briefe versteigert wurden, die Albert und Mileva sich in guten wie in schlechten Zeiten geschrieben haben. Ein paar davon sind wirklich übel. Zum Beispiel hat Einstein, als die Beziehung schon schlecht lief, seiner Frau drei Bedingungen für eine Fortsetzung ihres Zusammenlebens gestellt: Sie sollte auf jegliches persönliches Verhältnis mit ihm verzichten, das Zimmer immer widerspruchslos verlassen, wenn er es verlangte, und sich darum kümmern, dass seine Bettwäsche stets in Ordnung war.«

Ich bestellte mir einen zweiten Kaffee, bevor ich auf die Doktorandin losging:

»Also, das hat mich an Intellektuellen wie dir schon immer genervt. Einen Mann von der Straße würdet ihr wegen einer unglücklichen Bemerkung, die ihr sofort als Machospruch deuten würdet, bei lebendigem Leibe aufspießen. Aber Genies wie Picasso oder Einstein verzeiht ihr, wenn sie ihre Frauen schlecht behandeln und an den Rand des Selbstmords treiben.«

»Na ja, vielleicht haben diese Männer so Großes für die Menschheit – die weibliche inbegriffen – getan, dass man ihnen ihre häuslichen Grausamkeiten nachsieht. Männer wie du können dagegen nur ihre täglichen Handlungen in die Waagschale legen.«

Für die harte Attacke entschädigte Sarah mich mit einem sanften Kuss auf die Wange. Ich tat so lange beleidigt, bis ich einen zweiten Kuss bekam, diesmal näher am Mund. Ich benahm mich wirklich wie ein Kind.

»Das Gute an diesen Briefen ist«, fuhr sie fort, »dass sie die These von Milevas Mitarbeit an den Artikeln ihres Mannes erhärten, ob mit oder ohne Teslas Hilfe. Zum Beispiel spricht Einstein in einem dieser Briefe an seine Frau von *unserer* Arbeit, so als bezöge er sich auf eine gemeinsame Aufgabe. Das würde auch erklären, warum er ihr, nachdem er 1921 den Nobelpreis erhalten hatte, die volle Preisgeldsumme überließ. Und da waren die beiden bereits getrennt und feindeten sich offen an.«

»Vielleicht gab er ihr das Geld, weil er sich wie ein Idiot benommen hatte, was ja auch Tea meint, also wegen seines schlechten Gewissens.«

»Damit hatte Einstein keine Probleme«, erwiderte Sarah kategorisch. »Ich verstehe diese Geste eher als Entschädigung für eine Arbeit, die beide gemeinsam ausgeführt haben und für die dann er allein den Ruhm eingeheimst hat.«

»Und wennschon, mir ist das egal. Du hast ganz richtig gesagt, ich bin ein stinknormaler Mensch, der sich nur für Klatsch interessiert. Was war denn mit der Cousine?«

»Das ist eine lange Geschichte.«

»Zeit haben wir hier im Flugzeug genug. Wenn du bis München nicht fertig bist, kannst du auf dem Flug nach New York weitererzählen.«

Sarah stieß mich mit dem Ellenbogen in die Seite und sagte warnend:

»Ich erzähl dir die Geschichte nur, wenn du mit deinen frechen Bemerkungen aufhörst und mal den Mund hältst.«

Ich hob die Hand zum Schwur.

»Als die Einsteins sich 1914 in Berlin niederließen«, begann sie, »ging die Beziehung endgültig den Bach runter. Mileva gefiel die Stadt überhaupt nicht. Außerdem begann sie zu ahnen, dass Albert etwas mit seiner Cousine Elsa Löwenthal hatte, die seit zwei Jahren seine Gelegenheitsgeliebte war. Er schrieb Elsa Briefe mit so netten Bemerkungen wie: Andererseits behandle ich meine Frau wie eine Angestellte, der ich allerdings nicht kündigen kann.«

»Sehr feinfühlig.«

»Als die Sache mit der Cousine herauskam und die Ehe der Einsteins in die Brüche ging, schrieb Albert seiner Frau den berühmten Brief mit den drei Bedingungen. Mileva war drauf und dran, sie zu akzeptieren, änderte ihre Meinung aber, als sie den nächsten Brief von ihrem Mann bekam, in dem dieser ihr klipp und klar sagte, zwischen ihnen beiden könne es niemals ein freundschaftliches Verhältnis geben, sondern nur eine Art Geschäftsbeziehung ohne persönliche Kontakte. Den Brief beendete er mit den Worten: Dafür sichere ich Dir aber ein korrektes Benehmen von meiner Seite zu, wie ich es einer fremden Frau gegenüber würde.«

In diesem Augenblick setzte die Maschine zum Landeanflug auf den Franz-Josef-Strauß-Flughafen an.

»Und wie ging das Ganze zu Ende?«, drängte ich. »Komm, spann mich nicht auf die Folter.«

Sarah holte tief Luft, ihre Brust wölbte sich. Dann sagte sie:

»Mileva war eine intelligente Frau und akzeptierte diesen ganzen Blödsinn natürlich nicht. Sie beschloss, sich von Albert zu trennen, und nahm die Kinder mit nach Zürich. Fünf Jahre später heiratete Albert seine Cousine Elsa, mit der es aber noch schlechter lief als mit seiner ersten Frau. Das zeigt, dass auch Genies sich irren können. Man kann zwar eine Eins in Physik haben, aber eine Sechs in Herzenskunde.«

Die Räder der Maschine waren kurz davor, deutschen Boden zu berühren, als ich meine Begleiterin fragte:

»Wen hättest du denn lieber an deiner Seite, ein ekelhaftes Genie oder einen gutherzigen Esel?«

Sarah antwortete nicht, sondern schloss nur lächelnd die Augen.

37
Williamsburg

> Der Amerikaner lebt noch mehr dem Ziel, der Zukunft als der Europäer. Das Leben ist ihm immer Werden, nicht Sein.
>
> ALBERT EINSTEIN

Manhattan hatte sich in eine piekfeine Insel verwandelt, in der die Chance, eine Übernachtung für unter 120 Dollar zu finden, gleich null war. Deshalb fuhren wir vom JFK aus nach Brooklyn, um etwas Erschwinglicheres zu suchen.

Seit meiner Abreise aus Barcelona, um Einsteins Spuren zu folgen, hatten meine ursprünglichen 25 000 Dollar den Bereich der 20 000 verlassen und näherten sich bedrohlich den 15 000. Falls wir auf der Suche nach Milevas Phantom kreuz und quer durch die USA reisen mussten, stand ich am Ende möglicherweise mit leeren Händen da.

Sollte es mir nicht gelingen, das Manuskript des Japaners zu vervollständigen und das restliche Honorar zu kassieren, erwartete mich bei meiner Rückkehr ohne die Stelle beim Sender eine düstere Zukunft.

Diese wirtschaftlichen Überlegungen veranlassten mich, Sarah vorzuschlagen, dass wir uns in Williamsburg, dem alternativen Viertel von Brooklyn, in einer Wohnung einquartierten, die man tageweise mieten konnte. Das war eine äußerst billige und diskrete Lösung, und wir umgingen damit obendrein die Melderegister der Hotels, über die man uns hätte aufspüren können.

Das Taxi setzte uns in der Bedford Avenue ab, einer langen Straße, die den ultraorthodoxen jüdischen Stadtteil mit den Kneipen und Hippie-Märkten verbindet.

Verglichen mit dem chaotischen Verkehr und den Menschenmassen in Manhattan, fühlte man sich, wenn man durch Williamsburg lief, wie in einer anderen Stadt, ja, in einem anderen Land. Zur Architektur der alten zwei- oder dreistöckigen Lagerhäuser kam die unerwartete Stille hinzu, als wären die Autos schon vor langer Zeit von hier geflohen.

Die ganze Atmosphäre hatte nichts mit den üblichen Vorstellungen von New York zu tun. Überall sah man Leute in Secondhandklamotten, Mädchen mit Riesenbrillen und breiten Hüten sowie diverse Varianten des Punklooks.

»Sieht aus wie die letzte Zuflucht ausgestorbener Subkulturen«, bemerkte Sarah, die den gelben Mond von Spoonbill & Sugartown, einer Buchhandlung in der Bedford Avenue, betrachtete.

»Vielleicht wissen die hier, wo wir eine Wohnung mieten können«, sagte ich, als wir hineingingen.

Auf den Tischen lagen avantgardistische, subversive oder ganz einfach freakige Bücher, zum Beispiel ein teurer Bildband über zwergwüchsige Stierkämpfer oder ein Malbuch für Kinder, in dem Kriegsszenen nachgestellt waren, mit fliegenden Köpfen, verbrannten Gliedmaßen und eingestürzten Gebäuden.

Neben der Kasse schliefen zwei Katzen in Miniaturschaukelstühlen.

Ich wandte mich mit unserer Wohnungsanfrage an

einen Typen mit Brille, der wie das lebendige Abbild von Allen Ginsberg aussah. Er strich sich eine Weile über den schwarzen Bart, als riebe er Aladins Wunderlampe.

»Könnte sein, dass im Space noch ein Plätzchen frei ist«, antwortete er schließlich. »Sagt Baby einfach, dass Jiddu euch schickt. Dann weiß sie Bescheid.«

Das Space war ein dreistöckiges Gebäude, bei dem die Etagen durch versetzbare Trennwände in einzelne Räume aufgeteilt wurden. Künstler und Entwurzelte wie wir nutzten diese Räume. Besagte Baby, eine alte, mit Amuletten behängte Hippiefrau, klärte uns über Bedingungen und Preise auf:

»In dieser Kooperative bezahlt man nur für den genutzten Raum. Der Grundpreis beträgt zwei Dollar pro Quadratmeter und Tag, aber wenn ihr länger bleibt, kriegt ihr das Zimmer zum Preis für Dauergäste. Nur für den ersten Monat kassiere ich im Voraus.«

»So lange bleiben wir nicht«, unterbrach ich sie. »Eigentlich haben wir noch gar keine genaueren Pläne.«

»Das finde ich gut«, erwiderte Baby. »Die erste Woche müsst ihr aber auf jeden Fall im Voraus bezahlen. Wie viel Quadratmeter braucht ihr beiden Mäuschen denn?«

Sarah wanderte mit ihrem roten Koffer durch den lichtdurchfluteten Loft. Im dritten Stock waren zwei kleinere Bereiche durch Stellwände abgetrennt. Die Verwalterin der Kooperative erklärte uns, einer davon sei das Atelier eines Tätowierers, den anderen hätten drei Graphikdesignerinnen als Büro gemietet.

Ansonsten gab es jede Menge freien Platz; ich nahm deshalb an, Sarah mit ihrem erlesenen Geschmack würde einen großen Teil davon für unser amerikanisches Hauptquartier in Beschlag nehmen. Zu meiner Verwunderung sagte sie jedoch:

»Dreißig Quadratmeter sind mehr als genug für uns beide.«

»Okay«, erwiderte Baby, die die Französin durch ihre Flaschenbodengläser musterte. »Im Keller stehen Sofas, Betten, Tische, Stühle ... was ihr wollt. Bettwäsche gibt es auch. Die Leihgebühr beträgt nur ein paar Cent pro Person und Tag. Sucht euch aus, was ihr braucht, wir helfen euch, die Sachen raufzutragen. Im Handumdrehen ist euer Häuschen fertig. Küche, Bäder und Waschmaschinen werden gemeinschaftlich genutzt und befinden sich im ersten Stock.«

Als wir in den Keller hinuntergingen, fragte ich mich, ob es nicht ziemlicher Blödsinn gewesen war, Sarah in diese »Raum-Kooperative« mitzunehmen, wie sich das Haus in einem an den Wänden hängenden Manifest selbst definierte. Aber als ich sah, mit welcher Begeisterung sie ein Sofa, zwei Einzelbetten und einen großen Arbeitstisch aussuchte, hatte ich das Gefühl, sie könnte sich in dieser Festung waschechter Alternativer durchaus wohl fühlen.

Nachdem unser rechteckiges, durch zwei Trennwände begrenztes Zimmer eingerichtet war, wurde für dreißig Quadratmeter plus Möbel eine Miete von 64 Dollar pro Tag festgesetzt.

Um sicherzugehen, dass wir in der Stadt inkognito blieben, meldeten wir uns unter falschem Namen an. Nach unseren Pässen fragte Baby gar nicht, sie versicherte uns, im Space beruhten Vereinbarungen auf gegenseitigem Vertrauen. Allerdings kassierte sie die erste Woche im Voraus.

Als sie endlich verschwand, begleitet vom Geklimper

ihrer Klunker, schaute ich mich in den vier Wänden um, in dieser »Stadt, die niemals schläft«, würden sie unser Zuhause sein. Der Raum war durch die vier wichtigsten Möbelstücke abgesteckt: Am Fenster stand der Tisch, daneben das Sofa und auf jeder Seite ein Einzelbett. Ein paar Blumenhocker mit Grünpflanzen füllten die Lücken und rundeten das Ensemble ab.

Unsere kleine Wohnung war fertig. Nun fragte sich nur noch, was wir eigentlich in New York herausfinden wollten.

Sarah ließ sich aufs Sofa fallen und blieb eine Weile liegen, durchs Fenster schaute sie auf die Dachterrassen von Williamsburg. Zum ersten Mal sah ich sie ungekämmt. So gefiel sie mir noch besser.

»Da wir das Glück haben, dass uns hier keiner kennt«, sagte sie, »sollten wir uns auch wie die lokale Fauna kleiden. Mit Kopfbedeckung und Sonnenbrille erkennt uns bestimmt niemand wieder, und wir können ohne großes Risiko nach Lieserls Sohn und seiner Schwester suchen. Wir sagen niemandem unseren richtigen Namen, auch nicht, wo wir herkommen, okay?«

»Wozu die ganze Vorsicht?«, fragte ich und trat ans Fenster. »In einer 9-Millionen-Stadt findet uns doch sowieso niemand. Außerdem, wer sollte uns hier schon suchen?«

Auf Sarahs Netzhaut meinte ich das finstere Bild von Lorelei aufschimmern zu sehen, als sie sagte:

»Sei dir da mal nicht zu sicher. Die Psychopathin mit den blauen Haaren würde uns bis ans Ende der Welt verfolgen.«

38

Flaschenpost

Was ist die Stadt wohl, als das Volk?

WILLIAM SHAKESPEARE

Nachdem wir unsere Koffer ausgepackt und unsere dreckige Wäsche in die Waschmaschine gesteckt hatten, starteten wir unsere Suchaktion.

Über die im Haus installierte WLAN-Verbindung graste Sarah per Computer und Telefon die gesamte Stadt ab, um herauszufinden, ob in irgendeinem Krankenhaus ein »Lieserl« oder eine »Mrs Kaufler« gearbeitet hatte – möglicherweise hatte sie ihren Vornamen ja auch gegen das leichter auszusprechende »Lisa« getauscht. Ich machte mich auf den Weg, um mir einen gebrauchten Laptop zu kaufen.

Dem Rat der Französin folgend, ging ich zunächst in einen Secondhandladen und kaufte mir eine Baumwollhose, ein kariertes Hemd, eine Mütze und eine leicht verkratzte Ray-Ban-Brille. Zum bescheidenen Preis von 30 Dollar hatte ich mich regelrecht in ein Schreckgespenst verwandelt und trat in dem sicheren Gefühl wieder auf die Straße, dass niemand, nicht einmal meine eigene Mutter, mich wiedererkennen würde.

Anschließend lief ich durch die Sixth Avenue von Brooklyn, in der viele Williamsburger Geschäfte liegen. Nicht weit von Ear Wax Records entdeckte ich einen Computerladen, der auch gebrauchte Artikel anbot. Für etwas unter 200 Dollar erstand ich einen Laptop, der zwar leicht abgenutzt war, dafür aber eine spanische Tastatur hatte.

»Lass dich nicht von dem Äußeren beirren«, sagte der Verkäufer, ein junger Mann mit Afrolook. »Der erwischt jedes WLAN im Umkreis von einem Kilometer. Ein Schnäppchen.«

Glücklich über meine Errungenschaft machte ich einen Abstecher zum Kitschrestaurant SEA, um ein verspätetes Mittagessen einzunehmen. Um diese Uhrzeit füllte sich das Lokal mit jungen Leuten, die hierherkamen, um zu alternativem Techno zu tanzen oder die kostenlos verteilte Satirezeitschrift *The Onion* zu lesen.

Aus dem Zeitschriftenständer nahm ich mir ein Exemplar. Auf der Titelseite war ein Foto des Papstes während eines Besuchs in den Vereinigten Staaten. Darunter stand: »PAPST KEHRT MIT UMFASSENDEM PLAN, DIE USA IN DIE LUFT ZU JAGEN, IN DEN VATIKAN ZURÜCK. Zu seinen ersten Zielen gehören das Weiße Haus, das Yankee-Stadion und Ground Zero.«

Nachdem ich einen Salat mit Meeresfrüchten und Tofu und ein Teemixgetränk zu mir genommen hatte, beschloss ich, in die Wohnung zurückzukehren. Es wurde Zeit, dass ich ein bisschen arbeitete, und sei es auch nur an Yoshimuras Manuskript.

Als ich unseren Verschlag im Space betrat, erkannte ich Sarah kaum wieder. Sie hatte meine Abwesenheit genutzt, um sich den Kopf zu rasieren. Von ihrem halblangen schwarzen Haar war nur noch der Pony übrig, der ihr wie ein Vorhang bis auf die Nase fiel.

Statt ihrer Laufstegkleider trug sie abgewetzte Jeans

und eine alte rote Trainingsjacke. Auf dem Teppich standen weiße Converse-Schuhe. Auch Sarah würde man in diesem Aufzug garantiert nicht wiedererkennen. Sie hatte sich in einen anderen Menschen verwandelt.

Im Schneidersitz hatte sie es sich auf dem Sofa bequem gemacht und hämmerte energisch in die Tasten ihres kleinen Sony VAIO. Sie warf mir einen spöttischen Blick zu und kehrte sogleich mit doppeltem Eifer zu ihrer Tätigkeit zurück.

»Was ist?«, protestierte ich. »Gefallen dir meine Anschaffungen nicht?«

»Nimm mich beim nächsten Mal lieber mit. Auch in schlampiger Kleidung sollte man Stil beweisen.«

Mit einem Knurren stellte ich meinen Laptop auf den Tisch und klappte ihn auf. Er startete etwas langsam, aber das Betriebssystem war bereits installiert, so dass ich nur meinen USB-Stick einzustecken und all meine Ordner sowie das Manuskript des Japaners auf die Festplatte zu ziehen brauchte. Das enthielt glücklicherweise alle Ergänzungen, die ich in Zürich eingefügt hatte.

Nach der längeren Arbeitspause durch den Diebstahl in Novi Sad nahm ich mir vor, den Text noch einmal querzulesen und eine Liste von sämtlichen noch zu füllenden Lücken anzulegen. Vorher aber erkundigte ich mich, mit dem Rücken zu Sarah:

»Hast du irgendwas in Erfahrung gebracht?«

»Eigentlich nicht viel«, sagte sie. »In den acht New Yorker Krankenhäusern, in denen ich nachfragen konnte, hatten sie nichts über eine ehemalige Schwester Lieserl in den Akten. Ich habe zwar einen Angestellten namens Kaufler gefunden, aber sein Vorname war Barry. Das bringt uns nichts. Ich versuche es jetzt auf anderen Wegen.«

»Wir könnten in den Telefonbüchern ab 1950 nachgucken«, schlug ich vor. »Ungefähr zu dieser Zeit muss sie nach New York gekommen sein. Das wird zwar eine Herkulesarbeit, aber falls Einsteins Tochter damals ein Telefon hatte, muss in den Büchern irgendwo eine Lieserl oder Lisa Kaufler stehen.«

»Morgen kümmere ich mich drum. Nach diesem David zu suchen ist absurd, solange wir die Fährte seiner Mutter nicht gefunden haben, denn es wäre gut möglich, dass er den Namen des amerikanischen Soldaten trägt. Da die ganze Sucherei lange dauern kann, habe ich schon mal im Internet einen Köder ausgeworfen. Falls Lieserls Sohn oder Tochter einen Webzugang hat, liest einer von beiden womöglich diese Nachricht, oder jemand weist uns auf eine Spur hin, die zu ihrem Aufenthaltsort führt.«

»Was für einen Köder?«, fragte ich und drehte mich zu ihr um.

Sarah drückte auf eine Taste und las mir den Text vor, den sie auf die Website des städtischen Fundbüros gestellt hatte:

SUCHE NACH SOHN ODER TOCHTER
VON LIESERL/LISA KAUFLER.
QUANTISCHE BELOHNUNG
(REF-Nr.: 127)

»Was meinst du mit ›quantische Belohnung‹?«

»Nichts. Es soll nur ein Wink an die gesuchte Person sein. Falls sie über die letzte Erkenntnis verfügt, versteht sie bestimmt auch was von Quantenmechanik.«

Ich drehte den Bürostuhl um 180 Grad, bis ich ihr genau gegenübersaß.

»Vermutest du, Einsteins letzte Formel, dieses $E = ac^2$, hat etwas mit Quantenmechanik zu tun?«

»Das wäre das Logischste. Obwohl Einstein ungewollt den Anstoß zur Quantenmechanik gegeben hat, distanzierte er sich später von deren Schlussfolgerungen. Deshalb hat er auch *Gott würfelt nicht* gesagt. Aber nur über die Quantentheorie gelangt man zur Feldtheorie. Du weißt ja: Am Ende seines Lebens hat Einstein versucht, eine Formel zu finden, mit der sich die grundlegenden physikalischen Gesetze zusammenfassen lassen.«

»Und du glaubst, Einstein hat diese Formel gefunden, sie aber nicht öffentlich gemacht?«, fragte ich.

»Wäre doch durchaus möglich, falls er sich nicht sicher war, welche Folgen dieser theoretische Schritt haben könnte. Hiroschima und Nagasaki haben bis zum Schluss sein Gewissen belastet.«

Während sich über Williamsburg der Abend senkte, dachte ich an die wahnwitzige Aufgabe, eine Theorie zu finden, die alles in sich vereint – soweit ich wusste, kamen sich dabei Erdanziehungskraft und elektromagnetische Kraft in die Quere –, und an den nicht minder wahnwitzigen Versuch, den Besitzer dieser Formel mit Hilfe einer Internetbotschaft ausfindig zu machen.

Eine Botschaft auf der Website des städtischen Fundbüros konnte genauso unbeachtet bleiben wie viele der tausend anderen Postings, die täglich dort eintrafen. Es war, als würde man eine Flaschenpost ins Meer werfen und darauf warten, dass die richtige Person sie entdeckte.

Doch manchmal erreicht die Botschaft eines Schiffbrüchigen ihr Ziel.

39

Die Berliner Jahre

Berühre einen Wissenschaftler
und du berührst ein Kind.

Ray Bradbury

Sarah war auf dem Sofa eingeschlafen. Unterdessen hatte ich begonnen, Einsteins Berliner Jahre gründlich zu überarbeiten. Seit ein paar Stunden war ich damit beschäftigt, soweit es mir möglich war, unvollständige Passagen zu ergänzen, zugleich aber wurde die Liste der noch ausstehenden Recherchen immer länger.

Ich nahm Sarah den Laptop vom Schoß und hob sie vorsichtig hoch, um sie nicht zu wecken. Während ich sie langsam zu dem Bett trug, das sie sich ausgesucht hatte, empfand ich etwas ganz anderes als in der Nacht in Bern, als ich sie im Marthahaus die Treppe hinaufgetragen hatte.

Sanft legte ich sie auf das schmale Bett und zog ihr die Decke bis über die Schultern. Sarahs Gesicht verzog sich behaglich, sie sah aus wie ein Kind, das sich vor den Gefahren der Nacht in Sicherheit weiß.

Eine Weile betrachtete ich sie, wie sie schlafend dalag, und versuchte zu verstehen, warum ich mich so verändert hatte. Der heftige Drang, sie auf der Stelle auszuziehen und mit ihr zu schlafen, war nicht mehr da. Doch das bedeutete nicht, dass ich sie weniger attraktiv fand, im Gegenteil, die Sache war schlimmer: Zum ersten Mal merkte ich, dass mein Verlangen sich in eine subtilere

Energie verwandelt hatte, die ich nicht beschreiben konnte.

Ich war verloren.

Bemüht, meine beunruhigenden Gedanken zu verdrängen, kehrte ich zum Tisch zurück. Ich hatte ein Diagramm gezeichnet – und am Rand die noch vorhandenen Lücken vermerkt –, in dem ich alle Einzelheiten von Einsteins Leben nach der Veröffentlichung seiner ersten Artikel festhielt.

1908 konnte er die Stelle im Patentamt aufgeben, da er als Gastprofessor an die Universität Bern berufen worden war.

Nach der Geburt des ersten ehelichen Kindes siedelte die Familie in das heutige Tschechien über, wo man Albert einen höheren akademischen Posten angeboten hatte. Er lehrte nun als ordentlicher Professor für theoretische Physik an der deutschen Universität von Prag.

Sein Ruhm hatte zwar noch nicht den Ozean überquert, doch in europäischen Hochschulkreisen gewann Einstein zunehmend an Bedeutung und wurde bald zum Mitglied der Preußischen Akademie der Wissenschaften gewählt. Der Kaiser persönlich trug ihm die Leitung des Kaiser-Wilhelm-Instituts für Physik an. Insgesamt verbrachte Einstein siebzehn Jahre in Berlin. In dieser Zeit ließ er sich von Mileva scheiden und heiratete seine Cousine Elsa, die sich während einer Nervenkrise um ihn gekümmert hatte.

In den zwanziger Jahren, besonders nach der Verleihung des Nobelpreises, nahm Einsteins Bekanntheit explosionsartig zu, obwohl seine Theorien nicht von allen Kreisen anerkannt wurden. Einige deutschsprachige Zeitungen griffen das an, was sie unter dem Einfluss des Nationalsozialismus als den Wahn eines kranken jüdischen Geistes bezeichneten.

1932 schließlich, ein Jahr vor Hitlers Machtergreifung, veranlasste das herrschende Klima der Intoleranz und des Antisemitismus Einstein, Deutschland zu verlassen und in die Vereinigten Staaten auszuwandern.

An meinem ersten Morgen in Brooklyn drang beim Aufwachen ein sanftes, schmerzlich schönes Lied durch die Wände meines Unbewussten. Im Halbschlaf, noch vom Dämmerzustand umfangen, mobilisierte ich alle mir verfügbare Aufmerksamkeit, um den Text des gospelähnlichen Liedes zu verstehen:

There's a lazy eye that looks at you
And sees you the same as before ...

Eine Hand, die zart mein Haar berührte, holte mich endgültig aus dem Schlaf.

Als beschriebe das Lied mein eigenes Aufwachen, sah ich nur wenige Zentimeter vor meinem Gesicht ein unglaublich blaues Auge, das mich anschaute. Es dauerte ein paar Sekunden, bis ich begriff, dass Sarah sich, nachdem sie die CD in ihren Laptop geschoben hatte, neben mir auf der Matratze ausgestreckt hatte, um mir beim Aufwachen zuzusehen.

»Was läuft da?«, fragte ich schlaftrunken.

Statt einer Antwort reichte sie mir die Hülle einer CD mit dem Titel *Rabbit songs* von Hem, einer »alternativen« New Yorker Band. Auf der Rückseite waren zwei vor irgendeiner Gefahr flüchtende Kaninchen zu sehen, was mir wie ein böses Omen für unsere gerade erst beginnende amerikanische Etappe erschien.

»Die CD habe ich in der Sofaritze gefunden. Ist das nicht witzig?«

Sarah richtete sich auf, erhob sich vom Bett und ging zum Fenster, um das geschäftige Treiben an diesem Donnerstagmorgen zu betrachten.

»Wir müssten uns von den Kaninchen eine Scheibe abschneiden«, sagte sie. »Die haben große Ohren, mit denen sie alles hören, und sie wissen, dass ihr Bau nur provisorisch ist.«

Ich zog mich an, ohne den Blick von der Frau mit der roten Trainingsjacke zu wenden. Mir gefiel die Intimität, die zwischen uns entstanden war, und tief in mir wünschte ich, unsere New Yorker Suchaktion würde sich endlos hinziehen und ich noch an vielen Tagen mit Kaninchenliedern aufwachen.

»Übrigens«, sagte Sarah plötzlich, »du hast mir immer noch nicht erklärt, was du hinter dem a vermutest.«

»Wovon sprichst du?«

»Von der Formel, die Jensen in Belgrad auf die Leinwand projiziert hat. Das war doch $E = ac^2$.«

In aller Ruhe zog ich mich weiter an und dachte über das Rätsel nach, das ich in Barcelona beim Blick auf den ersten Briefumschlag für einen Fehler gehalten hatte. Mein Magen knurrte hungrig, bevor ich entgegnete:

»Vielleicht bedeutet es ›*acceleration*‹, also Beschleunigung.«

»Das ist absurd. Beschleunigung kann man nicht mit Lichtgeschwindigkeit im Quadrat multiplizieren. Das ergibt keinen Sinn.«

»Oder ›*absorption*‹?«

»Noch absurder.«

»Also … Was schlägst du vor?«

Sarah drehte sich mit geheimnisvoller Miene zu mir um.

»Wenn ich mir etwas sicherer bin, sag ich es dir. Vorerst will ich dich bei deiner Suche nicht beeinflussen.«

40

Der Tätowierer

Das Problem zu erkennen ist wichtiger,
als die Lösung zu finden.

Albert Einstein

Den ganzen Vormittag über arbeitete ich intensiv an dem Manuskript, während Sarah meinen Tipp vom Vortag befolgte und in der Stadt alte Telefonbücher durchforstete. Auch wenn diese Ermittlungsmethode wie die Suche nach der Nadel im Heuhaufen wirkte, so mussten wir doch alle Möglichkeiten ausschöpfen, bevor wir uns eingestanden, dass auch unsere Amerikareise ein Reinfall gewesen war.

Um Punkt neun waren die Graphikdesignerinnen in ihrem Verschlag aufgetaucht. Seitdem untermalte dreifaches Tastengeklapper meine mühseligen Recherchen. Von Zeit zu Zeit klingelte ein Telefon, und die Frau, die abnahm, redete so laut, als würde sie der von Tesla vorweggenommenen drahtlosen Kommunikation nicht trauen.

Ich schätzte die Frauen auf knapp dreißig, so alt wie Sarah, aber sie ließen mich kalt. Alle drei waren WASPs – *White Anglo-Saxon Protestants* – und sahen aus, als besuchten sie häufig Singlebars und Versammlungen der Republikaner. Als sie in den dritten Stock heraufgekommen waren, hatten sie mich mit einem apathischen »Hi« begrüßt und waren hinter ihrer Wand verschwunden.

Die Ankunft des Tätowierers um die Mittagszeit war

etwas völlig anderes. Er trug eine Hells-Angels-Jacke, hatte eine Zottelmähne und wog mindestens 120 Kilo.

Im Unterschied zu seinen Loftpartnerinnen bat er mit einem polternden, nach costa-ricanischem Spanisch klingenden »Jemand da?« um Einlass in unsere dreißig Quadratmeter. Er ließ sich aufs Sofa fallen wie ein Verwandter, mit dem man sich wohl oder übel abgeben muss.

»Ich heiße Fernando Sebastián, aber in Williamsburg nennen mich alle Cuco.«

Im nächsten Moment sprang er wieder vom Sofa auf und trat neugierig neben mich, um den Kopf förmlich in meinen Bildschirm zu bohren.

Ich hatte gerade eine der wenigen Manuskriptseiten mit Formeln vor mir. Yoshimura hatte an dieser Stelle versucht, Einsteins Theorie über die Geschwindigkeit der Wechselwirkungen zwischen zwei Körpern zu erklären.

»Bist du Mathelehrer?«

»Schön wär's. Ich bin nur ein bezahlter Journalist, der vergeblich eine Formel zu entziffern versucht.«

Ich wunderte mich über mich selbst, dass ich einem Fremden so viel verriet. Vielleicht weil er auf den ersten Blick harmlos wirkte, als läge das, womit ich mich beschäftigte, jenseits seines mentalen Universums. Rasch stellte sich jedoch heraus, dass er gar nicht so ohne war.

»Es gibt einen Trick, der immer funktioniert. Hör auf Cuco: Tätowier dir die Formel in die Haut, und irgendwann hast du sie kapiert. Deinem Körper ist dann sogar im Schlaf bewusst, dass es etwas zu lösen gibt, und er schaltet auf Nachtschicht um. Eines Morgens wachst du mit der Antwort auf, ohne zu wissen, warum.«

Was sollte ich dazu sagen? Schweigend blickte ich diesen Typen an, der wieder das Sofa in Beschlag genommen hatte. Ich wusste, falls seine Kunden ausblieben, würde er im Space mein Alptraum werden.

»Bis nach dem Essen habe ich niemanden«, verkündete er als Bestätigung meiner Befürchtungen. »Soll ich dir das Förmelchen eintätowieren? Komm schon, zier dich nicht.«

Da erschien meine Retterin: Sarah betrat den Raum, eine große Einkaufstüte in der Hand.

Sofort stand Cuco vom Sofa auf, als käme er sich plötzlich wie ein Störenfried in unserer trauten Zweisamkeit vor, und reichte der Französin die Hand, die sie ohne großes Interesse schüttelte. Dann verzog er sich in seinen Verschlag, aus dem wenig später Creedence Clearwater Revival herüberdröhnte.

Der lautstarke Protest einer der WASPs bewirkte, dass die Lautstärke um die Hälfte gedrosselt wurde.

Mit strahlendem Gesicht legte mir Sarah die Hände auf die Schultern.

»Wir haben eine Spur«, flüsterte sie. »Vielleicht ist es nur Zufall, aber es lohnt sich, ihr nachzugehen.«

»Was hast du rausgekriegt?«

»In Manhattan und Brooklyn hatte ich kein Glück, aber in Staten Island gibt es einen David Kaufler. Ich sage ›gibt es‹ und nicht ›gab es‹, weil der Name in einem Telefonbuch aus diesem Jahr steht, und das ist doch wirklich eine gute Nachricht.«

»Glaubst du, es ist der Sohn von Lieserl und dem amerikanischen Soldaten?«

Sarah zog eine Jeansjacke aus der Tüte und warf sie mir zu.

»Das müssen wir rausfinden«, antwortete sie. »Zieh die an. Auf der Fähre ist es bestimmt kalt.«

In der U-Bahn, die uns bis zum Battery Park brachte, fühlte ich mich fünfzig Jahre oder noch mehr zurückversetzt. Die Tunnels und sogar die Waggons, die Tausende von Passagieren beförderten, schienen seit Frank Sinatras Debüt in dieser Stadt noch immer die gleichen zu sein.

Auch die Endstation, an der es zur kostenlosen Fähre nach Staten Island ging, schien aus einem Schwarzweißfilm zu stammen. Während die Passagiere auf ihre Überfahrt in den entlegensten Stadtbezirk New Yorks warteten, sang ein Schwarzer mit glasigen Augen einen Blues-Klassiker und begleitete sich dabei auf einer zweisaitigen Gitarre. Er klang besser als viele Platten, die in meiner – mittlerweile weit entfernten – Wohnung standen.

Als die riesige Barkasse anlegte, strömten Hunderte eiliger Menschen mit grauen Gesichtern heraus, bevor man uns an Bord ließ. Fünf Minuten später legte das Schiff schwerfällig ab, und das Meer schob sich zwischen uns und die Skyline von Manhattan.

Als Williamsburger Bohemiens verkleidet, standen wir an Deck, wo der Wind an uns zerrte, und sahen die Freiheitsstatue auf ihrer Insel auftauchen. Dalís Nachbildung mit den beiden Fackeln in Cadaqués kam mir in den Sinn.

Doch das Original, dem wir uns gerade näherten, erschien mir nicht minder bedrohlich. Mit ihrem undurchdringlichen Bronzegesicht wirkte die Statue nicht so sehr wie ein Freiheitssymbol als viel mehr wie eine Titanin, die im Begriff ist, jedes menschliche Projekt in Brand zu setzen.

41

Staten Island

Kollektive Angst stimuliert den Herdentrieb
und führt zu Gräueltaten gegen jene,
die nicht als der gleichen Herde bzw. Gruppe
zugehörig erkannt werden.

Bertrand Russell

Als wir in den Hafen einliefen, musste ich an die Fahrt denken, die ich vor genau zehn Jahren schon einmal gemacht hatte, damals aber ohne die Fähre zu verlassen. In meinem Führer mit dem Titel *New York in einer Woche* wurde die Reise als Möglichkeit empfohlen, die Freiheitsstatue zu sehen, ohne Schlange zu stehen, aber es wurde auch geraten, nicht in Staten Island von Bord zu gehen. Nicht weil dieser New Yorker Stadtbezirk besonders gefährlich gewesen wäre, sondern weil er angeblich nicht solche Attraktionen wie »Big Apple« zu bieten hatte.

Als republikanische Insel in einer mehrheitlich demokratischen Stadt hatte Staten Island seit 1980 mehrmals versucht, sich von New York unabhängig zu machen, da die Bewohner sich von der Stadtverwaltung links liegengelassen fühlten. 1993 hatte der Bezirk sogar ein Referendum durchgeführt, bei dem 65 Prozent für eine Trennung stimmten, doch das Parlament des Staates New York hatte das Ergebnis gekippt.

Kürzlich hatte ich etwas über eine neuerliche Initiative des Republikaners Andrew Lanza gelesen, der in einer 2115 Seiten starken Schrift dargelegt hatte, dass die Insel unter einer höheren Steuerlast leide als der Rest der Stadt, aber nur in den Genuss von halb so vielen Dienstleistungen komme.

Ich gab meinem Hang, mich mit unnützen Kuriositäten zu befassen, nicht länger nach, sondern ging zu Sarah, um ihr zu helfen, auf einem ausgebreiteten Stadtplan nach der Adresse von David Kaufler zu suchen: Richmond Hill Road 46. Nachdem wir die Karte mehrmals kreuz und quer abgesucht hatten, entdeckten wir schließlich, dass die Straße in einer Grünzone mit einem nicht gerade beruhigenden Namen begann: Fresh Kills Park.

Da die Straße sehr weit vom Fährhafen entfernt lag, hielten wir nach einem Taxi Ausschau, doch inzwischen hatte ein feiner Regen eingesetzt, und die Haltestelle war verwaist. Während wir warteten, sah ich einen Bus vorbeifahren, der an der Seite eine schockierende Aufschrift trug: NO TRANS FAT.

»Hast du das gesehen?«, fragte ich Sarah empört. »Dieser Bus weigert sich, Dicke zu befördern. Etwa wegen des höheren Benzinverbrauchs?«

Die Französin brach in schallendes Lachen aus.

»Das meinst du doch wohl nicht im Ernst …«

»Aber klar!«, protestierte ich. »Du hast es doch mit eigenen Augen gesehen.«

»Ja, aber es bedeutet etwas anderes, als du denkst. Im Englischen bist du offenbar etwas schwach auf der Brust. *No trans fat* heißt: kein genmanipuliertes Fett. Das ist bestimmt eine Kampagne für biologische Nahrungsmittel.«

Während wir uns weiter über diese Trivialitäten unterhielten, tauchte endlich ein Taxi an der Haltestelle auf, und wir konnten zu unserer ersten amerikanischen Spur aufbrechen.

Der Taxifahrer hielt vor einem verlassen wirkenden zweistöckigen Haus. Wir bezahlten 27 Dollar für die Fahrt und stiegen aus. Strömender Regen empfing uns.

»Wenn niemand zu Hause ist, stehen wir blöd da«, sagte ich und blickte mich in der Straße um. »Ich glaube kaum, dass hier irgendwelche Taxen vorbeifahren, schon gar nicht bei diesem Wetter.«

»Komm, mal jetzt nicht schwarz«, sagte Sarah.

Neben dem Zaun, der einen kleinen Garten voller wild wachsender Sträucher und Schlingpflanzen eingrenzte, drückte sie auf eine abgenutzte Klingel. Die halbe Fassade war von Kletterpflanzen überwuchert, die sogar eines der Fenster verdeckten.

»Hier ist niemand«, murrte ich, bereits triefend vor Nässe. Sie drückte erneut auf die Klingel.

Wir warteten noch eine Minute, ohne Erfolg. Von Sarahs Pony rann ein kleiner Wasserfall.

Jetzt blieb uns eigentlich nur noch die Möglichkeit, bis zur nächsten offenen Kneipe zu laufen – falls es auf dieser Insel so etwas gab –, auf die Gefahr hin, uns eine Lungenentzündung zu holen. Aber meine Begleiterin hatte eine andere Idee. Sie zeigte auf ein Haus, das in derselben Straße etwa fünfzig Meter weiter oben lag. Es sah aus wie ein Fertighaus. In einem der Fenster brannte Licht, was trotz der Uhrzeit nichts Ungewöhnliches war, da sich durch das Unwetter der Himmel verfinstert hatte.

»Sollen wir nicht mal bei den Leuten klingeln?«, schlug sie vor. »Vielleicht können wir uns bei ihnen unterstellen und uns gleichzeitig nach ihrem Nachbarn David Kaufler erkundigen.«

»Falls wir nicht mit einem Gewehr empfangen werden«, entgegnete ich. »Hierzulande sind die Leute sehr misstrauisch, wenn es um ihren Besitz geht.«

»Sehen wir so gefährlich aus?«

Ich hatte keinen Spiegel dabei, in dem ich mich hätte betrachten können, aber die durchnässte Sarah mit ihrem triefenden Pony, der Samtjacke und den verschlissenen Jeans sah schon lange nicht mehr aus wie eine vornehme Intellektuelle.

»Das werden wir gleich wissen«, sagte ich.

In einem wahren Wolkenbruch rannten wir bis zu der aus billigen Materialien zusammengebauten Veranda. Sie passte ganz und gar nicht zu der goldfarbenen Klingel mit ihrer zarten Glockenspielmelodie.

Eine Minute später hörte man langsame, schwerfällige Schritte, die hinter der Tür innehielten, ohne dass diese sich öffnete.

Jemand schien uns durch den Spion zu mustern.

Eine ganze Weile passierte nichts, bis schließlich ein Mann um die sechzig die Tür öffnete. Er war außergewöhnlich groß und schlank und trug eine Wildlederjacke, über der ein riesiges Kruzifix baumelte.

»Ich glaube, hier seid ihr falsch, Kids.«

Sarah setzte ihr schönstes Lächeln auf und sagte mit starkem französischem Akzent:

»Eigentlich suchen wir jemanden, der in der Richmond Hill Road Nummer 46 wohnt.«

»Das ist nicht hier, sondern das Haus da hinten.«

»Aber da macht niemand auf«, erwiderte sie beharrlich. »Wissen Sie …?«

Der dünne Mann schnitt ihr mürrisch das Wort ab:

»Falls ihr Diebe seid, habt ihr euch für euren Raubzug den falschen Ort ausgesucht. Das Einzige, was ihr hier kriegen könnt, ist eine Kugel in den Kopf. Ich hab euch gewarnt.«

Als die Tür schon wieder zuging, rief Sarah zu meiner Überraschung:

»Könnten Sie uns denn die Taxinummer von Staten Island geben? Wir sind klatschnass!«

Nach einigem Zögern steckte der hagere Riese abermals den Kopf durch die Tür und musterte die Französin.

»Dreh dich um«, sagte er, »ich will dich richtig sehen.«

Sarah verstand zwar nicht, was er wollte, drehte sich aber mit ausgebreiteten Armen, grazil wie ein Model, einmal um sich selbst.

»Jetzt du«, befahl er mir.

Ich tat, was er verlangte.

»Also gut, kommt rein«, meinte er. »Wie ich sehe, seid ihr unbewaffnet.«

42

Das tote Haus

Fremde sind aufregend.
Ihr Geheimnis scheint endlos.

Ani DiFranco

Das Innere des Fertighauses glich einem Museum der Scheußlichkeiten. Im Flur hingen überall Kinderporträts, eines schlimmer als das andere. Ein Kind hatte einen so großen Kopf, dass sein Körper im Vergleich dazu rachitisch wirkte, ein anderes lachte mit grimassenhaft verzogenem Gesicht und zeigte mehrere kaputte Zähne.

»Das sind meine Neffen«, erklärte der Mann. »Sie leben weit weg. In der Gegend von Detroit.«

Umso besser, dachte ich und blickte zu einer Wand hinüber, an der eine Kollektion von Macheten hing. Im Eingangsbereich schließlich befand sich ein gerahmtes Dokument, das wohl die Besitzurkunde des Hauses war.

Jetzt, da er uns aus der Nähe sah, schien er zu begreifen, dass wir harmlos waren, denn er schlug einen völlig anderen Ton an:

»Ich mach mal einen Kaffee. Ihr seid ja klitschnass.«

Gleich darauf verschwand er im Haus und ließ uns im Flur stehen. Durch ein verdrecktes Fenster sah ich, dass das Unwetter schlagartig nachgelassen hatte.

»Lass uns verschwinden«, sagte ich zu Sarah. »Der Typ gefällt mir nicht.«

»Machst du Witze? Ich geh nicht hier weg, bevor ich

mich nicht nach dem Bewohner der Nummer 46 erkundigt habe.«

Der Riese kam zurück und warf uns zwei Handtücher zu, als wären wir zwei seiner Neffen, die sich wegen irgendeines Blödsinns stritten.

»Hier, für die Haare«, sagte er. »Drin sind trockene Kleider, und auf dem Tisch steht Kaffee für euch.«

Seine vertrauliche Art gefiel mir überhaupt nicht. Sarah dagegen schien sie nicht zu stören, denn sie zupfte mich am Ärmel und flüsterte:

»Tu mir den Gefallen und benimm dich.«

Der Gastgeber führte uns in die Küche, wo uns zwei dampfende Kaffeetassen erwarteten.

»Setzt euch«, befahl er.

Während wir uns mit den Handtüchern die Haare abtrockneten, verschwand er im angrenzenden Raum und kam eine Minute später mit einem riesigen braunen Pullover, ein Paar Bermudashorts und einem geblümten Kleid zurück, das mindestens vierzig Jahre alt sein musste.

Nachdem er uns die Kleidungsstücke zugeworfen hatte, verschränkte er die Arme und wartete darauf, dass wir uns umzogen. Entweder war er ein Perverser, oder er betrachtete uns als Kinder, auf die man aufpassen muss. Ich kochte vor Wut, aber Sarah neben mir, die sich alle Mühe gab, nicht loszuprusten, schien die Situation richtig zu genießen.

Resigniert zog ich mir Jeansjacke, Hemd und Hose aus, um in die grauenhafte Kombination zu schlüpfen.

Sarah zog sich bis auf die Unterwäsche aus – ein schwarzes Lycra-Ensemble – und schlüpfte in das Kleid, das ihr überraschend gut stand.

Während ihre Kurven sich in meine Netzhaut einbrannten, nahm der Riese unsere nassen Sachen und sagte:

»Ich lege sie auf die Heizung. Aber ich muss sie erst anstellen.«

Wieder verließ er den Raum. Ich sah mich inzwischen in der Küche um. Dutzende von Riesentassen aus mehreren amerikanischen Staaten hingen an den Wänden. Die einzige freie Fläche nahm eine große Messingplatte mit den Zwillingstürmen und der Aufschrift REMEMBER THE TOWERS ein.

»In einer halben Stunde sind die Sachen trocken«, verkündete unser Gastgeber, als er zurückkam und sich zu uns an den Tisch setzte. »Dass ihr später bloß nicht sagt, wir hier auf Staten Island wären schlechte Menschen. Na ja, vielleicht ein bisschen misstrauisch, aber das ist ja auch normal in den heutigen Zeiten. Trotzdem werdet ihr hier mehr Mitmenschlichkeit antreffen als in irgendeinem Viertel von Manhattan.«

»Wir wohnen in Brooklyn«, stellte Sarah klar.

»Igitt«, entgegnete er. »Da wimmelt's von Pöbel.«

Langsam hatte ich das Gefühl, über diesen Typen würden wir gar nichts herausbekommen, und beschloss, das Ganze abzukürzen:

»In einer Immobilienagentur haben wir erfahren, das Haus Nummer 46 würde zu einem sehr guten Preis verkauft. Meine Frau und ich wollen raus aus unserem Mauseloch in Brooklyn, und wir dachten, hierherzuziehen wäre eine gute Alternative. Wissen Sie, wo wir den Besitzer finden?«

Der Mann strich sich über das lange, schlecht rasierte Kinn.

»Der wohnt seit Jahren nicht mehr dort«, antwortete

er, »deshalb finde ich es seltsam, dass man euch gesagt hat, das Haus stünde zum Verkauf.«

»Vielleicht will er es deswegen loswerden«, schaltete sich Sarah ein. »Ein Haus, in dem niemand wohnt, bringt doch nur Kosten und Sorgen. Wissen Sie, wo wir den Besitzer finden könnten? Kennen Sie ihn?«

»Ganz gut. Ist ein netter Kerl. Aber auch sehr konservativ. Es würde mich wundern, wenn er sein Eigentum verkaufen will. Ich dachte, er hängt sehr daran. Obwohl – es war unmöglich geworden, dort zu wohnen. Das hat er mir gesagt, bevor er in ein neues, kleineres Haus umgezogen ist.«

»Unmöglich?«, fragte Sarah neugierig, die den wie alte Socken schmeckenden Kaffee nur mit Mühe herunterzubekommen schien. »Warum war es unmöglich, dort zu wohnen?«

»Das weiß man nicht genau. Es ist, als sei das Haus irgendwann gestorben.«

Sarah und ich sahen uns verdutzt an. Mit der Tasse in der Hand fuhr der Mann fort:

»Wie ein Tier, das verreckt und anfängt zu verwesen und zu stinken, so ist das Haus eines Tages gestorben. Und dann ist es nach und nach verrottet. Erst platzten die Rohre, dann stürzte das Dach ein. Und wegen der Feuchtigkeit und dem Schimmel sind sogar ganze Wände verfault.«

»Der Untergang des Hauses Usher«, wagte ich zu sagen.

Ich glaubte ihm kein Wort, aber auch der Gastgeber schien uns nicht sonderlich zu trauen, denn er begann, eine der Tischschubladen nervös auf- und zuzumachen.

Ein wenig besorgt versuchte Sarah, das Gespräch zum Ausgangsthema zurückzulenken:

»Wir wollen Sie gar nicht länger stören. Eigentlich wüssten wir nur gerne, wo wir den Hausbesitzer finden.«

»Ganz einfach: Er sitzt vor euch.«

Und im nächsten Augenblick zog er einen Revolver aus der Schublade und richtete ihn auf mich.

»Und jetzt, ihr miesen Lügner, sagt ihr mir, was ihr im Schilde führt, bevor ich die Polizei rufe.«

43

Die Tore der Vergangenheit

Der einzige Grund für das Vorhandensein von Zeit ist der, dass nicht alles gleichzeitig geschehen kann.

ALBERT EINSTEIN

Es gab nur eine Lösung: Wir mussten die Karten auf den Tisch legen. Bevor dieser Verrückte aus Versehen auf den Abzug drücken oder den Sheriff rufen konnte, gelang es Sarah, in wenigen Worten zu erklären, dass sie eine Doktorarbeit über Einsteins erste Ehefrau schrieb. David Kaufler aber schien nicht begeistert davon zu sein, dass wir über seine leibliche Mutter sprechen wollten.

»Ich weiß nichts über sie, und sie ist mir auch egal. Ich trage ihren Namen nur, weil mein Vater gesagt hat, seiner – er hieß Smith – sei zu durchschnittlich, um es damit im Leben zu etwas zu bringen. Sieht so aus, als hätte er sich geirrt.« Er stellte die leere Tasse auf den Tisch. »Außerdem waren sie nicht verheiratet, und damals war alles anders als heute, deshalb bin ich gegen meinen Willen ein Kaufler.«

»Auf jeden Fall«, meldete sich Sarah noch einmal schüchtern zu Wort, »wüssten wir gerne, ob Lieserl …«

Der alte Riese erhob sich, wobei sein Stuhl entsetzlich knarrte. Ich dachte, damit sei das Zusammensein beendet, aber zu unserer Überraschung griff Kaufler ins oberste Fach eines Küchenschrankes und holte ein verstaubtes Fotoalbum hervor.

Da er mit dem Rücken zu uns stand, erlaubte ich mir,

den Revolver, der wie gefährliches Strandgut auf dem Tisch liegen geblieben war, in die Schublade zurückzulegen, die ich noch rechtzeitig zuschieben konnte, ehe er sagte:

»Ich habe nur noch eine einzige Erinnerung an sie.«

Im nächsten Augenblick landete das Fotoalbum krachend auf dem Holztisch. Sarah blickte fasziniert auf den dicken, braunen Stoffeinband mit dem – überzogen von einer dünnen Staubschicht – ziemlich sonderbaren Aufdruck Doors of Time.

Wir mussten warten, bis die Pranken unseres Gastgebers sich entschlossen, das erste dieser »Tore« zu öffnen. Dahinter tauchte das Schwarzweißfoto eines schlanken Soldaten auf, der verschmitzt lächelnd auf einem Esel saß. Die Vorstellung, dass Lieserl ihr Herz an ihn verloren hatte, fiel nicht schwer.

Als verdiene das Bild keinerlei Kommentar, schlug Kaufler wortlos die schwarze Pappseite um. Zwischen zwei Fotos, auf denen es von Leuten wimmelte – offenbar ein Familientreffen –, klebte das Bild einer Frau, die ein riesiges Baby im Arm hielt. Es war so hässlich wie die Kinder im Flur an der Wand.

Um etwaige Zweifel auszuräumen, tippte der Riese mit einem langen Fingernagel mit Trauerrand auf das Kind.

»Das bin ich.«

Unsere Blicke wanderten zum oberen Teil der Fotografie. Die Person, die das schlechtproportionierte Baby auf dem Arm trug, war eine junge, zarte Frau. Unter ihrem Lockenschopf schauten zwei lebhafte, gescheite, denen des Vaters ähnliche Augen den Fotografen herausfordernd an.

»Ich war zwei, als sie mich im Stich gelassen hat«, sagte er und klappte das Album wieder zu.

Über dem Tisch schoss wie ein Miniaturatompilz eine Staubwolke in die Höhe.

»Sie muss doch einen guten Grund gehabt haben, so etwas zu tun«, sagte Sarah vorsichtig. »Ich meine, eine Mutter verlässt ihr kleines Kind doch nicht einfach, wenn nicht ...«

Als sie sah, dass die Revolverschublade erneut hektisch auf- und zuging, sprach sie nicht weiter. Mit einem Blick gab ich ihr zu verstehen, dass wir lieber gehen sollten. Die Geduld des Gastgebers schien erschöpft, und es war völlig ungewiss, wie alles enden würde, falls wir den Bogen überspannten.

»Vielleicht sind unsere Sachen inzwischen trocken«, sagte ich. »Wir danken Ihnen sehr herzlich, dass Sie uns vor einer Lungenentzündung bewahrt haben.«

Wir waren aufgestanden und hatten Kaufler damit zu verstehen gegeben, es auch zu tun und uns unsere Kleider zu bringen, damit wir verschwinden konnten. Doch die nonverbale Sprache versagte. Der Gastgeber hörte nicht auf, an der mit Eisen und Blei gefüllten Schublade zu rütteln, während er Sarah wütend anschaute. Er unterbrach das Geruckel nur, um ihr »Hure!« an den Kopf zu werfen.

Die blauen Augen meiner Begleiterin funkelten erbost. Sie machte einen Schritt auf Kaufler zu, und ich sah schon die Katastrophe, als dieser plötzlich mit den Schultern zuckte und sagte:

»Es gibt keine Entschuldigung dafür, dass meine Mutter über Nacht verschwunden ist. Mein Vater hatte zwar einen üblen Charakter, der Krieg hatte den Mann hart gemacht, aber in Boston hat er uns immerhin ein Heim gegeben. Er hat weder gespielt noch getrunken und ist nicht zu Nutten gegangen. Er war ein ordentlicher Kerl.«

Kaufler, der in eine Küchenecke starrte, schien mit sich selbst zu reden. Ich wollte die Mutter lieber nicht noch einmal erwähnen und versuchte, sein Selbstgespräch diskret in eine neue Richtung zu lenken, Sarah zuliebe.

»Wie sind Sie eigentlich nach Staten Island gekommen?«

Langsam, wie ein prähistorisches Reptil, wandte der Riese mir den Kopf zu.

»Ich habe die Besitzerin des toten Hauses geheiratet. Eine Zeitlang waren wir glücklich, aber alles Gute hat mal ein Ende.«

Dann saß er wieder geistesabwesend da.

Die Schublade stand halb offen, wurde aber nicht mehr hin und her geschoben. Sarah und ich schauten uns mit mulmigen Gefühlen an. Als hätte er unser Unbehagen plötzlich bemerkt, erhob David Kaufler sich schwerfällig, ging durch die Küche und verschwand im Wohnzimmer.

»Wir sind keinen Schritt weitergekommen«, flüsterte ich Sarah zu.

»Das weiß man nie.«

Unsere getrockneten Sachen landeten auf dem Tisch. Diesmal verließ der Riese die Küche, als wir uns umzogen, so als hätte er genug von uns beiden.

Ich starrte auf den Boden, um beim An- und Ausziehen meine Verlegenheit zu verbergen, und bei dem Gedanken, diese bedrückende, mit bitteren Erinnerungen angefüllte Atmosphäre endlich verlassen zu können, atmete ich erleichtert auf.

Kaufler erwartete uns bereits im Flur an der geöffneten Tür. Alles war gesagt.

Bevor ich das Haus verließ, verabschiedete ich mich schweigend von der Ausstellung kindlicher Monster. Sarah, die sich durch die wiedergewonnene Freiheit sicher fühlte – außerdem war der Revolver in der Küche geblieben –, wagte eine letzte Frage.

»Wissen Sie, ob Ihre Mutter eine Tochter bekommen hat, nachdem sie nach New York gezogen war?«

Statt einer Antwort krachte die Tür ins Schloss.

Da es nicht mehr regnete, rannten wir los, den Hang hinunter, bevor Kaufler mit seinem Revolver zurückkam. Als wir an dem toten Haus vorbeigingen, sah ich hinter dem von Kletterpflanzen verschonten Fenster ein Gesicht. Mir trat der kalte Schweiß auf die Stirn.

Ich packte Sarah am Arm, die instinktiv hochsah.

Ein Kind schien uns anzuschauen, aber wir wussten beide, dass es kein Kind war.

Lorelei.

Ein rettendes Taxi, das uns entgegenkam, war das Zeichen, dass wir von hier verschwinden mussten.

44

Die Zehntausend-Stunden-Regel

Wenn eine Tür sich schließt,
tut eine andere sich auf.

Miguel de Cervantes

»Ich brauche einen Drink«, sagte Sarah, als wir in der Oase Williamsburg aus der U-Bahn stiegen.

»Ich glaube, ich auch.«

Wir gingen zur Sixth Avenue von Brooklyn. Dort befinden sich vor allem die Restaurants, Kneipen und Terrassencafés des Stadtteils. Eines von ihnen glich einem Stück Strand, mit Sand, Hängematten, Handtüchern und Calypso.

Während die letzten Sonnenstrahlen auf die von Künstlern renovierten Lagerhäuser fielen, begannen in mehreren Lokalen Darbietungen unterschiedlichen Niveaus. Jeden Donnerstag war »Open Mike«, die Nacht des offenen Mikrophons, das bedeutete, jeder konnte sich spontan zu einem Bühnenauftritt melden und sich dann nach Lust und Laune produzieren, singend, tanzend oder irgendwelche Obszönitäten kreischend.

Nachdem wir uns lange über die blauhaarige Psychopathin unterhalten hatten, war Sarah mal wieder in Schweigen versunken. Mittlerweile war ich das von ihr gewohnt.

Sie hatte mir versichert, über diese Lorelei nicht mehr zu wissen als ich. Von Anfang an war das Mädchen bei unserem Abenteuer dabei gewesen, aber keiner von uns beiden wusste, welche Rolle sie spielte oder wen sie vertrat. Fest stand nur: Sie war an den jeweiligen Informationsquellen über Lieserl immer verdächtig nah dran gewesen. Daher konnte man vermuten, dass jemand sie schickte, der daran interessiert war, dass Lieserls geheimer Nachlass – falls er überhaupt existierte – nicht entdeckt wurde.

Ansonsten aber waren uns die Ortswechsel und Motive dieser Verrückten mit den blauen Zöpfen ein einziges Rätsel.

Wir gingen ins Galapagos, ein im Viertel ziemlich beliebtes alternatives Theater. Dort fanden im halbstündigen Wechsel Vorstellungen statt – kein »Open Mike« –, bei denen sich eine etwas schräge Klientel dem Biergenuss hingab.

Ich trank zur Erfrischung ein Brooklyn Bier, denn nach dem Regenguss war es heiß geworden. Sarah prostete mir mit einem Glas kalifornischen Weißweins zu:

»Auf die letzte Erkenntnis.«

Während wir die Gläser hoben, blickte ich Sarah fest in die Augen und versuchte, zu erraten, ob sie sich über mich lustig machte. Ihr langer Blick verriet mir aber, dass sie es ernst meinte. Ich setzte all meine rationalen Fähigkeiten ein und machte eine möglichst realistische Bestandsaufnahme, um ihre Erwartungen zu dämpfen.

»Wir sind wieder am Ausgangspunkt«, erklärte ich. »Oder noch schlimmer: Wir wissen jetzt, dass David Kaufler uns nicht zum Aufenthaltsort seiner Mutter führen kann.«

»Also müssen wir nach neuen Ermittlungswegen suchen.«

»Was uns aber nicht garantiert, dass sie irgendwohin

führen. Als einzige konkrete Spur haben wir ein altes Foto und eine Verrückte, die uns immer mehr in die Enge treibt. Wenn sie genug in dem toten Haus herumgeschnüffelt hat, dauert es sicher nicht lange, bis sie herauszufinden versucht, worüber wir mit Kaufler gesprochen haben. Und wir Idioten haben ihm verraten, dass wir in Brooklyn wohnen.«

»Brooklyn ist groß.«

»Stimmt. Aber nicht so groß wie ganz New York. Und wie wir jetzt aussehen, das hat Lorelei wahrscheinlich schon auf unseren Aufenthaltsort gebracht. Bald ist sie hier. Mal sehen, was dann passiert.«

Sarah bat mich, still zu sein, denn Lhasa, die Band der Stunde, begann gerade mit ihrer Show. Die Sängerin war eine Hippiefrau mit rauer Stimme und erinnerte mich an die Nico der siebziger Jahre. Bei den beiden ersten Stücken hörte meine Begleiterin mit großer Aufmerksamkeit zu. Sie schien dadurch irgendwie auf eine ungewöhnliche Idee gekommen zu sein, denn plötzlich sagte sie:

»Wir müssten mal ausrechnen, wie lange wir inzwischen schon auf der Suche sind. Kennst du die Zehntausend-Stunden-Regel?«

Ich schüttelte den Kopf, bevor ich den Rest meines Brooklyn austrank.

»Ein gewisser Gladwell hat sie aufgestellt. Er untersucht in einem Buch, warum manche Leute Erfolg haben und andere nicht, und kommt zu dem Schluss, dass, vom Talent einmal abgesehen, nur diejenigen ihr Ziel erreichen, die fähig sind, 10 000 Stunden in eine selbstgestellte Aufgabe zu investieren.«

»10 000 Stunden ist irrsinnig viel«, sagte ich und blickte verdrossen auf mein leeres Glas. »Wenn man diese Zahl durch die täglichen acht Arbeitsstunden teilt, kommt man auf ungefähr vier Jahre. Erst dann ist man am Ziel. Dafür reicht mein Budget bei weitem nicht.«

Sarah blickte mich von der Seite an:

»Vielleicht widmest du ja schon, ohne es gemerkt zu haben, einige Jahre deines Lebens dieser Aufgabe«, sagte sie, »und hast jetzt die Schlussabrechnung vor dir.«

»Vielleicht«, wiederholte ich skeptisch.

»Weißt du, wie Gladwell auf die Zehntausend-Stunden-Regel gekommen ist? Für seine Berechnungen nahm er die Schüler der Berliner Musikakademie als Beispiel, sie ist weltweit eines der renommiertesten Konservatorien. Er ging von drei verschiedenen Schülergruppen aus und von den Stunden, die sie auf ihrem Instrument übten: solche, die von den Lehrern als mittelmäßig eingestuft wurden, gute Schüler und dann die Stars, die das Zeug zu großen Solisten hatten. Im Alter von fünf bis zwanzig, also bei Abschluss des Konservatoriums, hatten die Mittelmäßigen im Durchschnitt 4000 Stunden geübt, während die ›einfach nur Guten‹ die doppelte Stundenzahl an ihrem Instrument verbracht hatten. Die erstklassigen Schüler wurden ab 10 000 Stunden brillant, übrigens, so viele Stunden brauchten die Beatles, um erfolgreich zu werden. Und Bill Gates ist angeblich ein paarmal gescheitert, bevor er die gleiche Stundenzahl zusammenhatte.«

»Die Regel leuchtet mir nicht ein«, widersprach ich, »denn wenn sie zuträfe, könnte jeder Dummkopf, der sich ins Zeug legt, ein außergewöhnlicher Mensch werden. Und ich kann dir versichern, davon habe ich einige kennengelernt. Aber so funktioniert das nicht. Das A und O ist das Talent, denn bei jemandem, der Talent hat, bringt eine investierte Stunde mehr als hundert Stunden bei jemandem, der nicht für die Sache gemacht ist.«

Lhasa hatte die Bühne bereits wieder verlassen, und eine neue Gruppe bereitete sich nach Gladwells Prinzip darauf vor, Stunden bis zum Durchbruch anzusammeln. Nach einem kurzen Abstecher an die Bar, wo wir uns mit Wein und Bier eindeckten, sagte Sarah:

»Du hast es falsch verstanden. Die Zehntausend-Stunden-Regel bedeutet nicht, dass jeder Hampelmann, der auf der Geige herumkratzt, irgendwann ein Mozart wird, oder dass du dir wie Bill Gates eine goldene Nase verdienst, nur weil du dich jahrelang mit irgendeiner Arbeit abgerackert hast. Es bedeutet, dass du Zeit investieren musst, um herauszufinden, was du bist.«

Ich trank einen kräftigen Schluck von meinem zweiten Brooklyn, bevor ich hinzufügte:

»Deswegen ist es besser, von Anfang an das richtige Ziel anzusteuern, sonst verbringst du die besten Jahre deines Lebens mit einer Sache, die zu nichts führt.«

»Genau an diesem Punkt kommen Beobachtungsgabe und gesunder Menschenverstand ins Spiel«, sagte Sarah. »Wenn du diese Grundintelligenz nicht besitzt, kannst du dich eine Million Stunden lang plagen und drehst dich doch immer nur im Kreis ...«

45

Die Fäden der Kausalität

Zufall ist ein Wort ohne Sinn;
nichts kann ohne Ursachen existieren.

VOLTAIRE

Unabhängig davon, ob wir uns nun im Kreis bewegten oder gezielt auf etwas zusteuerten, die jüngsten Ereignisse sagten mir, dass es ratsam war, nicht allzu lange untätig zu bleiben.

Unsere Verfolgerin war vermutlich schon dabei, uns in die Enge zu treiben, während wir keine Ahnung hatten, wo sie sich aufhielt. Es sei denn, sie hatte das verlassene Haus als Unterschlupf gewählt, aber das schien doch eher unwahrscheinlich. Ich hatte einen Gegenangriff gestartet und beim Cabaret Voltaire angerufen, um mich nach der Identität der Angestellten zu erkundigen. Aber eine männliche Stimme teilte mir barsch mit, persönliche Daten ihrer Mitarbeiter gäben sie nicht heraus. Als er mich fragte, wer ich denn sei, tat ich so, als wäre die Leitung zusammengebrochen.

Sich fortbewegen war in unserem Fall ein Hilfsverb. Unsere einzige Rettung bestand darin, uns nicht genau dort aufzuhalten, wo der Verbrecher uns vermutete, anders als diejenigen, die bereits dran glauben mussten.

Gleichzeitig ging mir der Gedanke gegen den Strich, das möblierte Zimmer aufzugeben, in dem ich den Alltag mit Sarah verbrachte. Es gefiel mir, am späten Vormittag zusammen mit ihr im Gemeinschaftsraum zu frühstücken, sie zu betrachten, wenn sie mit frisch gewaschenen Haaren am Fenster stand und mit ihren blauen Augen das Williamsburger Leben beobachtete, oder zu sehen, wie sie mit dem Laptop auf dem Schoß arbeitete, einen Stift zwischen den Lippen, den sie nie benutzte.

Tagsüber hatte sie meistens die rote Trainingsjacke an, in der sie jünger wirkte. Auf der Straße trug sie saloppe, aber feminine Kleidung, und den jungen – und nicht mehr ganz jungen – »Hipsters« fiel ihre Anwesenheit durchaus auf. Abends schlüpfte sie in einen Pyjama, in dem ich sie nur zu gern in die Arme genommen hätte.

Bisher war nichts zwischen uns passiert, und ich konnte mir immer weniger vorstellen, dass tatsächlich etwas passieren würde. Seit mein Verlangen sich in wachsende Liebe verwandelt hatte, empfand ich ehrfurchtsvollen Respekt vor dieser Frau, die mich nach wie vor verwirrte.

Insgeheim wusste ich, dass sie etwas Wesentliches vor mir verbarg. Aber ich wusste auch, dass mein Herz sich für Sarah entschieden hatte. Dagegen half keine Vernunft, nur melancholisches Warten.

Um diese Gefühle zu unterdrücken und auch die Ahnung, dass es mit der erst kürzlich erlangten Ruhe sehr bald vorbei sein würde, beschloss ich, eine E-Mail an Raymond L. Müller zu schreiben. Der Publikationschef des PQI konnte mir den Weg zu unserem nächsten Forschungsgebiet ebnen. Ich verfasste meine Mail im gleichen förmlichen Stil, in dem er selbst sich seinerzeit an mich gewandt hatte.

Von: Javier Costa
Für: Princeton Quantic Institute
Betreff: Eine Bitte

Sehr geehrter Herr Müller,

obgleich mir bewusst ist, dass ich mich in unserer vertraglichen Abmachung verpflichtet habe, nicht vor Abschluss meiner Aufgabe mit dem Verlag in Verbindung zu treten, wende ich mich heute mit einer Bitte an Sie, die sich vorteilhaft auf die Fortsetzung meiner Arbeit auswirken könnte.

Vor seinem Tod hat Professor Yoshimura mir von einem Fund im Büro Albert Einsteins in Princeton erzählt. Da der Direktor des Instituts bereit war, besagte Entdeckung mit Professor Yoshimura zu teilen, möchte ich Sie ersuchen, sich als Publikationschef des PQI für mich zu verwenden, um mir den Zugang zu diesem neuen Dokument zu ermöglichen.

Gewiss würde mir als Privatperson dieses Privileg nicht zuteil, daher bitte ich Sie, im Sinne eines guten Gelingens der Biographie, um Ihre Hilfe.

Mit bestem Dank im Voraus und herzlichen Grüßen
Javier Costa

Kaum hatte die E-Mail ihre Reise ins Cyberspace angetreten, zeigte ein Klingelton an, dass Sarah, die tippend hinter mir auf dem Sofa saß, eine Mail empfangen hatte.

»Bist du etwa der Publikationschef des PQI?«, fragte ich, mich zu ihr umdrehend.

»Nein, aber es ist etwas Witziges passiert. Guck dir das mal an …«

Ich ging zum Sofa, setzte mich neben sie und sah, dass sie eine Mail von Lost & Found bekommen hatte, dem Fundbüro, an das sie vor einigen Tagen ihre Flaschenpost geschickt hatte.

Antwort auf …
SUCHE NACH SOHN ODER TOCHTER
VON LIESERL/LISA KAUFLER.
QUANTISCHE BELOHNUNG.
(REF-Nr.: 127)

Von … (unbestimmte REF)
KENNE WEDER SOHN NOCH TOCHTER
VON LIESERL, ABER IHR VATER ERWARTET
SIE AM SONNTAG, 6. JUNI, UM MITTERNACHT
IM MONKEY TOWN

Sarah schaute mich verwundert an.

»Glaubst du, das ist ein Scherz?«

»Könnte sein. Der Vater unseres Lieserls ist Albert Einstein. Ich kann mir kaum vorstellen, dass er aus dem Reich der Toten zurückkehrt, um einen Ort namens Monkey Town aufzusuchen.«

»Mal sehen, ob der Ort überhaupt existiert«, erwiderte sie und gab den Namen bei Google ein.

Die Suchmaschine führte uns zu einem Nachtlokal in Brooklyn, dessen Emblem ein Affe mit mittelalterlicher Halskrause war.

»Guck dir mal die Adresse an«, rief Sarah aufgeregt. »Das liegt am Rand von Williamsburg!«

»Dann ist es kein Zufall.«

46

Jahre des Ruhms

Wenn A für Erfolg steht, gilt die Formel A = X + Y + Z.
X ist Arbeit, Y ist Muße, und Z heißt Mundhalten.

ALBERT EINSTEIN

Den Freitag und den Samstag verbrachten wir mit der erfolglosen Suche nach einer Kaufler, die die Tochter unseres Lieserls hätte sein können. Am Sonntag beschlossen wir dann, zu dem nächtlichen Treffen zu gehen.

Möglicherweise war es ein Scherz oder gar ein Irrtum, vielleicht erwartete uns dort der Vater eines anderen in New York lebenden Lieserls. Schließlich war Lieserl eine relativ gebräuchliche schweizerische Verkleinerungsform, und in dieser Stadt lebte sicher mehr als ein Schweizer.

So oder so, die Tatsache, dass es sich beim Monkey Town um einen nur fünfzehn Minuten von unserem Loft entfernten Nachtclub handelte, war und blieb beunruhigend. Möglicherweise hatten wir es erneut mit einem Zufall zu tun oder aber mit einer Falle, in die wir geradewegs und ohne jede Vorsichtsmaßnahme hineintappten.

»Was soll uns schon in einem Williamsburger Nachtclub passieren?«, wandte Sarah ein, die immer noch ihren Laptop auf dem Schoß hatte.

»Alles Mögliche, wenn man bedenkt, dass er am Stadtrand liegt und sonntags um Mitternacht wahrscheinlich kein Mensch dort ist.«

»Umso besser. Falls die Verabredung etwas mit unserer Suche zu tun hat, können wir nicht diskret genug sein.«

Nach dieser kurzen Unterhaltung widmete sich jeder von uns den restlichen Sonntag über intensiv seiner Arbeit. Ich für meinen Teil konzentrierte mich auf die Lücken in Einsteins Ruhmesphase, jene Zeit, als das Leben ihn nach Princeton verschlug.

1921, im Jahr der Nobelpreisverleihung, reiste er in die Vereinigten Staaten, um Mittel für die Gründung der Hebräischen Universität in Jerusalem einzuwerben. Bei dieser ersten USA-Reise hielt er in Princeton vor einem brechend vollen Hörsaal einen Vortrag über Relativität.

Schon damals war Einstein ständig unterwegs, so konnte er den Nobelpreis nicht persönlich entgegennehmen, da er sich gerade in Japan aufhielt. Er bemühte sich darum, allen Vortragseinladungen nachzukommen, mit der Folge, dass er 1928 einen Nervenzusammenbruch erlitt, der ihn zwang, kürzerzutreten. Erst 1930 sollte er seine Reisen in alle Teile der Welt wieder aufnehmen.

Zwei Jahre später, während seines dritten Besuchs in den Vereinigten Staaten, erhielt er das Angebot der Universität Princeton. Ursprünglich hatte Einstein geplant, sieben Monate im Jahr in Berlin und die übrigen fünf in Princeton zu verbringen, aber Hitlers Machtergreifung im Jahr 1933 veranlasste ihn, von seinen Verpflichtungen in der deutschen Hauptstadt zurückzutreten. Es war richtig, nicht zurückzukehren, denn kurz darauf verbot das Naziregime seine Theorien, die es verächtlich als »jüdische Wissenschaft« bezeichnete. Außerdem sollte durch die Veröffentlichung eines Buchs mit dem Titel *Hundert Autoren gegen Einstein* der Ruf des Forschers beschädigt werden.

Bevor er sich für die Universität an der amerikanischen Ostküste entschied, hatte Einstein zahlreiche europäische Angebote abgelehnt, darunter auch eines der Regierung der Zweiten Spanischen Republik. Er sollte einen außerordentlichen Lehrstuhl an der Madrider Universidad Central erhalten, aber Einstein zog es vor, nach Amerika zu gehen.

An dieser Stelle unterbrach ich meine Lektüre.

Während ich den Mond über Williamsburg betrachtete, fiel mir ein, dass ich seit dem Vormittag nicht mehr nach meinen E-Mails geschaut hatte. Ich hatte mir angewöhnt, mein Outlook immer ganz zu schließen, seitdem ich in einem Artikel gelesen hatte, dass Leute, die am Computer arbeiten, teilweise bis zu vierzigmal pro Stunde in ihrer Mailbox nachschauen, ob sie eine persönliche Nachricht erhalten haben. Deprimierend bis zum Gehtnichtmehr.

Zweimal pro Tag nach meinen E-Mails zu sehen erschien mir einigermaßen vernünftig, und so öffnete ich meine Mailbox. Zwischen dem üblichen Spam befand sich die Antwort des Verlegers.

Von: Princeton Quantic Institute
Für: Javier Costa
Betreff: Re: Eine Bitte

Sehr geehrter Herr Costa,

auch wenn wir vertraglich vereinbart hatten, dass Sie das Institut nicht vor Beendigung Ihrer laufenden Arbeit kontaktieren sollten, hat uns der außergewöhnliche Charakter Ihrer Bitte dazu bewogen, eine Ausnahme zu machen.

Ich muss Ihnen gestehen, dass die Universität das PQI nicht über den von Ihnen genannten Fund unterrichtet hat; dennoch haben wir Ihre Bitte an den Direktor des Instituts weitergeleitet, der Ihnen gern am morgigen Montag um 10:15 zur Verfügung stehen wird.

Es tut uns leid, Ihnen nur so kurzfristig einen Termin nennen zu können, dazu noch am Wochenende, doch auch uns war dieser Termin bis eben nicht bekannt. An den amerikanischen Universitäten pflegen alle, von den Studenten bis zum Rektor, durchgehend zu arbeiten.

Das PQI wünscht Ihnen eine produktive Begegnung, die Ihrem Wunsch nach einer Verbesserung der Biographie zugutekommen möge. Wir erwarten die Biographie zum festgelegten Termin.

Bis dahin verbleiben wir
mit herzlichen Grüßen

Raymond L. Müller
Publikationschef des PQI

PS: Ein zusätzlicher Hinweis: Da die Angelegenheit Diskretion verlangt, bitten wir Sie, alleine zu dem Termin zu erscheinen.

Genervt schloss ich das Mailfenster. Ein protokollarisches Treffen mit dem Direktor des Instituts war alles andere als ein einfacher Wochenbeginn, zumal wir an diesem Sonntagabend noch ausgehen mussten.

»Hast du eine Ahnung, wie man nach Princeton kommt?«, fragte ich und drehte mich zu Sarah um.

Da nur noch eine halbe Stunde bis zu unserer Verabredung blieb, hatte die Französin sich bereits in Schale geworfen. Diesmal verstieß sie gegen den legeren Williamsburger Stil und trug ein kurzes, enganliegendes Kleid in Granatrot, dazu Stöckelschuhe.

»Dein Outfit raubt einem ja den Atem ...«, stellte ich fest, bevor ich noch einmal nachhakte: »Und was ist mit Princeton?«

»Princeton ist nicht weit von hier«, antwortete sie, während sie sich die Lippen im gleichen Rot wie das Kleid schminkte. »Es liegt in New Jersey, mit U-Bahn und Zug bist du in maximal zwei Stunden da.«

Ich würde um sechs Uhr aufstehen müssen, rechnete ich mir aus, wenn ich duschen und rechtzeitig ankommen wollte. Allerdings wunderte ich mich, dass Sarah weder anbot, mich zu begleiten – es war, als wüsste sie, dass ich allein zu dem Treffen erscheinen musste –, noch nach dem Grund der Reise fragte.

47

Monkey Town

Dass du den Brocken los bist, heißt noch nicht,
dass der Berg kleiner geworden ist.

George Carlin

Der Club lag in einer einsamen, finsteren Ecke von Williamsburg. Wir stießen eine Tür auf, die wie der Eingang zu einer Diskothek aussah, Sicherheitspersonal gab es nicht.

Nachdem wir durch einen schummerigen Flur gegangen waren, erreichten wir das Lokal, in dem weder Kellner noch Gäste zu sehen waren. Nur eine riesige eingeschaltete Lampe ließ vermuten, dass hier an diesem Sonntag irgendetwas stattgefunden hatte.

Links von der Bar entdeckten wir einen schmalen, in weißlichem Licht liegenden Gang, aus dem ein fernes, schwer definierbares Rumoren drang. Es konnte sowohl von einem Tier als auch von einer Maschine stammen. Beunruhigt schauten wir uns an, Sarah entschied für uns beide:

»Komm, wir gucken mal nach, was da spukt.«

Während ich ihr folgte, rechnete ich fast schon damit, dass die blauhaarige Psychopathin auftauchte. Doch zunächst entdeckten wir nur einen weiß gestrichenen Gang, von dem zwei Türen abgingen: Die eine an der Seite führte zu den Toiletten, die andere lag am Ende des Ganges. Von dort kam auch das Rumoren. Aber es war nicht das einzige Geräusch.

»Hast du die Stimme gehört?«, flüsterte Sarah und zeigte auf die Toilettentür. »Horch mal …«

Die Stimme, die aus dem WC drang, erinnerte mich fatal an jene, die kürzlich am Telefon »Cabaret Voltaire« gesagt hatte. Mein ganzer Körper spannte sich an. Doch bevor ich irgendetwas unternehmen konnte, zog Sarah mich schon zu der Tür am Ende des Ganges, aus der das Rumoren drang.

Dahinter erwartete uns eine sonderbare Überraschung: In einem quadratischen, ringsum mit Kinoleinwänden ausgestatteten Raum saßen um die dreißig Leute dichtgedrängt auf weißen Sofas.

Alle schienen vertieft in das, was gleichzeitig auf die vier Wände projiziert wurde: die Luftansicht in Schwarzweiß irgendeiner Stadt. Das unaufhörliche Zittern der Aufnahme ließ vermuten, dass sie von einem Leichtflugzeug aus gefilmt worden war. Die monotonen, qualitativ schlechten Bilder waren begleitet von der schwerverständlichen Unterhaltung zwischen zwei Piloten. Ich hörte, dass sie von Koordinaten und von Höhe sprachen und von einem gewissen *Little Boy*, der abgeworfen werden sollte.

Mir war schleierhaft, warum der Film in diesem Raum, in dem lauter Alternative unseres Alters saßen, so großes Interesse auslöste. Ich wollte das improvisierte Kino schon wieder verlassen, als Sarah mich am Arm festhielt und auf ein freies Stück Sofa zeigte.

»Setz dich«, flüsterte sie.

Es gab nur noch Platz für eine Person, und ich fand es unhöflich, wenn sie gestanden hätte. Außerdem interessierte mich der Dokumentarfilm nicht. Aber sie zwang mich mit einem leichten Schubs, ihr zu gehorchen.

Also quetschte ich mich in den winzigen Spalt neben einem bärtigen Brillenträger, der ärgerlich knurrte, und zu meiner Überraschung setzte sich wenige Sekunden später Sarah auf meinen Schoß. Sanft schlang ich die Arme um sie und schloss die Augen, um diesen vollkommenen Augenblick auf ewig festzuhalten. Doch genau in diesem Moment musste in dem Dokumentarfilm eine Wendung eingetreten sein, denn das Publikum stöhnte erschrocken auf.

Als ich die Augen öffnete, sah ich einen riesigen Atompilz aus der grauen Stadt aufschießen. Schlagartig begriff ich: Das war der Bombenabwurf über Hiroschima. Während sich die ungeheure Energie vor unseren Augen entfaltete, hörte man einen der Piloten sagen: »Mein Gott. Was haben wir getan?«

Sarah war von der Szene offenbar zutiefst erschüttert, denn sie sprang ganz gegen meinen Willen von meinem Schoß und verließ den Raum; das Publikum starrte weiter wie hypnotisiert auf den anschwellenden Pilz.

Ich lief ihr nach. Mit Tränen in den Augen stand sie im Gang vor der Toilettentür.

Da ich nicht so recht wusste, was ich tun sollte, ergriff ich ihre Hand und drückte einen flüchtigen Kuss darauf.

»Wolltest du nicht reingehen, um dich frisch zu machen?«, fragte ich.

»Das würde ich ja gern, aber da ist immer noch diese Nervensäge drin und erzählt ihre Geschichten.«

Mir fiel wieder die Stimme ein, die ich gehört hatte, bevor wir in den Filmraum gegangen waren. Ich hielt das Ohr an die Tür. Das war sie, eindeutig. Dieselbe anmutige Stimme redete und redete unaufhörlich. Wem sie auch gehören mochte, dass sie so lange in der Toilette des

Clubs auf jemanden einredete, kam mir höchst sonderbar vor. Ich klopfte an die Tür.

Nichts.

»Irgendwas ist hier faul«, sagte ich und drückte gegen die Tür, die sich widerstandslos öffnete.

Die Toilette war leer – höchstwahrscheinlich war sie es schon bei unserer Ankunft gewesen –, und die Stimme war verstummt, als fühlte sie sich durch unser Eindringen ertappt.

Sarah trat hinter mir in den kleinen Raum, und wir verriegelten die Tür. Im selben Moment setzte die weibliche Stimme wieder ein und verkündete: »Brief von Albert Einstein an Theodore Roosevelt, 2. August 1939.«

Gleich darauf hörten wir einen bekannten Text. In seinem Schreiben an den Präsidenten der USA wies der Vater der Relativitätstheorie auf die Fortschritte der Deutschen bei der Entwicklung einer Bombe mit unvorstellbarer Zerstörungskraft hin. Er warnte nicht nur, sondern riet der US-Regierung, alle Mittel zur Verfügung zu stellen, um die Atombombe zu entwickeln, bevor dies ihren Feinden gelänge, und erklärte, wie dabei zu verfahren sei.

Als der Brief ganz vorgelesen war, begann die Stimme in einer Endlosschleife wieder von vorne, wiederholte die Worte dessen, der – Ironie des Schicksals – eines Tages ein Vorkämpfer des Pazifismus werden sollte, während er hier den Startschuss zum nuklearen Wettlauf gab.

»Wer zum Teufel ...?«

Noch bevor ich ausgeredet hatte, zog Sarah mich auf den Gang hinaus, durch den bereits die Zuschauer des Dokumentarfilms strömten.

»Weg hier«, flüsterte sie mir aufgeregt zu.

»Wir haben doch noch gar nichts getrunken. Warum so eilig?«

Die Französin hielt mir ihr Handy hin und zeigte auf das Display. Ein anonymer Absender hatte folgende Nachricht hinterlassen:

VERLASST SOFORT DAS MT.
WENN DIE FALLE SICH GELEERT HAT,
KOMMT JEMAND UNERWÜNSCHTES

48

Ankunft in Princeton

Herr Einstein, Sie werden in der ganzen Welt bewundert, obwohl kein Mensch Sie versteht.

Charles Chaplin

Im Zug nach New Jersey versuchte ich krampfhaft, die Augen offen zu halten. Immer noch klang mir der Brief an Roosevelt in den Ohren. Dieser Brief, von der Frau mit der ruhigen Stimme vorgelesen, war der zweite Teil der Monkey-Town-Show gewesen, der erste Teil der Bombenabwurf der *Enola Gay* über Hiroschima.

Der Dokumentarfilm hatte das Ergebnis dessen gezeigt, was der Nobelpreisträger vorgeschlagen hatte. Die Frage war nun, wer diese Performance inszeniert hatte, zu der uns »Lieserls Vater«, also der auf Band konservierte Einstein, eingeladen hatte.

War es vielleicht dieselbe Person, die uns anschließend per SMS geraten hatte, das Lokal zu verlassen? Was die Identität des »unerwünschten« Jemand betraf, hatte ich eine relativ klare Vorstellung. Hatte diese Person vielleicht die Anzeige in Lost & Found gelesen? Oder ging sie allem nach, was in der Stadt mit Einstein zu tun hatte?

Vor dem Verlassen des Clubs fragten wir einen einsamen Kellner, wer die Vorstellung organisiert habe, bekamen aber nur vage Antworten:

»Das Programm machen die Mitglieder von Monkey Town.«

»Und wer ist das?«, wollte ich wissen.

»Keine Ahnung. Viele, mindestens hundert.«

Das hieß, dass wir nach wie vor nicht die geringste Spur von der geheimnisvollen Dame besaßen, die Einsteins Brief vorgelesen hatte und höchstwahrscheinlich auch damals am Telefon gewesen war. Inzwischen kam für mich eigentlich nur noch Einsteins Enkelin, also Lieserls Tochter, in Frage.

Alles Übrige war ein einziges verwirrendes Durcheinander.

Vielleicht steckte in der »Bombenshow«, wie Sarah sie genannt hatte, irgendeine Fährte, die uns unsere Suche erleichterte. Das Problem war nur: Wir mussten sie finden, um sie verfolgen zu können. Ich hatte auf jeden Fall bislang nichts erreicht außer dem bevorstehenden Treffen in Princeton, das vielleicht irgendein Licht in das ganze Kuddelmuddel bringen würde.

Sarah schlief noch wie ein Murmeltier, als ich aufbrach, in der Tasche die Seiten des Manuskripts über die Ankunft des Genies in Princeton. In der vollgestopften U-Bahn begann ich zu lesen und setzte meine Lektüre nun im nicht minder vollen Zug zum »Garden State« fort.

Im Jahr 1933, als 54-Jähriger, war Albert Einstein offenbar unbemerkt in New York gelandet. Damaligen Reportagen war zu entnehmen, dass er einem Massenempfang hatte ausweichen wollen. Seiner exzentrischen Persönlichkeit getreu, hatte er sich auf dieser dritten – und endgültigen – Reise nach Amerika dort als Erstes ein Eis gekauft: Vanille, Schokolade. Die Verkäuferin erkannte ihn und rief: »Das schreibe ich in mein Tagebuch!«

Als man ihn bei seiner Ankunft in Princeton fragte, was er alles brauche, um bequem arbeiten zu können, lautete die Antwort: »Stift, Papier, Radiergummi und einen riesigen Papierkorb, um meine Fehler wegzuwerfen.«

Als die ersten Siedlungen New Jerseys am Zugfenster vorbeizogen, hörte ich auf zu lesen und fragte mich, wie Einstein sich wohl nach seinen vielen Ortswechseln im aufgewühlten Europa in der amerikanischen Zivilisation gefühlt hatte.

Aus allem, was ich gelesen hatte, schloss ich, dass sein vergoldeter Rückzug – er hatte ein Jahresgehalt von 3000 Dollar gefordert und bei seiner Ankunft erfahren, dass man es auf 15 000 festgesetzt hatte – von einem bitteren Beigeschmack begleitet war. Nachbarn erinnerten sich zwar, dass der Wissenschaftler einmal am Heiligen Abend eine Gruppe von Haus zu Haus ziehender Kinder auf der Geige begleitet hatte, als sie Weihnachtslieder singend Geld für Geschenke sammelten. Doch bei einigen seiner Besucher blieb ein weniger friedlicher Eindruck zurück. Ein Freund hatte zum Beispiel das Gefühl, dass »etwas in ihm gestorben war. Er setzte sich auf einen Stuhl, fuhr sich ... durch das weiße Haar und sprach mit verträumter Miene von irgendetwas. Gelächelt hat er nie wieder«.

Der Campus von Princeton war noch ruhiger und beschaulicher, als ich ihn mir vorgestellt hatte. Um diese morgendliche Stunde saßen überall auf dem Rasen Gruppen von Studenten beim gemeinsamen Frühstück, alle sauber und ordentlich gekleidet wie die Angehörigen einer altehrwürdigen englischen Universität.

Auf der großen Uhr an einem Turm, der von einer grünen Kuppel gekrönt war, sah ich, dass ich ein paar Minuten vor Viertel nach zehn eingetroffen war. Doch von der

Eingangstür aus blickte mir bereits eine fünfzigjährige Frau in Uniform entgegen. Unerwartet fest schüttelte sie mir die Hand und stellte sich vor:

»Meret Wolkenweg, ich stehe Ihnen zur Verfügung. Der Direktor des Instituts konnte nicht persönlich kommen, aber ich habe genaue Anweisungen für eine möglichst lohnende Gestaltung Ihres Aufenthalts. Ist es Ihnen recht, wenn wir mit dem Audimax beginnen?«

Schlechter Start, sagte ich mir. Wenn man mich hier für einen Touristen der akademischen Welt hielt, würde ich mit leeren Händen zurückkehren. Ich beschloss, den Stier bei den Hörnern zu packen:

»Um ehrlich zu sein, interessiert mich im Zusammenhang mit meinen Forschungen nur Einsteins Büro. Genauer gesagt, ich suche ein bestimmtes Dokument; der Herr Direktor hat in Europa öffentlich gemacht, dass es gefunden wurde.«

Meret öffnete eine Tür, die gleich neben dem Haupteingang lag, und sagte:

»Ach ja, natürlich! Die Art, wie wir es gefunden haben, war ganz witzig. Offenbar gibt es Dinge, die sich ihr eigenes Versteck suchen, bis sie eines Tages beschließen, dass die Stunde gekommen ist, sich zu zeigen. Es müsste immer noch an seinem Platz sein …«

Als sie die Begeisterung in meinem Gesicht sah – ich hoffte, dass dieses »Ding« die endgültige Erkenntnis enthielt –, runzelte die Frau die Stirn und fügte hinzu:

»Zunächst muss ich Ihnen aber etwas über dieses Institut erzählen, was Sie überraschen wird.«

49

Der Brief aus der Wüste

Welch triste Epoche, in der es leichter ist,
ein Atom zu zertrümmern als ein Vorurteil!

ALBERT EINSTEIN

Wir waren vor der Tür aus Milchglas stehen geblieben, die ins Büro des Genies führte. Ich wunderte mich, dass selbst am Montagmorgen in diesem Teil des Gebäudes kaum Betrieb herrschte.

»Kurz nach dem Börsenkrach von 1929 haben die Brüder Bamberger dieses Institut ins Leben gerufen«, erklärte die Frau. »Geplant war es als Akademie für Zahnheilkunde, aber ein Freund überredete die beiden, es den theoretischen Wissenschaften zu widmen. Das Institut setzte sich nun zum Ziel, jüdische Emigranten wie Einstein aufzunehmen, die von der antisemitischen Universität Princeton abgewiesen worden waren.«

Da Meret so energisch von der Entwicklung des Instituts berichtete, dachte ich mir, dass sie selbst Jüdin war und stolz darauf, dort zu arbeiten. Bevor sie die Tür öffnete, sah sie mich fest an.

»Wissen Sie, wer das Institut in Alberts letzten Lebensjahren geleitet hat?«, fragte sie.

Ein wenig beschämt zuckte ich mit den Schultern. Mir wurde bewusst, dass ich mich ziemlich miserabel auf die Princeton-Etappe vorbereitet hatte.

»Julius Robert Oppenheimer. Kein Geringerer als der Vater der Atombombe. Sie können sich vorstellen, was für Diskussionen Herr Einstein in diesem Raum mit dem Direktor geführt hat ... Der eine hatte die Erfindung theoretisch entwickelt, der andere hat sie gebaut.«

Mit einem kleinen Schlüssel öffnete sie die Tür des Büros und schaltete das Licht ein. Ich fühlte mich wie ein Eingeweihter, der das Allerheiligste seiner Glaubensgemeinschaft betritt. Die Stille des großen Raumes mit seinen vom Gebrauch gezeichneten Möbeln hing voller Fragen. Wenn Einstein am Ende seines Lebens zu einer »letzten Erkenntnis« gelangt war, dachte ich, war sie vermutlich zwischen diesen Wänden entwickelt worden.

Hinter dem massiven Schreibtisch mit Stuhl standen ein Bücherregal voller wissenschaftlicher Werke und eine kleine Tafel auf einem Ständer. Die Schieferfläche sah aus, als sei sie erst kürzlich geputzt worden, als würde Albert noch leben und hätte seine Fehler weggewischt, bevor er zu einem Spaziergang aufgebrochen war.

Als sie mein Interesse an der Tafel bemerkte, sagte Meret:

»Wie alles im Leben, ist nicht der sichtbare Teil interessant, sondern das, was sich dahinter verbirgt.«

Sie drehte die Tafel um und zeigte mir die Rückseite. Noch bevor ich etwas sah, sagte mir eine Vorahnung, was dort stand:

$$E = ac^2$$

Obwohl die Zeichenabfolge exakt der von Jensen projizierten Formel entsprach und damit seiner These Glaubwürdigkeit verlieh, war ich schwer frustriert. Ich war bis hierher gereist, nur um etwas vorzufinden, was ich schon kannte. Seit dem Beginn des Abenteuers verfolgte mich diese Formel.

»Was bedeutet denn dieses a?«, fragte ich.

»Das weiß niemand«, erwiderte sie mit verschränkten Armen. »Ich schon gar nicht. Ich arbeite in der Verwaltung des Zentrums. Ich bin keine Wissenschaftlerin.«

Um die Verwaltungsangestellte nicht zu enttäuschen, schrieb ich mir die Formel noch einmal in mein Moleskine und heuchelte großes Interesse.

Dann kündigte ich an, ich müsse mich wieder auf den Weg machen. »Ich glaube, es fährt ein Zug um ...«

»Ich dachte, Sie wollten sehen, was hier gefunden wurde.«

»Ach, nicht diese Formel?«

Meret lachte kurz und trocken auf.

»Die steht schon seit Einsteins Tod auf der Tafel. Nein, ich meinte dieses Bild. Schauen Sie es sich mal an, fällt Ihnen nichts Merkwürdiges auf?«

Sie wies auf ein kleines, zwischen zwei Bücherregalen hängendes Gemälde, das einen alten Überseedampfer in stürmischer See zeigte – möglicherweise genau den, auf dem der Physiker bis hierher gereist war. Ich suchte in der rechten unteren Ecke nach der Signatur des Künstlers, um zu sehen, ob vielleicht Einstein selbst es gemalt hatte, entdeckte aber keine.

Als ich Meret darauf ansprach, antwortete sie:

»Unsignierte Gemälde sind nichts Seltenes, vor allem wenn sie rein dekorative Funktion besitzen. Aber an diesem hier ist etwas anderes auffällig. Schauen Sie es sich genau an ...«

Neugierig trat ich erneut näher an das Bild heran. An dem Schiff war nichts Merkwürdiges zu erkennen, am

Meer und am Himmel ebenso wenig. Als ich ein paar Schritte zurücktrat, um einen Gesamteindruck zu bekommen, fiel mir eine leichte Neigung der Wasserfläche nach rechts auf. Der Künstler schien den Kopf ein wenig schief gehalten zu haben, als er das Schiff vom Original abgemalt hatte.

Ohne die Verwaltungsangestellte um Erlaubnis zu bitten, hob ich die rechte Seite des Bildes ein paar Millimeter an, bis die Wasseroberfläche genau waagerecht lag. In diesem Augenblick fiel hinter dem Bild etwas zu Boden.

»Genauso haben wir ihn entdeckt«, erklärte Meret stolz, während sie sich bückte, um einen ungewöhnlich kleinen Umschlag aufzuheben. »Albert hat in die Rückseite des Bilderrahmens eine Kerbe geritzt, dadurch kann der Umschlag nur herausfallen, wenn man den Rahmen so verschiebt, wie Sie es eben getan haben. Schlauer Einfall, finden Sie nicht?«

Behutsam gab mir die Frau den kleinen Umschlag, der mich an jene Umschläge erinnerte, die früher für Kommunionbildchen benutzt wurden.

»Nur der Institutsdirektor und ich kennen dieses kleine Geheimnis. Sie sind nun der Dritte. Das haben Sie sich mit Ihrer weiten Reise hierher verdient.«

Vorsichtig öffnete ich den Umschlag, auf dem eine abgestempelte Briefmarke klebte, allerdings war nicht zu erkennen, woher sie stammte. Ich zog ein mehrfach gefaltetes Transparentpapier aus dem Umschlag. Beim Auseinanderfalten sah ich, dass die Schrift der auf der Postkarte aus Cadaqués ähnelte, der Schriftzug war allerdings unsicherer und kindlicher.

Ein kalter Schauer lief mir über den Rücken, und meine Hände zitterten leicht, als ich den Brief las:

Trinity, 3. Januar 1955

Lieber Großpapa!

Die Wüste ist so groß und meine Hoffnung, Dich wiederzusehen, so klein!

Ich denke oft an das, was Du mir gesagt hast: Es gibt eine Kraft, die mächtiger ist als Schwerkraft, Magnetismus und Kernspaltung. Unsere Aufgabe als Menschen ist es, sie zu entdecken und zu bändigen, um die ganze Welt zu erleuchten.

Wenn diese Kraft existiert, muss sie hier frei werden, am traurigsten Ort der Erde. Deshalb bleiben wir hier.

Ich bin immer
Deine
MILEVA

50

Der zweite Besucher

Naturwissenschaft ist der Glaube an die
Unwissenheit der Experten.

Richard Feynman

Sorgfältig übertrug ich den kurzen Brieftext, den ich unbedingt Sarah zeigen wollte, in mein Notizbuch. Dann steckte Meret den Umschlag wieder in sein ungewöhnliches Versteck auf der Rückseite des Bilderrahmens.

»Wir lassen den Brief lieber dort, wo er war. Da Albert beschlossen hat, ihn zu verstecken, steht es uns nicht an, sein Privatleben öffentlich zu machen. Obwohl wir auch nicht wissen …«

Ein summendes Geräusch unterbrach sie. Mit einer Handbewegung bat sie um Entschuldigung und zog ein winziges Handy aus der Jackentasche.

»Verzeihen Sie bitte, Herr Professor«, sagte sie kurz darauf errötend. »Ich habe mich um den ersten Besucher des Tages gekümmert und gar nicht gemerkt, wie spät es ist. Ich gehe sofort nach unten und hole ihn ab.«

Als sie aufgelegt hatte, erklärte sie mit rotem Kopf:

»Ich hatte vollkommen vergessen, dass sich für heute Vormittag ein zweiter Besucher angemeldet hatte. Ein Physikprofessor, der mit dem Direktor befreundet ist und sich ebenfalls das Büro anschauen will. Begleiten Sie mich bis zum Eingang?«

Damit schloss sie – nur für kurze Zeit – die Glastür und eilte durch die makellosen Flure des Instituts. Ich folgte ihr und versuchte mich zu erinnern, zu welchem Staat Trinity gehörte, von wo Lieserls Tochter vor einem halben Jahrhundert den Brief geschickt hatte.

Unsere Annahme, dass es eine zweite Mileva Einstein gab, stimmte also offenbar. Obwohl sie wahrscheinlich nicht mehr lebte, würde es bei der Suche nach des Rätsels Lösung für uns sicher hilfreich sein, wenn wir jenen Ort, den sie »den traurigsten der Erde« nannte, ausfindig machten. Ich fragte mich auch, ob die geheimnisvolle Kraft, von der sie in dem Brief sprach, etwas mit der Formel zu tun hatte, die nun schon zum dritten Mal aufgetaucht war.

Grübelnd erreichte ich den Eingang des Gebäudes, wo Meret bereits den nächsten Besucher begrüßte. Erst als ich mich von ihr verabschiedete, stellte ich fest, dass ich den Mann kannte, der mich seinerseits verblüfft ansah.

Es war Pawel.

Er sprach mich auf Spanisch an, vermutlich damit die Angestellte uns nicht verstand, obwohl Millionen Amerikaner diese Sprache sprechen.

»Dass ich Sie am anderen Ende der Welt wiedertreffen würde, hätte ich nicht gedacht«, sagte er mit unverhohlenem Ärger in der Stimme.

Unter dem Vorwand, etwas auf ihrem Handy nachschauen zu müssen, entfernte Meret sich ein paar Meter, als fürchtete sie, unsere Unterhaltung würde in einen handgreiflichen Streit ausarten.

»Ich ehrlich gesagt auch nicht. Aber so sonderbar ist es ja nicht. Schließlich ist dieses Institut eine Art Pflichtprogramm für alle, die sich mit Einstein befassen. Früher oder später muss man hier vorbeischauen.«

Pawel musterte mich durch seine dicken Brillengläser

wie ein gefährliches Insekt. Die Falten unter seinen vorstehenden Augen schienen sich seit unserer letzten Begegnung vor knapp drei Wochen vermehrt zu haben. Vielleicht hatte er in der letzten Zeit nicht viel geschlafen, dachte ich, oder die Zeit verging schneller für all jene, die – noch, sagte man wohl besser – in dieses Abenteuer verstrickt waren.

Die Institutsangestellte wandte sich an den Physikprofessor der Krakauer Universität, um mit ihm den Besuch der Einrichtung zu beginnen. Während ich mich fragte, ob er wohl die vierte Person war, die das »kleine Geheimnis« kennenlernen würde, sah er mich bemüht freundlich an.

»Da wir beide dasselbe suchen, schlage ich vor, wir essen gemeinsam zu Mittag und tauschen uns über unsere Entdeckungen aus.«

»Bedaure, aber heute Mittag bin ich bereits verabredet«, log ich.

Ich war absolut nicht scharf darauf, mich mit diesem zynischen Vernunftmenschen über meine Mutmaßungen »auszutauschen«. Aber so schnell gab er nicht auf.

»Dann lassen Sie uns doch etwas für nachmittags vereinbaren. Ich zeige Ihnen eine Kneipe, in der man das beste Bier von ganz Princeton bekommt.«

»Das wäre nett, aber ich fürchte, wir müssen das Treffen auf ein andermal verschieben. Da ich nur einen Tag in Princeton bin, habe ich bis acht Uhr abends Termine«, log ich erneut, verwundert über sein plötzliches Interesse. »Danach muss ich zurück nach New York, wo mich heute Abend noch jemand erwartet.«

Angespannt, die Arme verschränkt, schaute Meret Pawel an, der mit einem rasanten Themenwechsel zum Gegenangriff ausholte.

»Wie sind Sie denn hergekommen?«

»Mit dem Zug.«

»Phantastisch, dann können wir mit meinem Mietwagen fahren. Ich muss heute Abend auch nach New York. Morgen fliege ich zurück nach Europa.«

Es war absurd, weiter Ausreden zu erfinden. Und wenn dieser besserwisserische Wissenschaftler mir etwas zu erzählen hatte, konnte ich vielleicht sogar davon profitieren. Ich selbst brauchte ihm ja nur ein paar vage Informationen über unsere Ermittlungen zu geben.

Nachdem ich allein in einem McDonald's zu Mittag gegessen und in mehreren studentischen Buchläden herumgestöbert hatte, rief ich ein paarmal von einer Kabine aus bei Sarah an, doch jedes Mal schaltete sich sofort die Mailbox ihres Handys ein.

Um die Zeit totzuschlagen, setzte ich mich für den Rest des Nachmittags ins Small World Coffee, ein kleines Café im Zentrum von Princeton. Meine Lügerei hatte mich keineswegs von Pawel befreit, sondern zwang mich stattdessen, den ganzen Tag in der Stadt zu verbringen, um auf ihn zu warten.

Im Small World Coffee herrschte im Gegensatz zu 99 Prozent der amerikanischen Kneipen eine lässige Atmosphäre, die Kellner stürzten sich nicht jede Viertelstunde auf ihre Gäste, um sie zum Konsumieren anzuhalten. So konnte ich den Nachmittag mit nur drei Glas Bier herumbringen und dabei auch noch die mitgenommenen Manuskriptseiten durchsehen.

An einer von Yoshimura eingebauten Anekdote blieb ich hängen. Ein Journalist sprach Einstein eines Tages am Eingang des Instituts an und stellte ihm eine Frage, die der Physiker schon tausend Mal hatte beantworten müssen: »Können Sie mir die Relativität erklären?«

Einstein antwortete mit einer Gegenfrage: »Können Sie mir erklären, wie man ein Spiegelei macht?«

Als der Journalist verwundert mit Ja antwortete, erwiderte Einstein: »Gut, dann machen Sie es mal, aber stellen Sie sich dabei vor, ich wüsste nicht, was ein Ei, was eine Pfanne, was Öl und was Feuer ist.«

51

Pawels Weg

Das Gehirn ist weiter als der Himmel.

EMILY DICKINSON

Pawels Mietwagen war ein Mercedes der A-Klasse, der aussah wie frisch vom Band gelaufen. Der Physiker war mit zwanzig Minuten Verspätung am verabredeten Ort erschienen, so dass wir erst nach halb neun auf den Highway 95 Richtung New York fuhren.

»Ich hoffe, Ihre Freundin wartet nicht mit dem Abendessen auf Sie«, sagte er mit seiner knödeligen Stimme. »Allerdings müssten wir in einer Stunde da sein. Wo soll ich Sie denn hinbringen?«

Ich zögerte kurz mit der Antwort. Mir war nicht daran gelegen, dass außer Pawel noch sonst jemand von unserem Unterschlupf in Brooklyn erfuhr, zudem beunruhigte mich, dass er eine Frau erwähnte, von der ich gar nichts gesagt hatte.

»Wie kommen Sie darauf, dass mich eine Freundin erwartet?«

Gelassen überholte der Pole einen Lkw mit langer Schnauze, bevor er mit einem Lächeln im Mundwinkel antwortete:

»In achtzig Prozent der Fälle treffen Männer abendliche Verabredungen mit einer Frau. Denn soweit ich weiß, finden abends keine Symposien statt und auch nur selten Arbeitssitzungen mit einer einzigen Person.«

Die Erklärung leuchtete mir ein und beruhigte mich ein bisschen, auch wenn mir die arrogante Selbstsicherheit, mit der Pawel sich zu jedem Thema äußerte, auf die Nerven ging. Ich beschloss, auf seine These einzugehen:

»Und die anderen zwanzig Prozent?«

»Das sind die Männer, die sich abends mit anderen Männern verabreden, und zwar aus dem gleichen Grund wie die übrigen achtzig Prozent.«

Plötzlich drosselte er die Geschwindigkeit und verließ die Autobahn an einer Abfahrt, die in eine eindeutig andere Richtung führte als nach New York.

»Wohin fahren wir?«, fragte ich irritiert.

»Zu einem Schnellimbiss. Ich muss unbedingt eine Kleinigkeit essen, bevor wir weiterfahren. Macht es Ihnen was aus?«

Selbst wenn ich ja gesagt hätte, war mir klar, dass Pawel es gewohnt war, nach seinem eigenen Kopf zu handeln, und erwartete, dass die anderen sich nach ihm richteten. Allerdings war auch ich inzwischen hungrig.

»Ich leiste Ihnen mit einem Hamburger Gesellschaft, aber vor Mitternacht müsste ich in New York sein.«

»Wie Aschenputtel«, scherzte er, »kein Problem.«

Am Ende der Nebenstraße erstrahlten die Lichter von Friendly's. Das Restaurant lag in einem riesigen verglasten Rundbau, an dem auf einer roten Tafel blinkende Neonröhren den Namen des Unternehmens anzeigten.

Um diese Zeit saß nur noch ein korpulentes Paar dort, das schweigend eine riesige Portion vertilgte.

Der Kellner sprach mich in mexikanisch gefärbtem Spanisch an und führte uns zu einem Tisch, der am anderen Ende des Raumes gegenüber vom Eingang lag.

»Woher weiß er, dass ich seine Sprache spreche?«, fragte ich Pawel, als er gegangen war.

»Kellner sind große Menschenkenner, besonders die in den Raststätten. Am Aussehen und der Gangart der Gäste können sie sogar erkennen, aus welcher Stadt die Gäste kommen. Ich habe diese Fähigkeit auch.«

Zum Beweis rief er den Kellner, der uns empfangen hatte, mit unhöflichem Fingerschnalzen herbei. Als dieser an unserem Tisch stand, fragte Pawel ihn:

»Sie sind aus Puebla, stimmt's?«

»Stimmt genau, Señor. Womit kann ich dienen?«

»Kommen Sie in fünf Minuten noch mal vorbei, dann sagen wir es Ihnen.«

Der Kellner runzelte die Stirn und entfernte sich mit energischen Schritten. Bestimmt verfluchte er uns innerlich. Ich konnte mir vorstellen, dass Pawel an seiner Fakultät verhasst war.

»Woher wussten Sie, dass er aus Puebla stammt?«, fragte ich, verwundert darüber, dass er richtig getippt hatte, aber auch über seine Unhöflichkeit.

»Weil ich empirisch vorgehe. Wegen meiner Arbeit komme ich sehr oft hier vorbei und habe die schlechte Angewohnheit, die zugewanderten Kellner nach ihrer Herkunft zu fragen. Dabei habe ich festgestellt, dass fast alle Mexikaner, die in den Restaurants von New York und Umgebung arbeiten, aus Puebla stammen.«

Unsere idiotische Unterhaltung ging mir allmählich auf die Nerven. Ich beschloss, nicht weiter auf irgendwelche Anekdoten oder Klatschgeschichten einzugehen und zur Sache zu kommen.

»Wie fanden Sie Einsteins Büro?«

Pawel rieb sich die dicken Hände.

»Langweilig«, antwortete er. »Wie alle Büros der akademischen Welt. Ich möchte nicht wissen, wie viele Mittagsschläfchen Einstein in diesem Sessel gehalten hat.«

»Ich hatte Sie für einen großen Verteidiger des Vaters der Relativitätstheorie gehalten. Haben Sie in Princeton nichts Interessantes entdeckt?«

»Nichts wirklich Neues. Nur diese verdammte Formel, die ja einigen Leuten Kopfzerbrechen bereitet.«

Ich war froh, dass der Pole endlich die Karten auf den Tisch legte. So würde alles schneller gehen.

»Sie arbeiten also auch an der Formel, wie Jensen.«

»Ich bitte Sie!«, protestierte er. »Verschonen Sie mich mit so gewöhnlichen Leuten. Wenn es um Wissenschaftsfragen geht, schenke ich nur denen Glauben, die mindestens ein Diplom und einen Doktor in der Tasche haben. Alle anderen sollten lieber den Mund halten.«

»Dann können wir dieses Gespräch gleich beenden«, erwiderte ich, verärgert darüber, dass er den Toten so schlecht machte, »ich bin nämlich nur ein armer kleiner Journalist, der von allem und nichts eine Ahnung hat.«

»Bitte verstehen Sie mich nicht falsch«, sagte er versöhnlich. »Für mich sind Sie ein vernünftiger Mensch, der nicht über Dinge doziert, von denen er nichts versteht. Und ich bin sicher, dass Sie in diesem Augenblick sehr viel mehr wissen als ich.«

»Und deshalb wollen Sie mir jetzt ein paar Informationen entlocken. Da muss ich Sie aber leider enttäuschen, ich habe nämlich nicht die leiseste Ahnung, was diese Formel zu bedeuten hat. Wie Sie eben selber sagten: Ich habe keinen Doktor in der Tasche, nicht mal ein naturwissenschaftliches Diplom.«

»Die Formel ist mir völlig egal. Ich arbeite auf einem

ganz anderen Gebiet. In Kooperation mit dem Fachbereich Neurologie meiner Universität forsche ich über Einsteins Gehirn. Dort liegen nämlich die Antworten. Und in Kürze werden wir zu spektakulären Ergebnissen gelangen.«

»Es würde mich interessieren, worin Ihre Arbeit besteht«, sagte ich, da er mich plötzlich neugierig gemacht hatte.

»Logisch. Aber das erzähle ich Ihnen lieber nach dem Essen, die Sache könnte nämlich etwas unappetitlich werden.«

Er schnalzte abermals den Kellner herbei. Der Mann aus Puebla kam sichtlich genervt an unseren Tisch. Ich ahnte mit einem Mal, dass der Abend ein schlechtes Ende nehmen würde.

52

Einsteins posthume Reisen

Das Geheimnis der Kreativität ist das Wissen darum,
wie man seine Quellen verbirgt.

Albert Einstein

Erst als der Kaffee serviert wurde, beschloss Pawel, mich über seine Forschungen aufzuklären. Zuvor hatte er angekündigt, dass er mich im Gegenzug um etwas bitten wolle.

»Ich bezweifle, dass ich Ihnen irgendetwas Wertvolles anbieten kann«, wehrte ich ab. »Meine Arbeit über Einstein beschränkt sich darauf, ein paar offene Fragen in seiner Biographie zu beantworten. Bis dato glaube ich nicht, etwas entdeckt zu haben, was einen Mann der Wissenschaft interessieren könnte.«

»Das zu beurteilen überlassen Sie mal mir«, erwiderte er und rückte sich die Hornbrille auf der Nase zurecht. »Ich schlage Ihnen ein Geschäft vor: Ich besorge Ihnen Einsteins Post-mortem-Biographie, und Sie tun mir dafür einen kleinen Gefallen. Er hat mit einer Person zu tun, die wir beide kennen.«

Plötzlich erloschen sämtliche Lichter im Restaurant außer dem über unserem Tisch – eine deutliche Aufforderung an uns, zu gehen. Ich legte den Rechnungsbetrag mitsamt den obligatorischen fünfzehn Prozent Trinkgeld auf den Tisch, doch Pawel schien es mit dem Aufstehen nicht eilig zu haben. Er hielt seine Kaffeetasse in der Hand, trank aber nicht.

»Sind Sie mit der Abmachung einverstanden?«

»Na gut. Obwohl ich keine Ahnung habe, wovon Sie reden. Ich verstehe auch nicht, was Sie mit Einsteins Postmortem-Biographie meinen. Ich dachte, eine Biographie endet in dem Moment, in dem der Betreffende das Zeitliche segnet.«

Pawel kratzte sich am stark behaarten Nacken und kicherte in sich hinein. Dann hielt er sich die Tasse an die Nase. Der Kaffee, aus dem ihm Dampf entgegenstieg, schien ihm noch zu heiß zu sein, denn er stellte die Tasse wieder auf den Tisch.

»Auf die große Mehrheit der Sterblichen trifft das auch zu«, sagte er, »aber nicht auf Einstein. Auch wenn es noch so merkwürdig klingt, nach seinem Tod ist sein Gehirn erneut auf Reisen gegangen. Kennen Sie die Geschichte nicht?«

Ich schüttelte den Kopf, als der Kellner kam und das Geld mitnahm. Sein Gehilfe stellte bereits die Stühle auf die Tische, er wollte den Boden wischen.

»Bei seinem Tod im April 1955«, fuhr Pawel fort, »interessierten sich viele Wissenschaftler für die fünfzehn Milliarden Neuronen, die ihre Arbeit eingestellt hatten. Einstein war 76, als seine Leiche eingeäschert und die Asche in der Nähe des Flusses Delaware verstreut wurde. Allerdings hatte Thomas Harvey, der für die Autopsie zuständige Pathologe der Universität Princeton, das Gehirn herausgenommen, bevor die Familie Einstein einäschern ließ. Und damit begann eine faszinierende Geschichte.«

»Hat die Universität das Gehirn zu Forschungszwecken aufbewahrt?«

»Viel komplizierter. Nachdem Harvey das Organ fotografiert hatte, das ein absolut normales Gewicht von anderthalb Kilo hatte, zerlegte er es in 240 Teile und untersuchte einen davon unter dem Mikroskop. Er hoffte, irgendetwas Ungewöhnliches zu entdecken, aber Einsteins Gehirn war vollkommen normal und gewöhnlich. Doch damit gab sich der Pathologe aus Princeton nicht zufrieden.«

Die Lampe über unserem Tisch ging zweimal an und aus, ein von der Bar kommendes unmissverständliches Zeichen. Es bedeutete: Verschwindet endlich. Aber Pawel schien immun gegen jede Art von Appell.

»Nachdem er gemeinsam mit Kollegen aus der Fakultät einige Proben von Einsteins Gehirn untersucht hatte«, fuhr er fort, »beschloss er eigenmächtig, es bei sich zu Hause aufzubewahren. Die Universität verwarnte ihn, er bekam sogar mehrere Strafanzeigen, aber da die Rechtsprechung der USA keinen Präzedenzfall kannte, konnte man ihn nicht verurteilen. In all dem Durcheinander versprach Harvey Journalisten und Wissenschaftlern, innerhalb eines Jahres das Ergebnis seiner Forschungen zu veröffentlichen.«

»Er hatte also immer noch die Hoffnung, im brillantesten Gehirn des 20. Jahrhunderts etwas Besonderes zu entdecken«, fasste ich zusammen, denn die Situation war mir inzwischen peinlich. »Und wie endete das Ganze?«

»Von Universität und wissenschaftlichen Kreisen geächtet, zog Harvey in den Westen der USA, wo er als Arzt in einem Bundesgefängnis und in mehreren medizinischen Versorgungszentren arbeitete. Als er in den Ruhestand ging, ließ er sich in einer Kleinstadt in Kansas nieder, wo er das gestohlene Gehirn weiter bei sich zu Hause aufbewahrte. Ungelogen. Millionäre, Anatomiemuseen und andere Stellen hatten ihm saftige Summen dafür angeboten, aber Harvey wollte sich partout nicht von seinem Schatz trennen. In einer weiteren Forschungsphase schickte er Proben des Gehirns an Wissenschaftler auf allen fünf Kontinenten, damit sie ihm bei seinen Studien halfen. Davon bekam die Presse Wind, und ein Sensationsblatt verkündete, Einsteins Gehirn solle geklont werden.«

Plötzlich erlosch das Licht über unserem Tisch vollends, und das gesamte Restaurant lag im Dunkeln. Der Kellner aus Puebla stand draußen an der geöffneten Tür und rauchte eine Zigarette. Zum ersten Mal schien Pawel zu begreifen, was los war.

»Sieht aus, als wollten sie uns rausschmeißen«, sagte er.

»Das glaube ich auch.«

Endlich standen wir auf und gingen durch das dunkle Restaurant zum Ausgang. Als wir an dem Kellner vorbeikamen, warf dieser seine Zigarette auf die Erde und trat sie wütend aus.

Die Leuchttafel von Friendly's, neben der wir geparkt hatten, war bereits erloschen. Ich schaute auf die Uhr: Es war fast Mitternacht.

Der Physiker gab weitere Anekdoten über Einsteins Gehirn zum Besten, während wir den Parkplatz verließen und wieder auf die einsame Landstraße fuhren, die zum Highway 95 führte. Wir hatten höchstens zwei Kilometer hinter uns, als plötzlich eine blinkende Straßensperre und ein Umleitungsschild uns zwangen, rechts abzubiegen. Pawel hielt an.

»Mist, die Straße ist gesperrt«, seufzte er. »Da scheint es jemand darauf angelegt zu haben, dass Sie Ihre Freundin heute Nacht nicht mehr treffen. Oder Ihren Freund natürlich.«

»Das kommt mir total seltsam vor. Diese Sperre war vor zwei Stunden noch nicht hier, und ich bezweifle, dass in New Jersey um Mitternacht Straßenarbeiten ausgeführt werden.«

Pawel beugte sich zu mir herüber, um auf meiner Seite durchs Fenster zu schauen und sich ein Bild von der Umleitung zu machen, die wir nehmen mussten. Nur eine schmale, unbeleuchtete Landstraße war zu sehen. Doch den Polen schien das nicht weiter zu beunruhigen.

»Wahrscheinlich tauchen die Baufahrzeuge jeden Moment auf«, meinte er. »Im Grunde ist es ja viel vernünftiger, eine Straße nachts zu reparieren als tagsüber, wenn viel Verkehr herrscht. Es kann aber auch sein, dass es einen Unfall gegeben hat und die Straße deswegen gesperrt ist.«

»Dann lassen Sie uns umkehren«, schlug ich vor. »Wir finden sicher eine andere Autobahnzufahrt.«

»Auf keinen Fall! Das wäre ein unnötiger Umweg. Am besten, wir richten uns nach dem Schild, dann kommen wir ganz sicher wieder auf die 95.«

Er startete den Motor erneut, und wir fuhren in die Höhle des Löwen.

53

Das Geisterauto

Jener Tag, vor dem du zurückschreckst,
ist der Geburtstag der Ewigkeit.

Seneca

Wir fuhren langsam, weil die Straße schmal und dunkel war. Die Hände fest am Steuerrad, um den Wagen unter Kontrolle zu behalten – ständig sprangen Steinchen unter den Reifen hoch –, erzählte Pawel weiter die Geschichte von Einsteins Post-mortem-Biographie, die kein Ende zu nehmen schien.

Offenbar hatte es einen Journalisten gegeben, der sich zur Vorbereitung einer Reportage mehrmals mit Harvey traf. Schließlich überredete er den alten Pathologen zu einer strapaziösen Autofahrt bis nach Kalifornien. In Berkeley hatten sie vor, Evelyn Einstein aufzusuchen, eine anerkannte Enkelin des Genies, um der Familie das Gehirn zurückzugeben und damit dessen vier Jahrzehnte währende Wanderschaft zu beenden. Als die beiden Reisenden nach elf Tagen in Berkeley ankamen und Evelyn die Tupperdose mit dem in Formalin eingelegten Gehirn ihres Großvaters erblickte, weigerte sie sich, es anzunehmen. So musste Harvey mit seinem Schatz, dem Grund für seine aufwendige USA-Durchquerung, nach New Jersey zurückkehren.

»Einsteins posthume Biographie ist gespickt mit wunderlichen Abenteuern«, schloss der Pole, während ich immer noch darauf wartete, dass der Highway 95 in

Sicht kam, »aber die wesentliche Frage, der ernste Teil der Geschichte, ist bis heute ungeklärt. Niemand hat wirklich herausgefunden, was es mit diesem Gehirn auf sich hatte und worin seine Einzigartigkeit bestand.«

»Vielleicht liegt die Antwort gar nicht im Gehirn.«

»Wo denn sonst?«

Das wusste ich auch nicht. Mich beunruhigte vielmehr, dass die Landschaft um uns her immer trostloser wurde. Die letzten Häuser lagen bereits Kilometer hinter uns, und mit jedem Meter, den wir weiterfuhren, schien sich deutlicher abzuzeichnen, dass es hier nicht zur Autobahn ging.

»Und was wollten Sie eigentlich von mir?«, fragte ich Pawel, das Thema wechselnd.

»Warten Sie, bis wir in New York sind, dann sage ich es Ihnen. Diese Gegend hier ist zu ...«

Pawel verstummte. Im selben Moment erblickte ich im Rückspiegel zwei sich nähernde Autoscheinwerfer.

»Da kommt jemand«, sagte ich.

Obwohl Pawel sich gelassen gab, schien diese Tatsache ihn zu erschrecken. Abrupt hielt er an, streckte den Kopf aus dem Fenster und schaute zurück.

»Wir werden um Hilfe bitten«, sagte ich und stieg aus dem Wagen. »Wenn es jemand aus der Gegend ist, kann er uns bestimmt sagen, wie wir wieder zur Autobahn kommen.«

»Ich bleibe lieber im Wagen, wenn es Ihnen nichts ausmacht«, erwiderte Pawel und verriegelte die Tür.

Erstaunt über so viel Vorsicht, vertrat ich mir kurz die Beine und ging dann in die Richtung, aus der soeben die Schweinwerfer gekommen waren. Eine Grillenarmee zirpte laut unter dem Sternenhimmel. Doch der Wagen, der uns gefolgt war, war plötzlich verschwunden.

Jetzt verstand ich gar nichts mehr.

Ich lief ein Stück und entdeckte dann einen dicken Felsbrocken am Wegrand. Ich kletterte hinauf und versuchte, im schwachen Sternenlicht das Geisterauto zu entdecken.

Auf einmal sah ich es. Es war ein schwerer Wagen, der mit erloschenen Scheinwerfern auf einer Lichtung am Wegrand stand. Vielleicht musste der Fahrer mal, dachte ich. Oder ein Pärchen aus New Jersey hatte sich diesen einsamen Ort für ein Schäferstündchen im Auto ausgesucht.

Da ich mir nicht länger den Kopf über den Wagen zerbrechen wollte, lief ich zurück zu Pawels Auto. Aus irgendeinem Grund hatte er Angst bekommen, und ich befürchtete, er würde womöglich ohne mich weiterfahren und mich allein mitten in der Pampa zurücklassen.

Als ich bei seinem Wagen ankam, streckte er seinen großen Kopf zum Fenster heraus. Er war sichtlich nervös.

»Folgen sie uns noch?«, fragte er, während ich mich neben ihn setzte.

»Ich glaube nicht. Wie viel Benzin haben wir?«

»Genug, um diesen Eselspfad zu verlassen«, sagte er und ließ den Motor wieder an. »Ich gebe Ihnen recht: Es wäre besser gewesen, umzudrehen und die Straße in Richtung Friendly's zurückzufahren.«

»Jetzt ist es auch egal«, beruhigte ich ihn. »Fahren wir weiter. Mal sehen, wo wir landen.«

Ich hatte den Satz noch nicht ganz zu Ende gesprochen, da tauchten die Scheinwerfer erneut hinter uns auf. Und näherten sich mit rasender Geschwindigkeit.

In den zwei oder drei Sekunden, die dem Aufprall vorausgingen, erblickte ich im Rückspiegel einen riesigen

Hummer, schwer wie ein Panzer, der größer und größer wurde. Am Steuer meinte ich, flüchtig ein junges, mondbleiches Gesicht zu erkennen.

Das war das Letzte, was ich sah, bevor unser Auto inmitten zersplitternden Glases knirschend von der Fahrbahn abkam. Wir überschlugen uns, einmal, zweimal. Alles schien plötzlich in Zeitlupe abzulaufen. Ich spürte, wie glühendes Eisen mir das Gesicht aufschlitzte, doch merkwürdigerweise empfand ich keinen Schmerz.

Alles verschwand hinter einem schwarzen Schleier.

54

Der blaue Tod

> Das ist die Hingebung des Größten,
> dass es Wagnis ist und Gefahr
> und um den Tod ein Würfelspielen.
>
> Friedrich Nietzsche

Als ich die Augen aufschlug, wunderte ich mich, dass ich nicht tot war.

Ich saß auch nicht mehr im Auto, sondern lag unter dem Sternenhimmel. Um mich her roch es nach frischem Gras. Unter Qualen drehte ich den Kopf, bis ich sah, was von unserem Wagen übrig geblieben war: ein brennender Haufen Schrott.

Seit dem Aufprall waren offenbar nur wenige Minuten – oder gar Sekunden – vergangen, denn das Feuer war noch nicht heruntergebrannt. Erstaunlich war vor allem, dass ich in etwa zwanzig Meter Entfernung lag, also einigermaßen in Sicherheit. Ich fragte mich zwar, ob ich noch laufen könnte, aber ich war zumindest am Leben.

Der Gestank nach Benzin und verbranntem Fleisch sagte mir, dass Pawel nicht dasselbe Glück gehabt hatte wie ich. Erklären konnte ich mir allerdings nicht, wieso ich selbst so weit aus dem Auto geflogen war und immer noch lebte.

Mein rechter Arm war vollkommen lahm, doch mit dem linken konnte ich mir das blutverschmierte Gesicht abwischen. Ich versuchte, ein Bein zu bewegen, musste aber den ganzen Körper anspannen, um nur leicht das

Knie zu heben. Als ich das mit dem anderen Bein zu wiederholen versuchte, spürte ich oben an der Wange etwas Eiskaltes und schrie auf.

»Tut es weh?«, flüsterte eine bekannte Stimme hinter mir.

Ich wartete mit der Antwort, bis das eisige Tuch von meiner zerfetzten Wange entfernt wurde.

»Geht es nicht noch zynischer, Lorelei? Lass mich wenigstens in Frieden sterben.«

»Ich will nicht, dass du stirbst«, sagte sie und beugte sich über mich. »Meine Schwester wäre darüber sehr traurig.«

»Wer verdammt noch mal ist deine Schwester?«

Bei diesen Worten lähmte ein schmerzhafter Stich meinen Unterkiefer. Das Mädchen mit den blauen Haaren schaute mich eindringlich von der Seite an, als suche sie nach verborgenen Brüchen.

Auf meine Frage hatte sie nicht geantwortet, aber das war auch gar nicht nötig. Ihr schiefes Lächeln kam mir plötzlich sehr bekannt vor. Ich nahm all meine Kräfte zusammen und sagte:

»Sarah.«

»Okay, wir sind in verschiedenen Ländern aufgewachsen, aber Blutsverwandte zieht es immer zueinander.«

»Du sagst es. Schade, dass ich dazwischengeraten musste.«

»Ich habe dir gerade das Leben gerettet, du Blödmann.«

Lorelei drückte mir wieder das nasse Tuch auf die Wange. Diesmal heulte ich auf vor Schmerz.

»Du warst auf dem sicheren Weg in den Tod. Ein paar Kilometer weiter, und du könntest die Radieschen von unten sehen.«

»Wie meinst du das?«

Lorelei blies behutsam auf meine offene Wange, bevor sie erklärte:

»Ab Princeton bin ich hinter euch hergefahren. Als ihr zum Restaurant abgebogen seid, kam mir das schon verdächtig vor. Also habe ich gewartet, bis ihr drinnen wart, und in der Nähe geparkt. Ich bin ausgestiegen, um mir die Füße zu vertreten, und da habe ich ihn entdeckt: einen nicht sehr vertrauenerweckenden Typen, der am Straßenrand in einem Lieferwagen saß und rauchte. Er guckte plötzlich auf sein Handy, wahrscheinlich weil er eine Nachricht von Pawel bekommen hatte. Dann ist er mit seinem Lieferwagen über die Landstraße abgedüst. Unterwegs hielt er kurz an, holte das Umleitungsschild hinten aus dem Wagen und schaltete das Blinklicht ein, bevor Pawel mit dir ankam. Du wärst ihm beinahe ins Netz gegangen.«

»Ich würde eher sagen, ich wäre um ein Haar zwischen Schrottteilen krepiert«, protestierte ich schwach. »Du hast eine seltsame Art, Leuten das Leben zu retten, weißt du das?«

Lorelei setzte sich im Schneidersitz neben mich, so als hätten wir alle Zeit der Welt und als würde ich nicht gerade verbluten.

»Okay, ich geb zu, ich hab's ein bisschen übertrieben. Ich wusste ja nicht, dass dieses Biest so eine Wucht hat. Ich wollte euch nur ein bisschen anstupsen, um euch von der Straße zu drängen. Den Hummer hat es hoffentlich nicht allzu übel erwischt. Ich habe ihn zwar mit Vollkasko gemietet, aber es wäre nicht so toll, wenn ich ihn mit eingedrückter Schnauze zurückgeben müsste.«

Obwohl ich mehr tot als lebendig war, empörte mich

das doch heftig. Wenn Lorelei sich größere Sorgen um die Karosserie ihres Mietwagens machte als um ein Menschenleben, war sie eindeutig eine Psychopathin.

»Hat Sarah dich geschickt, um mich zu beschützen?«, fragte ich und schloss die Augen, damit der Schmerz nachließ. Dabei wurde mir schwindelig – in Kürze würde ich wohl erneut die Besinnung verlieren.

»Absolut nicht. Wenn es nach ihr ginge, säße ich weiter in Lausanne und würde mich zu Tode langweilen. Ich mache das alles aus freien Stücken. Ich will einfach nicht, dass Sarah dran glauben muss. Deshalb bewache ich euch.«

Nach mehreren erfolglosen Versuchen, mich aufzurichten, gab ich auf. Ich spürte, wie mir langsam die Kräfte schwanden. Ich hatte viel Blut verloren. Falls Lorelei keinen Krankenwagen rief, und das schien sie nicht vorzuhaben, würde ich bald hier draußen sterben.

Bei dem Gedanken überkam mich plötzlich große Ruhe, als sei es inzwischen nicht mehr so wichtig, ob ich in dieser Welt, die ich nicht mehr verstand, weiterlebte oder starb. Deshalb murmelte ich einfach meine Fragen weiter vor mich hin:

»Wo ist Pawel?«

»Irgendwo in diesem Schrotthaufen. Einer weniger, zur Hölle mit ihm.«

»Und deine Schwester …? Ist sie mit deinen Methoden einverstanden?«

»Überhaupt nicht. Sie ist eine Träumerin. Sie denkt, Menschen sind gut, wenn man ihnen nur die Gelegenheit dazu gibt. Ich sehe das anders. Für mich gibt es auf der Welt nur zwei Arten von Menschen: solche, die überflüssig sind, und solche, die es nicht sind. Wenn man das kapiert hat, wird alles glasklar.«

»... klar ...«, wiederholte ich, in einen Dämmerzustand gleitend, aus dem ich nicht zurückzukehren hoffte.

Während ich in immer dunklerer Nacht versank, hörte ich das ferne Echo von Loreleis Stimme:

»Ich bin die Vollstreckerin des Schicksals. Der blaue Tod.«

55

Die rebellische Schwester

Raffiniert ist der Herrgott,
aber boshaft ist er nicht.

ALBERT EINSTEIN

Blau war die Farbe der Augen, die mich anblickten, als ich aus meinem Sturz in den Abgrund erwachte. Eine schönere Rückkehr ins Leben hätte ich mir nicht vorstellen können, deshalb blieb ich still liegen und betrachtete Sarahs sanfte Züge.

»Willkommen in der Welt«, sagte sie.

Dann drückte sie mir einen zarten Kuss auf die Stirn.

Behutsam drehte ich den Kopf, um eine Ahnung davon zu bekommen, an welchem Ort ich meine Reise durchs Leben wieder aufgenommen hatte. Wie ich hier gelandet war, war mir vollkommen schleierhaft, aber ich befand mich in unserem Williamsburger Loft und lag auf dem Bett, aus dem ich zuletzt aufgestanden war, um nach Princeton zu fahren.

Dazwischen hatte ich – so kam es mir jedenfalls vor – die Hölle durchquert.

Ich versuchte, mich aufzurichten, aber ein Stich in der Schulter holte mich in die Horizontale zurück.

»Nichts überstürzen«, sagte Sarah an der Bettkante. »Du bist ganz geblieben, aber du hast jede Menge Prellungen. Ein Wunder, dass du dir nur den Arm gebrochen hast.«

Mein Blick wanderte über den Gipsverband, der meinen ganzen rechten Arm umschloss. Der Gips war mit blauen Herzchen übersät.

»Wer hat das denn gemacht?«, fragte ich.

Sarah musste sich das Lachen verkneifen.

»Das war ich«, antwortete sie, »während ich darauf gewartet habe, dass du aufwachst. Du hast nämlich zwei Tage lang geschlafen.«

Als mir klar wurde, dass ich die ganze Zeit über nicht bei Bewusstsein gewesen war, drehte sich mir erneut der Kopf.

»Wie bin ich denn hierhergekommen?«

»Das Brooklyn Hospital Center hat mich angerufen. Die Person, die dich eingeliefert hat, hat ihnen offenbar meine Handynummer gegeben, damit sie mir Bescheid sagen konnten. Und bevor sie dich dann wieder in den Krankenwagen verfrachtet haben, musste ich für die ganze Behandlung einen vierstelligen Betrag hinblättern. Aber mach dir deswegen keine Sorgen.«

»Tausend Dank«, sagte ich und dachte an meine schrumpfenden Finanzen. »Haben sie dir auch gesagt, wer mich ins Krankenhaus gebracht hat?«

»Der Bereitschaftsarzt hat mir erzählt, eine junge Frau hätte dich nach deinem Autounfall eingeliefert. Das hat mich überrascht, weil ich dachte, du wärst mit dem Zug nach New Jersey gefahren. Warum warst du denn dann in einem Auto?«

»Das erzähle ich dir gleich. Vorher muss ich dir aber eine Frage stellen: Hast du eine Ahnung, wer mich gerettet haben könnte?«

Sarah strich sich mit dem Fingernagel nervös über die Lippen, bevor sie antwortete:

»Im Krankenhaus wurde mir nur gesagt, es sei eine

sehr junge Frau gewesen. Sie ist verschwunden, bevor die Polizei eintraf, um Fragen zum Unfallhergang zu stellen. Ich musste die ganze Sache dann irgendwie regeln, um dich rausholen zu können.«

»Regeln?«, fragte ich überrascht. »Was hast du denn der Polizei erzählt?«

»Du hättest in einem Taxi gesessen, das gegen einen Laternenpfosten prallte. Der Fahrer hätte dich auf der Straße liegen lassen und Fahrerflucht begangen, weil sie ihn sonst beim Promilletest drangekriegt hätten. Ein Passant hätte dich in seinem Wagen mitgenommen und in deiner Tasche meine Telefonnummer gefunden. Das ist alles.«

Ich holte tief Luft, während Sarah mir sanft über die Naht auf der rechten Wange strich.

»Sie mussten dir das Gesicht mit zwölf Stichen zusammenflicken«, sagte sie, das Thema wechselnd. »Erzählst du mir jetzt, was passiert ist?«

Ich drehte den Kopf ein wenig in Richtung Fenster. Über Brooklyn brach die Nacht herein. Ich hielt Sarahs Hand auf meiner Wange fest und begann zu erzählen. Das »kleine Geheimnis« aus Einsteins Büro sparte ich mir dabei als krönenden Abschluss auf. Den Rest schilderte ich ihr in aller Ausführlichkeit: von der Angestellten im Institut über die Formel auf der Tafel, die Begegnung mit Pawel mit allem Drum und Dran bis hin zum Unfall.

Und vor dem krönenden Abschluss setzte ich zum Todesstoß an:

»Deine Schwester hat mich vor einer Falle bewahrt, aber bei ihren brutalen Methoden ist es ein Wunder, dass ich noch lebe. Heißt sie wirklich Lorelei? Oder ist das nur ihr Kampfname?«

Sarah wurde blass.

»Nein, das ist ihr richtiger Name. Ich habe mir schon gedacht, dass sie etwas damit zu tun hatte, aber ich wollte es gar nicht wissen.«

»Warum? Wie viel verheimlichst du mir eigentlich noch, während du mich wie ein Blinder durch die Weltgeschichte tappen lässt?«

»Es gibt tatsächlich ein paar Dinge, die du noch nicht weißt. Und, glaub mir, es wäre auch nicht gut, wenn du alles auf einmal erfahren würdest. Wer Lorelei ist, hast du ja jetzt herausgefunden. Ich hoffe, wir laufen ihr nicht mehr über den Weg, obwohl ich fürchte, sie sucht dasselbe wie wir.«

»Was suchen wir denn?«, fragte ich ironisch.

»Die letzte Erkenntnis.«

»Lore sagt, sie will dich beschützen, und mich hätte sie gerettet, weil sie nicht will, dass du traurig bist.«

»Nimm das, was sie sagt, nicht ernst«, erwiderte Sarah mit plötzlich hart gewordener Stimme. »Meine Schwester ist total unberechenbar, außer in einem: Von klein auf hat sie versucht, mit mir zu konkurrieren. Da sie kein eigenes Leben hat, macht es ihr Spaß, genau dasselbe zu tun wie ich, auch wenn sie gar nicht kapiert, worum es geht. Sie hat sich auf eigenes Risiko in dieses Abenteuer eingemischt, ohne die Reichweite der ganzen Sache zu begreifen.«

»Ich begreife sie auch nicht.«

Sarah nahm ihre Hand von meiner Stirn und fuhr sich mit den Fingern durch ihr feines schwarzes Haar.

»Niemand begreift so ganz die Reichweite ... oder noch nicht.«

»Auf jeden Fall stört es dich, dass Lore sich einmischt.«

»Sagen wir mal, Vorsicht ist nicht ihre Stärke. Sie kann sogar ziemlich gewalttätig werden. Ihre Weltsicht beschränkt sich darauf, die Leute in gute und böse einzuteilen. Wenn man dann noch bedenkt, dass die zweite Frau meines Vaters eine verantwortungslose Millionärin ist, die Lore alles gibt, was sie will, wird schnell klar, dass sie eine tickende Zeitbombe ist. Je weiter weg sie ist, umso sicherer sind wir.«

»Sie ist doch nur ein Mädchen«, erwiderte ich und dämmerte langsam wieder ein.

»Ich würde sagen, sie ist eine achtzehnjährige Psychopathin, die ab und zu eine gute Tat vollbringt, wenn auch nur aus Versehen. Wie zum Beispiel, dich ins Krankenhaus zu fahren ...«

Ganz kurz berührten ihre Lippen meine Lippen. Es war nur ein flüchtiger Kuss, eine Andeutung, aber ich spürte, wie ein unbekanntes Feuer mich sanft von innen verbrannte.

Ich öffnete die Augen.

»Wenn du mir noch so einen Kuss gibst, vertraue ich dir ein Geheimnis an, das Einstein in seinem Büro versteckt hat«, sagte ich.

Sarah lächelte mit gerunzelter Stirn.

»Nur wenn du mir versprichst, mich nicht um einen dritten zu bitten.«

»Versprochen.«

»Los, sag, was es ist.«

»Ein Brief«, antwortete ich aufgeregt. »Ich habe mir den Inhalt auf der letzten Seite meines Moleskines notiert. Drüben in meiner Jackentasche.«

Die Französin holte meine Jacke und durchsuchte die Taschen, bis sie das Notizbuch fand. Sie zog das Gummiband ab und öffnete behutsam den schwarzen Deckel. Als sie die Abschrift von Milevas Brief an ihren Großvater las, seufzte sie gerührt.

Dann schob sie das Büchlein zurück in die Jackentasche und sagte:

»Schlaf jetzt, du musst wieder zu Kräften kommen. Wir müssen so schnell wie möglich abreisen.«

»Vergiss nicht, du schuldest mir noch was«, protestierte ich.

Langsam kamen Sarahs volle Lippen auf meine Lippen zu, die an den angenehmsten Ort des bekannten Universums gesogen wurden. Als sich ihr Mund von meinem löste, erlebte ich die Einsamkeit des Astronauten, der hinausdriftet in die kosmische Kälte, weil die Verbindungsleine zu seinem Raumschiff gerissen ist.

56

Die Bruderschaft

Wahrheit ist eine Frucht,
die nur reif gepflückt werden darf.

VOLTAIRE

Während meiner Genesung ernährte ich mich von Suppen, die Sarah mir aus einem nahe gelegenen jüdischen Restaurant holte. Küsse gab es keine mehr, aber die Nähe zwischen uns war in diesen Tagen so groß, dass Sarahs bloße Gegenwart ein Glücksgefühl in mir auslöste, das ich mit allen Fasern meines Körpers spürte.

Ich kam mir vor wie ein alberner Romantiker.

Allmählich kamen die handelnden Figuren der Intrige zum Vorschein, doch immer noch überwog die dunkle Materie bei weitem das bisschen Helligkeit, das in dem Labyrinth aufblitzte, in das wir geraten waren.

»Du glaubst also«, unterbrach ich sie wieder, als sie nervös auf die Tastatur ihres Laptops einhämmerte, »dass tatsächlich Pawel Yoshimura um die Ecke gebracht hat, um ihn daran zu hindern, das in Einsteins Büro verborgene Geheimnis zu entdecken?«

»Das Motiv war vermutlich komplexer. Ich nehme an, dass er nachts noch einmal zum Haus zurückgekehrt ist und versucht hat, den Japaner zu zwingen, ihm Dinge preiszugeben, von denen er noch nichts wusste. Pawel war auf jeden Fall nur Handlanger einer Organisation, die weltweit ihre Agenten hat, genau wie unsere.«

»Welches ist denn unsere? Mich hat nie jemand gefragt, ob ich einer Organisation angehören will.«

Sarah seufzte, bevor sie erwiderte:

»Spirituell gehörst du ihr an, ob du es willst oder nicht. Schon die Entscheidung, dich mit mir zusammenzutun, war eine Form, Partei zu ergreifen. Yoshimura, der Fremdenführer in Bern, Meret Wolkenweg, der angebliche Verleger, der deine Reisen finanziert ... sie alle suchen Einsteins geheime Formel für eine Energie, die freigesetzt stärker ist als jede andere.«

»Moment mal«, unterbrach ich sie. »Willst du etwa sagen, Raymond L. Müller, der Publikationschef des PQI, hat gar nicht die Absicht, das Buch zu veröffentlichen?«

»Ganz genau. Und den Verleger gibt es gar nicht. Alles war fingiert, um dich mit genügend Geld zu versorgen, damit du mich bis hierher begleiten konntest. In Princeton gibt es auch kein Quantisches Institut dieses Namens. Einzig unsere Anonymität schützt uns bei dem ganzen Abenteuer.«

Das war mehr, als ich auf einmal verkraften konnte. Vergeblich versuchte ich, mich aufzurichten, um Sarah in die Augen zu schauen. Zum ersten Mal hatte sie die Karten auf den Tisch gelegt.

»Dann ...«, begann ich entrüstet, »mache ich die ganze Arbeit also umsonst!«

»Im Gegenteil«, erwiderte sie und legte mir beschwichtigend die Hand auf die Schulter. »Deine Arbeit ist fundamental für unsere Suche nach der letzten Erkenntnis. Wir wollen, dass du deine Arbeit fortsetzt. Wenn das alles hier vorbei ist, bekommst du das restliche Geld.«

Ich ließ mich aufs Bett zurücksinken.

»Das heißt, ich bin ein Söldner, der für eine Organisation arbeitet, deren Namen er nicht mal kennt.«

»Unsere Feinde nennen uns Quintessenz, aus Gründen, die im Moment nichts zur Sache tun. Auf jeden Fall sind wir keine Organisation mit pyramidaler Hierarchie, mit Führungspersonen und festen Regeln, schon gar nicht seit Yoshimuras Tod. Wir sind unabhängige Personen, die sich aus freien Stücken und jede auf eigene Weise der letzten Erkenntnis nähern. Das verbindet uns und trägt dazu bei, dass wir uns bei diesem Wettlauf gegen die Zeit gegenseitig beistehen.«

Ein paar Sekunden lag ich nachdenklich da und versuchte, die Teile dieses sonderbaren Puzzles zusammenzufügen, dessen Bedeutung sich verschwommen abzuzeichnen begann.

»Folglich war Yoshimura eine wichtige Person in Quintessenz.«

Die Stimme der Französin zitterte, als sie antwortete:

»Zumindest war er das für mich. Er hat meine Doktorarbeit betreut und war fast wie ein Vater für mich. Zu dem geheimen Treffen in Cadaqués bin ich gekommen, um ihn zu beschützen, denn wir wussten, dass unter den Geladenen auch Feinde von Quintessenz sein würden. Ich habe total versagt.«

Eine Träne lief ihr über die Wange und blieb kurz dort hängen, bevor sie sich in Nebenflüsschen der Traurigkeit aufteilte.

Ich wollte aufstehen, um sie zu umarmen, doch mir tat immer noch der ganze Körper weh. Andererseits wollte ich jetzt, da die Stunde der Wahrheit gekommen zu sein schien, alles erfahren.

»Hat er auch Lorelei betreut?«

»Die beiden kannten sich kaum. Sie hat immer in der Schweiz gelebt. Mein Vater starb, als sie fünf Jahre alt war, und wir haben verschiedene Mütter. Unsere Familie ist kompliziert. Aber im Grunde habe ich es noch schwerer als sie: Ich bin vollkommen allein auf der Welt.«

Melancholische Stille breitete sich in unserem kleinen Raum im dritten Stock des Space aus, das um diese frühe Abendstunde wie ausgestorben war.

»Und was ist mit den Mördern?«, platzte ich heraus, wieder ganz der Journalist. »Sind diese Leute, die versuchen, jeden um die Ecke zu bringen, der sich der geheimen Formel nähert, auch irgendwelche Freigeister? Praktizieren sie das Verbrechen als spirituellen Weg?«

»Nein, diese Leute gehören wirklich einer Organisation an«, antwortete Sarah mit wiedergewonnener Selbstbeherrschung. »Das Böse ist immer organisiert, das Gute dagegen kennt keine Grenzen. Aber wenn ich ehrlich bin, ist mir nicht ganz klar, welche Ziele sie bei dieser ganzen Sache verfolgen. Wir wissen nur, dass sie das letzte Forschungsergebnis vor uns finden wollen. Aus den wenigen Dokumenten, die wir abgefangen haben, wissen wir, dass sie sich ›die Bruderschaft‹ nennen.«

Der Name erinnerte mich an die »Bruderschaft der Bombe«, eine geheime Gruppe, der während des Kalten Krieges vermutlich auch Oppenheimer angehört hatte. Im Zuge der damaligen Paranoia warf man ihren Mitgliedern vor, als Spione für die Sowjetunion zu arbeiten. Das brachte mich auf eine Idee, und ich sagte:

»Vielleicht strebt diese Bruderschaft an, sich einer neuen Energieform zu bemächtigen und sie zu kontrollieren.«

»Kann gut sein. Oder sie will einfach verhindern, dass

die Formel bekanntwird, damit alles so bleibt, wie es ist.«

»Wie ist es denn?«, fragte ich naiv.

»Schrecklich. Deshalb müssen wir die Dinge ändern.«

57

Der traurigste Ort der Erde

Das Traurigste am Krieg ist, dass er das
Beste im Menschen für das Schlimmste benutzt,
was ein Mensch tun kann.

HENRY FOSDICK

Am Sonntag erwachte ich erst gegen Mittag, eine ziemlich ungewöhnliche Tageszeit, seitdem wir uns in Williamsburg niedergelassen hatten, dem Hauptquartier auf unserer Reise nach Nirgendwo. Doch das viele Schlafen hatte mich nach den Schmerzen der vergangenen Tage wiederhergestellt.

Außer dem Gipsarm und der Narbe auf der Wange, die immer noch brannte, spürte ich nur ein leichtes Kribbeln am linken Arm. Als ich die vom Schlaf verquollenen Augen aufmachte, hätte ich beinahe aufgeschrien.

Auf meinem Arm war die Formel aufgetaucht, die uns seit Anbeginn dieses Abenteuers verfolgte: $E = ac^2$. Ich strich mir mit den Fingern über die Haut, um zu überprüfen, ob Sarah sich vielleicht nur einen Scherz erlaubt hatte, nachdem sie mir ja, ebenfalls zum Spaß, Herzchen auf den Gips gemalt hatte.

Doch zu meinem Entsetzen stellte ich fest, dass die Formel eintätowiert war. Für immer.

Ich nutzte meine erst jüngst wiedererlangte Mobilität und sprang aus dem Bett, um zu Cuco hinüberzulaufen, dem Hauptverdächtigen dieses frechen Streichs.

Der dicke Tätowierer mit dem Wuschelkopf arbeitete

gerade am zarten Rücken eines jungen Mädchens, das auf die Stiche der elektrischen Nadel mit kleinen Schmerzensseufzern reagierte. Bevor ich ihn zur Rede stellte, entdeckte ich zwischen den Schulterblättern des Mädchens eine Heckenrose und darunter das Motto »Keine Rose ohne Dornen«.

Ohne mich darum zu scheren, dass er gerade ein von der Taille aufwärts nacktes Mädchen behandelte, herrschte ich ihn an:

»Darf man erfahren, wann und wieso du mir ohne meine Erlaubnis ein Tattoo verpasst hast?«

»Du hast geschlafen wie ein Engel«, antwortete er mit seinem costa-ricanischen Akzent, »und deine Frau hat gesagt, das sei genau der richtige Moment. Auf deiner Reise heute Nachmittag wird dir das Tattoo Glück bringen. Erinnerst du dich noch, was ich dir gesagt habe? Wenn du dir eine Frage eintätowierst, spricht deine Haut im Traum zu dir und legt eine Nachtschicht ein, um die Antwort zu finden.«

»Eine Antwort habe ich aber immer noch nicht«, fauchte ich. »Und ich weiß auch nicht, von welcher Reise du sprichst.«

Das Mädchen mit dem Tattoo beklagte sich auf Englisch, dass der Tätowierer ihrem Rücken nicht die nötige Aufmerksamkeit widme.

»Sprich mit ihr und finde es heraus«, schloss er, bevor er erneut seine elektrische Nadel zückte. »Ich habe nur einen Auftrag ausgeführt.«

Als Sarah zurückkehrte – ich selbst war, seitdem man mich mit dem Krankenwagen ins Space gebracht hatte, noch nicht wieder auf der Straße gewesen –, verkündete sie, wir würden noch am selben Tag zu unserer möglicherweise letzten Etappe aufbrechen.

Sie schlug sogar vor, Baby alles zu bezahlen, was wir ihr an Miete für Raum und Möbel schuldeten, da wir höchstwahrscheinlich nicht nach New York zurückkehren würden.

Mit vorweggenommenem Heimweh schaute ich mich in unserem kleinen Nest um. Jetzt, da ich es verlassen sollte, wurde mir bewusst, dass ich in den Wochen, die ich hier gemeinsam mit Sarah verbracht hatte, ziemlich glücklich gewesen war, obwohl ich ahnungslos in diesen schmutzigen Krieg mitsamt »Unfall« hineingeraten war.

»Wieso bist du so sicher, dass wir nicht zurückkommen?«

»Mir ist plötzlich ein Licht aufgegangen«, antwortete sie strahlend. »Der in Einsteins Büro versteckte Brief stammt aus dem Jahr 1955. Da Lieserl gleich nach dem Krieg nach Boston ausgewandert ist und vor ihrem Umzug nach New York ihr erstes Kind bekommen hat, könnte es sein, dass Mileva diesen Brief an ihren Großvater mit etwas über sechs Jahren geschrieben hat. Nach meiner Rechnung hat Lieserl ihre beiden Kinder ziemlich spät bekommen. Mileva müsste daher heute um die sechzig sein, und irgendwie habe ich das Gefühl, dass sie immer noch in der Nähe von Trinity lebt.«

»Wie kommst du darauf? Und wo zum Teufel liegt dieses Trinity? Mir sind schon ein halbes Dutzend Dörfer mit diesem Namen begegnet.«

»Es ist kein Dorf«, sagte Sarah mit rätselhaftem Lächeln, »aber zuerst beantworte ich deine vorherige Frage. Du weißt ja, was die kleine Mileva in dem Brief geschrieben hat: ›Wenn diese Kraft existiert, müssen wir sie genau hier freisetzen, am traurigsten Ort der Erde. Deshalb bleiben wir hier.‹ Hoffen wir also, dass sie sich an das Versprechen gehalten hat und immer noch in der Nähe von Trinity lebt.«

»Meine Frage hast du aber immer noch nicht beantwortet. Wo liegt Milevas Trinity?«

»Denk mal daran, was in dem Brief steht: ›der traurigste Ort der Erde‹. Was für ein Ort fällt dir da ein?«

»Das würde am ehesten zu Hiroschima passen, andererseits habe ich gehört, dass dort inzwischen wieder eine ziemlich fröhliche Atmosphäre herrscht.«

»Du bist auf dem richtigen Weg«, sagte Sarah begeistert, »aber denk nicht an Hiroschima und Nagasaki, sondern an die Phase unmittelbar davor.«

Während ich über ihren Hinweis nachgrübelte, drehte ich einige Runden durch das Zimmer, das sich bald wieder in einen leeren Raum verwandeln würde. Schließlich präsentierte ich der Französin in der roten Jacke folgende Antwort:

»Die Phase unmittelbar vor den Atomangriffen waren die Tests in unbewohnten Gegenden. Meinst du das?«

»Bravo! Konkret meine ich den ersten Ort auf der Erde, an dem eine Atomexplosion stattgefunden hat. Dieser Ort ist ›der traurigste Ort der Erde‹.«

»Dafür müsste ich bei Wikipedia nachschauen«, erwiderte ich augenzwinkernd. »In der Geschichte der Atomtests kenne ich mich nicht besonders aus.«

»Nicht nötig, den Namen dieses schändlichen Ortes kann ich dir verraten: Trinity. Von dort hat Mileva an ihren Großvater geschrieben und ihm mitgeteilt, dass sie vorhabe, zu bleiben, um die geheime Energie freizusetzen, die den ersten Atomversuch wieder wettmachen könnte.«

»Ja, und wo genau ist das?«

»Der geographische Name passt sehr gut: Es liegt in der Nähe von Socorro, also ›Hilfe‹, in einer Wüste in New Mexico, die Jornada del Muerto heißt: ›Tagesreise des toten Mannes‹. Im Epizentrum der Explosion steht ein Obelisk aus schwarzem Lavagestein, an dem sich schon 1953 Pazifisten getroffen und Freiluftmessen mit über 600 Personen gefeiert haben. Findest du nicht, das wäre für Mileva ein geeigneter Ort, um den Irrtum ihres Großvaters wiedergutzumachen und dort die Kraft seiner letzten Erkenntnis freizusetzen?«

»Natürlich. Wenn Einsteins Enkelin noch lebt und sich immer noch aktiv engagiert, wäre das ein geeigneter Ort, um nach ihr zu suchen.«

»Das Problem ist, dass es im Sommer in Jornada del Muerto wahnsinnig heiß ist.«

»Mileva Einstein wohnt aber bestimmt nicht in einem Zelt vor dem Obelisk«, wandte ich ein, »sondern in einem Haus in einem nahe gelegenen Ort.«

»Das nehme ich auch an. Es gibt da einen Ort, der etwas näher bei Trinity liegt als Socorro, ein Dorf mit dem seltsamen Namen Carrizozo. Vielleicht sollten wir dort anfangen.«

Und dann schlang sie mir voller Begeisterung die Arme um den Hals und flüsterte mir ins Ohr: »Ich freue mich, dass du mitkommst.«

VIERTER TEIL

Feuer

Das Feuer ist das Element des Willens,
der Verwandlung und der Leidenschaft.

Es symbolisiert Verlangen, schöpferische
Energie und Lebensimpuls,
Macht, Antrieb und Willenskraft,
aber auch Verführung und Sinnlichkeit.

Das Feuer entspringt einer starken Energie, dem
Willen des Augenblicks, und verbindet sich deshalb
mit Instinkt und Intuition.

Es lässt sich nicht von Hindernissen, Überlegungen
oder Ängsten aufhalten.
Es handelt und verbreitet sich rasend schnell.

Feuer kann zerstörerisch, aber auch erneuernd sein.
Seine Gegenwart ist ein Symbol für Vernichtung,
aber auch für Wiedergeburt.
Eine Flamme entfachen kann bedeuten, zu neuer
Hoffnung aufzurufen.

Und immer ist im Feuer Lebenskraft, es ist unerlässlich
für Leben, Licht und Wärme.

Feuer wärmt oder verbrennt, tröstet oder vernichtet,
das hängt davon ab, ob wir ihm nah sind oder fern
und wie es sich bei uns ausdrücken darf.

Es brennt in der Hitze eines Kusses, aber es ist auch
die Seele einer Vernichtungswaffe.

Wir tragen das Feuer in unserer Seele und
sind deshalb lebendig.

58

Das Manhattan-Projekt

> Wenn ich die Folgen geahnt hätte,
> wäre ich Uhrmacher geworden.
>
> ALBERT EINSTEIN

An einem Sonntag im Juni in die Wüste Jornada del Muerto zu reisen würde nicht einfach sein. Der nächstgelegene Ort war Carrizozo, ein verlorenes 1000-Seelen-Dorf. Von New York aus mussten wir zunächst nach Minneapolis fliegen und von dort nach Albuquerque, um schließlich mit einem Mietwagen unser Ziel zu erreichen.

Insgesamt würden wir über neun Stunden unterwegs sein und, wenn alles glattlief, im Morgengrauen am traurigsten Ort der Erde ankommen.

Sarahs These erhielt durch die »Bomben-Show«, zu der uns die anonyme Nachricht geführt hatte, zusätzliches Gewicht. Zwischen Einsteins Brief an Roosevelt und dem Bombenabwurf über Hiroschima lag der Atomtest von Trinity. Alles passte zusammen. Zweifellos verfolgten wir die richtige Spur.

Während wir auf unseren Abflug nach Minneapolis warteten, begann ich, in Yoshimuras Manuskript das Kapitel über das Manhattan-Projekt zu lesen. Ich hatte es mir ausgedruckt, um mich über die Vorgeschichte des allerersten Nukleartests zu informieren.

Nach Einsteins berühmtem Brief und dem japanischen Angriff auf Pearl Harbor im Jahr 1941 gelangte die Regierung Roosevelt zu der Überzeugung, dass die Vereinigten Staaten die Atombombe entwickeln mussten, bevor dies den Achsenmächten gelang. Nach einigen zögernden Versuchen übernahm Oberst Leslie Groves 1942 die militärische Leitung des Projekts, an dem ein umfangreiches Team aus Wissenschaftlern, Ingenieuren und Technikern arbeitete. Ihnen wurde alles Notwendige zur Verfügung gestellt, um das Projekt voranzutreiben.

An seinem ersten Tag in der neuen Position bestellte Groves 1250 Tonnen Uran aus Belgisch-Kongo, die in einem Lager auf Staten Island warteten. Der nächste Schritt war der Bau einer Anlage zur Kernspaltung. Im Oktober desselben Jahres wurde Julius Robert Oppenheimer zum Leiter des Forscherteams ernannt, einer Gruppe größtenteils aus Europa emigrierter Wissenschaftler, die Tag und Nacht an der Herstellung der Bombe arbeiten sollte. Die Geheimlabors lagen in der Wüste von Los Alamos in New Mexico.

Zwei Jahre später hatte das Manhattan-Projekt jedoch immer noch nicht die erwünschten Resultate erbracht. Im September 1944 stand noch keine funktionsfähige Atombombe zur Verfügung. Ende des Jahres aber besserte sich die Lage, und Anfang 1945 konnte man einen Auslieferungstermin für zwei verschiedene Bomben, die Plutonium- und die Uranbombe, ins Auge fassen.

Groves, der inzwischen zum General befördert worden war, sorgte sich lediglich darum, dass der Zweite Weltkrieg zu Ende sein könnte, bevor die Bomben abwurfbereit waren. Wozu aber eine Nuklearwaffe, wenn es keinen zu vernichtenden Feind mehr gab?

Obwohl der Widerstand der japanischen Armee bereits gebrochen war und zur Erzwingung der Kapitulation eine Bombardierung mit konventionellen Waffen ausgereicht hätte, wurde der Abwurf der Bombe als »diplomatischer« Akt Präsident Trumans beschlossen. Zuvor hatten die Wissenschaftler des Manhattan-Projekts in der Wüste von New Mexico mit Erfolg eine Plutoniumbombe gezündet.

Besonders interessant fand ich einen von Yoshimura zitierten Artikel, der vom Pfusch im Zusammenhang mit dem Abwurf von *Little Boy* über Hiroschima berichtete. Da man noch keine Uranbombe getestet hatte, fürchtete man, die Explosion könnte eine Kettenreaktion in der Erdatmosphäre auslösen. Trotzdem warf die *Enola Gay* statt der Plutoniumbombe, deren Folgen man kannte, die Uranbombe ab.

Ein weiteres Risiko – in diesem Fall ein strategisches – war, dass die Bombe zur Verlangsamung der Fallgeschwindigkeit mit einem kleinen Fallschirm ausgestattet war, da sie 600 Meter über der Erde explodieren sollte. Sobald sie die richtige Höhe erreicht hätte, sollte sie mittels eines empfindlichen Luftdruckmessgeräts gezündet werden.

Wenn man bedachte, dass, abgesehen vom komplizierten Mechanismus des Messgeräts, damals zehn Prozent der Bomben nicht explodierten, bestand durchaus die Möglichkeit, dass *Little Boy* intakt am Boden ankam. In diesem Fall brauchten die Japaner, die über eine sehr fortschrittliche Technologie verfügten, die Bombe nur noch zu nehmen und über einer nordamerikanischen Stadt ihrer Wahl abzuwerfen.

Dennoch explodierten die Bomben von Hiroschima und Nagasaki wie gewünscht und lösten weltweit großes Entsetzen aus. Einstein, der zu ihrer Konstruktion aufgefordert hatte, wurde, nachdem ihre verheerende Wirkung bekanntgeworden war, zu einem engagierten und unermüdlichen Atomwaffengegner. 1950 sprach er zu den amerikanischen Fernsehzuschauern über den Rüstungswettlauf zwischen den Vereinigten Staaten und der Sowjetunion:

> Einen äußeren Feind mögen wir besiegt haben, doch wir sind unfähig, uns von der vom Krieg geschaffenen Denkweise zu befreien. Frieden ist nicht möglich, solange jedwede Handlung mit dem Gedanken an einen potenziellen künftigen Konflikt beschlossen wird.

Nachdem ich das Kapitel über das Manhattan-Projekt vollständig gelesen hatte und die alte Boeing vom Flughafen La Guardia gestartet war, sagte ich mir, dass die Welt heute nicht ganz so schlecht war, wie man damals angenommen hatte. Im Vergleich zum Kalten Krieg, als Tausende von Atomsprengköpfen drohten, ganze Großstädte von der Landkarte zu löschen – wahrscheinlich alle gleichzeitig –, wirkten der 11. September und der globale Krieg gegen den Terrorismus wie ein Kinderspiel.

Einmal hatte ich den Kommentar eines Militärs gehört, der gesagt hatte, auf der Welt müsse es mehr gute Menschen geben als gemeinhin vermutet, da von den ungeheuren Mengen existierender Atombomben bisher nur zwei abgeworfen worden seien.

Das Problem sei allerdings, dass diese Bomben weiterhin existierten und die weltweiten Konflikte natürlich nicht einfacher geworden seien.

Während mir diese beklemmenden Dinge durch den Kopf gingen, schlug Sarah, die kurz eingenickt war, die Augen auf und sah mich neugierig an. Die Farbe ihres

Blicks erinnerte mich an Loreleis Haare. Obwohl die Stiefschwester der Frau, die ich liebte, mich vor Pawel gerettet hatte, traute ich ihr nicht. Bei ihr konnte ich mir durchaus vorstellen, dass sie auf den roten Knopf drücken würde, wenn er in ihrer Reichweite wäre.

Seit dem Beginn unserer Nachforschungen war sie uns ununterbrochen auf den Fersen geblieben. Zwar hatte ich mich vergewissert, dass sie nicht in unserem Flieger saß, doch ich schloss die Möglichkeit nicht aus, sie irgendwann in jener Wüste, mit der zehnmal höheren Strahlenbelastung als empfohlen, auftauchen zu sehen.

»Woran denkst du?«, fragte Sarah.

»Ich denke an Lore. Vor ein paar Tagen hast du mir von zwei Parteien erzählt: von Quintessenz, den Leuten, die nach der letzten Erkenntnis suchen, um die Probleme der Welt zu lösen, und von der Bruderschaft, die versucht, Einsteins Geheimnis an sich zu bringen. Zu welcher gehört denn deine Schwester?«

Die Französin schwieg einige Sekunden nachdenklich.

»Zu keiner von beiden«, erwiderte sie schließlich. »Sie macht, was sie will, und verfolgt nur egoistische Ziele.«

»Dann verstehe ich nicht, warum sie uns durch die halbe Welt folgt. Nur weil sie uns beschützen will?«

»Das bezweifle ich«, antwortete Sarah.

»Warum dann?«

»Bei Lorelei kann alles und nichts der Grund sein. Es wäre sogar denkbar, dass du ihr gefällst und sie nach einer Möglichkeit sucht, mich auszubooten.«

Verblüfft schaute ich meine Begleiterin an, als die Boeing zum Landeanflug ansetzte.

59

Die Wüstengeschichte

> Das Schweigen habe ich von den Redseligen gelernt,
> die Toleranz von den Unduldsamen,
> die Freundlichkeit von den Übelgelaunten.
> Und doch bin ich diesen Lehrern nicht dankbar.
>
> KHALIL GIBRAN

Die restliche Strecke nach Carrizozo erwies sich als eine qualvolle Odyssee. In Minneapolis mussten wir über drei Stunden auf den Weiterflug nach Albuquerque warten, bei dem es grauenhafte Turbulenzen gab.

Als wir endlich in der einwohnerreichsten Stadt New Mexicos landeten, war es bereits elf Uhr abends. Gegen Mitternacht verließen wir den Flughafen in einem gemieteten Ford Focus, mit dem wir die fast 200 Kilometer zurücklegen mussten, die uns von dem abgelegenen Wüstendorf trennten.

Da ich mit dem Gipsarm nicht fahren konnte, setzte Sarah sich ans Steuer und trat kräftig aufs Gas, um uns so schnell wie möglich aus den Randbezirken der Stadt zu bringen.

Es dauerte nicht lange, bis sich vor unseren Augen eine scheinbar endlose, kahle Ebene erstreckte. Am Horizont verlor sich die Straße zwischen Felsen, die im Mondschein so blau schimmerten, dass man das Gefühl hatte, auf dem Mond unterwegs zu sein.

Vielleicht lag es an der Uhrzeit und daran, dass Sonntag war – eigentlich schon Montag –, dass wir keinem

Auto begegnet waren, seit wir die Vororte der Großstadt verlassen hatten. Inzwischen war es ein Uhr morgens, und es waren noch sechzig Kilometer bis zum nächsten Ort, Socorro, wo die Straße nach Carrizozo abbog. Dann lagen mindestens weitere hundert Kilometer vor uns.

»Ich bin todmüde«, sagte Sarah, während ich wie hypnotisiert die Mondlandschaft betrachtete, »außerdem sehe ich nachts nicht besonders gut.«

»Keine Sorge. Die Wahrscheinlichkeit, hier mit einem anderen Auto zusammenzustoßen, ist extrem gering, falls deine Schwester es nicht auf uns abgesehen hat.«

»Ich bezweifle, dass sie sich traut, hier rauszukommen. Auf jeden Fall brauchst du keine Angst vor ihr zu haben. Jemand, der dir das Leben rettet, wird es dir nicht gleich darauf nehmen wollen.«

»Das weiß man nie.«

Schweigend setzten wir unsere nächtliche Reise fort. Zu beiden Seiten der Straße erstreckte sich endlose Leere, so dass ich den Eindruck hatte, wir würden uns kaum von der Stelle bewegen.

Als wir schon eine ganze Weile kein Straßenschild mehr gesehen hatten, bat Sarah mich, ihr irgendetwas zu erzählen. Ihr fielen vor Müdigkeit die Augen zu.

»Was möchtest du denn hören?«

»Irgendwas Schönes. Eine Wüstengeschichte.«

So auf Anhieb war das nicht leicht. Im Geiste ging ich die Legenden durch, die ich, noch vor meiner Arbeit für *Netzwerk*, beim Verfassen von Radioskripten verwendet hatte, und stieß auf eine Legende, die gut zu der Szenerie bläulicher Einsamkeit passte.

»Ich glaube, sie stammt von dem libanesischen Dichter Khalil Gibran«, begann ich. »Sie handelt von einem

Mann, der sein Leben lang durch die Wüste gewandert ist. Am Ende seiner Tage blickt er zurück auf den Weg, der hinter ihm liegt, und ihm fällt auf, dass an manchen Stellen vier Fußspuren zu erkennen sind und an anderen nur zwei. Der Mann denkt über seine Vergangenheit nach. Er hat seine eigenen Schritte wiedererkannt, von Zeit zu Zeit begleitet von Gottes Schritten. Da schaut er zum Himmel auf und fragt: ›Lieber Gott, warum hast du mich in den schlimmsten Momenten alleingelassen?‹ Und Gott antwortet ihm: ›Ich habe dich nie allein gelassen. Dort, wo du nur zwei Fußspuren siehst, habe ich dich getragen.‹«

Sarah schien von der Geschichte gerührt zu sein und streichelte mit den Fingerkuppen meine gesunde Hand.

»Jetzt erzähl du mir was«, bat ich sie. »Ich weiß so wenig von dir.«

»Du weißt mehr von mir als jeder andere Mensch«, entgegnete sie. »Seit unserer Begegnung in Bern recherchieren wir gemeinsam, essen, schlafen, erwachen gemeinsam, reisen in dieselbe Richtung ... Einen Menschen lernt man nur kennen, wenn man all das mit ihm zusammen macht.«

»Ja, aber ich weiß nichts über deine Vergangenheit. Nur dass du eine verrückte Schwester hast, die dich durch die ganze Welt verfolgt und Leute hinrichtet, die ihrer Meinung nach überflüssig sind.«

»Und was würde es dir nützen, meine Vergangenheit zu kennen? Genüge ich dir nicht so, wie ich jetzt bin, in diesem Auto unter den Sternen?«

Ich überlegte kurz, während sich die Straße vor unseren Augen weiter endlos und schnurgerade durch die Wüste zog.

»Mir genügt dieser Moment«, sagte ich schließlich. »Aber ich weiß auch, dass unsere Reise enden wird, gut oder schlecht, und der Gedanke, dass wir uns trennen werden, gefällt mir nicht«, gestand ich. »Ich habe mich an dich gewöhnt, verstehst du?«

Sarah lächelte nur, statt zu antworten, und hielt den Blick fest auf den Horizont gerichtet, der vor uns zu fliehen schien.

Als wir Socorro erreichten, eine kleine, unansehnliche Stadt im Westen der USA, hielt Sarah neben einem einfachen Holiday Inn und stöhnte:

»Ich kann nicht mehr. Es ist zwei Uhr früh, und ich muss schlafen. Was hältst du davon, wenn wir den letzten Teil der Reise auf morgen verschieben?«

Der Hotelportier, ein rachitischer Mann mit altmodischer Brille, blätterte neugierig unsere ausländischen Pässe durch.

»Sind Sie Ufo-Jäger?«

Verblüfft sahen wir einander an.

»Absolut nicht, sehen wir so aus?«, antwortete ich schließlich.

»Nicht unbedingt, aber die wenigen Europäer, die hier Station machen, kommen in der Regel, um die Ufo-Sichtungen zu untersuchen. Die berühmteste ereignete sich 1964. Die Nachricht ist um die ganze Welt gegangen, haben Sie nichts davon gehört? Ein Polizist namens Lonnie Zamora hat damals gesehen, wie ein außerirdisches Raumschiff hier in der Nähe in einer Schlucht zerschellte. Der Krach war in der ganzen Stadt zu hören, viele Leute aus Socorro haben sogar Flammen und Qualm gesehen.«

»Na ja, eigentlich fahren wir nach Carrizozo«, sagte ich, um das Gespräch zu beenden.

»Ui, das ist am Arsch der Welt. Da gibt es wirklich nichts, nicht mal fliegende Untertassen.«

60

Carrizozo

Eine Wüste ist ein Ort ohne Erwartungen.

Nadine Gordimer

Nachdem ich in einem Kingsize-Bett für mich allein zehn Stunden am Stück geschlafen hatte, verputzten Sarah und ich ein amerikanisches Frühstück und machten uns in der prallen Sonne erneut auf den Weg.

Die vom Mondlicht verzauberte nächtliche Landschaft hatte sich bei Tag in eine weite Einöde verwandelt, die einzig für die zwischen Steinen und Gestrüpp hervorlugenden Eidechsen geschaffen schien. Ansonsten nichts als Kilometer über Kilometer kahles, in der Sonne glühendes Land.

Wir ließen die Kolonialkirchen von Socorro hinter uns, überquerten den Rio Grande und fuhren bis San Antonio, wo wir den Highway 380 in Richtung Carrizozo nahmen. Etwa hundert Kilometer weiter östlich erwartete uns der Ort, an dem wir unsere Suche wieder aufnehmen wollten.

Sarah hielt ihre von einer modischen Sonnenbrille verdeckten Augen auf die Straße gerichtet, während ich die kargen Berge an unserem Weg betrachtete.

»Falls Mileva in diesem Dorf mit dem sonderbaren Namen lebt, wird es nicht schwer sein, sie zu finden.«

»Wieso bist du dir da so sicher?«

»Das Dorf hat nur tausend Einwohner, und laut Karte

liegt es in einer fast unbewohnten Gegend. Kein Wunder, dass man sich diese Einöde ausgesucht hat, um die Plutoniumbombe zu zünden.«

»Sag das bloß nicht den Leuten, die dort wohnen, sonst lynchen sie dich.«

»Falls das nicht schon vorher andere übernommen haben«, fügte ich hinzu.

Nachdem wir eine Stunde durch die Wüste gefahren waren, verkündete ein braunes Schild zwischen zwei Pfosten, dass wir in Carrizozo angekommen waren. Das Dorf schien nur aus einer einzigen Straße zu bestehen, an der auf beiden Seiten ein paar Geschäfte lagen.

An diesem Montag um zwölf Uhr mittags schien sich dort keine Menschenseele aufzuhalten.

Wir drehten ein paar Runden um die trostlose Häuseransammlung, ohne ein Hotel zu entdecken. Schließlich hielten wir an einer Tankstelle, an der ein mexikanisch aussehender junger Mann mit Zopf auf uns zukam.

»Voll?«, fragte er auf Spanisch, die Zapfpistole schwenkend. »Je nachdem, wo Sie hinwollen, könnten Sie Probleme haben, Benzin zu bekommen.«

»Wir bleiben hier«, entgegnete Sarah. »Wir sind gerade auf der Suche nach einer Unterkunft für ein paar Tage.«

»Ein paar Tage!«, rief der junge Mann. »Hier reichen ein paar Stunden. Sie brauchen nur das historische Museum von Carrizozo zu besuchen, und dann haben Sie schon alles gesehen.«

»Wir wollen uns nichts angucken, wir brauchen nur ein Zimmer.«

»Ein Zimmer ...«, wiederholte er überrascht. »Mein Vater hat ein Zimmer, da drüben, über dem Laden.«

Er zeigte auf ein zweistöckiges Gebäude aus braunen Ziegelsteinen auf der gegenüberliegenden Straßenseite, das aussah, als stünde es seit Ewigkeiten leer.

»Normalerweise geht er mit seinen Freundinnen dorthin, aber ich ruf ihn mal an und frage, ob er es auch vermietet.«

Kurz darauf führte er mit seinem Vater ein lebhaftes Handygespräch, begleitet von Schreien, Flüchen und Witzen für den Hausgebrauch, bis er schließlich triumphierend den Daumen hob und verkündete:

»Er hat gesagt, wenn Sie hier bei uns tanken und im Restaurant meines Onkels essen, überlässt er Ihnen gerne das Zimmer. Umsonst«, fügte er hinzu. »Wollen Sie es sehen?«

Wir nickten, und der Junge trabte zu einem winzigen Büro, aus dem er mit einem Schlüsselbund zurückkam.

»Seien Sie vorsichtig, wenn Sie die Straße überqueren«, warnte er, »nicht, dass Sie überfahren werden.«

Ich schaute nach rechts und links, konnte aber weit und breit kein Auto entdecken. Der Junge lachte schallend. Er machte sich über uns lustig.

Das »Zimmer« des Vaters entpuppte sich als ein mit Benzinkanistern vollgestellter Lagerraum, in dem eine Pritsche an der Wand stand. Das Fenster war von einer so dicken Staubschicht überzogen, dass man kaum die Straße erkennen konnte.

»Alles da, sogar Klimaanlage«, sagte der Junge und schaltete ein Gerät ein, das wie eine Lokomotive zu fauchen begann.

Ich konnte mir nicht vorstellen, dass Sarah sich in diesem schäbigen Zimmer, in dem nur ein Einzelbett stand, wohlfühlen würde. Auf einem Tisch lagen außerdem

Pornozeitschriften, die schon seit einigen Jahren in Gebrauch zu sein schienen.

»Eigentlich wollten wir Ihren Vater nicht stören«, sagte ich entschuldigend. »Richten Sie ihm bitte unseren Dank aus und …«

»Sagen Sie ihm, dass wir seine Gastfreundschaft sehr gern annehmen«, beendete Sarah den Satz zu meiner großen Verwunderung.

»Ich sag's ihm«, antwortete der Junge stolz. »Sie dürfen nicht schlecht über ihn denken. Er ist ein guter Kerl. Meine Mutter ist gestorben, als ich noch klein war, und jetzt tröstet sich Papa mit denen, die ihn ranlassen. Ein Glück, dass er Sie nicht gesehen hat, Señora, er hätte einen Herzinfarkt gekriegt. Gerade besucht er für ein paar Tage seinen Cousin in Madrid, deshalb braucht er das Zimmer nicht.«

»In Madrid!«, rief ich. »Allein die Reise dauert doch schon mehrere Tage.«

»Nein, nicht so lange! Die Fahrt bis Albuquerque ist nervig, aber von da aus sind es nur noch ungefähr fünfzehn Meilen bis ins Dorf.«

Offenbar sprach er von einem Madrid in New Mexico. In Carrizozo schien tatsächlich nicht viel los zu sein, denn der Junge hatte es nicht eilig, das Liebesnest seines Vaters zu verlassen. In der Zwischenzeit war das Dorf ohne Benzinversorgung.

»Außer dem Museum gibt es ein paar Meilen von hier noch das Valley of Fires, da könnten Sie hinfahren, wenn die Sonne nicht mehr so hoch steht. Dort können Sie Lava sehen, die vor 1500 Jahren erstarrt ist.«

Sarah, die sich auf die Bettkante gesetzt hatte, schien den Jungen als Vertrauensperson zu betrachten; denn sie weihte ihn in unsere Pläne ein.

»Eigentlich suchen wir hier jemanden. Vielleicht können Sie uns dabei helfen.«

»Klar kann ich das! Ich kenne hier jeden.«

Ich setzte mich neben Sarah aufs Bett.

»Wir suchen eine Frau um die sechzig, die Mileva heißt«, erklärte sie, »falls sie nicht inzwischen einen anderen Namen trägt. Früher war sie Anti-Atomwaffen-Aktivistin wie die Leute, die sich in Trinity versammeln.«

Den Jungen schien die Auskunft zu schockieren, als sei Aktivist ein Synonym für Terrorist.

»So jemand wohnt hier nicht, da bin ich mir ganz sicher. In Carrizozo leben nur normale Leute.« Plötzlich schien er es eilig zu haben. »Falls was sein sollte, mein Name ist Moisés, zu Diensten. Ich muss los, aber wenn Sie irgendwas brauchen, rufen Sie mich einfach vom Fenster aus. Ich bin nicht nur Tankwart, sondern mache auch Besorgungen. Sie wissen schon: Sachen holen und bringen.«

Ich wusste nicht, ob seine abschließende Bemerkung irgendeine versteckte Bedeutung enthielt oder ob dieser Moisés sich immer so ausdrückte. Als er die Zimmertür hinter sich schloss, schauten Sarah und ich uns an, und unsere Blicke sagten: Was zum Teufel machen wir hier eigentlich?

61

Briefe zur Rettung der Welt

> Seltsam erscheint unsere Lage auf dieser Erde. Jeder von uns erscheint da unfreiwillig und ungebeten zu kurzem Aufenthalt, ohne zu wissen, warum und wozu. Im täglichen Leben fühlen wir nur, dass der Mensch um anderer willen da ist.
>
> Albert Einstein

Während Sarah auf dem Bett lag – angezogen, denn die Laken waren fleckig und mit Zigarettenbrandlöchern übersät – und Mittagsschlaf hielt, unternahm ich einen Erkundungsgang durch Carrizozo. An diesem Montagmittag kam es mir wie der feindseligste Ort auf Erden vor.

Nachdem ich in der Tankstelle mehrere Flaschen Wasser und eine Packung Kekse erstanden hatte, kehrte ich in unser neues Hauptquartier zurück, das genaue Gegenteil von dem in Brooklyn.

Die Französin schlief immer noch. Ein Einzelbett für zwei war eigentlich kein Problem, sagte ich mir, da sich ohnehin keiner von uns zwischen diese Laken legen würde.

Weil ich nichts anderes zu tun hatte, wusch ich mir in einem winzigen Bad neben dem Zimmer das Gesicht. Dann machte ich es mir auf der freien Bettseite bequem, um an dem Teil des Manuskripts weiterzuarbeiten, den ich mir noch nicht vorgeknöpft hatte. Seitdem wir uns verstärkt auf die Suche nach Mileva konzentrierten, war meine redaktionelle Tätigkeit in den Hintergrund gerückt und meine Hoffnung, die vereinbarte Frist einhalten zu können, gesunken.

Obgleich es weder Verlag noch Verleger gab, hatte Sarah mir klargemacht, dass Quintessenz auf Vertragserfüllung, also den Abschluss der biographischen Forschungen, bestehen würde, selbst wenn man nicht genau wüsste, wonach man eigentlich suchte.

Die Zeit verstrich, das Geld ging zur Neige, und das Einzige, was mir blieb, war eine wunderbare, in einem widerlichen Zimmer schlafende Frau. Merkwürdige Entschädigung für eine so weite Reise.

Ich warf einen Blick auf die Korrespondenz zwischen Einstein und Sigmund Freud, dem der Physiker folgende Frage gestellt hatte: »Gibt es eine Möglichkeit, die psychische Entwicklung der Menschen so zu leiten, dass sie den Psychosen des Hassens und des Vernichtens gegenüber widerstandsfähiger werden?« Gerade wollte ich die Antwort des Vaters der Psychoanalyse lesen, als es zweimal kräftig an der Tür klopfte. Ich war sofort in Alarmbereitschaft.

Sarah schlug verwirrt die Augen auf.

»Moisés?«, rief ich.

»Polizei«, entgegnete eine raue Stimme.

Auf dem kurzen Weg vom Bett zur Tür waren die Gespenster wieder da, die ich in Barcelona zurückgelassen hatte, die Angst, dass man mich zu guter Letzt mit einem der Morde in Verbindung bringen und alle möglichen Erklärungen von mir fordern würde.

Doch als ich vor der Tür den dicken, verschwitzten Polizisten mit Zigarre im Mund sah, war mir klar, dass nicht Interpol mir auf den Fersen war. Nachdem er mir seine Polizeimarke gezeigt hatte, betrat er, ohne um Erlaubnis zu bitten, das Zimmer und setzte sich im Reitersitz auf einen Stuhl.

Bewundernd schaute er zu Sarah, die auf der Bettkante saß, dann zu mir.

»Als Sheriff dieses Ortes«, begann er, »ist es meine Pflicht, mich über die Leute zu informieren, die kommen und gehen. Hier spricht sich alles sehr schnell herum, und wir sind es gewohnt, das Übel gleich an der Wurzel zu packen.«

Ich überreichte ihm meinen Pass, Sarah ebenso. Der Polizist aber würdigte die Ausweise kaum eines Blickes. Mit verächtlicher Miene gab er sie uns zurück und sagte:

»Mich interessiert, wen Sie hier suchen. Im Dorf heißt es, Sie sind hinter einer ausländischen Unruhestifterin her, das verunsichert die Leute logischerweise. Hier bei uns passiert nie etwas, und wir mögen es nicht, wenn Fremde kommen und alles durcheinanderbringen. Das verstehen Sie doch? Jeder ist gern Herr im eigenen Haus, und Carrizozo ist da keine Ausnahme.«

»Wir haben nicht vor, diesem Dorf Schwierigkeiten zu bereiten«, schaltete ich mich in meinem diplomatischsten Ton ein. »Wir möchten nur wissen …«

»Wen zum Teufel suchen Sie denn?«, schnitt er mir das Wort ab und musterte uns misstrauisch.

Sarah wiederholte das, was sie schon Moisés über Mileva gesagt hatte, ohne jedoch zu erwähnen, dass es sich um Einsteins Enkelin handelte.

»Sie vergeuden Ihre Zeit«, sagte der Polizist und erhob sich schwerfällig. »Hier lebt niemand, der dieser Beschreibung entspricht. Vielleicht finden Sie so jemanden in Capitan, Lincoln oder Roswell, den drei Dörfern nach unserem. Am ehesten noch in Roswell. Sie wissen ja, was da 1947 passiert ist, als ein Marsmensch gefangen und seine Leiche seziert wurde. Darüber gibt es einen Dokumentarfilm und so weiter.«

»Vielen Dank für den Tipp«, sagte ich. »Aber erst einmal wollen wir nach Trinity.«

Als der Beamte den Namen hörte, wirkte er sichtlich angespannt, so als würde meine Ankündigung seinen Verdacht bestätigen, dass wir gekommen waren, um im Dreck zu wühlen. Nachdem er seine Zigarre auf dem Fußboden ausgetreten hatte, zögerte er nicht, uns unverhohlen zu drohen:

»Ich warne Sie, falls Sie vorhaben, das abgesperrte Gebiet unerlaubt zu betreten, werden Sie das teuer bezahlen. Der Trinity-Obelisk kann nur am ersten Samstag im April und am ersten Samstag im Oktober besichtigt werden.«

»Nur an zwei Tagen im Jahr?«, fragte Sarah überrascht.

»Ganz richtig«, antwortete der Polizist und strich über sein Pistolenhalfter. »Wozu öfter? Das Ding ist ja nicht die Freiheitsstatue!«

»Seien Sie unbesorgt«, sagte ich. »Wir fahren nicht außerhalb der Besuchszeiten nach Trinity.«

»Das würde ich Ihnen auch raten«, sagte er abschließend und wandte sich zur Tür.

Bevor er das Zimmer verließ, schaute er Sarah lange an, mich nur kurz und verächtlich. Einen Moment lang blieb sein Blick an meinem eingegipsten Arm hängen. Dann sagte er zum Abschied:

»Ich an Ihrer Stelle würde weiter nach Norden fahren, nach Santa Fe. Da gibt es Kneipen und Diskotheken. Orte, an denen man sich amüsieren kann. Hier in Carrizozo haben wir nur einen Frauenclub und leere Straßen. Glauben Sie mir, das ist kein Ort für Sie.«

Als der Polizist die Tür hinter sich geschlossen hatte, atmete ich erleichtert auf und wandte mich an Sarah:

»Also, was machen wir jetzt?«

62

Die vereinheitlichten Felder

> Wer über die Quantenmechanik nicht entsetzt ist, der hat sie nicht verstanden.
>
> NIELS BOHR

Nach eingehendem Studium einer Karte von New Mexico beschlossen wir, dem Rat des Polizisten zu folgen und am nächsten Tag eine Erkundungsfahrt in die Nachbarorte zu unternehmen. Nicht weil uns das in Roswell sezierte außerirdische Wesen interessierte, sondern weil die beiden Orte davor näher als Carrizozo am verbotenen Trinity-Obelisk lagen.

Um an das Epizentrum der Atomexplosion heranzukommen, konnten wir der Karte zufolge von dort aus zu den Dörfern Ruidoso und Mescalero fahren.

Was allerdings noch keine Garantie dafür war, dass wir dabei auf eine Spur von Mileva stoßen würden.

Über all das diskutierten wir bei einem Texmex-Abendessen im Restaurant von Moisés' Onkel, wo wir unter den wenigen Gästen großes Interesse weckten.

Es war zehn Uhr abends, als wir uns zum Lesen aufs Bett legten, während die Klimaanlage wie ein Löwe vor sich hin brüllte. Wir glichen einem alten Ehepaar. Sarah las *Construyendo Babel*, einen Roman über eine Privatbibliothek, ich kritzelte weiter auf den losen Blättern herum, die immer mal wieder aus meinem Koffer auftauchten und dorthin zurückwanderten.

Der frustrierendste Teil von Einsteins Arbeit war der

Versuch gewesen, eine Theorie zu entwickeln, mit der sich sämtliche im Universum wirksamen Kräfte erklären ließen, eine Formel zur Beantwortung der Frage: Was hält alles zusammen?

Den offiziellen akademischen Quellen zufolge war Einstein gestorben, ohne eine Antwort – die letzte Erkenntnis – auf diese Frage zu finden.

Bevor ich für diesen Tag mit der Arbeit aufhörte, las ich mir noch Yoshimuras Zusammenfassung von Einsteins späten Bestrebungen durch:

> In den letzten Lebensjahren befasste er sich damit, Hunderte von Briefen mit Fragen aller Art zu beantworten, die ihn täglich erreichten. Selbst am Ende seines Lebens wunderte er sich noch darüber, was für eine Medienpersönlichkeit er geworden war.
>
> Neben dieser Korrespondenz widmete Einstein sich der Ergründung einer Frage, die bis heute nicht gelöst wurde: der sogenannten Einheitlichen Feldtheorie. Er glaubte, die vier elementaren Naturkräfte – Schwerkraft, Elektromagnetismus, starke und schwache Kernkraft – seien verschiedene Manifestationen einer einzigen Kraft. Die drei Letzteren waren bereits in einer Theorie zusammengefasst worden, das Problem aber war die Schwerkraft, die sich nicht mit den drei anderen vereinen ließ.

Hier unterbrach ich meine Lektüre, weil ich merkte, dass Sarah mit dem Kissen überm Kopf, um sich gegen das Licht abzuschirmen, eingeschlafen war.

Ich schaltete die Lampe aus und blieb ein paar Minuten auf dem Bett sitzen, um über mein absurdes Leben nachzudenken. Durch das schmutzige Fenster schien der Mond. In diesem Zimmer voller Benzinkanister, begrapschter Zeitschriften und Trostlosigkeit fühlte ich mich auf einmal verloren. Ich war weit weg von allem. Weit weg von mir selbst. Und die einzige Person, mit der ich zusammen sein wollte, würde in ihre Welt zurückkehren, sobald sie akzeptiert hätte, dass unsere Suche so wenig zum Ziel führte wie die Vereinheitlichung der Felder.

Bevor ich mich dem Schlaf überließ, atmete ich tief den Jasminduft meiner schönen Gefährtin ein.

Die Augen fielen mir schon zu, als ein lautes Geräusch an der Fensterscheibe mich hochfahren ließ. Wäre es leiser gewesen, hätte ich vermutet, eine Hornisse oder Libelle sei gegen das Glas geprallt. Aber es hatte dumpfer und kräftiger geklungen, so als hätte jemand von außen einen festen Gegenstand dagegengeworfen.

Als sich das Geräusch wiederholte, sprang ich aus dem Bett. Ich lief zum Fenster und öffnete es. Am wolkenlosen Himmel schien der Mond so hell, dass ich sofort erkannte, wer unten vor dem Ziegelsteingebäude stand: Moisés.

Wütend beugte ich mich hinunter und vergaß völlig, dass Sarah schlief.

»Was tust du da, verdammt?«, brüllte ich.

»Ich ruf schon die ganze Zeit, aber da ihr die Klimaanlage voll aufgedreht habt, hört ihr mich nicht. Und die Schlüssel zum Laden habe ich zu Hause gelassen. Deshalb habe ich mit Münzen geworfen.«

Sarah trat neben mich und rief hinunter:

»Sag schon, was los ist, Moisés.«

»Ist nur so eine Idee«, antwortete er, und ein Lächeln huschte über sein Gesicht. »Aber ich glaube, ich hab's. Ich bin vorhin darauf gekommen, als ich mir was gekocht habe. Vor ein paar Jahren, als ich mal im Valley of Fires zelten war, bin ich ihr begegnet, und sie hat mich zu einer Schale Suppe eingeladen. Ich bin sicher, das ist sie: die Steinfrau.«

»Die Steinfrau?«, fragte ich überrascht. »Ich verstehe nicht, was du meinst.«

»Die Fremde, die ihr sucht, diese …«

»Mileva«, rief Sarah aufgeregt.

»Ja, die. Plötzlich war mir klar, dass es die Steinfrau sein muss, weil sie von all diesen Dingen gesprochen hat. Sie machte sich große Sorgen wegen der Bombe.«

»Warum nennst du sie die Steinfrau?«, fragte ich, von Sarahs Aufgeregtheit angesteckt.

»So wird sie hier genannt«, sagte Moisés, »obwohl nur wenige sie gesehen haben. Eine weiße Frau, die viel Zeit in einer Grotte im Valley of Fires verbringt. Die Leute sagen, dass sie manchmal tagelang reglos am Eingang der Höhle sitzt. Egal, ob es regnet oder heiß ist, sie sitzt dort wie ein Stein. Möchtet ihr sie kennenlernen?«

»Na klar«, rief Sarah. »Wann kannst du uns denn zu der Höhle begleiten?«

»Jetzt gleich. Es wäre nämlich besser, wenn die Leute im Dorf nicht mitbekämen, dass ich euch hinbringe.«

63

Die Steinfrau

Wenn der Schüler bereit ist,
erscheint der Meister.

ZEN-SPRICHWORT

Moisés zog es vor, die Expedition mit seinem Motorrad anzuführen, wir folgten ihm in unserem Mietwagen. Wir gelangten in einen Teil des Valley of Fires, der wegen seiner extremen Dürre bei den Ortsansässigen Malpaís, »schlechtes Land«, hieß.

Nach vier Meilen Fahrt über den ausgestorbenen Highway 380 bogen wir in eine Seitenstraße ein, die an einem Zeltplatz endete. Unser Führer machte uns Zeichen, unseren Wagen dort abzustellen.

Am wolkenlosen Himmel strahlten die Sterne so hell, dass die ganze Erde in bläuliches Licht getaucht war.

Auf dem Zeltplatz führte Moisés uns zu einer Anhöhe, von der aus man über ein riesiges Lavafeld blickte. Ströme brennenden Gesteins hatten in einer traumartigen Landschaft sanfte Hügel und Schluchten geformt. Zwischen den vor 1500 Jahren von einem Vulkan ausgespieenen Felsbrocken kämpften sich vereinzelte Sträucher in die Höhe und bewiesen die Beharrlichkeit der Natur.

»Ich kann mir kaum vorstellen, dass hier jemand lebt«, bemerkte ich, fasziniert von der Landschaft.

»Das kann auch nur die Steinfrau«, erwiderte unser Führer. »Deshalb nennen wir sie so.«

Ich warf einen Blick zurück zum Campingplatz, auf

dem nur ein einziges Zelt stand. Der Ort war zu einsam und zu düster, um die Nacht dort verbringen zu wollen.

»Mal sehen, ob sie da ist«, sagte Moisés und wies auf einen schmalen Pfad, der in das weite Lavameer hineinführte.

Obwohl Sarah und ich Sportschuhe trugen, stachen uns die spitzen Felsbrocken in die Sohlen. Wir kamen nur mühsam voran.

Über eine halbe Stunde liefen wir durch diese danteske Landschaft, erleuchtet von einem riesigen Mond, der tief über unseren Köpfen zu hängen schien.

Schon Carrizozo war mir wie das Ende der Welt erschienen, dieses Malpaís aber war wirklich der trostloseste Ort auf Erden. Ich war froh, während wir einen felsigen Hügel hinaufkraxelten, dass wir diesen Weg nachts machten. In der prallen Sonne verwandelte das Lavafeld sich bestimmt in ein glühendes Inferno.

»Da sind wir«, verkündete Moisés auf der anderen Seite des Hügels und zeigte auf einen Höhleneingang. »Wartet lieber hier auf mich. Wenn wir zu viele sind, erschrecken wir die Steinfrau vielleicht.«

Er kletterte den Hügel hinunter, und als er den Eingang der Grotte erreicht hatte, ließ er seine Taschenlampe ein paarmal aufleuchten. Es sah aus wie ein Signal. Dann wartete er, die Hände in die Taille gestützt, aber nichts geschah. Schließlich verschwand er in der Höhle.

Wenige Sekunden später kam er wieder zum Vorschein, die Arme leicht ausgebreitet. Das bedeutete wohl: Kein Glück gehabt. Aber es gab auch gute Nachrichten.

»Sie lebt immer noch hier«, erklärte er. »In der Höhle

habe ich die Reste eines Feuers und einen Korb mit frischem Obst entdeckt. Sie muss weggegangen sein.«

»Weggegangen? Wohin?«, fragte ich und ließ den Blick über das riesige Lavameer wandern.

»Die Steinfrau kennt sich hier sehr gut aus und sammelt Heilkräuter gegen ihre Beschwerden. Sie ist schon alt. Wollt ihr sehen, wo sie lebt?«

»Das wäre unhöflich«, wandte Sarah ein. »Wir warten lieber hier auf sie.«

»Es könnte aber sein, dass sie die ganze Nacht fortbleibt«, sagte Moisés. »Die Steinfrau ist gern nachts unterwegs. Manchmal läuft sie bis nach Ruidoso, ein Kaff nicht sehr weit von hier, oder sogar bis nach Alamogordo, obwohl das verboten ist.«

»Alamogordo? Wo liegt das?«, fragte ich.

»Bei Jornada del Muerto«, erwiderte er. »Dort, wo diese Bombe gezündet wurde, von der alle reden.«

Sarah war das Wort, das auch ich im Kopf hatte, ins Gesicht geschrieben: Trinity.

»Aber heute ist sie bestimmt nicht so weit gelaufen, sonst hätte sie das Obst mitgenommen. Die Steinfrau isst nämlich kein Fleisch.«

»Woher hat sie denn das Obst?«, fragte ich neugierig. »Geht sie zum Einkaufen bis nach Carrizozo?«

»Nie im Leben!«, rief der Junge. »Dort würde sie nicht sehr freundlich empfangen werden. Im Dorf erzählt man sich, dass sie eine Zauberin ist, weil Leute von weit her kommen, um sie zu besuchen und sie um Heilmittel zu bitten. Sie bringen ihr Essen mit, und sie gibt ihnen den Auftrag, irgendwelche Sachen weit weg von hier zu machen.«

»Was für Sachen?«, fragte ich neugierig. »Und wie weit weg?«

Moisés zuckte mit den Schultern und gähnte. Er hatte uns alles gesagt, was er wusste.

»Wollt ihr wirklich die Nacht hier verbringen?«, fragte er, bevor er sich auf den Rückweg machte.

»Wir werden eine Weile auf sie warten«, antwortete Sarah gelassen.

Nachdem er sich von uns verabschiedet hatte, wanderte der Junge den Hügel hinunter und weiter Richtung Campingplatz, bis wir ihn zwischen den blauen Felsen aus den Augen verloren.

Eine Stille umgab uns, die so vollkommen war, dass sie fast in den Ohren schmerzte.

Oben auf dem Hügel setzten wir uns an eine Stelle, an der keine Felsbrocken lagen. Sarah legte den Arm um meine Taille und den Kopf an meine Schulter. Eine ganze Weile blieben wir so sitzen, wie ein Paar, das bis ans Ende der Welt gegangen ist und nicht mehr erwartet, dass noch irgendetwas geschieht.

Obwohl ich mich nicht erinnern konnte, eingeschlafen zu sein, lag mein Kopf auf Sarahs Schoß, als ich die Augen aufschlug, ihre Hände strichen mir langsam übers Haar. Die Wüstennacht hüllte sich langsam in ein zartes Dunkelviolett, das wie ein Schleier am fernen Horizont aufstieg.

Die Stille war nicht mehr vollkommen. Irgendwo knisterte etwas leise. Ich richtete mich auf, um herauszufinden, woher das Geräusch kam.

»Da«, sagte Sarah aufgeregt und zeigte auf den Höhleneingang.

Im Innern zitterte ein schwaches Licht.

64

Milevas Geschichte

> Wenn man das Judentum der Propheten und das Christentum, wie es Jesus Christus gelehrt hat, von allen Zutaten der Späteren, insbesondere der Priester, loslöst, so bleibt eine Lehre übrig, die die Menschheit von allen sozialen Krankheiten zu heilen imstande wäre.
>
> ALBERT EINSTEIN

Die Steinfrau hatte langes weißes Haar, und ihre Haut war spröde wie trockene Erde. Doch ihre Augen hatten den gleichen lebhaften Ausdruck wie die von Lieserl auf dem Foto, das wir in Staten Island gesehen hatten, jenes neugierige Leuchten, das auch auf allen Bildern Einsteins zu erkennen war.

Kein Zweifel, diese früh gealterte Frau war Mileva, die Tochter von Lieserl und deren zweitem Mann, die Enkelin von Albert und Mileva.

Wir waren am Ziel.

Mit derselben anmutigen Stimme, die ich am Telefon gehört hatte, bat sie uns in ihre Höhle. Es war dieselbe Stimme, die auch Einsteins Brief an Roosevelt im Monkey Town vorgelesen hatte. Und wahrscheinlich hatte ihre faltige Hand die Briefumschläge und Postkarten beschriftet, die zu einem Tausende von Kilometern entfernten Treffen eingeladen hatten.

Wie sie das alles geschafft hatte, dieses Rätsel würden wir bald lösen. Zunächst aber drängten andere Fragen.

»Ihr habt eine weite Reise gemacht, um mich alte, von der Welt vergessene Frau kennenzulernen«, sagte die Steinfrau in einem leicht mexikanisch gefärbten Spanisch, während sie in einem dampfenden Topf voller Kräutertee rührte. »Aber ich fürchte, ihr werdet mit einer Enttäuschung heimkehren. Ich kann euch viele Antworten geben, aber nicht die, die ihr sucht.«

Wir saßen auf einem Lammfell vor einem großen, flachen Stein, der als Tisch diente. Mileva machte es sich auf der anderen Seite bequem, nachdem sie mit einer Kelle drei Tassen Wüstentee ausgeschenkt hatte. Ihr langes weißes Haar fiel auf einen Poncho, wie ihn Indiofrauen tragen.

»Wenn du uns nichts Wichtiges mitzuteilen hast«, sagte ich, sie meinerseits duzend, »warum hast du dann in der ganzen Welt Spuren ausgelegt, damit wir hierherkommen?«

Die Alte lächelte gütig und erwiderte:

»Dass es nicht wichtig ist, habe ich nicht gesagt. Ich will etwas mit euch teilen, was meiner Meinung nach von wesentlicher Bedeutung für die Welt ist, aber nicht ich werde die letzte Tür öffnen. Das zu tun steht mir nicht zu. Und ehrlich gesagt weiß ich auch nicht, was sich dahinter verbirgt.«

Sarah sah die Wüstenfrau mit Tränen in den Augen an. Ich konnte verstehen, dass die bloße Tatsache, der Enkelin von Mileva Marić gegenüberzusitzen, für sie wie eine Belohnung für die lange Odyssee sein musste, die hinter uns lag. Ich selbst sah die Dinge etwas anders.

»Es gibt Leute, die es auf die Ermordung all jener abgesehen haben, die sich der letzten Erkenntnis nähern«, sagte ich, den Gegenstand unserer Suche benennend.

»Hinter der Tür muss sich also etwas Wichtiges befinden, sonst würden jene, die es besitzen wollen, nicht den Tod verbreiten.«

»Man kann auch für etwas töten, was man nicht kennt oder nie gesehen hat«, sagte die Steinfrau, »wie damals die Europäer, die Eldorado suchten, oder Selbstmörder, die für Gott sterben. Aber habt keine Angst, die Wüste schützt uns.«

Ich musste an unseren Moisés denken. Sollten die Leute, die in den Besitz der letzten Antwort gelangen wollten, ihm begegnen, würden sie auch den Weg zu diesem Versteck finden.

»Was hoffen sie denn zu bekommen?«, schaltete sich Sarah ein, die nur mit Mühe verbergen konnte, wie gerührt sie war.

»Verschiedenes. Vielleicht eine neue Energiequelle, um all die Maschinen dieser verrückt gewordenen Welt anzutreiben. Oder sie wollen nur die Einheitliche Feldtheorie finden, um den Nobelpreis für Physik einzuheimsen. Menschen können aus allen möglichen Motiven töten, aber ich fürchte, hinter der Tür erwartet uns etwas ganz anderes.«

Dieses sich im Kreis drehende, metaphorische Gespräch machte mich nervös. Ich beschloss, als pragmatischer Journalist vorzugehen.

»Selbst wenn wir diese ›letzte Tür‹, von der du sprichst, noch nicht öffnen können, kannst du uns vielleicht andere Räume im Haus deines Großvaters zeigen. Ist es ihm denn letztendlich gelungen, eine Formel für die vier fundamentalen Kräfte zu finden?«

»Auf seine Weise ja, aber ihr seid noch nicht weit genug, um das verstehen zu können.«

»Wann, glaubst du, sind wir so weit?«

»Das lässt sich unmöglich sagen. Jeder Wanderer hat beim Gehen seinen eigenen Rhythmus. Wichtig ist, dass man ankommt.«

Es wurde still, aber ich fand das nicht unangenehm. Sarah neben mir und diese alte Frau mit der anmutigen Stimme – ich fühlte mich zu Hause. Es war zwar ein fernes Zuhause am trostlosesten Ort, den man sich vorstellen kann, aber immerhin ein Zuhause.

Die Glut knisterte und beleuchtete den Raum, der mit wenigen Teppichen, ein paar Lebensmittelkisten und einem in den Felsen genagelten Bord mit Küchengeräten ausgestattet war.

»Wie bist du hierhergekommen?«, fragte Sarah.

»Meine Mutter lebte kurze Zeit in New York, nachdem sie sich von ihrem ersten Mann getrennt hatte, und ließ sich dann in Cloudcroft nieder, einem Bergdorf ganz in der Nähe von Trinity. Obwohl sie ihren Vater nie kennenlernen wollte, fühlte sie sich mitschuldig daran, dass er die Atombombenformel in die Welt gebracht hatte. Deshalb verschrieb sie sich mit Haut und Haar dem Kampf gegen die Atomenergie. In Cloudcroft, einem Skiort, lernte sie einen Witwer kennen, der ein kleines Restaurant führte, und verliebte sich in ihn. Obwohl meine Mutter schon über vierzig war, bekam sie mit ihm ein zweites Kind, und das bin ich.«

»Dann hast du also die Arbeit deiner Mutter fortgesetzt«, sagte ich.

»Gewissermaßen. Obwohl sie mir nie verziehen hat, dass ich Kontakt zu ihrem Vater aufgenommen habe. Sie warf ihm nicht nur vor, sie verlassen zu haben, sondern beschuldigte ihn aller Übel dieser Welt. Deswegen bin ich mit achtzehn aus Cloudcroft weggegangen und mit dem Geld, das mein Großvater mir bei seinem Tod hinterlassen hat, durch Europa gereist. Dort habe ich viel Schönes und viel Trauriges erlebt. Ich habe ein paar Jahre in Paris gewohnt und bin mit Leuten in Kontakt gekommen, die fähig wären, die letzte Erkenntnis zu begreifen. Nach meiner Rückkehr nach New Mexico habe ich mich in dem beschaulichen Dörfchen Capitan niedergelassen. Dort besitze ich ein kleines Haus, aber solange meine Gesundheit es mir erlaubt, lebe ich lieber in der Wüste. Hier fühlt man sich Gott näher.«

Mir fiel wieder die Geschichte von Khalil Gibran ein. Die Frau füllte erneut unsere Tassen und schaute dann zum Höhleneingang, durch den schon Helligkeit hereinfiel.

»Es wird Tag«, sagte sie. »Ihr solltet gehen, bevor euch auf dem Rückweg die Sonne verbrennt.«

»Wann sehen wir dich wieder?«, fragte Sarah und ergriff mit beiden Händen fest die Hand der alten Frau.

Die Steinfrau sah uns liebevoll an und erwiderte: »Morgen um Mitternacht.«

65

Die erste Erkenntnis

> Wenn du an eine Wegkreuzung gelangst, frage dich:
> Ist dieser Weg ein Weg mit Herz? Wenn er es ist,
> ist der Weg gut; wenn er es nicht ist, ist er nutzlos.
>
> CARLOS CASTANEDA

In Carrizozo wurde es bereits abendlich kühl, als ich aufwachte und feststellte, dass ich Sarah in den Armen hielt. Kurz vor acht Uhr morgens waren wir in unserem Zimmer gegenüber der Tankstelle angekommen. Tief beeindruckt von unserer Begegnung mit Mileva hatten wir noch einige Stunden auf dem Bett gelegen und geredet.

Irgendwann waren wir eingeschlafen.

Ich wünschte mir, diese Umarmung, das Ergebnis sich kreuzender Träume, würde niemals enden. Da schlug auch Sarah die Augen auf, so als hätte ein sechster Sinn ihr verraten, dass ich sie anschaute.

Das blaue Aufleuchten ihrer Augen in der weißen Haut war wie ein zweites Erwachen.

»Wie spät ist es?«, fragte Sarah und löste sich sanft aus meiner Umarmung.

»Kurz nach sechs.«

Wegen des fragwürdigen Zustands von Laken und Bettdecke hatten wir in unseren von Wüstenstaub überzogenen Kleidern geschlafen. Sarah ging als Erste unter die kalte Dusche, ich öffnete meinen Koffer und suchte frische Wäsche für unser nächtliches Treffen mit der Steinfrau heraus.

Obwohl diese uns klargemacht hatte, dass sie uns »die letzte Tür«, hinter der angeblich Einsteins endgültige Erkenntnis lag, nicht öffnen konnte, war jetzt der Augenblick gekommen, ihr ein paar Fragen zu stellen.

Die Aussicht begeisterte mich, und während hinter der Wand das Wasser rauschte, dachte ich über die große Einheitstheorie nach, die Einstein so viele Probleme bereitet hatte. In seinem Werk *Eine kurze Geschichte von fast allem* vertritt Bill Bryson die Ansicht, die Wissenschaft sei deshalb noch zu keiner einheitlichen Theorie gelangt, weil sie sich während des 20. Jahrhunderts aufgespalten habe: So existiere ein Korpus physikalischer Gesetze für die subatomare Welt und einer für das gesamte Universum, in dem noch ganz andere Dinge geschähen.

Die Trennung von beiden aber habe die Aufgabe noch erschwert.

Später hätten die Wissenschaftler komplexe Stringtheorien mit 10, 11 und bis zu 26 Dimensionen entwickelt, um zu versuchen, das Unerklärliche zu erklären. Möglicherweise sei die Antwort aber einfacher. Vielleicht sei sie zum Greifen nah, genau wie andere große Entdeckungen der Wissenschaft, so dass wir sie deshalb nicht sehen könnten.

Immer noch sei jedoch diese eine Frage hochaktuell: Welche Kraft entspricht allen anderen bekannten Kräften?

Im Valley of Fires angelangt, wurde die Suche nach dem richtigen Weg zum Hügel der Steinfrau zu einer wahren Orientierungsübung. Den Weg, der vom menschenleeren Campingplatz ins Lavameer führte, fanden wir noch problemlos, doch nachdem wir zwanzig Minuten gelaufen waren, kamen uns Zweifel.

Die irreale Landschaft schimmerte im Sternenlicht, aber wir erkannten nichts wieder, als entfalte sich hier jede Nacht ein neues Szenario.

Glücklicherweise hatte Mileva vor ihrer Höhle ein Feuer gemacht, so dass wir schließlich, bevor wir uns restlos verliefen, von dessen Widerschein geleitet wurden.

Der Tee stand schon in drei Schalen auf dem Steintisch bereit, als wir die Höhle betraten. Beim Anblick der seidigen weißen Haare von Einsteins Enkelin fragte ich mich, woher sie wohl das Wasser hatte, um sich zu waschen. Moisés hatte gesagt, sie würde von Leuten besucht, von denen manche in weiter Ferne Dinge für sie erledigten. Aber wie sie hier, in diesem Malpaís, überlebte, konnte ich mir, falls nicht in der Nähe ein Brunnen war, kaum vorstellen.

Zu Beginn unserer Unterhaltung interessierte sich die Steinfrau für unsere Reise in die Wüste.

Als ich sie fragte, wie sie alles eingefädelt habe, um uns herzulocken, gab sie zu, während einer Reise nach Barcelona, um die Zuflucht ihres Großvaters in Cadaqués kennenzulernen, die Begegnung in Yoshimuras Haus arrangiert zu haben. Ohne ihre Identität preiszugeben, habe sie Yoshimura unter dem Vorwand besucht, ihm eine Nachricht vom Direktor des Institute for Advanced Study in Princeton übermitteln zu wollen. Anschließend habe sie mit Jensen gesprochen, dem sie in Budapest einen Entwurf von Einsteins geheimer Formel ausgehändigt habe. Nachdem sie den Kontakt zu ihm verloren habe, sei sie nach New Mexico zurückgekehrt.

Wir wollten die Frau in ihrem Unterschlupf nicht ängstigen und ersparten ihr die Einzelheiten von Jensens weiterem Schicksal wie auch die Episode mit Pawel. Es gab Dringenderes zu klären.

»Was bedeutet diese Formel?«, fragte ich sie und zeigte auf die Tätowierung auf meinem Arm. »Wir brauchen irgendeine Antwort, um in der ganzen Angelegenheit weiterzukommen.«

»Wenn ihr morgen um Mitternacht wiederkommt, sage ich es euch. Vorher will ich euch ein anderes Geheimnis verraten. Es hängt mit den Dingen zusammen, die mit meinem Großvater nach seinem Tod geschahen.«

»Meinst du den Diebstahl seines Gehirns durch diesen Harvey?«

»Genau«, sagte sie und goss uns Tee nach. »Ich habe ihn kennengelernt, weil er hartnäckig nach allem forschte, was mit meinem Großvater zu tun hatte. Er hat mir sogar angeboten, mir einen Teil der Reliquie zu bringen, wie er es auch bei Evelyn versucht hatte, aber ich habe abgelehnt. Mich interessiert nur das Resultat, das die vierzigjährige Erforschung dieser toten Zellen ergeben hat.«

Sarah beugte sich ein wenig zu der alten Frau hinüber und fragte:

»Was kam denn heraus?«

»Gar nichts, das ist ja der Witz. Albert Einsteins Gehirn sah genauso aus wie das jedes anderen Menschen. Deshalb muss seine Einzigartigkeit anderswo gelegen haben, wenn schon nicht dort. Und ich weiß auch, wo.«

Sarah und ich schwiegen, während die Steinfrau uns mit ihren lebhaften Augen ansah.

»Das Geheimnis liegt im Herzen«, erklärte sie schließlich. »Dort hätte man nachschauen und Analysen vornehmen müssen, denn in der Energie des Herzens verbirgt sich die letzte Antwort.«

Und nun zeigten sich Milevas breite Kenntnisse in wissenschaftlichen Fragen. Sie erklärte uns, in den neunziger Jahren des 20. Jahrhunderts habe eine Gruppe von Neurokardiologen im Herz ein zweites, aus 40 000 Nervenzellen bestehendes Gehirn entdeckt, mitsamt einem komplexen Netz aus Neurorezeptoren, die unser lebenswichtigstes Organ dazu befähigten, zu lernen, sich zu erinnern und auf vitale Reize zu reagieren.

»Das erklärt auch, warum sich im menschlichen Fötus das Herz vor dem rationalen Gehirn entwickelt«, fuhr Mileva fort. »Ein weiterer Beweis für seine Fähigkeiten ist das elektromagnetische Feld, das es erzeugt. Man konnte nachweisen, dass dieses elektromagnetische Feld fünftausendmal stärker ist als das vom Gehirn erzeugte. Die Schwankungen der elektrischen Spannung des Herzens, die durch wechselnde Empfindungen ausgelöst werden, sind bis auf drei Meter Entfernung messbar.«

Als Spezialist in Populärwissenschaften hatte ich meine Zweifel an den Behauptungen von Einsteins Enkelin, und ich scheute mich nicht, meine Bedenken zu äußern. Die Steinfrau sah mich freundlich an und entgegnete:

»Ich werde dir einen endgültigen Beweis dafür geben, dass nicht das Gehirn unser Schicksal lenkt. Weißt du, welches von allen lebenswichtigen Organen nicht an Krebs erkrankt?«

»Das Herz«, antwortete ich beeindruckt.

»Genau. Und dafür muss es einen guten Grund geben.«

66

Die zweite Erkenntnis

Wir werden geformt und gestaltet durch das,
was wir lieben.

Johann Wolfgang von Goethe

Nach einer weiteren Nacht voller Gespräche – mit der Steinfrau und anschließend mit Sarah, bis uns die Augen zufielen – verbrachte ich den Mittwoch damit, all unsere neuen Erkenntnisse in den Computer einzugeben.

Milevas »erste Erkenntnis« war aufschlussreich gewesen und bildete vielleicht die Vorstufe zur letzten Erkenntnis. Schon als kleiner Junge hatte ich mich stets gefragt, warum wir unsere Gefühle mit einem Organ in Zusammenhang bringen, das Blut pumpt und es im Körper verteilt. Warum nicht mit dem Gehirn, wo angeblich Gedanken und Gefühle entstehen?

Nun wusste ich, dass wir viel mehr in unserer Brust tragen, als wir uns vorzustellen vermögen.

Sarah erinnerte sich daran, dass sie einmal einen sehr beeindruckenden Dokumentarfilm über Biologie gesehen hatte. Dort war ein Eigelb gezeigt worden, auf dem ein blutrotes Pünktchen schwamm. Unter dem Mikroskop entdeckten die Forscher, dass das winzige Blutgerinnsel pochte, noch bevor sich das Herz des Vogels gebildet hatte.

Dies bewies, dass der Wunsch zu leben vorhanden ist, ehe sich das Organ entwickelt, das uns zu leben befähigt.

Die Steinfrau erwartete uns schon in ihrer Höhle. Nach dem einleitenden Teeritual beschloss diesmal Sarah, sie zu bitten, uns wie versprochen die zweite Erkenntnis mitzuteilen.

»Vor einiger Zeit sind wir auf die Formel $E = ac^2$ gestoßen«, begann sie mit bewegter Stimme. »Wir haben uns viele Gedanken darüber gemacht, können uns aber nicht darauf einigen, was dieses a bedeutet.«

Mileva schloss lächelnd die Augen, so als könne sie sich noch genau an den Moment erinnern, in dem ihr Großvater ihr diese Formel anvertraut hatte. Dann antwortete sie:

»Wenn ihr an Alberts Herz denkt, wird euch die Antwort nicht schwerfallen.«

»Amor ...«, wagte ich zu sagen. »Wenn wir in der Energieformel Masse durch Liebe ersetzen, wäre die Energie gleich Liebe mal Lichtgeschwindigkeit im Quadrat. Aber was zum Teufel bedeutet das?«

Sarah schaute mich bewundernd an – ausnahmsweise hatte ich mal den Nagel auf den Kopf getroffen. Unsere Gastgeberin begann, meine Schlussfolgerung zu kommentieren.

»Zunächst einmal müssen wir genau bestimmen, auf welche Art von Liebe wir uns beziehen. Grundsätzlich besteht eine Formel nur aus universellen Symbolen, also aus Buchstaben, die weltweit als Vertreter eines Elementes anerkannt sind. In den romanischen Sprachen mag a als Symbol für ›amor‹ gelten, aber ein deutschsprachiger Mensch wie Einstein hätte es sicher nicht dafür benutzt.«

»Ja, das ist logisch«, sagte ich, über meine etwas oberflächliche Schlussfolgerung beschämt. »Also fällt Liebe als Motor einer neuen Energie weg.«

»Im Gegenteil, deine Schlussfolgerung ist brillant, nur müssen wir zuerst wissen, von welcher Art Liebe wir sprechen.«

»Was meinst du damit?«, fragte Sarah ehrfurchtsvoll und führte die Teeschale an die Lippen.

Die Steinfrau erhob sich und ging einige Schritte auf den Eingang der Höhle zu, wo sie eine Weile stehen blieb und zu den hellen Sternen aufschaute. Dann kehrte sie langsam zu uns zurück, wie ein alter Meister, der seinen Schülern eine für alle Zeiten gültige Lehre weitergeben will.

»Die alten Griechen, die sehr weise waren, erkannten die Komplexität von Liebe. Das Konzept Liebe umfasst bei ihnen drei große Dimensionen. Die eine ist Eros, die Dimension des Begehrens. Dank ihrer sind wir hier, weil das Begehren bewirkt, dass zwei Körper sich verbinden, dass wir, von dem egoistischen Verlangen nach Lust getrieben, Leben zeugen. Die zweite Dimension ist Philia, die auf gegenseitiger Unterstützung basierende Freundschaft. Wer liebt, ist nicht darauf aus, viel zu bekommen, sondern wünscht sich, zu teilen. In einer Freundschaft geben und empfangen wir das Beste auf dieser Welt. Und schließlich die erhabenste Form der Liebe: Agape, die reine Liebe. Nur jemand, der alles gibt, ohne etwas als Gegenleistung dafür zu erwarten, empfindet diese eine, mit Hingabe, Geduld und Vergebung verbundene Liebe … Agape ist die mitleidende, friedfertige Liebe, die Liebe, die alles verbindet. Im Gegensatz zu Eros ist Agape nicht die Liebe der Materie, sondern die des Geistes.«

Nach diesem Vortrag verharrten wir in Stille. Wir waren überzeugt, dass wir uns, noch lange nachdem wir die Höhle zum letzten Mal verlassen hätten, an diese Worte erinnern würden.

Ich beschloss, nochmals die ursprüngliche Frage aufzugreifen:

»Dann steht das a in Einsteins letzter Formel also für ›Agape‹, dem universell verwendeten griechischen Begriff.«

»Ja, wir können hier von Agape oder bedingungsloser Liebe sprechen. Jetzt versteht ihr vielleicht auch die Bedeutung der Formel. Mit c^2, also Lichtgeschwindigkeit im Quadrat, wollte mein Großvater in seiner ersten Energieformel eine extreme Größe ausdrücken, die so extrem ist, dass sie unserer Vorstellung von Unendlichkeit nahekommt. Stark vereinfacht meinte er damit, dass jede Masse fähig ist, sich in fast grenzenlose Energie zu verwandeln. Deshalb heißt es auch, man könne mit einer einzigen Pflaume, wenn deren Masse sich vollkommen in Energie verwandelte, eine ganze Stadt in Brand stecken.«

»Dann sagt uns Einsteins letzte Formel also«, schaltete sich Sarah ein, »dass Liebe, wenn sie grenzenlos ist, sich in die mächtigste Energie des Universums verwandelt. Oder stark vereinfacht: Liebe vermag alles.«

Schweigend saßen wir zusammen. Es war ein feierlicher Augenblick. Mochten wir auch keines der Weltprobleme gelöst haben, so zeigte sich doch ein Weg in der Finsternis.

Aber der Gedanke war zu vage, um wissenschaftlich zu sein, und wieder schlüpfte ich in meine rationale Rolle:

»Ist das Einsteins letzte Erkenntnis?«

»Nicht ganz«, erwiderte Mileva. »Sagen wir, es ist eine Interpretation der letzten Formel, die mein Großvater uns vermacht hat. Uns fehlt die drei Seiten lange Erklärung, die er unmittelbar vor seinem Tod niedergeschrieben hat.«

»Und wo liegt dieses Dokument?«, fragte ich.

Nur der schwache Schein der Glut erhellte die Höhle, aber die Augen der alten Frau funkelten erregt.

»Leider ist es nie gefunden worden.«

Ich schaute auf die Uhr: Es war zwei Uhr morgens. Unter den Augen der Steinfrau, die uns eindringlich musterte, zeichneten sich tiefe Ringe ab.

»Einmal können wir uns noch treffen«, sagte sie. »Danach müsst ihr diesen Teil der Erde verlassen. So lautet die Abmachung.«

Wir standen auf, etwas betrübt über ihren veränderten Ton. Die Steinfrau merkte es und sagte abschließend:

»Ich fühle mich sehr wohl in eurer Gesellschaft, aber die Lage ist ernster geworden. Jene, die die letzte Erkenntnis gewaltsam in Besitz nehmen wollen, obwohl niemand weiß, wo sie sich befindet, streifen schon in der Gegend von Trinity umher. Es kann nur noch ein paar Tage dauern, bis sie hier sind. Haltet unbedingt die Augen auf.«

67

Die dritte Erkenntnis

> Es gibt nur wenige,
> die mit ihren eigenen Augen sehen
> und mit ihrem eigenen Herzen fühlen.
>
> ALBERT EINSTEIN

Dass die letzte Erkenntnis für uns greifbar geworden war – obwohl wir nur die Formel kannten –, ohne dass wir sie gefunden hatten, verlieh unserer Rückkehr ins Dorf einen bitteren Beigeschmack.

In 24 Stunden mussten wir New Mexico verlassen, ohne unser Ziel erreicht zu haben. Wir waren der Antwort näher gekommen, hatten sie gestreift, wir begannen sogar, sie zu verstehen, aber wir wussten nicht, wie Einstein die Formel mit Sinn gefüllt und sich ihre Anwendung vorgestellt hatte.

Während Sarah sich im Bad unseres deprimierenden Quartiers wusch, wurde mir bewusst, dass es sich mit der letzten Erkenntnis genauso verhielt wie mit der zwischen uns entstandenen Beziehung. Wir waren einander nähergekommen, und wir verstanden uns, wir umarmten uns, hatten uns sogar geküsst, aber irgendwie wurde es nichts zwischen uns.

Die Suche stand kurz vor ihrem Ende, und es gab wenig Hoffnung, dass die Dinge noch eine entscheidende Wendung nehmen würden. Die letzte Erkenntnis erschloss sich einfach nicht, und ich hatte mich immer mehr in Sarah verliebt, bis die Situation unhaltbar geworden war. Beinahe wünschte ich mir, dass sich im letzten Gespräch mit Mileva das Scheitern unserer Aktion bestätigen und wir nach Hause zurückkehren würden.

Als ich an der Reihe war, ins Bad zu gehen, und mein unrasiertes Gesicht im Spiegel sah, erschrak ich. Aus mir war einer dieser Ausländer geworden, die ziellos durchs Land streunen und nach den Scherben des amerikanischen Traums suchen.

Unter der Dusche rechnete ich nach, wie viel Geld mir noch blieb. Von den 25 000 Dollar, die ich vom PQI erhalten hatte, waren nur noch 11 000 übrig. Entweder wir erreichten jetzt wirklich das Ziel oder warfen am besten das Handtuch – in jeder Hinsicht.

Die letzte Unterredung mit der Steinfrau war überschattet von Traurigkeit. Mileva wirkte sehr mitgenommen, was an Nachrichten über ihre Verfolger zu ihr drang, schien sie um ihre innere Ruhe gebracht zu haben.

Letzteres veranlasste mich zu einer Frage, die mich seit Tagen beschäftigte.

»In dieser Höhle gibt es kein Telefon, nicht einmal Strom. Wie erfährst du, was draußen vor sich geht?«

Bei diesen Worten lächelte Einsteins Enkelin zum ersten Mal an diesem Abend und ging zu dem Bord mit den Küchenutensilien. Sie kehrte mit einem Handy und einem kleinen, wie ein Dynamo aussehenden Apparat zurück. Sie steckte das Kabel des Ladegeräts in den Apparat und begann, an der Kurbel zu drehen; das Display des Handys leuchtete auf und zeigte den Ladevorgang an.

»Dies ist eine primitive Art der Energieerzeugung, aber sie funktioniert«, sagte die Frau. »Wenn eines Tages das Erdöl zur Neige geht und die Sonnenkollektoren mal nicht genug Strom liefern sollten, werden solche Geräte vermutlich ein neues goldenes Zeitalter erleben.«

Ihre Bemerkung über Energie brachte mich wieder auf das dreiseitige Dokument, in dem Einstein angeblich die Gleichung $E = ac^2$ erklärt hatte.

Die Nacht war sehr warm, und so setzte ich mich mit Sarah und Mileva an den Eingang der Höhle. Das weiße Haar der Wüstenfrau leuchtete im Mondschein.

Eine große Sternschnuppe überquerte das Himmelsgewölbe. Als der Sternenstaub verglüht war, fragte ich die alte Frau:

»Wann genau ist die letzte Erkenntnis deines Großvaters verlorengegangen?«

Mileva schaute mich traurig an.

»Man kann eigentlich nicht sagen«, antwortete sie, »dass diese drei Blätter verlorengegangen sind. Aus irgendeinem sonderbaren Grund hat mein Großvater bestimmt, dass sie meiner Mutter in einem Aluminiumröhrchen übergeben werden sollten. Vater und Tochter hatten sich aber nie kennengelernt, deshalb hat sie den Nachlass abgelehnt. Sie bat den Briefträger, das Paket wieder an den Absender zurückzuschicken.«

»Und was ist dann passiert?«

»Ich bin mir nicht ganz sicher. Ich nehme an, mein Großvater hat die Blätter versteckt oder einem seiner Freunde geschickt und ihn angewiesen, was damit zu geschehen habe. Das war so sein Stil. Ein paar Tage vor seinem Tod rief er mich an und teilte mir mit, die Menschheit sei noch nicht so weit, dass sie die letzte Erkenntnis verstehen könne.«

»Nur das?«, fragte ich.

»Na ja, er hat noch mehr gesagt, aber das habe ich

damals nicht verstanden. Ihr müsst bedenken, ich war noch ein Kind.«

Sarah und ich baten sie jedoch inständig, uns zu erzählen, was er ihr bei diesem letzten Gespräch gesagt habe. Wie absurd die Botschaft auch sein mochte, vielleicht gar ein Scherz, sie konnte dennoch eine Spur sein. Eine letzte Spur.

Die Steinfrau seufzte.

»Er erzählte mir etwas von einem deutschen Philosophen«, erklärte sie. »Erst Jahre später begriff ich, dass er sich damals auf Wittgenstein bezog, den Autor des *Tractatus*. Er wollte mir in etwa zu verstehen geben, dass der Gebrauch eines Wortes nicht dessen Bedeutung impliziert. Natürlich hat er es einfacher ausgedrückt.«

»Das will ich hoffen«, entgegnete ich, »nicht einmal ich verstehe, was Wittgenstein damit gemeint hat.«

»Vielleicht hat Alan Watts es besser erklärt, als er sagte, dass man von dem Wort Wasser nicht nass wird. Das heißt: Von etwas zu sprechen bedeutet nicht, dass dieses Etwas real ist. Die Sprache ist eine Sache, eine andere die Fakten, auch wenn wir beides häufig verwechseln.«

»Wie gesagt: Es wundert mich nicht, dass du die Botschaft deines Großvaters nicht verstanden hast.«

»Im Grunde wollte er mir wohl zu verstehen geben, dass er selbst das nicht so sehe. Nachdem er mir einiges über die Sprache und die Welt erklärt hatte, was ich nicht verstand, sagte er mir dann zum Abschied etwas, an das ich mich noch genau erinnere: ›Denk dran, kleine Mileva, manchmal liegt im Namen der Dinge auch deren Inhalt. Das wird unser Geheimnis bleiben.‹«

Stumm saßen wir da, während eine zweite Sternschnuppe, diesmal weiter entfernt, ihren Schweif bis ans Ende der Galaxie hinter sich herzog.

»Mein Leben lang hatte ich das Gefühl, dass in diesem Satz der Schlüssel zur letzten Erkenntnis liegt«, gestand die alte Frau. »Darum habe ich euch mit Hilfe von Spuren und Hieroglyphen wie den Eva-Briefmarken hierhergelockt. Ich dachte, jemand, dem es gelingt, den Weg zu mir zu finden, schafft es auch, das Rätsel zu lösen. Diese Worte sind die dritte Erkenntnis, sind alles, was wir haben, um zu Einsteins letztem Vermächtnis zu gelangen.«

68

Inhalt und Form

Wenn Gott nicht Liebe ist, lohnt es sich nicht, dass es ihn gibt.

HENRY MILLER

Mit dem bedrückenden Gefühl, gescheitert zu sein, machten wir uns noch am selben Morgen auf dem Highway 380 auf den Rückweg. Moisés hatten wir einen Zettel mit einem Dankesgruß sowie einen 100-Dollar-Schein für Wasser- und Stromkosten hinterlegt, in der Hoffnung, er würde auch Laken und Bettüberwurf mal in die Wäscherei bringen.

In der Nacht hatten zwei Mercedes an der Tankstelle geparkt. Das überzeugte uns restlos davon, dass es Zeit war, auf Nimmerwiedersehen aus Carrizozo zu verschwinden.

Mit den Meilen, die wir uns von dem grauenbehafteten Trinity entfernten, nahm die Gefahr zwar exponentiell ab, zugleich aber verflüchtigte sich auch die Hoffnung, dem Geheimnis endgültig auf die Spur zu kommen.

»Viel bringt es ja nicht«, stellte ich fest, während wir über den verlassenen Highway fuhren, »wenn man sagt, im Namen liegt auch der Inhalt, in diesem Fall also das Versteck, denn wir wissen ja nicht mal, welcher Name gemeint ist.«

Es war halb fünf Uhr morgens, und wir mussten uns beide gehörig zusammenreißen, um nicht einzuschlafen und so die Reise jäh zu beenden.

»Es muss ein naheliegender Name sein«, antwortete Sarah mit vor Müdigkeit verschwollenen Augen, »wenn Einstein das zu einem kleinen Mädchen gesagt hat. So naheliegend, dass wir überhaupt nicht darauf kommen.«

Als nach den Tagen im trostlosen Carrizozo in der Ferne die Lichter von Socorro aufleuchteten, einer Stadt mit 8500 Einwohnern, hatten wir das Gefühl, dass wir uns Las Vegas näherten. Es war halb sechs Uhr morgens, noch zwei Stunden bis Albuquerque.

Dort wollten wir entscheiden, wie es weitergehen sollte. Es gab zwei Möglichkeiten: Entweder wir setzten unsere Rundreise durch die Vereinigten Staaten fort, vielleicht durch Harveys Kansas, oder wir verfolgten Einsteins Spur in den europäischen Städten, in denen er gelehrt hatte, in Prag und Berlin.

Als wir am Holiday Inn vorbeikamen, schlug diesmal ich vor, wir sollten uns ein paar Stunden aufs Ohr hauen und erst am nächsten Tag weiterfahren. Sarah war einverstanden, und wir gingen zur Rezeption, wo uns wieder der Mann mit der Hornbrille empfing.

»Kommen Sie aus Roswell?«, fragte er und schien erneut das Ufo-Thema anschneiden zu wollen.

»So ähnlich«, antwortete ich ohne weiteren Kommentar, als ich ihm unsere Pässe gab. »Wir wollen zwei Einzelzimmer. Für eine Nacht.«

»Ein Zimmer für beide genügt«, korrigierte Sarah und ergänzte augenzwinkernd in meine Richtung:

»Ich habe mich daran gewöhnt, mit dir zu schlafen.«

Wir füllten das Anmeldeformular aus und schleppten dann unsere Koffer selbst in den ersten Stock hinauf.

Das Zimmer war genauso unpersönlich wie das, in

dem wir drei Tage zuvor übernachtet hatten, mit dem gleichen Kingsize-Bett für voluminöse Gäste oder Gelegenheitspaare wie uns.

Wie üblich ließ ich Sarah den Vortritt im Bad und machte es mir mit der TV-Fernbedienung auf dem Bett bequem. Ich zappte durch den immer gleichen Schund. Aus dem Rauschen der Dusche schloss ich, dass es noch eine Weile dauern würde, bis Sarah wieder aus dem Bad kam.

Auch ich hatte genug Staub am Körper, um mich vor dem Schlafengehen noch einmal unter warmes Wasser zu stellen, aber ich konnte die Augen einfach nicht mehr aufhalten. Ich machte deshalb etwas eher Unorthodoxes – ich zog mich aus, schlüpfte in frische Unterwäsche und legte mich unter die Bettdecke, die im Gegensatz zu den Laken von Moisés' Vater nach Rosen duftete.

Gerade wollte ich die Leselampe löschen, als ich auf dem Nachttisch zwei Bücher entdeckte. Vermutlich gehörten sie dem letzten Gast, der hier übernachtet hatte. Neugierig warf ich einen Blick darauf.

Das eine war ein deutscher Reiseführer von New Mexico, das andere ein deutsch-spanisches Wörterbuch.

Während ich zwanghaft nach Carrizozo suchte, um nachzuschauen, was darüber in dem Reiseführer stand, versuchte ich, mir den Menschen vorzustellen, der in diesem Zimmer übernachtet hatte. Da der Portier beim ersten Mal gesagt hatte, hier stiegen nur selten Ausländer ab, schien mir die Tatsache, dass ein Besucher mit einem in Deutschland – Einsteins erster Heimat – erworbenen Reiseführer auf einer Strecke unterwegs war, die nach Trinity führte, kein gutes Omen.

Irgendetwas sagte mir, dass genau in diesem Bett ein

dicker Fisch der Bruderschaft gelegen hatte. Da Pawel tot war, konnte der Anführer durchaus selbst hier gewesen sein, vermutlich in Begleitung des Komplizen mit dem Lieferwagen.

Erleichtert, dass wir New Mexico nach ein paar Stunden Schlaf verlassen würden, legte ich den Reiseführer auf den Nachttisch zurück und löschte das Licht. Nicht nur die Gefahr, auch der erneute Gedanke an Einstein löste ein sonderbar flaues Gefühl bei mir im Magen aus. Seit meiner Abreise aus Barcelona, sogar schon davor, hatte ich jeden Tag an den Vater der Relativitätstheorie gedacht, aber jetzt war es ein anderes Gefühl. Intuitiv spürte ich irgendetwas Wichtiges, das kurz davor war, sich erneut zu verflüchtigen.

Um es festzuhalten, schaltete ich das Nachttischlämpchen wieder ein.

Und plötzlich hatte ich es deutlich vor Augen.

Mir war wieder eingefallen, was Sarah über den Namen gesagt hatte, der die Spur zu der einzig wahren Antwort enthielt: Er sei »so naheliegend, dass wir überhaupt nicht darauf kommen«.

Der naheliegendste Name von allen war Einstein! Und von dem bisschen Deutsch, das ich gelernt hatte, wusste ich noch, dass »ein« und »eine« unbestimmte Artikel waren, wenn auch die Substantive oft nicht dasselbe Genus besaßen wie im Spanischen. Jetzt musste ich nur noch herauskriegen, was »Stein« bedeutete, falls es denn etwas bedeutete.

Aufgeregt griff ich nach dem kleinen Wörterbuch und blätterte hastig durch die dünnen Seiten bis zum Buchstaben S. Ein Schauer der Erregung lief mir über den Rücken, als ich sah, dass es das Wort »Stein« tatsächlich gab und die spanische Übersetzung *»piedra«* lautete. Der Name Einstein bedeutete also: *una piedra* – ein Stein.

Sofort war mir klar, welcher Stein das Aluminiumröhrchen enthielt, in dem sich die drei Seiten mit der letzten Erkenntnis befanden.

Sarah kam im Bademantel aus der Dusche. Ich war so aufgeregt, dass ich ihr sofort zurief, was ich entdeckt hatte. Ihr weißes Gesicht wurde noch weißer, und ich schloss daraus, dass sie das Gleiche vermutete wie ich: Einsteins letzte Erkenntnis befand sich in Cadaqués, verborgen im Stein des goldenen Gartens.

Wir mussten sofort aufbrechen, bevor andere zu demselben Ergebnis kamen wie wir und das Dokument für immer verloren war.

»Nichts wie los!«, rief ich und schlug die Bettdecke zurück, davon überzeugt, dass wir nicht eine Minute verlieren durften.

Sarah schaute mich verwundert an und lachte auf.

»Einsteins letzte Erkenntnis liegt seit einem halben Jahrhundert in diesem Garten«, sagte sie, »da kann sie auch noch ein paar Stunden warten, bis sie enthüllt wird.«

Und dann öffnete sie den Bademantel, der zu Boden glitt, und warf sich in meine Arme.

69

Zwei Enthüllungen oder drei

Wer mehr als ein Leben lebt,
muss mehr als einen Tod sterben.

OSCAR WILDE

Bevor wir die verschiedenen inneramerikanischen Flugetappen hinter uns bringen konnten, die unserem Langstreckenflug nach Europa vorausgingen, mussten wir erst einmal vier Stunden auf dem kleinen Flughafen von Albuquerque warten.

Nach der unverhofften Liebesnacht, die mich zutiefst aufgewühlt hatte, schlief Sarah mit zerwühltem Haar auf einem Sessel des Flughafenterminals. Ich saß neben ihr und holte meinen Secondhand-Laptop aus dem Koffer, um auf andere Gedanken zu kommen. Per Kreditkarte zahlte ich zehn Dollar, loggte mich über einen Flughafen-Hotspot ins Internet ein und öffnete meine Mailbox.

In dem Durcheinander aus Spam und Bankmails – alle informierten mich über eingezogene Beträge – entdeckte ich zu meiner Überraschung eine Mail von der Mutter meiner Ex. Sie teilte mir mit, Diana sei auf Gran Canaria in eine psychiatrische Klinik eingewiesen worden, nachdem sie eine Überdosis Beruhigungsmittel geschluckt habe. Offenbar war sie inzwischen außer Gefahr, aber der Arzt hatte ihre Einweisung empfohlen, bis sie psychisch wieder stabil war. Anlass für die Mail der Mutter war, dass sie mir das neue Bankkonto mitteilte – ihres –, auf das sie mich bat, ab sofort meine monatlichen 600 Euro einzuzahlen.

Die Nachricht ließ das Wunder, das mir gerade im Holiday Inn widerfahren war, in einem Gefühl der Bitterkeit versinken. Das Glück hatte nur kurz gewährt.

Ich musste an die Zeit zurückdenken, die unserer endgültigen Trennung vorausgegangen war. Nach sechs Monaten lauwarmen Zusammenlebens in Barcelona – wir hatten uns beide alles ganz anders vorgestellt – zog Diana die Aufenthalte auf ihrer Heimatinsel immer mehr in die Länge.

Da sie von literarischen Übersetzungen aus dem Russischen lebte, befand sich ihr Büro überall dort, wo ihr Laptop stand. Doch anscheinend zog der schwere Toshiba das afrikanische Klima Lanzarotes unserer Wohnung in einer nach Hundeurin stinkenden Gasse vor.

Sie verbrachte zusehends weniger Zeit mit mir, bis sie mich eines Tages in aller Frühe von der Insel aus anrief und sagte:

»Es ist vorbei. Ich habe begriffen, dass ich dich nicht mehr liebe.«

Das war eine heftige Neuigkeit an einem Sonntag um drei Uhr morgens.

»Und du weckst mich, um mir das einfach so an den Kopf zu werfen?«

»Ja, weil ich nicht eine Minute länger mit dieser Lüge leben will. Deshalb habe ich beschlossen, dich anzurufen und dir auf der Stelle meine Entscheidung mitzuteilen.«

»Da wir immer noch verheiratet sind, sollten wir uns vielleicht treffen, um darüber zu reden. Ich bin zwar knapp bei Kasse, aber ich könnte per Kreditkarte buchen und morgen fliegen ...«

»Du und deine ewigen Geldprobleme«, unterbrach sie mich, »aber spar dir den Aufwand. Es hat keinen Zweck, herzukommen. Es würde nichts ändern.«

»Wieso bist du dir da so sicher?«, fragte ich, über ihre Gefühlskälte verwundert.

»Weil mir klar geworden ist, dass ich dich nur damals im russischen Winter geliebt habe. Der Ort war etwas Besonderes für uns beide, vor allem für dich, deshalb haben wir uns auch wie besondere Menschen verhalten. Aber der Reiz ist in dem Moment verflogen, als wir einen Fuß in deine verdammte Stadt gesetzt haben. Da konnten wir uns nichts mehr vormachen, und die Masken sind gefallen. Uns verbindet nichts, Javier, aber ich wünsche dir alles Gute.«

Das war der letzte Satz, der zwischen uns gesprochen wurde. Die Scheidung ging diskret über die Bühne, in einem Gerichtsgebäude, in dem wir uns nicht begegneten. Als Diana wieder auf Lanzarote war, machte der Verlag, für den sie arbeitete, pleite, und sie hatte keinerlei Einkünfte mehr. Von da an überwies ich ihr monatlich Unterhalt.

Aus der Mail von Dianas Mutter schloss ich, dass ihr Heimatdorf nach dem Dolce Vita in Moskau und den Unstimmigkeiten in Barcelona für Diana eine zu brutale Veränderung gewesen war.

Unter dem Eindruck dieser traurigen Nachricht nutzte ich die letzten Minuten, die der Akku meines Laptops hergab, um etwas zu recherchieren, was ich seit Beginn dieses Abenteuers unterlassen hatte.

Ich schrieb »Sarah Brunet« und »Complutense« in das Fenster der Suchmaschine.

Kein einziges Ergebnis. Das machte mich stutzig, da

Doktoranden in der Regel Artikel publizieren, an Symposien teilnehmen und so weiter.

Also gab ich nur Vor- und Nachnamen ein. Auch diesmal hatte keine der angezeigten Seiten etwas mit Sarah zu tun.

Jetzt kamen mir ernsthafte Zweifel an der Echtheit ihres Namens, und zugleich, viel wichtiger, war da das Rätsel: Wenn in der Madrider Universität Complutense keine Sarah Brunet zu finden war, wie hatte Jensen dann ihre Telefonnummer bekommen?

Ich wartete, bis wir im ersten Flieger unserer langen Reise angeschnallt auf unseren Plätzen saßen, bevor ich die Sache ansprach.

Entweder lag es an der aufgestauten Müdigkeit, oder sie bereute, was zwischen uns passiert war, jedenfalls war Sarah wieder distanziert und schlechtgelaunt. Aber die Angelegenheit totzuschweigen kam für mich nicht in Frage.

Ich arbeitete mich von der Peripherie zum Zentrum vor:

»Gehörte Jensen zu Quintessenz oder zur Bruderschaft?«

»Weder noch«, antwortete sie, ohne zu verbergen, wie lästig es ihr war, dass ich erneut davon anfing.

»Also war er ein Einzelkämpfer wie Lorelei.«

»Er war wohl eher ein Träumer, der durch eine Entdeckung das Ansehen erlangen wollte, das er nie gehabt hat. Nachdem er jahrelang unter der Geringschätzung der Wissenschaft gelitten hatte, suchte er nach medialem Ruhm und fand den Tod. Das ist alles.«

Ich staunte, mit welcher kühlen Direktheit sie meine

Frage beantwortete, so als hätte der Tote sich bereits in einen bedeutungslosen Schatten verwandelt. Wieder setzte ich zum Angriff an, während die Boeing langsam über die Piste rollte und auf die Starterlaubnis wartete.

»Du hast Jensen schon vor Cadaqués gekannt?«

Diesmal versuchte sie nicht einmal, mir zu widersprechen:

»Ja, ich habe ihn gekannt.«

»Woher? Was hat eine Doktorandin mit dem Herausgeber einer in Alicante ansässigen esoterischen Zeitschrift zu tun?«

»Mehr, als dir lieb sein kann«, sagte sie knapp.

»Willst du damit sagen, dass ...?«

»Ja, wir hatten ein Verhältnis«, unterbrach sie mich schroff. »Er hatte etwas sehr Reines, eine unbegrenzte Fähigkeit zu staunen. Anfangs gefiel mir diese Naivität, später dann nicht mehr so sehr. Wir haben uns voneinander entfernt.«

»Das Gefühl kenne ich.«

Die mögliche Parallele zwischen meinem persönlichen Drama und ihrem – falls es denn ein Drama war – schien ihr völlig gleichgültig zu sein, denn sie antwortete mit beredtem Schweigen.

»Noch eine letzte Sache«, fügte ich verletzt hinzu. »Ich weiß, dass du deinen richtigen Namen geheim hältst.«

»Ich heiße Sarah«, erwiderte sie abwehrend, und ihre Lippen zitterten leicht.

»Schon möglich, aber dein Nachname ist nicht Brunet.«

Der Flieger hob die Schnauze, und meine Begleiterin schloss die Augen, als zwinge sie sich, zu schlafen.

Wer schweigt, stimmt zu, dachte ich und holte den

deutschen Reiseführer von New Mexico heraus, den ich aus dem Hotel mitgenommen hatte.

Der Gedanke, dass sie womöglich zu den Anführern der Bruderschaft gehörte, versetzte mich in helle Aufregung.

Ehe ich zum ersten Mal zu schlafen versuchte, blätterte ich die Seiten mit Fotos des menschenleeren New Mexico durch. Dann sah ich mir einige Minuten lang die im Mittelteil des Buches vorgeschlagenen Routen an. Das Beste aber erwartete mich auf der letzten Seite des Reiseführers: ein Kreditkartenbeleg mit dem Namen des Inhabers, Juanjo Bonnín, Autor von *Einstein relativ einfach*.

Ein Kreis hatte sich geschlossen.

70

Das goldene Versteck

> Sehr geehrte Dame, ich rate Ihnen, verzichten Sie darauf, Ihrem Sohn Physik beizubringen. Das ist nicht das Wichtigste. Das Wichtigste ist die Liebe.
> Mit freundlichen Grüßen, R. F.
>
> RICHARD FEYNMAN

Nach Einsteins berühmter Theorie findet die Relativität immer dann Anwendung, wenn wir uns fortbewegen. Man hat ausgerechnet, dass ein Reisender, wenn er die Vereinigten Staaten überflogen hat, eine Zehnmillionstel Sekunde jünger ist als die Amerikaner, die am Boden geblieben sind.

Nachdem wir vier Flüge mit den jeweiligen Zwischenlandungen hinter uns gebracht hatten, um nach Gerona zu kommen, hatten wir unseren Alterungsprozess vermutlich um einige Zehnmillionstel verlangsamt.

Mein wahrer Jungbrunnen aber war die Liebesnacht mit Sarah gewesen, auch wenn ich anschließend schlechte Laune gehabt hatte.

Schon Leonard Cohen hat gesagt: »Es gibt kein Heilmittel gegen die Liebe, aber Liebe ist das Heilmittel gegen alle Übel.«

Darüber dachte ich nach, als wir im Taxi den kleinen Flughafen von Gerona-Costa Brava in Richtung Cadaqués verließen. Dass wir von Dublin aus hierhergeflogen waren statt zum Flughafen El Prat, hatte uns einen Zeitgewinn von mindestens anderthalb Stunden gebracht.

In den vergangenen beiden Tagen hatten wir kaum geschlafen. Doch angesichts der bevorstehenden letzten Prüfung hielt uns Adrenalin wach. Der Augenblick der Wahrheit nahte.

Als das Taxi um die scharfen Kurven vor Cadaqués bog, überraschte Sarah mich mit einer Frage:

»Was hast du vor, wenn alles vorbei ist?«

Ich drückte sanft ihre Hand.

»Yoshimuras Manuskript durch alles zu ergänzen, was ich an Informationen zusammengetragen habe«, erwiderte ich, »und durch einiges Zusatzmaterial. Wenn wir mit dem Stein richtigliegen sollten, enthält die Biographie einen echten Knüller. Dann schicke ich den Text an dieses Gespensterinstitut und warte darauf, dass die vertraglich vereinbarte zweite Rate eintrudelt.«

»Ich meine nicht die Arbeit. Was willst du aus deinem Leben machen, wenn das Geld da ist? Wo liegt deine Zukunft?«

Ich beobachtete die beiden Meeresvögel, die über den Riffs von Cap de Creus in der Luft zu tanzen schienen.

»Meine Zukunft liegt da, wo du bist«, gestand ich.

»Red keinen Unsinn. Du kennst mich doch kaum!«

»Ich kenne dich gut genug, um zu wissen, dass ich in dich verliebt bin und mit dir zusammen sein will. Mehr brauche ich nicht zu wissen.«

Sarah machte ein genervtes Gesicht und sagte dann:

»Deine Liebe ist nur Eros. Ich gefalle dir, du gefällst mir, und wir haben miteinander geschlafen. Es war eine tolle Nacht. Aber für eine Freundschaft, Philia, kennen wir uns nicht genug, und unserer Liebe fehlt noch viel, um Agape zu sein, also bedingungslos.«

»Eins nach dem anderen«, entgegnete ich, verärgert

über ihre unromantische Reaktion. »Lass uns den Sex genießen, bis wir so enge Freunde sind, dass wir uns bedingungslos lieben können, wenn dir das lieber ist.«

»Ich weiß nicht, was mir lieber ist. Ich brauche Zeit. Was auch immer in Yoshimuras Haus passiert, ich fliege sehr bald nach Paris, und höchstwahrscheinlich kehre ich nicht so schnell zurück.«

Wir waren angekommen. Von der Unterhaltung im Taxi zutiefst niedergeschlagen, stieg ich aus dem Wagen. Die Vorstellung, Sarah zu verlieren, ging mir derart nahe, dass ich eine ebenso praktische wie grundsätzliche Frage vergessen hatte: Wie kamen wir in Yoshimuras Haus?

Falls die polizeilichen Ermittlungen noch nicht abgeschlossen waren, und davon ging ich aus, war die Tür garantiert versiegelt. Dann würde ich mich, um ins Haus zu kommen – und sei es zu Forschungszwecken –, den lokalen Behörden gegenüber ausweisen müssen. Sehr wahrscheinlich würde ich dann sofort verhaftet.

Ich verdrängte den Tiefschlag, den Sarah mir soeben versetzt hatte, und erklärte ihr meine Bedenken, als wir auf den Hauseingang zugingen.

»Keine Versiegelung zu sehen«, sagte sie nur.

»Und was machen wir?«

»Einfach klingeln und gucken, was passiert.«

Skeptisch beobachtete ich, wie sie auf den Aluminiumknopf drückte. Und staunte, als sich kurz darauf die Tür des efeuberankten Hauses öffnete. Aber die größte Überraschung kam noch.

Lorelei.

»Mensch, was machst du denn hier?«, fragte Sarah erschrocken und wütend zugleich.

Die rebellische kleine Schwester trug wie immer ihre blauen Zöpfe, war jedoch braungebrannt und steckte in einem Strandkleid, das ihr gut stand.

»Ich habe das Haus gekauft.«

Sarah und ich schauten uns verwirrt an.

»Okay, wenn ich ehrlich bin: Ich habe es nur gemietet. Hat denn hier nicht alles angefangen? Du weißt, ich habe einen Hang zum Fetischismus. Aber ich glaube, mir gefällt die Hütte, und ich überrede meine Alte, sie zu kaufen.«

»Hast du was am Garten gemacht?«, fragte ihre Schwester alarmiert.

»Ja, eine Kleinigkeit: Ich habe zwei Kätzchen reingesetzt. Wollt ihr sie sehen?«

Plötzlich spielte die unhöfliche, gewalttätige Lorelei das betuchte Mädchen, das sich Ferien in der besten Ecke der Costa Brava leistet.

Yoshimuras elegantes Haus hatte sich in ein Chaos aus verstreuten Dessous, CDs, Krimis und Vitamindöschen verwandelt.

Darin zumindest ähnelten sich die beiden Schwestern.

Als wir in den Garten kamen, stellten wir erleichtert fest, dass der Stein sich immer noch an der ursprünglichen Stelle befand. Im Schutz des kleinen Schattens, den er warf, lagen zwei Tigerkätzchen und schliefen.

Wir kehrten ins Haus zurück, wo Lorelei sich gerade ein Handtuch über die Schultern warf.

»Ich gehe in eine FKK-Bucht«, verkündete sie. »Kommt ihr mit?«

»Wir müssen unbedingt ein bisschen schlafen«, antwortete Sarah. »Wir haben zwei Tage lang im Flugzeug gesessen.«

»Okay, aber kommt ja nicht auf die Idee, euch in mein Bett zu legen.«

»Keine Sorge.«

Als sich die Haustür geschlossen hatte, schauten Sarah und ich uns aufgeregt an. Bevor wir wieder in den Garten gingen, streckte die Französin mir die Hand entgegen und sagte:

»Entschuldige bitte, dass ich vorhin so hart zu dir war. Freunde?«

Schlimmer als die kalte Dusche im Taxi war es, ihr die Hand zu reichen. Glücklicherweise verlangte jetzt der Felsbrocken meine ganze Aufmerksamkeit.

Erwartungsgemäß sprangen die Kätzchen erschreckt auf und rannten ans andere Ende des Gartens, als wir versuchten, den Stein zu verrücken. Der aber ließ sich nicht einen Zollbreit verschieben. Stolz verharrte er an seinem Platz, Herr und König der goldenen Spirale.

»Wir werden ihn zertrümmern müssen«, sagte ich mit schweißnasser Stirn.

Nach einem Rundgang durchs Haus erschien uns ein alter Amboss, der zur Dekoration im ersten Stock stand, am geeignetsten als Werkzeug. Da er irrsinnig schwer war, mussten wir ihn zusammen in den Garten tragen, wo wir ihn mit Schwung auf den Felsbrocken fallen ließen.

Der heftige Aufprall schlug die Katzen erneut in die Flucht. Sie rasten aus dem Garten ins Haus und die Treppe hoch in den ersten Stock.

Beim Felsbrocken war der obere Teil glatt abgesprungen. In der Mitte des Steins war eine Öffnung zu sehen.

»Heureka!«, rief ich euphorisch. »Der gute Albert muss Präzisionswerkzeug benutzt haben, um diese Steinkappe abzutrennen und das Loch herauszubohren. Bitte sehr, ich überlasse dir die Ehre, den Schatz zu bergen.«

»Dir bleibt auch nichts anderes übrig«, sagte Sarah lächelnd. »Deine Pranken würden da nicht hineinpassen.«

Gleich darauf schob sie drei schlanke Finger in das Loch, das offenbar nicht tiefer als nötig in den Stein gebohrt worden war, denn sie zog mühelos ein Aluminiumröhrchen daraus hervor, in das drei Worte graviert waren. Auf Englisch stand da: THE LAST ANSWER, die letzte Antwort. Einsteins letzte Erkenntnis.

71

Die letzte Erkenntnis

> Die wichtigste Erkenntnis meines Lebens
> ist die, dass wir in einem liebenden Universum leben.
>
> ALBERT EINSTEIN

Liebes Lieserl,

ich bin Dir nie nah gewesen, doch bevor ich endgültig gehe, will ich die wertvollste Entdeckung meines Lebens in Deine Hände legen.

Deine Ankunft in dieser Welt war ein unerwartetes Ereignis, bedeutete von Angst belastete Verantwortung, und als ich endlich fähig war, angemessen zu reagieren, war es zu spät. Erst jetzt, im Angesicht des Todes, habe ich die Bedeutung Deiner Geburt begriffen, Du selbst aber hast paradoxerweise von mir nur Trennung und Vergessen gekannt.

Vergessen habe ich Dich nie, Lieserl, jede Nacht meines Lebens habe ich im Dunkeln die Augen geöffnet und mir Dein Gesicht vorgestellt. Doch alternde Irrtümer werden tödlich und endgültig. Es war die Scham über mein Verhalten, die mich so viele Jahre davon abgehalten hat, mit Dir in Verbindung zu treten. Und irgendwann war es zu spät.

Du weißt, dass ich als etwas exzentrisches Genie gelte. Manche Leute werfen mir vor, ich sei ein unsensibler Mensch, kaum fähig zu Zartgefühl und Empathie. Aber ich kann Dir versichern, mit der Zeit bin ich für den

Schmerz der anderen sensibilisiert worden, weil eine einfache Formel, $E = mc^2$, Folgen von so katastrophalem Ausmaß gezeitigt hat, wie ich sie mir nicht einmal in meinen schlimmsten Alpträumen vorgestellt hätte.

Wenn ich auch nicht unmittelbar dafür verantwortlich bin, fühle ich mich doch als Mitverursacher eines grauenvollen und absurden Wettlaufs um die Zerstörung der Menschheit. Ich habe Derartiges nie geplant und auch nicht gewollt, und doch hat meine Formel ermöglicht, dass Energie von verheerender Zerstörungskraft entfesselt wurde. Und dies hat einen Wandel in meinem Denken bewirkt.

Aus den vielen veröffentlichten Interviews weißt Du sicher, dass ich jahrelang nach einer letzten Lösung gesucht habe, einer Variablen, mit der sich alle im Universum wirksamen Kräfte einheitlich erklären ließen. Ich wollte verstehen, welche ursprüngliche Kraft alles lenkt, was uns bekannt ist, Physik und Metaphysik, Psychologie und Biologie, Schwerkraft und Licht ... Lange Jahre habe ich intensiv nach einer Einheitlichen Feldtheorie gesucht.

Heute kann ich sagen, dass ich zu Schlussfolgerungen gelangt bin. Mir ist bewusst, dass das, was ich Dir nun anvertraue, nicht wissenschaftlich klingt. Ich weiß auch, dieser letzte Brief, mein Nachlass, zu dessen Hüterin ich Dich bestimme, wird viele überraschen und einige denken lassen, ich sei nun vollkommen verrückt geworden. Ich fürchte, er wird sogar Entdeckungen anzweifeln lassen, die mir den Nobelpreis beschert haben, sowie die übermäßige Anerkennung in Frage stellen, die mir im Zusammenhang mit der Allgemeinen und der Speziellen Relativitätstheorie zuteilwurde. Denn was ich Dir sagen werde, bezieht sich immerhin auf das große ungelöste Problem nicht nur der Physik, sondern der Wissenschaft im Allgemeinen.

Aus allen Äußerungen über mich weißt Du vermutlich, dass ich immer äußerst streng und anspruchsvoll war, wenn es um die Entwicklung meiner Thesen ging. So glaube ich auch, im Laufe meines Lebens nur sehr wenige gute Ideen gehabt zu haben; und diese basierten lediglich auf Geistesblitzen und Intuitionen, die ich auf Papier zu bringen versuchte. Das zwang mich zu äußerster Strenge und Disziplin, Tugenden, die ich weitgehend Deiner Mutter Mileva verdanke, denn sie hat mir geholfen, eine Sprache zu finden, mit der ich meine Intuitionen in Zahlen und Formeln fassen konnte.

Als ich die Relativitätstheorie darlegte, haben mich nur sehr wenige Menschen verstanden, und was ich Dir nun offenbare, damit Du es an die Menschheit weitergibst, wird in der Welt ebenfalls auf Unverständnis und Vorurteile stoßen. Dennoch bitte ich Dich, verwahre alles, was ich Dir im Folgenden erklären werde, so lange wie nötig, Jahre, Jahrzehnte, bis die menschliche Gesellschaft so weit ist, es erfassen zu können.

Es gibt eine Kraft von außerordentlicher Stärke, für die die Wissenschaft bis heute keine formale Erklärung gefunden hat. Dabei handelt es sich um eine Kraft, die alle anderen Kräfte in sich birgt, lenkt und die hinter sämtlichen im Universum wirkenden Phänomenen steht, auch jenen, die wir noch nicht entdeckt haben. Diese universelle Kraft ist die Liebe.

Als die Wissenschaftler nach einer vereinheitlichten Theorie des Universums suchten, haben sie dabei die mächtigste aller Kräfte, die unsichtbar ist, vergessen.

Liebe ist Licht, denn sie erleuchtet den, der sie schenkt und empfängt. Liebe ist Schwerkraft, denn sie bewirkt, dass Menschen sich von anderen Menschen angezogen fühlen. Liebe ist Stärke, denn sie vervielfacht das Beste, was wir haben, und ermöglicht es der Menschheit, nicht in ihrem blinden Egoismus zu erlöschen. Liebe offenbart und enthüllt. Aus Liebe lebt man und stirbt man. Liebe ist Gott, und Gott ist Liebe.

Diese Kraft erklärt alles und gibt dem Leben seinen eigentlichen Sinn. Sie ist die Variable, die wir allzu lange verdrängt haben, vielleicht weil Liebe uns Angst macht, denn im gesamten Universum ist sie die einzige Energie, die der Mensch nicht nach seinen Wünschen beherrschen kann.

Um die Liebe sichtbar zu machen, habe ich einfach in meiner berühmtesten Formel ein Element ersetzt. Wenn wir annehmen, dass statt $E = mc^2$ die Energie zur Heilung der Welt sich durch Liebe mal Lichtgeschwindigkeit im Quadrat erlangen lässt, kommen wir zu dem Schluss, dass Liebe die mächtigste Kraft ist, die es gibt; sie ist grenzenlos.

Nachdem die Menschheit bei der Verwendung und Kontrolle der übrigen Kräfte des Universums versagt hat, denn diese haben sich gegen uns gerichtet, wird es nun höchste Zeit, dass wir uns mit einer anderen Art von Energie versorgen. Wenn wir wollen, dass unsere Spezies überlebt, wenn wir einen Sinn im Leben suchen, wenn wir die Welt und jedes fühlende Wesen, das in ihr lebt, retten wollen, ist Liebe die einzige und letzte Antwort.

Vielleicht sind wir noch nicht so weit, eine Liebesbombe zu bauen, ein Artefakt, das stark genug ist, Hass, Egoismus und Geiz, alles, was unseren Planeten verwüstet, zu zerstören. Doch jedes Individuum trägt einen kleinen, aber mächtigen Liebesgenerator in sich, dessen Energie darauf wartet, freigesetzt zu werden.

Wenn wir eines Tages gelernt haben, diese universelle Energie zu schenken und zu empfangen, liebes Lieserl, können wir nachweisen, dass Liebe alles besiegt, alle Grenzen überwindet und alles vermag, denn Liebe ist die Quintessenz des Lebens.

Ich bedaure zutiefst, dass ich Dir nicht zeigen konnte, was ich im Herzen trage, auch wenn dieses Herz mein Leben lang stumm für Dich geschlagen hat. Vielleicht kommt meine Bitte um Verzeihung zu spät, doch da Zeit relativ ist, muss ich Dir sagen, dass ich Dich liebe und durch Dich zur letzten Erkenntnis gelangt bin.

Dein Vater

Albert Einstein

72

Drei Fragen und ein Schweigen

> Vorhersagen sind immer schwierig,
> vor allem über die Zukunft.
>
> Niels Bohr

Die letzten abendlichen Sonnenstrahlen warfen die schweren Schatten der modernistischen Gebäude auf die Pflastersteine des Paseo de Gracia. Ich blieb vor der Buchhandlung Jaimes stehen, wo ein Virtuose auf einem an ein Fahrrad gekoppelten Klavier »Perfect Day« spielte.

Während ich der Melodie von Lou Reed lauschte, ging mir durch den Kopf, dass schon drei Monate seit dem Ende der ganzen Geschichte verstrichen waren. Der Herbst stand bereits vor der Tür, und die abenteuerliche Reise durch die halbe Welt verblasste nach und nach zu einem Nebel aus unzusammenhängenden Erinnerungen.

Die zweite Rate war nie eingetroffen. Und weder von Müller noch von irgendeiner anderen mit der letzten Erkenntnis verbundenen Person hatte ich je wieder etwas gehört. Nur in der Zeitung hatte ich eine Meldung gelesen, dass der Essayist Juanjo Bonnín unter unklaren Umständen zu Tode gekommen sei.

Obwohl Einsteins Brief noch nicht bekanntgeworden war, schien der Krieg sich im Untergrund fortzusetzen.

Am Ende des Stücks warf ich einen Euro in die Untertasse des Pianisten und machte mich auf den Weg zur U-Bahn. Ich durfte keine Zeit verlieren. Nach einer unerwarteten Personalanpassung war ich nun wieder der einzige Skriptautor bei *Netzwerk* und musste an diesem Abend eine Sendung vorbereiten, die sich mit kosmischer Hintergrundstrahlung befasste. Höchstwahrscheinlich würde ich dabei auf ein Beispiel zurückgreifen, das immer funktioniert: Beim Rauschen, das Fernseh- und Radiogeräte zwischen zwei Kanälen empfangen, handelt es sich in Wahrheit um Überbleibsel des Urknalls. Sagt man jedenfalls.

Gerade wollte ich die Treppe zur U-Bahn hinunterlaufen, als neben mir ein Taxi hielt. Eine Frau stieg aus, die ein luftiges blaues Kleid, blau wie ihre Augen, trug.

Wie angewurzelt blieb ich stehen, und auf ihr Gesicht trat ein breites Lächeln. Sie schien sich zu freuen, mich zu sehen.

Ich ging einen Schritt auf sie zu und wusste nicht so recht, was tun. Wie in alten Zeiten ergriff Sarah die Initiative, und wir umarmten uns fest. Dann lud ich sie auf einen Kaffee im nahe gelegenen Torino ein.

»Okay, aber ich habe nur eine halbe Stunde Zeit. Ich fliege noch heute Nachmittag nach Paris.«

Als wir in dem von Touristen bevölkerten Café einander gegenübersaßen, erzählte ich ihr von meinem Leben, meinen Geldnöten und wie sonderbar ich es fände, dass sich seit dem Ende unserer Suchaktion niemand für mich interessiert hatte, nicht einmal die Polizei.

»Das ist normal«, erwiderte sie. »Das Spiel findet jetzt in einer anderen Liga statt.«

Ihre Bemerkung war nicht unbedingt schmeichelhaft, aber ich freute mich zu sehr, sie wiederzusehen, um mich zu ärgern. Ich nutzte die Gelegenheit, einige Überlegungen zu den Ereignissen zu überprüfen, die mich noch immer beschäftigten.

»Als Jakob Suter, unser Berner Fremdenführer, von zwei Herren sprach, die sich unserem Rundgang anschließen wollten, meinte er doch wohl Pawel und seinen Gehilfen im Lieferwagen. Die beiden, die ihn in die Bärengrube gestoßen haben und es im Monkey Town auf uns abgesehen hatten, die uns aber dank des Hinweises deiner Schwester nicht erwischt haben.«

Die Französin nickte.

»Als Pawel, der wichtigste Agent der Bruderschaft, gefallen war, hat sich offenbar sein Chef Bonnín persönlich auf den Weg gemacht, um ihn in der Schlussphase des Sturms auf die letzte Erkenntnis zu ersetzen. Aber was ist mit Mileva passiert?«

»Nichts«, sagte sie, nachdem sie ihren Kaffee ausgetrunken hatte. »Ich habe für ihren Schutz gesorgt, so lange, bis Bonnín und sein Mitstreiter sich geschlagen gaben. Bei ihrer Rückkehr sind beide wie Vögel vom Himmel gefallen.«

»Sieht so aus, als seien eure Leute auch nicht gerade zimperlich.«

Sie antwortete mir mit einem stummen Blick. Mehr war ihr nicht zu entlocken. Dann schaute sie auf die Uhr. Bevor sie sich erhob, um vielleicht für immer aus meinem Leben zu verschwinden, nutzte ich die Gelegenheit, sie um drei letzte Fragen zu bitten. Als sie zustimmte, begann ich:

»Eins verstehe ich nicht. Wenn die letzte Antwort eine philosophische Herausforderung ist, warum ist die Bruderschaft dann bei ihren Versuchen, ihre Veröffentlichung zu verhindern, so weit gegangen?«

»Aus verschiedenen Gründen. Erstens haben sie immer gedacht, es handele sich um eine Formel, mit deren

Hilfe sich eine neue, für die Industrie oder die Waffenherstellung nutzbare Energie freisetzen ließe. Doch selbst wenn sie gewusst hätten, dass es um etwas anderes geht, hätten sie versucht, das Dokument zu zerstören.«

»Warum?«

»Die Bruderschaft ist in erster Linie eine antisemitische Bewegung. Bonnín, Pawel und seine Leute hat es enorm gestört, dass die großen wissenschaftlichen Leistungen des 20. Jahrhunderts auf einen Juden zurückgingen und dann die USA und Israel bei der Entwicklung der Bombe führend waren. Sie wollten nicht zulassen, dass mit der letzten Antwort auch das 21. Jahrhundert jüdisch geprägt würde.«

Ich stöhnte auf, als ich die Tragweite der ganzen Geschichte begriff. Es hätte mich gereizt, noch eine weitere Frage zum Schicksal des Briefes zu stellen, aber ich zog es vor, einen persönlichen Zweifel zu klären.

»Warum hast du mich als deinen Begleiter bei dieser Mission ausgewählt?«

Bevor sie antwortete, schaute Sarah mich zärtlich an.

»Bei dir hatte ich den Eindruck, dass du ein netter Kerl bist, der außerdem von Zeit zu Zeit eine gute Idee hat, wie sich ein Weg abkürzen lässt. Dein Beitrag im Radio hat mich darauf gebracht, dass du vielleicht der Richtige bist. In deinem Herzen aus Stein pulsiert die Empfindsamkeit eines Kindes, genau das, was wir brauchten. Auf unserer Suche haben wir zwei Felsbrocken zertrümmert, einer härter als der andere.«

Mit dem ersten meinte sie zweifellos mein Herz, obwohl auch ihres nicht gerade ein verträumter Garten war.

Mir blieb noch eine letzte Frage, bevor sie sich erneut in Raum und Zeit verlor. Aus dem Augenwinkel betrachtete ich die Tätowierung auf meinem Arm und dachte dabei an Quintessenz. Ich spürte, wie die Flamme meiner Liebe zu Sarah erneut aufflackerte.

Ich war im Begriff, den letzten Kreis dieser Geschichte zu schließen.

»Wer ist deine Mutter?«

Sarah seufzte tief.

»Du hast sie zur gleichen Zeit kennengelernt wie ich«, antwortete sie leise. »Allerdings habe ich ihr nie gesagt, dass ich sie gefunden habe. Wir sind dazu verdammt, aus der Ferne zu lieben. Wir Einsteins sind so.«

»Warte mal. Einen Moment«, ich hielt sie zurück, als sie schon aufstehen und gehen wollte. »In dieser ganzen Sache bin ich ein hohes Risiko eingegangen, und Quintessenz hat ihre Schuld mir gegenüber nicht beglichen. Nicht ganz.«

Der Gesichtsausdruck von Sarah Einstein, Milevas Tochter, verhärtete sich.

»Ich kümmere mich persönlich darum«, sagte sie, »dass das Geld noch in dieser Woche auf deinem Konto liegt.«

»Es geht mir nicht ums Geld«, protestierte ich.

»Welche Schuld meinst du dann?«

Bevor sie reagieren konnte, berührte ich mit den Lippen ihren Mund, schloss die Augen und küsste sie. Als ich die Augen wieder aufschlug, schaute sie mich mit blauer Gelassenheit an.

»Wann sehe ich dich wieder?«, fragte ich.

Sie ergriff nur meine Hände und drückte sie sanft. Das war alles. Dann erhob sie sich und verließ das Café mit der Eleganz eines Kometen, der in seinem Schweif ein unsterbliches Verlangen nach sich zieht.

Die Quintessenz

Die vier Elemente Erde, Luft, Wasser und Feuer
manifestieren sich in vier verschiedenen Formen von Energie,
vier Ausdrucksformen des Ganzen, von der
dichtesten und schwersten
bis zur immateriellen Form.

Doch es fehlt das reinste Element,
jenes perfekte Element, das alle anderen vereint
und ihnen Leben spendet.

Woraus besteht die dunkle Materie des Universums,
die fast alles ausfüllt? Was ist im subatomaren Raum,
zwischen den Grundpartikeln der Materie?

Es ist die Quintessenz, das unsichtbare Element,
das das Universum füllt und dem
Leben ermöglicht, sich harmonisch in
der Raum-Zeit zu entfalten.
Die Quintessenz birgt alle anderen in sich und
enthält die fundamentale Intelligenz, der Schönheit
und Harmonie des Kosmos entspringen.
Sie ist das höhere Bewusstsein oder die
höhere Intelligenz, aus der das Leben
erwächst; sie lässt die übrigen Elemente
in all ihren Verbindungen und Möglichkeiten tanzen.

Während das Wort »Essenz« uns auf das
wahre Wesen der Dinge verweist,
verweist die Quintessenz uns auf die Essenz dieser »Essenz«.

Einige Wissenschaftler behaupten, sie sei die
wichtigste Ingredienz

des Kosmos, zehnmal reichhaltiger als
alle übrigen Atome zusammen.
Doch sie bleibt unberührbar und unauffindbar,
wenngleich ihre Präsenz absolut
und ihre Kraft allumfassend ist, weil alles aus ihr
hervorgeht und alles zu ihr zurückkehrt.

Letztendlich ist die Quintessenz Liebe.
Liebe, die alles vermag und alles besiegt,
die alle übrigen Elemente verbindet
und Universen erschafft.
Sie ist die stärkste Energie, die Essenz des Kosmos.
Sie ist das, was du bist, jenseits von allem anderen.
Sie ist deine Essenz.

Dank

An Sonia Fernández, Jordi Pigem und Gabriel Rovira Bonfill dafür, dass sie uns Licht geschenkt und uns die Liebe zur Wissenschaft vermittelt haben. Ihre Kommentare und Beiträge zu einigen wissenschaftlichen Fragen waren für dieses Buch von elementarer Bedeutung.

An Franzi Rosés und Isabel del Río, für ihre unschätzbare Hilfe bei der historischen Recherche.

An Maru de Montserrat und Sandra Bruna, denn ohne sie wären wir nicht hier.

An Albert Einstein, dass er uns eine neue Welt geschenkt hat.

Und an Mileva Marić, dass sie Albert so viel gegeben hat.